KB168080

지옥에 이르지 않기 위하여

지옥에 이르지 않기 위하여

염무웅

산문집

창비

| 머리말 대신에 |

팔순 기념으로 책을 만들어보자는 제안을 받은 건 작년이었다. 이런 제안을 받으면 아마 누구나 '책'이란 낱말보다 '팔순'이라는 낱말에 펄쩍 놀랄 것이다. 그러나, 도무지 실감이 되지는 않지만, 어느덧 내가 그 말을 들을 나이가 된 것을 부정할 수 없게 되었다. 편집진과 논의 끝에 이렇게 산문집을 엮는 것으로 타협이 이루어졌다.

명색 문학평론가로 살아왔으니 제대로 평론집을 내는 것이 마땅하다. 하지만 궁색하게도 변명이 먼저 나온다. 30년 가까운 당뇨 경력에 녹내장과 황반변성이 겹치니 책 읽는 게 점점 힘들다. 비평적 글쓰기의 출발은 당연히 작품 읽기이므로 시력의 약화는 말할 것도 없이 치명적이다. 게다가 하루가 다르게 체력도 달리는 걸 실감한다. 당연한 얘기지만, 책을 읽는다고 곧장 평론을 쓸 수 있는 건 아니다. 읽은 작품을 비평가 나름의 경험과 사고체계 안에서 소화하여 의미 있는 줄거리를 세우는 과정이 필수적인데, 그렇게 생각을 모으는 데도 몸의 뒷받침이 필요하다. 개인적 사정을 하나 더 보태면 어쩌다 맡게 된 준(準)공직 탓에 시간도 정력도 아울러 소진되는 느낌이다. 임기가 끝나면 마지막 안간힘을 다해보리라 스스로 다짐하며 내일을 기다리지만, 뜻대로 될지는 물론 의문이다.

이 책의 제1부는 한마디로 추억담이다. 시작은 조태일인데, 그는 나의 문단 동기이자 가장 가깝게 지낸 친구의 하나였다. 그런데 막상 쓰려고 하니 수없이 동석했던 자리에서의 그의 표정과 목소리가 어제처럼 너무 생생하게 앞을 가로막아 그것을 글로 재현하기 쉽지 않았다. 이호철 선생은 내가 등단하기 전부터 사귀어 평생을 함께한 큰형님 같은 분이었다. 좀 서투른 듯한 데가 있어도 그는 그걸 조금도 감추거나 위장하지 않았다. 타고난 소설가만이 지닐 수 있는 그 천의무봉에 나는 무장해제를 하고 그에게 다가갔다. 이호철 선생과는 아마 평생 백 번 넘게 산행을 같이하고 그보다 못지않게 자주 술자리를 함께하지 않았나 싶다. 김윤수 선생과 나는 창비와 영남대학이라는 두 일터를 번갈아 책임지기도 하고 들락거리기도 하면서 반생을 같이 보낸 운명적 동반자였다. 그랬는데도 우리는 아주 가까워지지도 멀어지지도 않은 묘한 관계를 유지했다. 그는 다른 사람이 자신의 세계 안으로 너무 깊이 들어오는 걸 허락하지 않는 듯했다. 그 점은 사실 나도 비슷한데, 그래서인지 그의 독특한 개성은 나에게 미궁으로 남아 있다. 김윤수 선생과 같은 미술 분야의 일꾼 김용태는 내 생각에 모든 점이 김윤수 선생과 정반대다. 이론가와 실천가라는 기본적 차이 말고도 사람됨의 형식에 있어 건습(乾濕) 또는 냉온(冷溫)의 대비라고 비유하면 맞을까. 1990년대 초의 3년 동안 민예총(한국민족예술인총연합)에서 이사장과 사무총장으로 만나 함께 일하는 동안 김용태는 나에게 창자 속에 든 것까지 다 꺼내 보여준다는 태도였다. 그렇게 개복(開腹)까지 했음에도 김용태 역시 나에게는 속내를 다 알아내지 못한 인물이다.

권정생 선생은 14년 전 돌아가실 무렵까지만 해도 주로 아동문학의 범위 안에서만 읽히고 사랑받는 문필가였다. 작고 이후 차츰 그의 삶의 실상이 알려지게 되면서 그는 거의 성자와 같은 아우라에 싸여 국민적인 존경의 대상으로 떠올랐다. 나는 생전의 권 선생을 1970년대에 서울 창비 사무실에서 한번, 그로부터 20년 뒤 안동 가톨릭회관에서 한번, 이렇게 딱 두 번 뵈었을 뿐이다. 그리고 그때마다 그는 이오덕 선생의 뒤에서 어눌하게 몇 마디 하는 게 고작이었다. 그런데도 그의 임종을 지켰던 동향 후배 김용락 시인의 급한 부탁으로 장례위원장을 맡았었다. 권 선생과의 개인적 인연을 따져 사양할 형편이 아니었다. 그때 읽은 조사(弔辭)를 예외적으로 여기 실은 것은 권정생이라는 분의 인생 자체가 어떤 세속적 찬사로도 충분히 드러내기 어려운 고귀함을 구현하고 있다고 믿어, 그것을 조금이라도 널리 알리고 싶기 때문이다. 그는 그야말로 가장 낮은 자리에서 가장 높고 외롭고 가난한 삶을 실천한 분이었다.

책의 표제로 내세운 '지옥에 이르지 않기 위하여'는 독일의 저명한 음유시인 볼프 비어만(Wolf Biermann)이 한국 인터뷰어에게 했던 말에서 가져온 것이다. 비어만의 아버지는 유대인 공산주의자로서 아우슈비츠에서 학살되었고 비어만 자신도 부모의 뜻을 이어받아 일찍이 소년 공산주의자가 되었다. 그는 열일곱 살 때인 1953년 고향 함부르크를 떠나 이념의 조국이라 생각한 동독으로 넘어갔다. 거기서 그는 대학을 다니면서 시를 쓰고 노래를 불렀으며 노동자극단을 만들어 활동했다. 하지만 오래지 않아 그의 공연은 금지되고 작품은 엄격한 검열의 대상이 되었다. 동독의 최고지도자가 직접 나서서 그의 시집을 비난하고 한동안 그를 가택에 연금시키기도 했다. 그가 꿈꾸었던 이상적 공산주의와 실재하는 독일민주공화국의 현실은 너무도 다른 것임이 드러난 것이었다. 결국 비어만은 1976년 서독 금속노조의 초청으로 쾰른에서 공연한 직후 동독 시민권을 박탈당하고 추방된다. 세월이 흘러 마침내 독일은 하나로 통일되고 그는 자신이 동독으로 건너갈 때 지녔던 꿈이 실현 불가능하다는 걸 깨닫기에 이른다. 머릿속에서 구상한 낙원을 억지로 지상에 건설하려는 것은 지옥에 이르는 지름길이 될 수도 있다는 확신에 도달한 것이었다. 하지만 그렇다고 그가 자본주의 체제에 투항한 것은 결코 아니었고 사회적 불의와 체제의 모순에 대한 고발을 멈춘 것도 절대 아니었다. 다만 그는 낙원에 대한 환상 때문이 아니라 현실 속에서 고통받는 사람들 편에 서기 위해서 끊임없이 시를 쓰고 노래를 불렀다. 이념을 위해서가 아니라 지옥으로 가는 열차를 막기 위해서였다.

내가 처음 비어만의 이름과 그의 노래를 들어본 것은 1980년대 중반 독일 유학에서 갓 귀국한 경북대 김창우 교수를 통해서였던 것으로 기억한다. 하지만 그때만 해도 브레히트의 발라드를 계승한 그의 시 형식에 주로 관심을 가졌고 정치적 배경에는 아는 바가 없었다. 그러다가 중앙대 김누리 교수 등의 인터뷰집 『변화를 통한 접근』(한울 2006)을 통해 좀더 자세히 알게 되었다. 비어만은 2005년 초 한국의 독문학자들과 인터뷰를 하고 나서 몇 달 뒤 내한하여 동숭동 학전소극장에서 공연을 했고, 나는 가수 정태춘 선생의 초대로 운좋게도 공연을 관람했다. 그는 혼자 기타를 쳐가며, 또 자기의 이름 Wolf(늑대)와 Bier(맥주)mann을 소재로 농담을 던져가며 유쾌하고 질펀하게 노래를 불렀다. 잊지 못할 공연이었다.

비어만의 말에서 제목을 가져오면서 그의 이력을 길게 살펴본 것은 이 책의 바탕에 깔린 내 생각이 그에게 깊이 공명한다고 믿기 때문이다. 물론 한국인들 앞에 가로놓인 지옥은 독일인들의 것과 다르고, 따라서 지옥에 이르지 않기 위한 구체적인 방안도 그들과는 상당히 다를 것이다. 그뿐만 아니라 그가 인터뷰에서 말한 '지옥' 자체가 지구 상황의 전면적 위기가 눈앞의 현실로 다가온 오늘의 기준에서는 아주 제한적인 개념으로 보인다. 그래도 어쨌든 극단적 냉전의 시대에 동독과 서독 양쪽을 모두 살아본 비어만의 경험은 한반도 분단 76년의 엄혹한 지뢰밭을 숨죽이며 건너온 사람들에게는 차라리 부럽다고 할 만한 것이다. 그런 여러 차이에도 불구하고 지구의 환경과 인간의 현실이 지옥으로 화하지 않도록 각자 자기 자리에서 최선을 다해야겠다는 마음만은 비어만도 나도, 아니 이 세상 어디에 사는 누구라도 공유하는 게 옳다고 생각한다.

마음 한구석을 늘 납덩이처럼 누르고 있는 이상과 같은 문제의식에서 나온 것이 이 책의 제2부~제4부의 글이다. 하지만 이 책이 이런 문제에 정면으로 맞서 체계적으로 다룬 것은 아니다. 단지 문제의 주변을 맴돌며 안타까운 마음을 적어본 산문들이다. 더구나 개중에는 신문에 발표한 칼럼도 있고 강연 원고도 있으며 페이스북에 올린 소품도 있어 들쑥날쑥이다. 특히 제3부는 지난번 산문집에 수록했던 것을 다듬어 재수록한 것이 대부분이다. 이 책의 주제에 연결된다 싶어 눈 딱 감고 옮겨왔다.

역병으로 인해 사무실에서고 거리에서고 유령처럼 복면의 얼굴로 힘들게 살아간 지 1년 반이 지나간다. 말이 통하는 벗들과 모여 한잔하며 떠드는 것은 사람됨의 편벽을 방지하기 위해서도 우리 삶의 불가결한 일부인데, 그러지 못한 채 세월은 가고 가까웠던 선후배들만 한두 분씩 곁을 떠난다. 그래도 가끔 만나 위로를 나누는 정다운 얼굴이 있어 험난한 시대를 견디고 있다. 그 모든 이들에게 감사를 전한다.

2021년 5월 마지막 주말에

염무웅

차례

2부

3부

4부

일러두기

1. 인명의 한자나 원어, 생몰년은 저자의 판단으로 필요한 경우에만 괄호 안에 병기하였다.
2. 창작과비평사(출판사), 『창작과비평』(계간지)을 약칭하거나 그 둘을 통칭할 때 '창비'로 표기하기도 하였다.

1부

그립구나, 조태일!

조태일(趙泰一, 1941~99) 시인과 작별한 지도 어느덧 20여 년이 지났다. 그와 함께했던 세월이 어제 일처럼 여전히 생생하기도 하고 반대로 한낱 꿈이었나 싶게 희미하기도 하다.

그와 나는 문단 동기생으로 처음 인연을 맺었다. 1964년 경향신문 신춘문예에 그는 시가, 나는 문학평론이 당선되어 한날한시에 문단에 나온 것이다. 그런데 어쩐 일인지 시상식 장면은 조금도 기억에 남아 있지 않다. 그 무렵 나는 김현·김승옥·김치수 등과 자주 어울리며 한창 '산문시대'란 동인 활동에 골몰해 있을 때였다. 그래서였나. 시상식에 틀림없이 조태일도 참석했을 텐데, 아무런 기억이 없는 것이 이상할 정도다.

알고 보면 실은 그럴 만한 이유가 있다. 나는 그해 대학을 졸업하고 어느 출판사에 취직하여 사회인으로 진출했고, 반면에 조태일은 아직 학생 신분으로서 ROTC 훈련을 받고 있었다. 졸업 후에는 장교로 군에 복무하게 되었으니 당연히 만날 수 없었다. 후일 언젠가 조태일은 자기가 소대장일 때 연대장이 정병주(鄭柄宙, 1926~89) 장군으로서 그가 자기를 몹시 아끼며 군에 말뚝을 박으라고 권했다는 일화를 들려주었다. 1979년 12월 전두환 일당이 군사반란을 일으킬 때 반란에 반대한 군인들 중 한 명이 바로 정병주였다. 아무튼 그런 까닭으로 문단에 나온 뒤에도 나는 꽤 오랫동안 조태일을 만나지 못했다.

그사이 내가 친하게 지낸 것은 이성부 시인이었다. 내가 근무하는 신구문화사는 청진동에 있고 성부가 근무하는 삼성출판사는 관철동에 있어, 일이 끝나면 만나기 십상인 거리였다. 우리는 이틀이 멀다 하고 만나 소주나 막걸리를 마시며 문학을 논했고 울분을 토하며 낙후한 문단풍토에 질타를 퍼붓곤 했다. 그렇게 지내던 중에 어느 날 나는 이성부를 통해 갓 제대한 조태일을 새삼스럽게 소개받았다.

이 무렵의 조태일은 아직 군인티를 다 씻어내지 못한 상태였다. 걸음걸이도 제식훈련 하듯이 각진 걸음으로 저벅저벅 걸었고 술집에서 어쩌다 노래를 불러도 군가처럼 주먹을 휘두르며 했다. 언젠가 독립문 근처에서 한잔하다가 통금을 넘겼는데, 그는 조금도 주뼛거리는 기색이 없이 대로를 마치 행군이라도 하듯이 힘차게 걸어 무악재를 넘는 것이었다. 아마 불광동 이호철 선생 댁까지 가지 않았나 싶다. 조금 떨어져 조마조마 뒤따라가던 내가 지금까지 이해하지 못하는 것은 그 엄혹한 시절에 심야의 대로를 활보했음에도 통금 위반으로 잡히지 않았다는 사실이다. 너무도 보무당당히 걸었으므로 일선 순경으로서는 잘못 건드렸다가 큰코다칠지 모른다 생각하고 모른 체했기 때문이 아닐까 막연히 짐작할 뿐이다.

아는 사람은 아는 바이지만, 조태일은 의리와 고집의 사나이였다. 무엇보다 그의 정의감은 타협이 없었다. 그는 말과 행동에 한 치의 어긋남이 없는 인물이었다. '표리부동'이란 조태일의 사전에는 없는 낱말이었다. 그는 간사스러움과 간교함을 도둑질보다 미워했다. 고백하자면 그의 도저한 고집 때문에 나는 약간의 고초를 겪기도 했다. 술자리에서 마지막 순간까지 놓아주지 않은 탓에 실속 없이 외박한 것도 몇 차례 있었지만, 그보다 1969년 12월호 『시인』지에 원고를 쓰라고 완강하게 고집하는 것을 거절하지 못하고 급히 써낸 글 때문에 나로서는 만만치 않은 필화를 겪기도 했던 것이다. 결혼을 앞두고 한창 준비에 바쁠 때였는데, 그는 조금도 사정을 봐주지 않았다.

그런데 이성부와 조태일은 광주고등학교와 경희대학교의 선후배 사이다. 성부가 3학년일 때 태일이는 1학년이었다. 이성부는 고교 시절에 이미 문명을 날린 조숙한 천재였다. 학생시절에는 태일이가 성부를 깍듯이 선배로 모시는 것이 당연했다. 그런데 나이는 조태일이 한 살 위였다. 따라서 선후배 따지기 좋아하는 한국사회의 풍토에서 둘 사이는 점점 불편해지게 마련이었다. 내가 느끼기에 둘은 한자리에 합석하는 것을 은연중 피하는 것 같았다. 그러다가 성부는 한국일보사로 직장을 옮기고 나는 대학에서 조교와 강사를 하면서 『창작과비평』 편집에 매달리게 되었다. 이런 연고로 성부를 만나는 일은 아주 뜸해지게 된 반면에, 태일이는 『시인』지를 만들다가 그 일을 접은 뒤에는 창비와 자매관계라 할 수 있는 창제인쇄소를 맡아 운영하게 되어 자주 만나게 되었다.

조태일은 1970년대 내내 내가 가장 친하게 어울린 문인들 중의 한 사람일 것이다. 그 무렵 창비 사무실을 중심으로 모여들어 노상 붙어 지낸 선배로서는 이호철·신경림·한남철이 있었고 동년배로서는 이문구·방영웅·황석영·최민 등이 있었다. 물론 창비에는 언제나 창간 편집인 백낙청이 있게 마련이었다. 부산의 김정한 선생을 비롯하여 광주의 송기숙·문병란·문순태 등도 서울 오면 꼭 연락하는 분들이었다.

이 중에서도 특히 자주 만나 어울린 것은 신경림·한남철 선생과 조태일 시인 셋이었다. 무수한 술자리를 함께했고 수없이 많은 대화를 나누었다. 주말이면 등산도 같이 가고 더러 시골여행도 함께했다. 어떻게 그럴 수 있었을까. 사실 이분들과 함께 있으면 마음이 편했다. 문학적으로뿐만 아니라 시국에 대한 견해까지 말을 꺼내기 전에 뜻이 통한다는 것이 서로에게 직감되었다. 생각해보면 이런 정서적 동지관계가 형성되어 있었기에 1970년대의 정치적 암흑시대를 굳건하게 잘 견디며 자유와 민주주의를 지향하는 문학운동을 지속할 수 있지 않았을까 생각한다.

독재자 박정희가 죽고 난 다음인 1980년 봄 나는 영남대 교수가 되어 대구로 이사를 했다. 자연히 서울 문단과는 거리가 생겼다. 그래도 한 달에 한 번씩 상경하면 창비에 들러 옛 동료들을 만나곤 했다. 조태일도 당연히 그중의 한 사람이었다. 그러다가 1989년 그도 광주대학교 교수로서 서울-광주를 오르내리게 되자 만남은 많이 줄어들 수밖에 없었다.

그런데 문득 그의 중환 소식이 들려왔다. 여름 시인학교에 강사로 갔다가 도중에 병세가 위중해져서 서울 병원으로 실려갔다는 소식이 대구까지 전해졌다. 아니, 태일이가 무슨 병으로? 평소 내 기억 속의 조태일은 우람한 체격에 두주불사의 건강한 몸이었다. 그런데 중병이라니! 믿어지지 않았지만 사실이었다. 서울아산병원 병실에 누워 있는 그의 야윈 모습은 차마 보기 어려웠다. 그러나 그는 조금도 개의치 않고 평소처럼 태연하게 농담을 하고 방문객과 잡담을 즐기는 듯했다. 이것이 생전의 조태일이 내게 보여준 마지막 모습이었다.

나는 그동안 '조태일론'을 두 번 썼다. 첫 번째는 그의 타계 직후 「자유정신으로 이슬로 벼려진 칼빛 언어」라는 추모논문을 『창작과비평』 1999년 겨울호에 발표한 것이었고, 두 번째는 그의 10주기를 맞아 곡성 태안사에서 기념행사 겸 『조태일 전집』(2009) 증정식을 거행하고 나서 「원초적 유년체험과 자유의 꿈」이란 논문을 『시와 시학』 2010년 봄호에 발표한 것이었다. 그 글들을 다시 훑어보며, 그리고 거기 인용된 조태일의 시들을 다시 읽으며 자기 시대의 불의에 온몸으로 맞섰을 뿐만 아니라 조국강산과 고향산천의 아름다움을 지극히 사랑했던 한 뛰어난 시인의 삶과 문학을 그리워하며 거듭 찬미한다. 아, 그립구나 조태일!

(『조태일 20주기 헌정문집』 2019.9)

천이두 선생의 추억

문학평론가 천이두(千二斗, 1930~2017) 선생이 지난 7월 8일 별세했다는 소식을 뒤늦게야 알게 되었다. 바깥출입이 줄어든 데다 7월 들어 정기구독 신문을 하나로 줄이고 본즉, 아무래도 세상과 더 멀어지는 듯하다.

그래도 그렇지…… 천이두 선생처럼 60년 동안이나 문단을 지켜온 어른의 타계에 중앙문단이 이렇게 조용할 수 있단 말인가. 인터넷에 찾아보니, 전라북도의 지역신문들 이외에 소위 중앙지로서는 오직 『세계일보』만이 천 선생의 부음(訃音)을 짤막하게 기사로 다루고 있다.

우리나라 언론에 문제가 많다는 것은 누구나 실감하는 바인데, 천이두 선생의 별세를 깔아뭉개는 것도 우리 언론의 병리(病理)의 일단을 보여주는 사례 아닐까. 대부분의 현역 기자들이 그날그날의 일에 치여서 자기 나름의 전문성을 키울 시간을 갖지 못한 채 응급처치 하듯 기사를 써내는 것 같다. 게다가 젊은 기자들은 많은 경우, 나의 오해이기를 바라지만, 넓게 인문학적 소양을 쌓아야 할 대학시절에 고시공부 하듯 암기에만 몰두해서(과연 언론고시라는 말도 있지 않은가!) '유식한 맹목'이 되어 있다는 느낌이다. 하기는 판·검사들은 더한 것 같지만…….

내가 천이두 선생을 처음 만난 것은 1960년대 중엽 출판사 신구문화사 편집부에 근무할 때였다. 당시 나는 열여덟 권짜리 『현대한국문학전집』의 편집 실무를 책임지고 있었는데, 수록작품 뒤에 붙이는 해설을 여러 평론가들에게 부탁하는 일로 천이두 선생과 인연이 맺어졌다. 말하자면 필자와 편집자로 만난 것이었다.

문단에 데뷔한 지 두어 해쯤 된 올챙이 평론가에다 출판사 편집직원에 불과한 처지임에도 나는 말하자면 기고만장 건방진 상태였다. 그렇게 된 까닭이 실은 향기롭지 못하다. 출판사 편집부에 직원으로 있으면 당연히 필자들의 원고를 일착으로 접하게 마련이다. 지금은 다들 컴퓨터에서 작업해서 파일로 전송하는 게 관례가 돼 있지만, 당시엔 으레 필자들이 직접 원고를 들고 왔다. 그런데 그 원고 상태가 각양각색이었다. 유명한 교수거나 평론가인데도 웬일인지 글이 수준 이하인 수가 많았다. 실망이 클 수밖에 없었다. 다행히 천이두 선생은 문학적 지향이 나하고는 좀 다르다고 느껴졌음에도 믿고 청탁할 수 있는 많지 않은 평론가들 중의 한 분이었다. 따라서 점점 가까워지게 되었다.

그 무렵 어느 날 서울에 온 천 선생은 나에게 진지하게 중매를 서겠다고 제안했다. 그러지 않아도 시골 부모님으로부터 선보라는 독촉을 받던 터라 나는 반은 장난삼아 좋다고 해서 소개를 받았다. 그 여성은 천이두 선생의 스승(그분도 평론가)의 딸로 나보다 한두 살 많은 미술학도였다. 척 보니 나처럼 소심한 '학삐리'가 감당하기에는 과분했고, 그보다도 나는 아직 결혼할 형편이 아니었다. 처음 만난 그날, 나는 기탄없이 웃고 떠들어대는 실례를 저지름으로써 배우자 아닌 친구로는 지낼 수 있다는 태도를 보였고, 그날 이후 그 여성은 내게 다시는 소식을 전하지 않았다. (부끄럽지만 이건 처음 털어놓는 얘기다.)

1970년대에는 『창작과비평』의 편집자로 필자인 천이두 선생을 드문드문 만났다. 그러다가 1980년 봄 내가 대구로 옮긴 뒤에는 아주 뜸해졌는데, 1989년인가 영남대신문사 주간으로 있을 때 역시 원광대신문사 주간으로 계시던 천 선생을 '전국대학신문사 주간협의회'인가 하는 모임에서 만나 1박 2일을 함께 보냈다. 그때 그는 문학 얘기는 거의 하지 않고 판소리나 민요·창(唱) 같은 것들만 화제로 삼았다. 내가 판소리에 특히 관심을 보이자 얼마 후 「쑥대머리」를 비롯한 여러 곡을 카세트테이프로 만들어 보내주셨다.

천이두 선생은 평생 전주를 터전으로 시골에서 사셨지만, 사람도 글도 서울/지방의 구분을 넘어서는 보편성을 지닌 분이었다. 신동엽·하근찬·최승범 같은 분들과 동년배로서 6·25 전후 이념적 극단의 시대를 같은 고장에서 함께 겪었음에도 그는 언제나 좌우의 편향이 거의 없는 온건한 중간노선을 걸었다. 동시대의 온갖 끔찍한 일들을 생각하면 부득이한 선택이었다고 해야겠지만, 그래도 젊은 나에게는 그것이 좀 불만스럽게 느껴졌다. 그러나 나는 그에게 나의 그런 불만을 직설적으로 말한 적이 없었고, 천 선생도 자신과 다른 나의 성향에 대해 시종 모른 척으로 일관하셨다.

천이두 선생의 명복을 빈다.

(페이스북 2017.7.15)

실향의 아픔 넘어선 문학의 큰 산

이호철(李浩哲, 1932~2016) 선생을 추모하며

지난여름 한창 무더위에 시달릴 무렵 이시영 시인으로부터 선생님이 위중하시다는 소식을 들었습니다. 그래도 설마설마했는데, 이렇게 갑자기 떠나시다니요. 가슴이 떨리는 가운데도, 선생님과 함께했던 50여 년의 세월이 그야말로 주마등처럼 떠오릅니다.

1963년이었던가, 정초에 신진소설가로 이름을 빛내기 시작한 친구 김승옥에게 끌려 황순원 선생 댁에 세배를 갔다가 많은 선배문인들 틈에서 선생님을 처음 뵈었지요. 그때 선생님은 겨우 서른을 갓 넘긴 청년에 불과했지만, 이미 문제작 「판문점」과 「닳아지는 살들」의 발표로 현대문학상 신인상과 동인문학상을 수상한 쟁쟁한 작가의 한 분이었습니다. 그런데도 선생님은 조금도 유명인사 행세를 하지 않고 저 같은 이름 없는 후배들과 기탄없이 어울렸습니다. 그때부터 수십 년 동안 얼마나 자주 어울렸는지요.

1971년 봄, 출판사 한 귀퉁이를 빌려 『창작과비평』 명맥을 간신히 이어가고 있을 무렵이었지요. 창간 때부터 적잖이 힘을 보태셨다던 선생님은 그 무렵에도 자주 들렀습니다. 신경림·한남철·조태일·방영웅·황석영·최민 등 여러 벗들이 패잔병처럼 죽치고 있을 때 선생님의 등장은 언제나 큰 격려가 되었습니다. 그런데 그날은 심상찮은 표정으로 오셨지요. 남정현 선생과 함께 오셨던가요? 천관우 선생 등이 주도하던 '민주수호국민선언'에 서명을 받기 위해서였습니다. 박정희와 김대중이 대결했던 대통령선거가 다가오면서 이만한 정도의 '형식적 민주 절차'마저 망가질지 모른다는 위기의식의 발현이었습니다. 오늘의 한국작가회의까지 이어져오는 문인들의 민주화운동은 돌이켜보면 바로 그때 씨앗이 뿌려진 것이라 할 것입니다.

선생님 댁은 지금의 불광역에서 20분쯤 걸어가면 나오는데, 가까이에 파출소가 있었고 또 천관우 선생 댁도 있었습니다. 정초에는 천 선생 댁에 잠깐 들러 젊은 기자들 틈에 섞여 세배를 드리고, 이어서 글쟁이들만 따로 선생님 댁으로 몰려가 떡국 점심을 대접받았습니다. 그 연례행사 중에서도 1974년 1월 1일이 제일 기억에 남습니다. 그해 저는 백낙청·한남철 선생들과 만나 송건호·천관우 선생 댁을 거쳐 선생님 댁에 갔었지요. 세배도 세배지만, 장준하 선생이 발의한 '개헌청원운동'을 지지하는 문인들의 모임을 조직하기 위해서였습니다. 선생님은 선선히 앞장을 서시기로 했고, 그리하여 1월

7일 명동의 한 다방에서 문인 61명의 서명으로 '개헌지지선언'을 발표할 수 있었지요. 그 때문에 선생님은 터무니없게도 '문인간첩단'의 수괴가 되어 모진 고생을 치렀습니다.

선생님은 단신 월남해 오랫동안 혼자 사셨기 때문인지 외로움을 많이 탔고, 그래서인지 일행과 헤어지는 걸 싫어했지요. 1970년대, 선생님 댁은 불광동, 우리 집은 응암동이어서 청진동이나 무교동에서 여럿이 한잔하다가 귀가할 때면 무악재 넘어가는 버스를 같이 타게 되는 수가 많았습니다. 그러면 어디쯤에선가 선생님이 내 소매를 잡고 끌어내렸어요. 혼자만의 귀갓길이 싫으셨던 거지요. 피차 돈이 없던 시절이라 선생님은 굳이 손목시계를 맡기고서라도 생맥주로 입가심을 하고 통금이 임박해야 일어났습니다. 그렇게 턱에 받쳐 귀가했던 일들이 오늘은 아련하게 그립습니다.

또, 선생님은 산을 좋아하셨습니다. 젊은 날 수없이 여러 번 등산에 동행했지요. 주로 북한산을 올랐지만, 가끔씩은 1박 2일 원행도 했습니다. 산에만 가면 선생님은 누구보다 잘 걸으셨어요. "인민군 출신이라 역시 다르다"는 농담을 들을 만했지요. 1970년대 후반, 김윤수 교수의 출옥 기념으로 몇 사람이 소백산으로 등산을 갔던 기억이 떠오릅니다. 연화봉에서 비로봉으로 이어지는 우람한 능선을 걷는데, 산꾼들이 '까스'라고 부르는 안개가 달려들었어요. 그런데도 선생님은 휭하니 앞장서고 다른 사람들은 뒤에 처지고…… 아무래도 불안해서 내가 기를 쓰고 쫓아가 선생님께 항의를 했지요. 그렇게 혼자만 먼저 가시면 어떡하느냐고.

아무튼 이렇게 등산으로 단련된 체력의 뒷받침이 있었기에 노년에도 왕성한 글쓰기가 가능했을 것입니다.

선생님은 산에 올라 북녘의 고향 하늘을 바라볼 때든 감옥에 갇혀 집필의 자유를 빼앗겼을 때든, 한시도 문학을 떠난 적이 없었습니다. 고향 원산에서 중학에 다닐 무렵부터 러시아 작가 체호프의 열렬한 애독자였다고 선생님은 여러 번 말씀하셨습니다. 인간으로서 겪은 불행이 작가의 문학적 자산으로 승화되는 것은 비극적 역설이라 할 터인데, 과연 선생님은 체호프를 비롯한 러시아 작가들을 통해 문학의 진수를 다 체득하기도 전에 소년병으로 소집되어 전투에 참가하고 포로가 되어 마침내 단신 월남하기에 이르렀습니다.

피란지 부산에서 부두노동자, 제면소 직공, 미군부대 경비원 같은 밑바닥 생활을 하면서도 틈틈이 글을 쓰셨다지요. 데뷔작 「탈향」이나 장편소설 『소시민』에 그려진 주인공들의 팍팍한 삶의 정경을 통해 우리는 이호철 문학의 바닥 모를 저력을 실감합니다. 한 개인에게 닥친 삶이 비록 고통에 가득 찬 것이었다 하더라도 그것을 섬세하고 진실하게 그려낸 문학은 만인에게 고통의 극복을 선사하니까요. 그런 의미에서 선생님의 문학인생 60년은 분단비극에 대한 예술적 승리의 행진이었습니다. 언젠가 이루어질 통일의 그날, 선생님의 불굴의 문학혼은 다시 힘차게 귀환하여 화사하게 피어날 것입니다. 그날까지 모든 짐 내려놓고 편히 쉬소서. (『중앙일보』 2016.9.20)

김규동 선생의 시적 행로

문단생활 10년을 채울 때까지 내게 김규동(金奎東, 1925~2011) 선생은 아주 생소한 분이었다. 일찍이 '후반기' 동인으로 활동한 모더니스트의 한 사람이고 『나비와 광장』(1955) 『현대의 신화』(1958) 같은 실험적인 시집의 시인이라는 '사실'은 물론 알았지만, 그건 피상적인 지식일 뿐이었다. 그런 김 선생을 아주 가깝게 느끼기 시작한 사건이 1974년에 일어났다. 그해 11월 함석헌·이병린·천관우 등 재야인사들이 주축이 된 '민주회복국민선언' 발표에서 김규동이란 이름이 들어 있음을 발견했던 것이다. 뜻밖이었다. 사실 그때까지 김규동 선생은 시인으로서는 상당한 명성이 있었을지 몰라도 재야의 민주화투쟁에 이름을 올린 적은 내가 알기로는 없었기 때문이다.

그 무렵 우리 주변은 기자들의 '자유언론실천선언'과 문인들의

‘자유실천문인선언’으로 박정희 정권에 대한 비판적 열정에 들떠 있었다. 1975년 1월 초에는 136명의 문인이 서명한 ‘자유실천문인협의회(자실)의 편지’가 커다랗게 『동아일보』 광고 지면을 장식하기도 했다. 김규동 선생이 자실 문인들과 행동을 같이한 것은 이 무렵부터일 텐데, 이때부터 김 선생은 이런 성격의 모임이나 성명서 발표에 누구보다 열성을 다해 참여했다. 그러니까 내가 김 선생을 가까이 뵈었던 것은 주로 그런 자리에서였다.

언제부터인가 김 선생은 창비에도 가끔 발걸음을 하셨다. 창비 사무실이 광화문 뒷골목 세종학원 건물에 자리하고 있던 1977년 초여름이던가, 창비 사무실에 들른 김 선생은 평소와 달리 나에게 긴한 말씀이 있다고 하셨다. 그는 시집 원고를 내놓으며 나에게 ‘해설’을 청하시는 것이었다. 사실 나는 자타가 공인하듯 모더니즘에 대해 비판적 입장이었는데, 모더니스트로 알려진 김 선생이 그 점을 모를 리 없다고 생각되었다. 그럼에도 그가 나에게 그런 부탁을 하신 데에는 필연 무슨 깊은 뜻이 있을 것이었다. 나는 기꺼이 쓰겠다고 말씀드렸다. 솔직히 말해 그 글을 통해 내가 검토하고 싶었던 것은 시인 김규동의 모더니스트로서의 노선이 민주화운동에 참여하면서 어떤 영향을 받고 어떻게 변모되었을까 하는 점이었다. 김규동 선생의 세 번째 시집 『죽음 속의 영웅』(1977)에 붙은 해설은 이런 경위로 쓰게 된 것이었다.

몇 년 뒤 나온 김규동 시선집 『깨끗한 희망』(1985)에도 나는 짤막한 해설을 붙였다. 모처럼 그의 시들을 통독하면서 나는 초현실주의나 다다이즘 같은 데에 경도되어 있던 젊은 날에도 김규동 선생이 「열차를 기다려서」처럼 소박하고 절실한 언어로 분단의 아픔을 노래한 시를 썼다는 사실에 놀랐고, 다른 한편 그런 모더니즘적 경향에 대해 비판적 의사를 공표한 근년에도 「이카로스 비가(悲歌)」 「사막의 노래」처럼 모더니즘적 화법을 구사한 시를 발표한 사실에 또한 그에 못지않게 놀랐다. 그러나 생각해보면 이것은 한 시인에게 있어서 무엇인가를 간직해나가고 또 무엇인가를 버린다는 것이 실로 얼마나 깊은 내적 실존 가운데서 불가피한 형태로 이루어지는가를 알려주는 예로서, 다른 사람이 가벼이 용훼할 바가 아니다. 내가 쓴 해설은 대충 이와 같은 요지였다.

이런 생각은 30여 년이 지난 지금도 크게 달라진 것이 없다. 다만, 김규동 선생의 시에 관해서 조금 더 말해본다면, 고향인 함경도 경성고보의 은사였고 시의 스승으로 평생 사숙했던 시인 김기림(金起林)이 그러했듯이, 또 모더니즘의 원산지라 할 서구문학에서도 그러했듯이, 김규동의 경우에도 모더니즘의 전위주의는 본질적으로 기성체제에 대한 저항의 정신을 내포하고 있다는 사실이다. 예술적 전위는 계기만 주어지면 언제든 정치적 전위로 변신할 폭발성을 지닌다. 1930년대의 유럽 초현실주의는 파시즘의 위기를 맞아 대부분 레지스탕스로 진화하지 않았던가. 전위가 정치를 외면하는 순간 그 전위에는 전위의 제스처만 남는다. 그것은 바로 타락의 길이다.

아주 젊은 나이에 어머니와 고향을 떠나온 김규동 선생의 시적 전위가 1970년대의 억압적 현실과 부닥치면서 분단현실에 대한 정치적 저항의 언어로 발전한 것은 전위 본연의 정신에 충실하고자 하는 필연적 도정이었다고 생각한다.

(김규동 시인 5주기 기념문집 『죽여주옵소서』 2016.9)

김용태와 함께 보낸 3년

1980년대 말경, 세상은 6월항쟁의 식지 않은 열기로 아직 뜨거웠다. 젊은 친구들은 가까이 다가온 혁명의 예감으로 눈빛이 무섭게 번뜩였다. 하지만 내게는 그것이 실체 없는 흥분으로 느껴질 뿐이었다. 무엇보다 나는 하루하루가 고단했다. 당시 나는 홀로된 부친을 모시기 위해 다시 서울로 이사한 상태여서, 주중에는 대구에서 근무하고 금요일 오후부터 월요일 오전까지는 서울에서 지내고 있었다. 아직 '기러기 아빠'란 말이 유행하기 전인데, 이렇게 살아본 분들은 잘 알겠지만 이건 보통 피곤한 생활이 아니었다. 대구에 있는 동안에는 기다리는 사람 없는 썰렁한 아파트로 되도록 늦게 들어가기 위해 잦아지는 것은 당연히 술자리였다. 나로선 방학만 학수고대할 뿐이었다.

이렇게 살아가던 1989년 1월 어느 날 누군가의 권유로 발족한 지 얼마 안된 민족예술인총연합(민예총) 임원 연수회에 가게 되었다. 일산 YMCA 강당을 빌려서 진행되었는데, 은평구 신사동 우리 집과도 멀지 않은 곳이었다. 그 전해 11월 창립된 민예총 조직에서 내게는 문학위원장이란 직함이 씌워져 있었다. 사실 나는 창립대회에 참석하지도 못한 처지였다. 연수회에 가보니, 내가 아는 얼굴보다는 모르는 얼굴이 훨씬 더 많았다. 문학 바깥 장르의 일꾼들과 별로 접촉이 없던 나로서는 당연한 노릇이었다. 아무튼 그 자리에서 민예총의 성격과 활동방향에 대한 다양한 논의를 듣던 끝에 나는, 민예총이라는 예술가 조직이 대외적 활동에만 치중할 것이 아니라 서로 다른 장르들 간의 이론적 접촉과 이념의 공유를 위해 민족미학연구소 같은 기구가 있어야 되지 않겠느냐고 제안했고, 그러자 즉각 그 제안이 받아들여지는 동시에 소장이라는 또 하나의 감투가 그 자리에서 씌워졌다.

그래서 주말이면 세종문화회관 뒤쪽에 있다가 낙원동 골목으로 옮긴 민예총 사무실로 자주 나갔다. 사실 거기 나가는 재미는 두 가지였다. 오래전부터 가깝게 지내는 신경림 선생이 민예총의 당시 사무총장이고 김용태가 처장인데, 이 두 분은 바둑을 몹시 좋아했다. 나까지 셋이 바둑 실력이 비슷한 터라, 오후 느지막이 모이면 으레 서너 판 두고는 한잔하러 가는 것이 정해진 코스였다. 목포에서 올라온 미술평론가 원동석 형도 바둑 좋아하는 점에서는 타의 추종을 불허했다. 결혼식 참석을 위해 상경한 사람이 민예총 사무실에 들렀다가 바둑에 빠지는 바람에 결국 결혼식 참석마저 포기한 적도 있었으니 말이다. 원동석을 바둑판에 남겨두고 나랑 용태랑 여럿이 결혼식장으로 가는 버스 안에서 웃음을 참지 못했던 기억이 새롭다.

하지만 바둑만 두고 술만 마신 건 물론 아니었다. 김용태는 직함이 화가라고 돼 있지만, 사실 그의 그림을 본 사람은 별로 없었다. 「DMZ. 동두천 사진관」인가 하는 제목의 콜라주 비슷한 작품을 한번 보기는 했지만, 그것 하나만으로 한 사람의 정체성을 규정할 수는 없다. 내가 보기에 김용태는 화가라기보다 탁월한 문화기획가이자 재야운동가이다. 그는 민족미술인협회(민미협) 주관의 많은 전시회를 사실상 조직했을 뿐만 아니라 1990년대 초의 들뜬 분위기에 올라탄 뛰어난 공연작품들을 기획하거나 뒤에서 후원했다. 가령, 1991년 3월 30~31일 저녁 연세대 노천극장에서 열린 노래공연 「91, 자 우리 손을 잡자」는 5만 관중을 동원하는 대성공을 거두었고, 공연을 가까이에서 지켜본 나는 감동을 넘어 드물게도 열광에 들떠 소리를 지르고 촛불을 흔들었다.

김용태가 관여한 것은 그런 전시와 공연의 기획만이 아니었다. 앞서 내 제의로 민족미학연구소를 만들고 각 장르 소속의 젊은 평론가·이론가들이 모이는 토론공간을 구성했다고 언급했는데, 김용태의 특징이 살아나는 것은 그 모임을 다른 용도로 활용할 아이디어를 생각해낸 것이었다. 즉, 그는 말깨나 한다 하는 이론가들을 동원해서 '민족미학 여름학교'를 개최하자는 아이디어를 나에게 제출했다. 이런 여름학교·겨울학교를 몇 번 해본 다음 그는 이런 학교 방식을 좀더 체계화하고 상설화해서 '문예 아카데미'로 만들자고 했다.

이런 걸 회상하다보니 생각나는 사람이 한 분 있다. 그는 극작가 안종관 형의 친구인 사업가 이영섭 씨이다. 그는 참 호쾌한 사나이였다. 사업가면서도 예술에 대한 감식안이 뛰어나고 사람 보는 눈이 예리했다. 물론 술도 좋아했다. 조선호텔 건너편 북창동 쪽에 사무실이 있었는데, 그는 친구와 선후배를 자기 사무실로 불러 모으거나 스스로 민예총 사무실로 와서 그럴듯한 저녁을 사곤 했다. 모금 전시회가 있으면 그는 단골 큰손이었다. 그런 식으로 그는 든든한 민예총 후원자 노릇을 했다.

그 이영섭 씨가 문예 아카데미 구상에 아주 적극적이었다. 적지 않은 돈을 대어 강의실로 쓸 건물을 임대하도록 주선했고 강의 내용에도 아주 구체적인 관심을 보였다. 아주 건장한 사나이였는데, 뜻밖에도 간암으로 50대의 나이에 세상을 떠났다. 그는 독실한 가톨릭이어서 그쪽으로도 손이 큰 후원자 노릇을 했다고 알고 있다.

1993년 2월에는 민예총 정기총회에서 광주의 강연균 화백과 함께 내가 공동의장으로 선출되었다. 오래전에 낙원동 쪽으로 사무실을 옮긴 뒤였는데, 나는 학교에서 연구년을 얻은 1년 동안 연구는 하지 않고 민예총 사무실에만 출근하듯 나갔다. 아, 그때가 민예총의 전성기였다. 김용태를 비롯해서 문호근·임진택·정희섭·박혜숙 같은 상근자들이 둘러앉아 토론하고 의논하고 논쟁하던 광경이 어제 일처럼 생생하다.

당시는 김영삼 정부가 막 출범하던 때여서, 그런대로 민주화에 대한 전망이 현실적 토대를 갖추어가는 듯이 보였다. 김영삼 정부 초기에는 확실히 희망적 조짐이 많았다. 당시 민예총에서도 '문화개혁'을 화두로 한 정부 주최의 세미나 같은 데에 적극적으로 참가했다. 아마 비지(비판적 지지) 쪽 사람들은 그 점을 못마땅하게 여겼을지 모르겠다. 하지만 돌이켜보건대 당시 재야운동권 내지 시민운동가들이 1970, 80년대의 투쟁관행과 고정관념에 너무 오랫동안 사로잡혀 있었던 것은 바람직한 일이 아니었다고 생각한다. 결과적으로 운동권의 그런 배타적인 태도가 김영삼 정부 후반기의 반동화를 촉진한 것은 아니었는지 반성해봄직하다.

아무튼 우리는 합법공간 안으로의 민예총의 진입, 즉 민예총의 사단법인화를 결정하고 이를 실현시켰다. 영광스럽게도 내가 초대 이사장으로 선출되었는데, 실은 막후에서 모든 것을 책임지고 계획 실행한 것은 김용태였다. 그는 발이 넓고 사람 사귀는 데 천재였다. 나는 김용태 싫어하는 사람을 본 적이 없다. 그는 누구하고나 '형님' '아우'였다. 한두 살만 아래인 사람에게도 "야, 너!" 하고 말을 놓았다. 가령, 작고한 사진가 김영수. 언뜻 보면 그는 김용태보다 대여섯 살 많은 형님 같았다. 그런데 김용태는 거침없이 "영수야" 하고 불렀다. 그런가 하면 멀리 경남에서 활약하는 조각가 김동환. 그는 체구도 듬직하고 말도 점잖아서 김용태 삼촌 같은 느낌을 주었다. 그 김동환에게도 사정없이 "동환아"였다. 겨우 한 살 많다는 것인데, 정말 그런 건지 아닌지, 주민등록증도 믿을 게 못되고, 확인해볼 도리가 없다.

이 뛰어난 능력가 김용태에게는 그러나 딱 한 가지 약점이 있었다. 자신의 능력을 마음껏 현실에 옮길 수 있는 힘으로서의 돈이 없다는 것이었다. 대신 그는 어딘가에서 돈을 구하는 재주는 약간 있었다. 앞의 이영섭 씨도 그가 찾아낸 후원자 중의 한 분이지만, 내과병원 김지영 원장도 그런 분이었다.

그 무렵 나는 늘 피곤한 모습이었으므로 어느 날 용태가 나를 억지로 끌고 신촌 로터리 조그만 병원으로 데리고 들어갔다. 한번 진단을 받아보라는 것이었다. 그런 연고로 처음 만난 분이 김 원장인데, 의사에 대해 갖고 있는 선입견을 깨트리는 아주 따뜻하고 섬세한 분이었다. 그런데 김 원장이 나를 진단하고 나더니 당뇨라고 했다. 나는 당뇨라는 게 무슨 병인지 그때는 당뇨에 대해 아무런 개념이 없었다. 당뇨라는 말을 듣고도 한동안 대구-서울을 오르내리며 먹고 마시고 떠드는 생활을 계속했다.

마침내 나는 이런 생활을 더이상 지속할 수는 없다는 것을 깨닫기에 이르렀다. 마침 민예총 이사장 임기도 끝나고, 그래서 나는 대학생 아들들만 서울에 남기고 다시 아내와 고교생 딸을 이끌고 대구로 내려갔다. 그게 1994년 봄인데, 자연히 김용태와 만나는 일도 차츰 드물어졌다. 그래도 어쩌다 서울에 오면 그가 이끄는 대로 '평화 만들기'로 가서 김용태 사단에 어울려 아무렇지도 않은 듯 잔을 기울였다.

하지만 세월이 흘러 김용태를 인사동에서 볼 수 없는 날이 왔다. 신촌 봉원사에서 그와 작별한 뒤에도 신경림·구중서·현기영·안종관 등과 용태 부인이 하는 음식점 '낭만'에 모이면 10년, 20년 세월의 격절은 쉽게 어디론가 사라지고 우리는 어느덧 다시 예전으로 돌아간다. 마치 그 옛날 '부산식당'에 둘러앉아 점심부터 동태찌개에 소주 한잔 시키는 기분으로! 영원히 그런 날로 돌아갈 수 없다는 것을 알기에 더욱 가까운 어제처럼 느껴지는 폭풍의 계절 속으로! 늙음의 눈으로 바라본 젊은 날의 피끓는 맹목 속으로!

(『신포도 사랑, 용태 형』 2014.1)

김윤수 선생과의 30년

1

내가 김윤수(金潤洙, 1936~2018) 선생의 이름을 처음 알게 된 것은 오래전 서울대학교 『대학신문』에 실린 그의 글을 통해서였다. 리얼리즘에 관해 논의한 짤막한 에세이로서, 대략 1970년쯤에 발표된 글이라고 기억하고 있었다. 그런데 이번에 찾아보니 1970년 10월 19일자 『대학신문』에 젊은 시절의 희미한 사진과 함께 「리얼리즘 소고(小考)」라는 제목으로 실려 있다.

이 글을 읽고 감명을 받은 나는 필자의 이름 뒤에 '문리대 강사·미학'이라고 소개되어 있었으므로, 당시 한창 가깝게 지내던 미학과 출신의 시인 김지하를 만나 김윤수 씨를 아느냐고 물었다. 그러자 그는 당분간 숨겨두려던 귀중품의 알맹이가 드러나 아쉽다는 듯, 그러나 기왕 드러난 바에야 자랑을 좀 해야겠다는 듯 싱긋이 웃으며 되물었다. "윤수 형님 말이야? 너 그 형님 어떻게 알았어?" 그래서 나는 학교신문에 난 글을 보고 이름을 알았다고 대답했을 것이고, 그는 아마 김 선생에 대해 이런저런 찬사를 늘어놓았을 것이다. 물론 자세한 내용은 잊은 지 오래나, 다만 지금도 뚜렷이 기억에 남아 있는 것은 좋아하는 선후배를 기탄없이 '형님' '아우'로 부르는 김지하의 그 협객문화적 호칭법이다.

돌이켜보건대 내가 당시에 김윤수 선생의 글을 주목하게 된 것은 그 제목 때문이었을 것이다. 다들 알다시피 우리나라는 1970년대로 접어들면서 사회경제적으로 급격하고도 근본적인 변화를 겪기 시작했고, 이에 따른 정치사회적 긴장 또한 덮어둘 수 없는 지경에 이르고 있었다. 거칠게 요약하자면 물량적·의존적 산업화를 강압적으로 밀고 나가는 소수의 지배·권력 진영과 그러한 산업화에 의해 삶의 기반이 무너지고 생존권이 박탈당하는 다수의 피지배·민중 진영으로 국가사회 전체가 분열되는 양상을 보이기 시작했다고 믿어졌던 것이다. 이러한 사회적 분열은 필연적으로 양 진영 간의 정치적 적대와 이념적 대결을 초래하였다.

소위 순수문학과 참여문학 간의 논쟁이라는 것도, 비록 엉성하고 미숙한 개념들로 구성되어 있기는 하나 따지고 보면 그러한 이념대결의 한 국면이라고 말할 수 있다. 그러므로 순수·참여 논쟁이란 의

제의 설정 자체가 잘못된 것이라고 주장하든가 또는 그 밖에 이런저런 고상한 명분을 내세운다든가 해서 논쟁으로부터 초연한 자세를 취하는 것은 차라리 어느 한쪽의 입장을 택하는 우직함보다 오히려 더 비열한 자기기만이고 위선적인 현실도피라고 여겨졌다.

어떻든 전태일의 분신투쟁 같은 결정적인 사건을 논외로 하고 문학의 영역으로만 시야를 좁히더라도 신경림·조태일·이성부·김지하 등의 시인과 박태순·이문구·황석영·조세희 등의 소설가의 등장은 1970년대 초의 우리 사회와 문학이 적어도 휴전 이후 남한 역사에서는 어떤 중요한 새로운 단계에 진입하고 있음을 입증한다고 할 것이다. 그런 점에서 김윤수 선생의 논문「예술과 소외」와 황석영의 중편소설「객지」가 함께 발표된『창작과비평』1971년 봄호는 문학사적으로뿐만 아니라 사회사적으로도 하나의 이정표일 수 있다고 생각한다. 이 무렵 김 선생이 꺼내든 '리얼리즘' 개념은 이 전환의 시점에서 제시된 민중문예운동의 이념적 깃발이었고 동시에 그 이론적 도구였다. 그러므로 대학에서 독일어 시간강사 노릇을 하면서 어렵게『창작과비평』편집을 담당하고 있던 당시의 나에게는 김윤수 선생 같은 독실한 미학자의 민중진영 동참이 힘있는 원군의 도착을 의미했다.

2

김 선생을 처음 어디서 만났는지는 분명치 않다. 소개해준 김지하와 동석이었는지도 기억이 희미하다. 어쨌든 나는 김 선생과 만나자마자 금방 의기투합하는 것을 느꼈고, 그래서 곧장 그에게 글을 청탁했던 것 같다. 『대학신문』에 실린 짧은 에세이를 바탕으로 좀더 본격적인 리얼리즘론을 써달라는 것이 내 주문이었을 것이다. 그렇게 해서 『창작과비평』에 발표된 논문이 「예술과 소외」다.

그후부터 그는 심심치 않게 창비 사무실에 들렀고, 그럴 때면 사무실에 앉아 얘기를 나누던 동료 문인들에 섞여 술집으로 향하는 적이 많았다. 그러다가 언젠가 나는 김 선생이 노총각 신세로 어머님을 모시고 살던 정릉의 연립주택에도 몇 번 찾아간 적이 있다. 그 무렵 나는 수유리에 살고 있어서, 어느 때엔 택시를 타고 가다가 김 선생을 내려드리고 집을 향하기도 했다. 당시 미술대 학생이던 김민기가 놀러 왔다가 기타를 치며 자작곡 「아침 이슬」을 노래한 것도 기억에 남는다. 물론 김민기의 이름이 가수로서 세상에 알려지기 전의 일이다.

그런데 『대학신문』에 발표된 「리얼리즘 소고」도 어느 정도 그렇지만 이 「예술과 소외」도 우리의 당면한 문예현실에 구체적이고 직접적인 연관성을 가진 글은 아니다. 1966년에 제출된 김 선생의 대학원 졸업논문 제목이 「칸트의 미 분석론에 관한 연구」임을 나는 이 글을 쓰면서 처음 알았는데, 그러고 보면 그 무렵 김 선생은 칸트의 이른바 자율성 미학으로부터 20세기 현대예술의 소외현상까지를 관통하는 어떤 이론비판의 구도를 머릿속에 그리고 있지 않았나 싶다. 「예술과 소외」에는 멈퍼드, 마르쿠제, 하우저처럼 당시의 창비 독자들에게도 제법 이름이 알려진 학자와 이론가뿐만 아니라 한스 제들마이어나 에른스트 피셔 같은 생소한 미학자와 예술평론가도 거론되고 있다. 이것은 아직 폐쇄적이고 냉전주의적인 한계 속에 갇혀 있던 당시의 우리 학문풍토에 비추어 김 선생의 독서 범위가 대단히 진취적이면서도 광범하다는 것을 보여주는 동시에 그의 이론적 구상이 아주 방대하고 야심적이라는 것을 입증한다.

그러고 보니 『창작과비평』 1971년 봄호에는 김 선생의 논문과 나란히 에른스트 피셔의 「오늘의 예술적 상황」(Überlegungen zur Situation der Kunst)이 수록되어 있다. 그 번역원고를 다듬느라고 무척 고생한 기억이 나는데, 동유럽 사회주의 체제의 경직성과 관료주의를 비판한 전(前) 공산당원의 문제의식과 반(半)봉건적 자본주의 사회의 예술적 소외와 비인간화를 극복하고자 고민하는 남한 미학자의 문제의식이 그때 『창작과비평』 지면에서 만나고 있었음을 나는 뒤늦게 확인한다.

「리얼리즘 소고」가 언제 『대학신문』에 발표되었는지 확인하려고 뒤지다가 덤으로 찾아낸 김 선생의 글이 있다. 1971년 4월 5일자 『대학신문』에 실린 「회화에 있어서의 리얼리티」라는 글이다. 지난번과 똑같은 사진이 곁들여 있는데, 언제 찍은 것인지 모르나 아주 젊은 얼굴이다. 예술 전반에 걸친 리얼리즘 문제를 높은 수준의 추상 차원에서 정리한 지난번 글보다 더 짧으면서도 범위를 회화에 한정시킨 만큼 더욱 예각적인 고찰이 이루어져 있는 것으로 읽힌다. 어쩌면 이 글은 김 선생 자신도 까맣게 잊어버렸을지 모른다. (그래서 2001년 김 선생 정년을 기념하는 이 글을 쓸 때엔 「회화에 있어서의 리얼리티」 전문을 여기 옮긴 바 있었다. 하지만 그 글이 『김윤수 저작집』에 수록되는 오늘엔 당연히 그럴 필요가 없어졌다.)

3

문학에 있어서나 미술에 있어서나 리얼리즘은 그 자체의 본질적인 요구와 지향으로 보아 순수한 이론의 영역에만 머물 수는 없는 노릇이다. 그것은 실재하는 객관적 현실에 대해 올바른 인식을 추구하는 동시에, 그러한 현실인식이 각 예술장르들 고유의 매체와 형식들을 통해 탁월하게 미적으로 형상화되는 것을 목표로 한다. 물론 예술에 관한 논의에서 말하는 올바른 현실인식이 사회과학 같은 데서 사용되는 개념적 정확성이나 논리적 정합성과는 구별되는 것일 수밖에 없다. 그것은 오히려 깊은 종교적 깨달음이라든가 절실한 예술적 체험이라고 할 때 그런 경우에 구현되는 현실과의 전면적인 대결에 가까운 어떤 것일 터이다. 그런 점에서 예술에서의 현실인식과 미적 형상화는 분리되어 있다기보다 한 몸으로 일체화된 하나의 통일적 과정이라고 말할 수 있다.

그러나 역사적으로 실존해온 현실의 객관적 모순들 및 그런 현실 모순과 마주선 예술가 개인들의 갖가지 내적 편향과 불충실성은 그런 통일을 끊임없이 방해한다. 그리하여 김윤수 선생이 「리얼리즘 소고」에서 지적한 것과 같은 "현실성을 둘러싸고 본질과 현상, 실재와 가상, 오브젝트(object)와 이미지(image) 사이에 불일치"가 예술 현장에서는 수시로 발생하게 되는 것이다. 그러므로 이러한 불일치를 극복하여 진정한 예술적 리얼리티를 달성하는 일은 결코 현실과 절연된 관조적 영역에서만은 이루어질 수 없고 불가피하게 객관현실 속에서의 치열한 투쟁과정을 거치게 된다. 또한 예술작품의 창작 작업에서 요구되는 치열성은 제대로 된 예술작품을 알아보고 평가하는 이론가에게도 마찬가지로 자신의 진정성을 보장하는 불가결한 조건이 된다. 그런 점에서 리얼리즘 내지 리얼리티를 거론한 두 편의 짧은 에세이와 리얼리즘론이 돌파해야 할 현대사회의 모순을 분석한 한 편의 논문을 발표한 김윤수 선생의 행보가 초기의 그러한 순수이론의 범주를 뛰어넘어 좀더 구체적인 역사적 현실을 이론적으로 또 실천적으로 파고들게 된 것은 실로 당연한 노릇이었다.

그런데 『창작과비평』 1971년 봄호에는 김 선생의 글과 함께 강명희의 「서양화의 수용과 정착」이라는 꽤 긴 논문이 실려 있다. 사진이나 삽화를 그때까지 한번도 사용하지 않았던 『창작과비평』으로서는 이 논문에 여러 장의 그림 동판을 곁들이고 있어 자못 파격적이다. 이 강명희는 그 후 전혀 미술사가로서의 활동을 하지 않아 잊힌 존재가 되었다. 내 기억이 정확하다면 강명희의 그 글은 김 선생의 열성적인 지도하에 쓰여진 석사학위 논문을 수정 보완한 것이다. 다시 말해 그 논문에는 거의 전적으로 김 선생의 문제의식이 투영되어 있다고 말할 수 있다. 그러나 지나치게 개괄적이고 통사적인 그 글이 김 선생에게 충분히 만족스러웠던 것 같지는 않다. 그리하여 김 선생은 잠시 강명희에게 맡겼던 과제를 자신의 것으로 회수하여 이인성·이중섭의 미술사적 위치와 업적을 논의한 「좌절과 극복의 이론」(1972년 가을)을 집필하고, 이어서 「춘곡 고희동과 신미술 운동」(1973년 겨울), 「화단풍토의 반성」(1974년 가을), 「광복 30년의 한국미술」(1975년 여름, 이상 모두 『창작과비평』) 등의 논문을 연달아 발표한다. 그리고 이러한 성과들을 묶고 여기에 서구 근대미술의 한국적 수용 문제를 이론적·비판적으로 논의한 서론을 보태어 1975년 11월 한국일보사 '춘추문고'의 하나인 『한국현대회화사』를 출간한다.

이 책은 문고판 200면의 소책자에 불과하다. 그리고 김 선생 자신이 서문에서 말하고 있듯이 "책이름 그대로의 한국회화사"인 것은 아니다. 고희동·박수근·이인성·이중섭 등 대표적 사례의 분석을 기반으로 한 일종의 미술사론이라고 하는 것이 더 적합할 것이다. 그러나 그런 회화사로서의 미흡함에도 불구하고 이 책은 1970년대 중반의 한국 미술계(및 미술사학계)에서 획기적인 의의를 가진다고 생각된다. 이 방면의 문외한으로서 감히 발언하기 어려운 대목이긴 하나, 짐작건대 김 선생의 당시 작업은 식민지 초기부터 해방 후까지의 한국회화의 흐름을 총체적으로 점검함으로써 우리 미술에 있어서의 역사의식의 회복과 주체적 시각의 확립이라는 획기적 목표를 겨냥하고 있었을 것이다.

돌이켜보면 당시만 하더라도 문단에 비해 상대적으로 낙후해 있던 터라 미술계에서의 김 선생의 시각은 실로 대담하고 도전적인 것이었다. 김 선생의 것보다 20여 년 뒤에 발표된 논문이 김 선생과 비슷하게 진보적이었던 까닭에 그 논문을 발표한 교수가 국립대학의 현직에서 쫓겨난 것을 보더라도 미술계의 보수성 및 김 선생의 선진성을 짐작할 수 있다. 이 역시 문외한의 추측이거니와, 김 선생의 이런 외로운 선구적 활동이 있었기에 그 활동의 이론적·실천적 토대 위에서 1970년대 말경 젊은 미술인들에 의해 '현실과발언' 동인이 결성된 것이 아닐까 한다. 어쨌든 『한국현대회화사』가 출간된 다음에도 그는 「김환기론」(『창작과비평』 1977년 여름), 「오지호의 작품세계」(『계간미술』 1978년 봄), 「문인화의 종언과 현대적 변모」(『한국현대미술전집』 9권, 1980) 같은 글을 계속 발표했다. 이로 미루어보면 김 선생은 '춘추문고'의 그 책이름에 걸맞은 회화사의 완성을 위해 작업을 쉬지 않고 있었음을 알 수 있다.

4

이제 시선을 밖으로 돌려보자. 김 선생이 대학강사로 고단한 나날을 보내고 있던 그 무렵 이 나라는 1969년 박정희 정권의 삼선개헌 강행과 더불어 정치적으로 가파른 고빗길로 치닫고 있었다. 특히 1972년 10월의 소위 유신체제 선포는 폭력에 의한 일인통치의 제도화였고 자유와 민주주의의 부정이었으며 민중의 생존권 요구에 대한 탄압의 전면화였다. 그런 와중에도 김 선생과 나는 1973년 같은 해에 용케 대학에 전임 자리를 얻게 되었다. 그는 이화여대에, 나는 덕성여대에서 교수가 되었다. 그러고 보면 이 무렵 정치의 암흑화에도 불구하고 권력의 대학 지배는 아직 허술한 데가 많았던 것 같다. 학생운동이나 노동운동을 가혹하게 탄압한 것에 비하면 대학교수나 종교인 등 지식인들에 대해서는 상대적으로 유화적이었다고도 할 수 있다. 달리 보면 당시의 지식인운동 자체가 아직 초보적인 성격의 것이어서 체제에 본질적인 위협이 되지 못한다는 것을 정치권력이 알고 있었다는 해석도 가능하다.

그러나 그러한 유화적 태도는 조만간 끝장날 수밖에 없었다. 왜냐하면 종교인·언론인·문인·예술가·교수 등 지식인들의 민주화 요구도 점차 민중운동과 합류하면서 유신체제의 토대를 흔드는 일에 동참하기 시작했기 때문이다. 1973년 말 장준하 선생을 중심으로 한

헌법개정청원운동에 김 선생이 참여한 데 이어서 이듬해 정초 60여 명의 문인들이 이를 지지하는 성명서를 공개적으로 발표하였고(1974.1.7) 바로 다음 날(1.8) 박 정권에 의해 소위 긴급조치 1호가 발포된 것은 저간의 긴박한 상황전개를 알려준다고 하겠다. 그래도 이 무렵에는 성명에 참여한 문인과 교수들을 하루이틀 연행해가기는 했어도 그 이상 다른 조치를 취하지는 않았다. 그러나 1974년 11월 민주회복국민회의의 결성에 즈음해서는 김병걸·백낙청 교수가 공무원의 정치참여라는 이유로 해임 또는 파면되었다. 김 선생은 사립학교 교원이었으므로 현직을 유지할 수 있었다.

그러나 물론 유신체제에 대한 비판의 목소리가 높아짐에 따라 정치적 압박은 시시각각 조여들고 있었다. 1975년 12월 초 나는 월북시인(이용악·오장환)의 시집을 복사하여 소지 배포했다는 혐의로 신경림·백낙청 선생 등과 일주일쯤 남산 중앙정보부 지하실에 잡혀가 조사를 받고 나왔다. 그들 중앙정보부로서는 당시의 자유실천문인협의회에서 중요한 역할을 맡고 있고 비판적 문학활동의 거점이기도 했던 창비의 주요 멤버들이 아무리 조사해봤자 겨우 시집 몇 권 복사해 가지고 있는 따위 소소한 행위밖에 걸려들지 않은 것에 매우 실망했을 것이다. 그들에게는 이미 전해(1974) 1월 긴급조치 1호가 발포된 직후 이호철·임헌영 등을 엮어 소위 '문인간첩단'이라는 것을 날조해본 성과가 있었기 때문이다.

그런데 바로 그 무렵, 그러니까 1975년 11월 김 선생은 긴급조치

9호 위반으로 우리보다 먼저 잡혀와 있었다. 최근에야 나는 영남대 정치학과 김태일 교수를 통해 그때의 경위를 조금 더 자세히 들을 수 있었다. 당시 운동권 학생이던 이화여대 이혜경(현재 여성문화예술기획 이사장) 씨가 어느 날 김 선생의 연구실을 찾아온다. 그런데 김 선생은 자리에 없고 김 선생 책상 위 고무판에 웬 유인물이 한 장 놓여 있다. 그것은 김 선생이 김지하의 어머님으로부터 전해 받은 유명한 「양심선언」이었다. 연구실에서 김 선생을 기다리는 동안 무심코 그것을 읽던 이혜경 씨는 점차 가슴이 뛰는 것을 느낀다. 그는 더이상 김 선생을 기다리지 않고 그 유인물을 들고 나와 그때 사귀던 서울대 의대생 양길승(현재 성수의원 원장이자 이혜경 씨의 남편) 씨에게 가지고 간다. 그리고 두 사람은 그것을 필사(복사가 아님!)한다. 그러고서 이혜경 씨는 원본을 김 선생 연구실에 도로 갖다 놓았고, 양길승 씨는 필사본을 근거로 자신이 지도하던 독서서클 후배들(당시 대학 2학년이던 지금의 김태일 교수 등)과 함께 동대문시장에 가서 줄판과 철필 및 등사기 따위들을 사고 선언문을 여러 부 등사하여 여기저기 뿌린다. 그러지 않아도 이 문제학생들을 잡아들이려고 혈안이 되어 있던 당국으로서는 고마운 일이었다. 그렇게 해서 김 선생도 사건의 배후인물로 걸려들게 되었는데, 김태일 씨를 비롯한 양길승 씨의 후배들은 재판이 열리고 나서야 어떤 경로로 그 문건이 자신들 손에 들어왔는지 알게 되었다고 한다. 아무튼 김 선생은 이 사건으로 징역 2년에 집행유예 1년을 선고되어 1976년 8월 출소하였다.

홍성우 변호사가 변론을 맡았던 그 재판은 지금 돌이켜보면 진짜 재판이라기보다 재판을 소재로 한 하나의 연극 또는 긴급조치의 긴급성이 허구임을 입증하기 위한 일종의 모의재판 같았다. 재판이 끝나면 피고 역을 맡았던 김 선생이나 변호사 역을 맡아 수고한 홍 변호사나 모두 얼른 옷을 갈아입고 방청객인 우리들과 함께 어울려 밖으로 나와야 될 것 같았다. 그리고 술집 같은 데로 몰려가서 좀더 박진감 있는 연극이 되자면 기소의 내용이 너무 부실하니 죄가 될 만한 사건을 더 추가해야 되겠다느니 뭐라느니 하면서 시끌벅적 품평회라도 열어야 될 것 같았다. 그러나 물론 재판이 끝나면 김 선생은 다시 수갑을 차고 호송차로 가야 했는데, 유신체제하의 수많은 긴급조치 위반사건들과 마찬가지로 김 선생의 이 사건도 삼엄하고 살벌한 포장지 안에 실로 믿을 수 없이 사소한 일상사들이 내장되어 있었다.

김 선생이 출소하고 나서 얼마 뒤 이호철 선생을 비롯한 여러 사람들이 청량리역에서 기차를 타고 소백산으로 환영등산을 갔던 일이 떠오른다. 사실 그때는 김 선생도 나도 대학에서 쫓겨난 뒤였다. 소위 재임용제도의 첫번째 희생자들이었던 것이다. 당시 정부에서 이 제도를 강행한 저의는 불을 보듯 명백했다. 한마디로 비판적인 지식인들을 대학에서 추방하고 그들의 입을 봉쇄하겠다는 것이었다. 그때나 지금이나 사립학교 재단은 그런 기회를 최대한 활용하는 법인데, 정치문제와 아무 상관없이 단지 재단의 입맛에 안 맞는다는 이유로 다수의 교수들이 쫓겨났던 것이다. 당시 강원도 원주의 어느 사립대학은 50여 명의 교수들 중 교무처장인가 하는 사람 하나만 빼고 전원 탈락시켜 말썽이 나기도 하였다. 이렇게 되면 그 재단의 의도와 관계없이 재임용제도 자체가 희화화되는지라 문교부 관리가 내려가서 재단의 지나친 처사를 만류했다는 이야기도 있다. 내가 있던 대학의 학장은 나의 구명을 위해 문교부에 들어가 허락을 받았다고 했다.(당시만 하더라도 이 대학은 단과대학이어서 학장이 지금의 총장.) 그런데 재임용 탈락이 문교부의 소관사항도 아니었는지 76년 1월 말부터 갑자기 학교 출입이 통제되고 학생들과의 접촉이 금지되었다. 그때 김 선생은 감옥에 있었으므로 이런 번거로움 없이 다만 해직을 통보받는 데 그쳤을 것이다.

당시에는 교수나 기자 등 정치적 해직자들이 많았다. 이 고급인력이 당국의 직접적 간섭을 덜 받는 대표적 자영업, 즉 출판시장으로 진출하기도 하고 기타 여러 방면의 사회운동으로 확산되기도 하였다. 창비 주위에도 많은 고등실업자들이 모이게 되었다. 그런데 이듬해 『8억인과의 대화』로 편저자인 리영희 선생은 구속되고 발행인 백낙청 선생은 불구속으로 기소되는 사건이 발생하였다. 할 말을 하면서도 늘 조심스러운 방식을 지켜온 창비로서도 언젠가 한번쯤 닥칠 일이 닥친 셈이었다. 이 사건의 수습과정에서 1978년 1월부터 내가 발행인을 맡고 그와 동시에 김윤수·백낙청 선생들과 세 사람이 편집위원회를 구성하게 되었다. 이로써 김 선생의 위치는 필자에서 편집자로 바뀌었고 우여곡절 끝에 1983년 1월부터는 발행인의 직책까지 맡게 되었다. 이 무렵 성내운·문동환·김동길 및 창비 편집위원 세 사람 등 20여 명이 모여 해직교수협의회를 결성하였다. 한 달에 한 번씩 모여 이런저런 시국담을 나누고 가끔씩 동아투위(동아자유언론수호투쟁위원회), 자실(자유실천문인협의회), 사제단(천주교정의구현사제단) 등 유사단체들과 연대하여 또는 독자적으로 종로5가 기독교회관의 금요기도회 같은 데 가서 성명서를 발표하기도 했다.

그런 답답한 나날이 계속되던 끝에 10·26사건으로 마침내 유신체제가 무너지고 해직교수들이 다시 대학으로 돌아갈 수 있게 되었다. 김 선생과 나는 민주화의 기대를 뒤에 남긴 채 서울을 떠나 함께 대구 영남대로 내려갔다. 실은 김 선생은 1년 전부터 시간강사로 영남대에 나오고 있었는데, 해직교수의 대학 출강을 철저히 억제하던 당시에 김 선생이 그나마 강사로 나올 수 있었던 것은 그 무렵 영남대 총장 비서실장으로 있던 고 이수인 교수의 특별한 노력이 있었기 때문이 아닌가 짐작한다. 나는 복잡하게 들끓는 서울을 벗어나 얼마 동안이나마 조용히 공부를 해야겠다는 심정으로 가족들을 끌고 아예 대구로 이사를 왔다.

그러나 그해 봄에서 여름까지의 상황은 우리가 너무나 생생히 알고 있는 대로 기대했던 바와 전혀 다르게 전개되었다. 계엄해제와 민주화의 실현을 요구하는 학생과 시민의 움직임은 광주민중항쟁의 무력진압에서 보았듯이 무자비한 탄압을 받았다. 그해 5월 18일부터 여름방학이 끝나는 8월 말까지는 교직원들조차 교문에서 집총한 군인들한테 신분증을 보여야 학교에 출입할 수 있었다. 그리고 이번에야말로 여러 명의 교수들이 학교에서 축출되었다. 그리고 『창작과비평』 『씨올의 소리』 등 많은 정기간행물의 등록이 하루아침에 취소되고 수많은 무고한 시민들이 느닷없이 끌려가 이른바 삼청교육이라는 비인간적 만행을 당하였다. 영남대에서는 김 선생과 이수인 교수가 해직되었다.

그런데 김 선생의 해직은 지금 다시 생각해보아도 좀체 납득이 되지 않는다. 학생데모의 배후로 찍힌 거로구나 하고 당시에 짐작했고 지금도 대강 그러려니 알고 있지만, 교수로 부임한 지 한 학기도 채 안된 김 선생이 학생들을 배후에서 조종할 수 있을 만큼 유능한 조직의 명수라고는 믿어지지 않는다. 혹시 누군가 김 선생을 무고 내지 중상모략한 것은 아니었을까. 참으로 모를 일이다.

이러한 정치적 소용돌이를 그러나 김 선생은 의연하게 잘 견디어 나갔다. 다만 나로서 아쉬운 것은 그가 한창 물이 올라 있던 한국 근대미술사 연구에 전념할 수 있는 시간과 여유를 결국 얻지 못한 사실이다. 물론 1980년대 들어 미술계의 풍토 자체가 많이 달라지고 새로운 시각에서 근대미술사를 공부하는 후학들이 등장하기는 하였다. 그러나 김 선생이 이 분야에서 단지 선편(先鞭)을 취하는 것 이상의 구체적이고 실질적인 업적을 이룩했다면 그것은 다른 누가 대신할 수 없는 기념비적 의미를 획득했을 것이다. 어쨌든 1970년대에 그가 주로 창비 지면에 역사적 연구를 발표했다면 1980년대에는 『계간미술』을 중심으로 현장비평에 주력한 셈이라고 말할 수 있을 것이다.

다른 해직교수들과 마찬가지로 김 선생도 1984년 10월에 복직을 한다. 그러나 정작 김 선생의 고초는 그로부터 꼭 1년 뒤 창비의 출판사 등록취소 사건으로 심해지게 되는데, 앞서 말했듯이 그는 해직되어 있던 83년 초부터 창비의 대표로 취임해 있었던 것이다. 창비의 출판사 등록취소에 대한 지식인들의 전국적인 항의서명운동은 그로부터 다시 1년여 뒤인 1987년 4월 전두환의 호헌성명에 대한 반대서명운동으로 연장되고 마침내 6월항쟁으로까지 이어지게 된다. 자유실천문인협의회를 계승한 민족문학작가회의의 발족, 한국민족예술인총연합(민예총)의 결성 및 민주화를위한전국교수협의회(민교협)의 탄생 등이 모두 6월항쟁의 성과로서 가능한 것이었음은 두말할 나위가 없다. 특히 민예총에서는 초대 공동의장(1989~ 90)이자 이사장(2000~02)의 직분을 맡아 민족예술운동의 이론적·실천적 지도자로서 남이 대신할 수 없는 뚜렷한 역할을 행사했다.

쓰다보니 점점 공식적인 내용으로 되어간다. 실제로 김 선생을 모시고 떠들며 한잔하는 기회가 차츰 드물어지는 걸 느낀다. 1970년대에는 그런 자리가 꽤 있어서, 정부종합청사 뒤쪽 '항아리집'에서 신경림·한남철 선생들과 한 곡조 뽑으며 마시던 일도 아련히 기억된다. 그럴 때 김 선생은 노래에나 이야기에나 아주 열정적이었다. 아니, 그는 매사에 열정적이고 완벽주의를 추구했다. 그러고 보니 해직교수일 때 돋보기안경을 끼고 창비 책표지 디자인에 몰두하던 모습이 눈에 선하다. 6월항쟁 때에는 그는 최루탄 가스 뒤범벅된 도심의 거리에서 젊은이들에 섞여 짱돌을 던지기도 하였다.

요즘도 나는 친구들과 어울려 청도 운문산으로 가끔 등산을 가는데, 지나는 길에 운문사 초입에 이르면 누군가가 조그만 초등학교 건물을 가리키며 말한다. "일제 때 저 학교에서 김윤수 선생 부친이 교장으로 계셨다지!" 반세기도 더 전인 그땐 이곳이 참으로 벽지였을 것이다. 이곳 관사에 살면서 운동장을 뛰노는 소년 김윤수의 모습이 보인다. 그런데 부친은 언제 돌아가셨나? 정릉 연립주택에서 모친상 치르던 일이 생각난다.

1990년대 들어 어느 날 김 선생과 둘이 우연히 교내식당에서 점심을 먹고 시적시적 걷다가 그가 나를 보고 탄식처럼 말했다. "염 형네 복규, 신규가 벌써 대학생, 고등학생이지? 염 형은 든든하겠어." 나는 아린 가슴에 아무 대답도 못했다. 얼마 후 김 선생의 뒤늦은 결혼식이 있었다. 조촐하지만 아주 감명 깊은 자리였다. 그런데 신혼여행 길에 새벽산책을 나갔다가 발을 헛디뎌 크게 다치는 사고가 났다는 소식이 전해졌다. 모두들 몹시 놀랐으나 다행히 김 선생은 차츰 회복이 되었다. 그런 어느 날 역시 학교 식당에서 점심을 먹고 함께 산책을 하였다. 이번에는 내가 입을 열었고 김 선생은 말없이 미소를 지었다. "이번에 다치신 걸로 선생님을 따라다니던 액운이 깨끗이 떠난 것 같아요. 왠지 제게는 다치고 난 선생님 얼굴이 마치 목욕하고 난 뒤처럼 훤해 보이는데요."

정년퇴직 뒤 그는 생활근거를 서울로 옮겼고 5년 뒤 나도 뒤따라 서울 근처로 이사를 했다. 그는 차츰 외출도 글쓰기도 대폭 줄어든 거의 은둔에 가까운 칩거에 들었다. 분단과 전쟁으로 폐허처럼 척박해진 땅에서 외롭게 민족예술의 이론을 구상하고 실천에 헌신했던 그의 선구자적 역할은 이렇게 천천히 마감되었다.

(『민족의 길, 예술의 길』, 창비 2001.5;
『김윤수 저작집』, 창비 2019.11 개고)

자유인 채현국 선생을 기억하며

지난 4월 2일 오후 채현국(蔡鉉國, 1935~2021) 선생의 작고 소식이 전해지자 가슴에서 덜컥하는 소리가 났다. 채 선생이 그동안 여러 해째 병원을 들락거렸고 최근엔 자못 위중하다는 것을 알았음에도 내게는 마치 있을 수 없는 일이 일어난 것 같은 충격이 온 것이다. 2017년 9월 초 녹색병원에 문병 갔을 때만 해도 채 선생은 병상에서조차 문병 간 사람들 입을 열 틈을 주지 않을 만큼 활기가 넘치고 이야기에 거침이 없었다. 늘 그렇게 잔칫집 같은 떠들썩함으로 가까이 계시리라 믿어왔기에 그의 죽음은 온 세상이 적막에 드는 듯한 허전함으로 다가왔다.

내가 어렴풋이나마 처음 채 선생에 관한 소문을 들은 것은 1960년 봄 대학에 입학하고 얼마 되지 않았을 때였다. 당시만 해도 전쟁의 흔적이 많이 남아 있었고 다들 가난했다. 제대로 학비 내면서 '밥 먹고' 다니는 대학생은 많지 않았고 나 같은 지방 출신들은 형편이 더 어려웠다. 그러니 "빡빡 깎은 머리에 찢어진 바지를 걸친 노숙자 차림으로" 교문 앞 다리에 서서 파격의 담론을 설하는 기이한 철학도 소문에는 관심을 가질 여유가 없었다.

그런데 학교 안에서 전설처럼 흘려들었던 소문의 당사자를 오래지 않아 학교 바깥에서 만나게 되었다. 대학을 졸업하고 신구문화사란 출판사에 편집사원으로 근무하던 1965년경이었다. 그 무렵 신구문화사에는 시인 신동문(辛東門) 선생이 편집고문으로 계셨다. 신 선생은 나름 유명한 시인이었지만, 곁에서 지켜보니 딱한 처지의 동료들 뒷배 노릇을 하는 비주류 문단의 중심이었다. 그는 문학 전문 출판사의 편집자로서 김수영(金洙暎)·민병산(閔丙山)·구자운(具滋雲)·천상병(千祥炳) 같은 직장 없는 문필가들에게 원고 일거리를 제공하기도 하고, 월간 『세대』의 자문역을 맡아 이병주(李炳注) 같은 대형 소설가를 발굴하고 최인훈(崔仁勳) 같은 유망한 작가에게 장편 연재의 기회를 주선하기도 했다. 그런 까닭으로 그의 주위에는 언제나 사람이 많았다.

내가 채현국 선생을 알게 된 것도 신동문 주변에서였다. 비슷한 경위로 백낙청(白樂晴) 선생과도 인사를 나누었을 것이다. 서로 친구 사이인 사업가 채현국과 교수 백낙청 두 분은 그들의 또다른 친구인 소설가 한남철(韓南哲) 선생을 통해 신동문과 그밖의 문인들을 알게 됐으리라 짐작한다. 한남철은 1959년 『사상계』로 등단하여 그곳 기자로 일하고 있었으므로 문단에 발이 넓었고, 따라서 새 잡지의 창간을 준비하던 백 선생에게는 그런 한 선생의 도움이 요긴했을 것이다. 한 선생은 1968년인가에 새로 창간된 『월간중앙』으로 직장을 옮기면서도 창비에 자주 들르고, 창비 출신 문인들에게 자주 지면 제공의 호의를 베풀었다. 아무튼 1966년 1월 15일 발간된 『창작과비평』 창간호의 안표지가 신구문화사의 책 광고인 걸 보면 어떤 경위로 이 광고가 실리게 되었는지 짐작이 간다.

돌아보면 『창작과비평』의 창간은 단지 문예지 하나 새로 만들자는 의도만의 산물은 아니었다. 가령, 통권 10호(1968년 여름호)에 백 선생이 쓴 편집후기 「『창작과비평』 2년 반」을 창간 55년을 넘긴 통권 192호(2021년 여름호)의 시점에서 읽어보면 당연히 엄청난 격세지감이 들지만, 그러나 세월을 관통하여 여전히 공감되는 측면도 느껴진다. 척박한 풍토에서 뜻있는 잡지를 '2년 반이나' 버텨낸 것을 스스로 대견해하는 광경은 미소를 자아내게 하지만, "뜻있는 이를 불러 모으고 새로운 재능을 찾음으로써 견딜 수 있을 것이라던 애초의 기대와 소망이 어느 정도는 이루어졌다는 의미에서, 우리는 일단의 성공을 자축(自祝)할 수 있을 듯하다"는 발언에 내재된 다짐은 오늘날 더 강조될 필요가 있을지 모른다. 어쨌든 여기서 말하는 '기대와 소망'의 바탕에는 잡지사업의 중심인 백낙청 선생뿐만 새로운 잡지의 창간에 공감하고 뜻을 함께했던 채현국·임재경(任在慶)·김상기(金相基)·이종구(李鍾求)·한남철 등 동지들의 염원도 깔려 있었다고 믿어지는 것이다.

물론 채 선생 자신은 언제나 멀리서 성원하는 역할에 머물러 있었다. 당시로서는 부친 채기엽(蔡基葉) 선생이 벌여놓은 사업에 전념하는 것이 그의 본업이기도 했다. 그러고 보니 1967년 늦여름 부친 회갑연에 초대받아 가서 집 안과 마당을 가득 채운 흥겨운 잔치판을 보았던 일이 떠오른다. 그때 기념품으로 받았던 스테인리스 재떨이는 지금도 우리 집 어딘가에 남아 있는데, 2009년 가을 나의 둘째 녀석 혼사를 앞두고 채 선생이 축의금 전한다고 일부러 산본까지 오셨기에 재떨이 얘기를 꺼냈더니 무척 반가워하며 자신에게는 그 재떨이가 남아 있지 않다고 했다.

나는 채 선생 부친을 회갑 때 딱 한 번 뵈었을 뿐이므로 도무지 기억이 없다. 그런데 이상한 것은 그후 흥국탄광 서울사무소를 여러 번 찾아갔어도 사장인 채기엽 선생이 자리에 있는 것을 한 번도 본 적이 없다는 점이었다. 나로서는 채 선생이 작고한 뒤에 읽은 『풍운아 채현국』(김주완 기록, 피플파워 2015)과 『쓴맛이 사는 맛』(정운현 기록, 비아북 2015)을 통해서야 그밖의 다른 사실도 알게 되고 의문도 풀렸다. 부친은 천부적인 사업가였지만 한군데 정착할 줄 모르는 영원한 자유인이었다. "내 생애에서 아버지는 기댈 수 있는 언덕이기보다 오히려 짐 같은 존재였다"는 채 선생의 언급은 그의 일생에 관해 많은 것을 설명한다고 할 것이다. 요컨대 부친은 사업이건 뭐건 저지르기만 하고 수습은 주로 아들에게 맡긴 채 자유롭게 살았다. 그가 서너살 때 이미 아버지는 중국으로 떠났고, 그런 탓에 어머니는 삯바느질로 어렵게 살림을 꾸려야 했다. 일제 말기 한창 힘들 때엔 사흘을 내리 굶고 쓰러진 적도 있었다고 한다. 어머니는 생모가 아니었지만 자신이 낳은 큰아들과 함께 채현국을 생모 못지않은 사랑으로 키웠다.

해방 후 귀국한 부친은 고향인 대구에서 사업을 시작하려다가 여덟살 위인 채현국의 이복형이 좌익 쪽에 가까워지자 솔가하여 서울로 옮긴다. 전쟁 동안에는 한동안 다시 대구에서 지냈고, 그런 연고로 전시 연합중학을 다니면서 백낙청을 비롯한 여러 친구들을 사귀었다. 환도 이후 대학 4학년이던 이복형이 휴전조약 당일 "이제는 영구 분단이다"는 말을 남기고 갑자기 자살을 했는데, 이 돌연한 사건으로 "집안은 풍비박산이 났다"고 한다. 채 선생이 눈을 둥그렇게 뜨고 형의 자살 사건에 대해 말하는 것을 나도 여러 차례 들었다. 이 충격으로 부친은 운영하던 연탄공장을 버려둔 채 집을 떠나 강원도 탄광지대로 가서 새 사업에 착수했다. 흥국탄광은 이런 경위로 태어난 것이었다.

내가 채현국 선생과 본격적으로 가까워진 것은 1969년 백낙청 교수가 박사학위 논문을 마무리하기 위해 미국으로 떠난 뒤였다. 지금 문득 떠오르는 장면은 신구문화사의 이종익(李鍾翊) 사장, 신동문 선생과 백낙청 선생, 그리고 나 넷이 장충동의 어느 양식집에서 점심을 먹으며 백 선생 안 계신 동안 신구에서 창비를 맡아 책임지기로 이종익 사장이 약속하던 일이다. 그런데 막상 창비를 맡아보니 기대와 달랐기 때문인지, 신구는 잡지의 제작만 책임지고 원고료에 대해서는 입을 다물었다. 나는 1967년 말 석사논문이 통과되자 신구문화사를 사직하고 이듬해부터 대학에서 조교와 시간강사 노릇으로 밥을 벌면서 창비 편집을 맡고 있었는데, 원고료가 나오지 않으니 차츰 필자들한테 시달리게 되고 원고를 청탁할 면목도 없어졌다. 할 수 없이 종로1가 흥국탄광 서울사무소로 채현국 선생을 찾아갔다.

퇴근 무렵 그의 사무실로 찾아가면 친구들이 삼삼오오 모여들었다. 조선일보의 임재경과 이종구, 동아일보의 이계익(李啓謚) 등 기자 친구들이 주로 왔고 가끔은 소설가 이호철(李浩哲)과 시인 황명걸(黃明杰)도 어울렸으며 흥국탄광 도계 현장소장 박윤배(朴潤倍)와 노무과장 이선휘(李璇輝)도 나타났다. 물론 내가 채 선생의 사무실을 찾아가는 목적은 언론계 선배들의 종횡무진 담론을 경청하자는 것이 아니라 창비의 어려운 형편을 하소연하고 원고료 후원을 얻어내는 것이었다. 그런데 요즘 내가 새삼스레 확인한 것은 채 선생의 창비 후원에는 그럴 만한 까닭도 있다는 것이었다. 대학 졸업 후 취직했던 방송국을 3개월 만에 때려치우고 그가 찾아간 곳은 부친이 운영하고 있던 강원도 삼척의 흥국탄광이었다. 하지만 회사는 부도 직전의 상황이어서 채 선생은 백방으로 돈을 구하러 다녀야 했는데, 이때 그의 사업을 살린 것은 백낙청 선생의 모친이라고 했다. 당시 모친은 백병원의 수납을 맡고 있었기 때문에 어음을 현금화하여 부도를 막아주셨다는 것이다. 사실 그것도 얼마간 위험부담을 각오하는 일이었다. 모친 입장에서 채현국은 아들의 친구일 뿐 아니라 같은 대구사람이라는 지역감정도 작용했을지 모른다는 것이 백 선생의 사후적 추측이다. 어떻든 후일 채 선생은 창비 운영이 어려울 때 자금을 보탠 것이 "모친이 베푼 은혜를 갚은" 것이었다고 회고한 바 있다.

지금 생각하면 그때 내가 채 선생한테 받은 후원금과 필자들에게 지급한 원고료 액수를 또박또박 적어놓지 않은 것이 후회가 된다. 요즘 돈으로 환산하면 몇천만 원이 될지 모르는데, 돈의 액수도 액수지만 그보다 나름의 역사적 기록이 될 터였다. (하지만 때로는 그런 기록이 유죄의 증거로 악용되던 시대도 있었음을 감안할 필요가 있다.) 물론 채 선생의 후원에도 불구하고 늘 원고료가 모자라, 아마 떼먹고 지나간 경우도 적지 않았을 것이다. 그 때문에 더러 곤욕을 치르기도 했고, 특히 어느 선배 소설가한테 받은 모욕은 잊히지 않는다. 그때 원고료를 못 받고도 눈감아주신 필자들께는 늦었지만 감사의 큰절을 올린다.

그 무렵, 그러니까 1971년 늦봄 나는 수유리 산비탈에 15평짜리 조그만 주택을 사서 집주인이 되었다. 손바닥만 한 좁은 마루였지만 거기 앉아 눈을 들면 봄에는 진달래가 보이고 겨울에는 눈 오는 경치가 황홀경을 연출했다. 생애 처음으로 내 이름의 문패가 달린 집에 살고 있다는 행복감에 젖어 있던 어느 일요일 늦은 오후, 한남철 선생이 앞서고 채현국·박윤배 두 분이 뒤따라 예고 없이 우리 집을 찾았다. 북한산 등산을 하고 내려오는 길이었다. 박윤배 소장은 작고한 지 오래되어 이제 기억하는 사람이 많지 않지만, 백낙청·김우중(金宇中, 전 대우그룹 회장)·이종찬(李鐘贊, 전 국가정보원장) 등 유명인사들과 비슷한 때 고등학교를 다닌 분으로 청소년 시절부터 알아주는 협객이었다고 한다. 하지만 내가 만났을 무렵의 박 소장은 단지 강한 주먹의 소유자가 아니라 맑스의 『자본론』을 읽고 그 정신을 체득한 행동적 지식인이었다. 그는 1965년경부터 흥국탄광의 현장소장으로 내려가 있으면서 가족이 있는 서울로도 자주 왔다.

소주 두어 병과 약소하게 안주가 놓인 소반을 갖다놓고 네 사람이 둘러앉자 방은 그득해졌다. 그런데 분위기가 예사롭지 않았다. 평소 채 선생은 말이 속사포처럼 빨라서 좀체 다른 사람이 끼어들 틈을 주지 않았다. 그런데 그날은 흥국탄광의 경영방침과 노사문제에 관한 박윤배 소장의 거센 공세에 밀려 채 선생은 벌 받는 학생처럼 고개를 숙인 채 입을 열지 못하고 있었다. 나로서는 평생 잊지 못할 장면이다.

돌이켜 생각해보면 당시 삼척지역 흥국탄광은 단순한 탄광이 아니었다. 박정희 정권의 유신체제에 반대해서 민주화운동을 하다가 피신하는 활동가들을 숨겨주는 것은 차라리 소극적인 역할이고, 여기서 한 걸음 더 나아가 정치투사의 교육을 위한 민주주의의 후방기지를 꿈꾼 것이 아닐까 막연하게 짐작한다. 그런데 이 대담한 일을 기획하고 주도한 사람이 다름 아닌 박윤배 소장이라고 나는 알고 있다. 처음 고백이지만, 그 무렵 갓 결혼한 소설가 황석영이 중편 「객지」의 발표로 성가를 높인 다음 어느 자리에선가 노동현장으로 들어가겠다는 생각을 표한 적이 있었다. 그 소리를 들은 박 소장은 한동안 나를 통해 황석영 부인에게 생활비를 전한 적도 있다. 그 무렵 황석영은 우리 집에서 멀지 않은 4·19묘역 근처에 세들어 살았다. 아마 채현국 선생은 이 일련의 사실들을 대강 짐작하면서도 모르는 체 묵인하는 선에서 넘어갔을 것이다. 그것만 해도 사업가로서는 힘든 선택이었다. 그러나 결국 1973년 흥국탄광은 자진해서 문을 닫았다. 그때 퇴직금으로 열 달 치 봉급을 광부들에게 나누어주었다는 얘기를 들은 적이 있다.

백 선생이 귀국하자 나로서는 채 선생을 만날 일이 대폭 줄어들었다. 창비가 신구문화사에서 떨어져나와 독립하고 나도 덕성여대에 전임으로 취직을 한 것이 일차적인 이유였지만, 창비의 재정적 책임을 백 선생이 전담하게 된 것도 채 선생 찾아갈 이유를 줄였다. 하지만 시국은 점점 어려워지고 있었다. 박 정권은 유신선포에 이어 긴급조치를 발령했고 민주진영의 저항도 점점 거세어갔다. 이런 와중에 백 선생이 대학에서 파면된 데 이어 나도 대학에서 해직되었다. 창비라는 최소의 근거지를 더 단단하게 지키지 않으면 안 되는 상황이 된 것이었다. 그 무렵 채현국 선생은 친구들과 종로1가에 흥국통상이라는 업체를 차렸다고 하나, 나는 자세한 내막을 알지 못한다. 1979년에는 그 흥국통상도 접고, 채 선생은 1980년대부터 개운중학교(1968년 인수)와 효암고등학교(1974년 개교)의 운영에만 힘을 쏟았다.

하지만 이때부터 그는 자택이 있는 서울과 학교가 있는 경남 양산을 오르내리며 풍류객처럼 사는 것 같았다. 1990년대부터는 노는 곳도 서울의 인사동 쪽이 중심이 되고 어울리는 사람들도 민병산 선생이 돌아가신 뒤에는 신경림(申庚林)을 비롯한 문화예술계 인사들이 많았다. 내가 영남대에 재직하는 동안에는 가끔 대구에도 내려와 때로는 여럿이, 때로는 단둘이 만났다. 한번은 수성못 쪽으로 걷다가 어딘가를 가리키며 생모가 살았던 곳이라 했고, 또 한번은 동화사와 파계사가 갈라지는 지점에 이르러 "이 근처에서 내가 태어났다지……"라고도 했다. 어느 땐가는 소설가 방영웅(方榮雄)과 구중관(具仲琯)을 대동하고 영남대에 와서 박현수(朴賢洙)·정지창(鄭址昶)·김종철(金鍾哲) 등 후배 교수들과 어울려 잔디밭 위에서 막걸리 파티를 벌이기도 했다.

돌이켜보니 채현국 선생은 사람을 좋아하고 사람에 대한 호기심으로 가득 찬 분이었다. 그는 색다르다 싶은 분의 소문을 들으면 기를 쓰고 찾아가 격의 없이 사귀었다. 사귀되 나이·신분·재산·학벌·남녀 따위를 가리지 않고 사람됨의 근본을 향해 곧장 다가갔다. 놀라운 것은 인간의 됨됨이에 대한 채 선생의 비상한 간파능력이었다. 그는 어떤 사람과 인사를 나누고 몇 마디 주고받으면 벌써 전광석화처럼 그의 사람됨을 꿰뚫어보는 것 같았다. 그는 사회적 명성이나 지위, 외형적 차림새 같은 것에 절대로 넘어가지 않았다. 약삭빠른 사람과 말재주가 번지레한 사람, 위선적이거나 출세 지향적인 사람을 그는 잡아먹을 듯이 미워했다. 이름을 대면 알 만한 유명한 문인과 교수들이 채 선생의 통렬한 입담 앞에 가차 없이 무너지는 것을 나는 여러 차례 목격했다. 반면에 서투르고 무던하고 좀 모자란 듯한 사람에 대해서는 이상할 정도로 애정을 베풀고 정성을 다해서 보살폈다. 친구이자 사돈인 임재경 선생을 통해 일찍이 리영희(李泳禧) 선생을 소개받아 친해지고 좋아했는데, 까닭인즉 리 선생이 똑똑하고 훌륭해서가 아니라 "순박하고 정이 많아서"라고 했다. 그런데 내가 오래 살펴본 바로는 채 선생 자신은 결코 단순하고 순박한 분이 아니었다. 어쩌면 그는 자신의 인생을 둘러싼 복잡함과 자기의 사유 안에서 들끓는 번다함을 넘어서기 위해 필생의 투쟁을 벌였을지 모른다. 그리고 바로 그랬기 때문에 그는 민병산·권정생(權正生)

같은 소박하고 순수한 분들의 삶을 찬양하고 그런 사람들이 고르게 잘 사는 세상의 도래를 더욱 절실하게 소망했을 것이다.

알다시피 채현국 선생은 2014년 정초 한겨레 인터뷰(이진순 「"노인들이 저 모양이란 걸 잘 봐두어라"」 2014.1.4)를 계기로 갑자기 전국적인 유명인사로 떠올랐다. 건강에 문제가 많았음에도 그는 쏟아져 들어오는 강연 요청을 마다하지 않았다. 팔순을 넘긴 노인의 것이라고는 믿어지지 않는 거침없는 언변과 거기 담긴 전복적인 사고에 사람들은 환호했다. 그를 좋아하고 그와 인연을 맺어온 문화예술인들이 이색적인 전시회를 연 것도 그런 분위기의 결과였다. 원로 화가인 친구 이우환(李禹煥)과 부인의 친구 방혜자(方惠子)를 비롯해 신학철(申鶴澈)·배수봉(裵水鳳)·박재동(朴在東), 전각예술가 정병례(鄭昺例), 도예가 김용문(金容文), 조각가 박상희(朴相嬉) 등의 출품으로 2017년 11월 15일부터 일주일간 인사동의 한 화랑에서 '쓴맛이 사는 맛 그림전: 건달 할배 채현국과 함께하는 예술가들'이라는 이름의 전시회가 열린 것이었다. 지금 이 글도 그때 만들어진 팸플릿에 기고했던 것을 보완한 것이다. 팸플릿의 글 마지막 단락을 여기 그대로 옮겨, 드문 기인(奇人)이자 광기의 철인(哲人)이고 쉴 줄 모르는 학인(學人)이자 통 큰 대인(大人)이었던 채현국 선생의 별세를 삼가 애도한다.

"글과 그림과 춤과 노래에 대해서도 채현국은 어쩌면 세상의 통념과는 다른 자기만의 기준을 가지고 있을지 모른다. 그것이 어떤 것인지 나는 들어본 적이 없다. 어쩌면 채 선생 자신도 '내게는 그런 거 없어!'라고 할 것 같다. 어떻든 그의 기준이 기득권체제의 내부에서 통용되는 전문가들 위주의 고답적 기준이 아닐 거란 점만은 분명하다. 사람이 고루 평등하고 즐겁게 살아가는 데 도움이 되는 모든 예술 형식들이 각자의 특성과 지향을 지닌 채 모여들어 용광로 같은 대동(大同)을 이룬 세상…… 아마 이런 게 그의 꿈일 것이다. 촛불 1주년을 기념하듯 열리는 이 특별한 전시가 채현국의 그런 꿈의 일단을 세상에 알리는 기회가 되기 바란다."

(『창작과비평』 2021년 여름호)

권정생 선생님 영전에*

오늘 우리는 우리 시대의 가장 고결한 영혼과 작별하기 위하여 이 자리에 모였습니다. 그는 한평생 가난하게 살았고, 비천한 것들 틈에서 지냈습니다. 그러나 그의 남루해 보이는 삶은 아무런 가감 없이 그 자체로서 이 시대의 불의와 타락에 대한 무언의 질타였고, 우리들 마음 한편에 남아 있는 양심에의 살아 있는 호소였습니다.

그는 생전에 동화와 소설, 시와 수필 등 적지 않은 분량의 글을 써서 발표하였습니다. 지금까지 그를 존경해왔고 앞으로 그를 그리워하게 될 사람들에게 그의 이러한 문필 업적들은 오래도록 위로와 용

* 이 글은 경북 안동시 일직면 조탑리 권정생(1937.9.10~2007.5.17) 선생이 사시던 오두막 아래 들판에서 열린 장례식(2007.5.20)에서 읽은 조사이다. 안동의 후배 문인들 권유로 과분하게도 장례위원장을 맡았었다.

기를, 또 가르침과 깨달음을 줄 것입니다. 그러나 그의 글은, 어느 것이나 절실한 울림을 뿜어내고 있음에도 불구하고, 그의 저 비할 바 없는 삶, 거의 성자(聖者)의 후광에 둘러싸인 듯한 그의 흉내낼 수 없는 삶에 비하면 빙산(氷山)의 드러난 부분에 불과한 것처럼 느껴집니다.

이제 그가 이 세속의 삶을 마감하였고, 오늘 우리는 그를 보내기 위하여 여기 모였습니다. 그의 이름 권정생(權正生), 이제 그 이름은 가난하고 외로운 사람들에게, 슬픔과 두려움을 간직한 사람들에게, 지상의 평화와 이 땅의 통일을 간구하는 사람들에게, 강자들의 폭력과 파괴에 고통받는 사람들에게, 아니 사람들뿐 아니라 벌레와 새와 쥐와 개구리, 세상의 모든 약자들에게 진실한 친구이자 이웃이었던 존재를 가리키는 영원한 기호로 되었습니다.

나는 권정생 선생의 팍팍했던 삶의 역정을 여기서 굳이 회상하지 않겠습니다. 『강아지똥』 『몽실 언니』 『한티재 하늘』 『우리들의 하느님』 기타 여러 저서들의 문학적 감동과 예언자적 지혜 또한 나의 비평적 언급 이전에 수많은 독자들의 가슴의 실감이 증명하는 바입니다. 다만 나는 그의 생애의 출발지점으로 잠깐 돌아가보려고 합니다.

알다시피 권정생 선생은 1937년 일본 도쿄의 빈민가에서 태어났다고 합니다. 그곳을 그는 『우리들의 하느님』에 실린 글에서 이렇게 회고한 적이 있습니다. "아무렇게나 흘러들어와 모여 사는 빈민가 사람들의 가족구성도 정상적이지 않았다. 골목길 끄트머리 노리코

네 아버지는 조선사람, 어머니는 일본여자, 노리코는 고아원에서 데려온 딸이었다. 건너집 미치코는 주워다 키운 아이고 동생 기미코는 조선 아버지와 일본 어머니 사이에서 태어난 혼혈아였고 우리 앞집 일본인 부부도 양딸을 데리고 살았다. 한 집 건너 경순이는 관동지진 때 부모를 잃고 거기서 식모살이처럼 얹혀살고 있었다."

권 선생 자신은 헌옷장수집 뒷방에서 태어났는데, 당시 그의 어머니가 삯바느질로 생계를 꾸려갔던 것 같습니다. 그런데 놀라운 것은 그가 "이때 나는 따뜻한 사람들을 많이 만났다" "그 따뜻한 촉감은 평생을 잊을 수 없다"는 말로 당시를 기억하고 있다는 사실입니다. 대도시의 빈민가, 그 소외된 삶의 터전을 생명의 온기가 넘치는 낙원으로 승화시키는 마음이야말로 바로 『강아지똥』의 메시지이고 그의 문학의 뿌리이며 권정생 선생의 70년 인생이 우리에게 주는 더할 나위 없이 값진 선물일 것입니다.

권정생 선생님, 당신의 일생은 더 보탤 것도 뺄 것도 없는, 가장 소박하고 가장 고귀한 정신의 완성입니다. 당신의 떠나는 영혼 앞에 모인 우리들은 당신과 한 하늘 아래 숨쉬었다는 기쁨을 간직하고 이제 흩어지렵니다. 그리고 당신의 삶의 모습을 세상에 전하겠습니다. 이제 모든 짐을 내려놓고 부디 안식에 드소서.

2007년 5월 20일

염무웅 삼가 올림

『샘터』 창간 시절의 추억

세월이 참 빠르구나, 이 말은 나이든 분이면 누구나 가끔씩 하는 탄식입니다. 이 글을 쓰는 나도 예외가 아닙니다. 『샘터』 창간(1970.4) 50주년을 맞게 된다는 소식을 들으니, 그런 감회가 더욱 절실하게 다가옵니다.

돌이켜보면 1969년 연말이 가까울 무렵, 친하게 지내던 시인 신동문(辛東門) 선생이 잠깐 만나자는 연락을 해왔습니다. 당시에 그분은 어느 출판사에 편집고문으로 계셨고, 나는 대학에 시간강사로 나가면서 그 출판사에도 가끔 들러 일을 거들고 있었습니다. 만나자마자 그는 대뜸, 김재순 선생이 새로운 잡지의 창간을 구상하고 계신데, 좀 도와주었으면 좋겠다는 말씀을 했습니다.

'김재순과 신동문', 두 분 사이에 무슨 인연이 있었던 걸까요. 요즘엔 『새벽』이라는 잡지를 아는 분은 많지 않습니다. 소설가 최인훈 선생의 명작 『광장』이 발표된 잡지가 『새벽』이라고 하면, 아! 하실 겁니다. 판권에 보면 사장 장이욱(張利郁, 1895~1983), 발행인 주요한(朱耀翰, 1900~79), 주간 김재순이라고 찍혀 있습니다. 장이욱 선생은 도산 안창호 선생의 뜻을 계승한 독립운동가로서 서울대 총장과 주미 한국대사를 역임한 나라의 원로였고, 주요한 선생은 일찍이 「불놀이」(1919)를 발표한 시인이었지요. 1950년대 후반은 자유당 독재에 대한 국민들의 원성이 높던 때로서, 『새벽』은 독재정권에 대한 비판과 저항을 대변하던 잡지였습니다.

이때 일어난 사건이 4·19혁명입니다. 꼭 60년 전이지요. 시인 신동문은 4·19혁명의 현장에 적극 참여하고 그 경험으로 「아, 신화같이 다비데군(群)들」이란 유명한 시를 썼습니다. 아마 그런 인연으로 신동문은 『새벽』지의 편집장으로 발탁된 것 같습니다. 정치가로서 민주당 신파(新派)에 속했던 주요한 사장과 김재순 주간은 4·19 이후 정치 쪽에서 바쁘게 뛰어다녀야 했으므로 잡지 실무는 신동문에게 맡겨졌을 겁니다. 1960년 11월 장편소설 『광장』의 게재는 편집장 신동문의 용기 있는 결정이었습니다.

며칠 후 신동문 시인의 소개로 김재순 선생께 인사를 드렸지만, 언제 어디서였는지는 기억이 없습니다. 아무튼 나는 10년 전의 잡지 『새벽』을 생각하며 그런 잡지가 다시 나올 수 있다면 기꺼이 함께하겠다는 뜻을 가지고 있었습니다. 그러나 김재순 선생의 구상은 나의 기대와는 아주 다른 것이었습니다.

1960년대에만 하더라도 김재순(金在淳, 1923~2016) 선생은 이철승(李哲承, 1922~2016), 김대중(金大中, 1924~2009), 김영삼(金泳三, 1927~2015), 박준규(朴浚圭, 1925~2014) 같은 분들과 어깨를 나란히 하며 촉망받는 정치신인으로 기대를 모으고 있었습니다. 다만, 딴 분들이 확실한 지역적 기반을 가진 데 비해 김재순은 북한에서 월남한 인사로서 그게 약점이라면 약점이었습니다. 그 때문인지 5·16쿠데타로 민주당 정부가 무너지자 그는 결국 공화당에 들어갔습니다. 그것은 솔직히 말해서 변절로 비쳐졌습니다.

『샘터』 창간을 준비하던 시절 그는 국회 재경위원장을 맡고 있었습니다. 또한 그는 국제기능올림픽 한국위원회의 회장으로서, 어려운 가정환경 속에서 굳굳하게 살아가는 젊은 기능인들의 삶에 큰 관심을 갖고 있었습니다. 그가 구상하는 잡지도 『새벽』과 같은 비판적 성향의 종합지가 아니라 그의 새로운 입장을 반영하여 소시민의 일상적 행복을 위한 지혜와 희망의 목소리를 담은 소박한 잡지였습니다.

나로서는 솔직히 말해 크게 내키지 않는 일이었습니다. 하지만 신동문 시인이 권하는 데다 김재순 선생의 태도가 정치인 같지 않게 부드럽고 지적이었습니다. 게다가 당시의 나는 갓 결혼한 처지에 대학에서 쫓겨나 생활도 어려운 형편이었지요. 혼자가 아니라 내 또래 젊은 문인들이 동인(同人) 같은 협의체를 만들어 함께 의논해서

일한다는 점도 안심이 되었습니다. 그리하여 나와 함께 김병익(金炳翼)·정현종(鄭玄宗)·김지하(金芝河)·김승옥(金承鈺) 등 다섯 명으로 모임을 꾸려 김재순 선생과 함께 서너 차례 잡지에 관한 구체적 논의를 진행했습니다.

하지만 일을 하다보니 결국 책임자 한 사람이 필요해졌습니다. 김병익과 정현종은 신문기자로서 바쁜 처지였고 김지하와 김승옥은 매이기 싫어하는 자유로운 성격들이라 결국 나에게 편집장 역할이 떨어졌습니다. 그때부터 할 일은 많아졌습니다. 매일 김재순 선생을 만나 사무실은 어디에 마련하고 잡지의 이름은 무엇으로 할지를 의논했습니다. 가장 중요한 건 잡지 이름이었는데, 논의를 거듭하다가 여러 후보들 중에서 마지막 선택된 것이 '샘터'였습니다. 샘터는 마을 사람들에게 생명의 물을 공급하는 장소이자 가정의 중심인 부인들이 모여 이야기꽃을 피우며 서로 정보를 교환하고 위안을 나누는 곳이지요. 무엇보다 샘터라는 낱말의 맑고 깨끗한 이미지가 호감을 샀습니다.

사무실은 을지로5가 큰길가에 있는 건물의 2층이었습니다. 창간을 앞두고 편집부에서 함께 일할 동료들도 뽑았습니다. 시인 임정남(林正男)과 강은교(姜恩喬)가 차례로 들어왔고 이어서 시를 쓰다가 후일 소설로 옮긴 윤후명(尹厚明)도 입사했습니다. 젊은 시인들인데다 모두 당시 한창 주목받던 '70년대' 동인들이어서 사무실 분위기가 아주 문학적이었지요.

모든 게 갖추어졌지만, 중요한 것은 잡지의 내용을 어떤 가치로 채우느냐 하는 것이었습니다. 편집장은 나였지만, 편집의 내용을 주도한 것은 사실상 김재순 위원장이었습니다. (사무실에서 우리는 김재순 선생을 '위원장님'이라고 불렀지요.) 편집회의에서도 그는 방향을 결정하는 역할을 했고, 매호 뒤표지에다 원고지 서너 장 분량의 글을 썼습니다.

어느 잡지나 가장 눈에 잘 띄고 가장 비싼 광고료를 받는 지면이 뒤표지인데, 그는 사회의 성숙과 민주주의에 관한 자신의 생각을 그 지면에 담았습니다. 그 글 속에는 김재순이란 분의 사상이 압축되어 있다고 나는 생각합니다. 앞에서 말했듯이 그는 야당에서 정치를 시작했고 흥사단을 모체로 하는 비판적 잡지 『새벽』의 주간이었습니다. 그러나 그는 5·16쿠데타 이후 박정희 정권에 들어가 중요한 위치까지 올라갔습니다. 알다시피 박 정권은 삼선개헌을 거치며 자유민주주의를 파괴하고 노골적인 1인독재를 향하고 있었습니다. 이때 정치인 김재순은 이 불의한 현실에 순응하고 있었습니다. 그러나 인간 김재순의 내심은 그 방향에 동의하지 않고 있었음을 『샘터』 뒤표지가 증언합니다.

그 무렵 이런 일도 있었습니다. 김지하가 담시 「오적(五賊)」을 발표해서 난리가 났었지요. 그런데 마침 나는 그때 『동아일보』의 문학월평을 맡고 있어서 「오적」을 적극적으로 평가하는 글을 썼습니다. 그러자 이 글이 국회에서 문제가 됐습니다. 여당 중진이 운영하는 잡지의 편집장이 김지하를 옹호하는 글을 발표했는데, 어떻게 생각하느냐고 야당 국회의원이 장관에게 공격적인 질문을 했던 거죠. 이렇게 말썽이 났지만, 김재순 선생은 나에게 가부간 아무 말도 하지 않았습니다. 그것은 묵시적인 승인이었다고 나는 받아들였습니다.

아무튼 잡지 『샘터』에 대한 사회적 반응은 상당히 호의적이었습니다. 논문 중심의 어려운 잡지도 아니고 저속한 오락성을 추구하지 않으면서도 읽는 즐거움과 따뜻한 교훈을 겸비한 잡지였으니까요. 창간 당시에는 값도 아마 100원이었을 겁니다. 돌이켜보니 내 월급은 5만 원이었는데, 지금으로 치면 500만 원쯤 되지 않을까요? 가난하게 살던 나로서는 큰돈이었습니다.

하지만 넉 달째 근무하면서 제3호를 낼 무렵이 되자 내게는 회의가 밀려왔습니다. 원래 나의 본업은 문학평론이었고, 그랬기에 좀 가난하게 살더라도 공부하는 직업을 원했습니다. 그런데 『샘터』 편집은 흥미롭기는 해도 내 소망과는 거리가 있는 일이었습니다. 결국 6월호가 간행되자 나는 김재순 위원장께 사의를 표했습니다.

『샘터』에서 보낸 넉 달은 비록 짧은 경험이었지만, 50년이 지난 지금도 그때의 사무실 풍경이 눈에 선하게 떠오르고 함께 일하던 동료들 얼굴이 싱그럽게 그려집니다. 진달래 한창이던 봄날에는 김재순 선생을 비롯한 온 식구들이 계룡산 동학사로 가서 모처럼 하루를 즐겼던 일도 떠오릅니다.

창간 50주년을 앞둔 작년 『샘터』가 자진 폐간한다는 소식에 많은 사람들이 안타까워했는데, 그 어려움을 이겨낸 이 잡지의 100주년은 틀림없이 더 큰 잔치의 마당이 될 것입니다. 그렇게 되기를 창간호 편집장으로서 간절히 바랍니다.

(『샘터』 2020년 4월호)

열망과 방황 사이에서

인생에 눈뜬다는 것

『동물농장』과 『1984』의 저자로 유명한 소설가 조지 오웰(George Orwell, 1903~50)은 「나는 왜 쓰는가」라는 에세이에서 이런 말을 하고 있다. "아주 어릴 때부터, 아마도 대여섯 살 때부터 나는 내가 커서 작가가 되리란 걸 알고 있었다."

그 글에서 그는 스무 살 전후 여러 해 동안에는 작가의 꿈을 포기하려고 한 적도 있었지만, 그렇게 방황하는 동안에도 작가의 길을 포기하는 것이 자기의 '본성을 거스르는 일'이라는 느낌을 가지고 있었고, 그래서 조만간 다시 책상 앞으로 돌아가리라는 걸 의식하고 있었다고 털어놓고 있다.

조지 오웰이 거짓말을 할 리 없는 뛰어난 작가라고 알고 있는 나에게도 믿기 어려운 고백이었다. 몇 해 전 출간된 그의 산문집 『나는 왜 쓰는가』(이한중 옮김, 한겨레출판 2010)를 읽다가 이 대목을 발견하고 나는 자연스럽게 나 자신의 그 나이 때를 돌아보게 되었다.

대여섯 살 때 나는 나의 미래에 관해 대체 무슨 생각이라는 걸 가져보기나 했던가. 또, 스무 살 무렵이면 대학생이 되어 있을 때인데, 그때 나는 나 자신의 '본성'에 관해 어떤 자각을 가지고 있었던가. 그리고 그 본성에 거스를 수밖에 없는 인생의 위기에 부딪혀보았던가. 내 말을 듣고 있는 여러분도 아마 나처럼 여러분의 지난날을 돌아보고 있을지 모른다.

피란민의 아들로서

사람마다 타고난 재능이 다 다를 뿐만 아니라 재능이 발현되는 시기와 방식도 서로 같지 않기 때문에 오웰의 남다른 문학적 조숙에 위축될 필요는 없다고 생각한다. 하지만 오웰을 거울삼아 자신을 돌아볼 수 있다면 당연히 해로운 일이 아니다. 이 기회에 나 자신의 성장과정을 돌아보고, 그럼으로써 여러분 같은 젊은 학생들에게 참고가 될 수 있다면 다행이겠다.

오웰은 식민지 인도에서 영국인 관리의 아들로 태어난 혜택받은 존재였다. 오웰이 살아 있는 동안 영국은 차츰 미국에 세계 최강의 자리를 내주고 있기는 했지만 그래도 아직 전 세계에 영향력을 행사하는 열강의 하나였다. 그와 달리 나와 나의 동년배들은 식민지 조선에서 태어나 네댓 살 때 나라가 남북으로 쪼개지는 운명을 맞았다. 오웰이 작가가 될 운명을 자각했다는 바로 그 나이에 우리는 작가라는 게 뭔지 깨달을 수 있는 환경과는 너무도 거리가 먼 사회적 조건 속에서, 그런 자아의식이라고 할 만한 것이 싹트기도 전에 분단된 국토의 어느 한쪽에 자동적으로 속하게 되었다.

얘기가 자못 거창해졌는데, 개인 사정을 말하면 우리 집은 해방 직후 38선 이북의 고향 속초를 떠나 남쪽 타관으로 내려왔고, 그에 따라 자연히 우리 가족은 일가친척도 없고 이웃도 낯선 객지에서 피란민처럼 살았다. 하지만 생각해보면 이것은 우리 집에만 닥친 예외적인 고초였던 것은 아니다. 남북분단과 6·25전쟁을 전후해서 수백만 인구가 각자 별의별 기막힌 곡절에 따라 월남 또는 월북을 했고, 그중 상당수는 부모 자식 사이에도 평생 생이별을 해야 되었다. (예컨대 1906년생 나의 둘째 외삼촌은 6·25전쟁이 터지자 외동아들이 직장생활을 하고 있는 강릉을 향해 내려오고, 그사이 아들은 부모가 걱정되어 고향인 간성으로 올라갔는데, 이것이 결국 영영 이별이 되고 말았다.)

그러니 통칭 1천만 이산가족이라고 말하지 않는가. 전선에서 포성이 멈춘 지 60년이 지났음에도 남북으로 헤어진 가족들의 자유왕래는 언감생심 바랄 수 없는 일로 되어 있고, 어쩌다가 이산가족 상봉행사가 있어도 겨우 백여 가족이 만날 뿐이다.

사라진 줄 알았던 기억 속에서 용케 대여섯 살 무렵의 장면 두엇이 되살아난다. 탄광으로 유명한 강원도 장성(지금의 태백시)에 잠시 살고 있을 때였다. 무더운 여름날, 흰옷 입은 어른들이 태극기를 흔들며 거리를 행진하는 광경이 떠오른다. 그들은 뭐라고 구호를 외치며 만세를 부르기도 했는데, 여자들과 아이들은 구경거리 보듯 길가에서 행렬을 바라보고 있다. 나도 물론 호기심에 차서 그걸 구경하는 어린이의 한 명이었다. 추측건대 그것은 8·15해방 1주년을 맞아 벌어진 군중들의 시위행진이었을 것이다. 그러니까 1946년의 일이다.

다음에는 집안에서 본 광경이다. 할아버지가 외출하고 나면 아버지는 벽에 걸린 이승만 사진을 떼어내고 대신 김구 사진을 걸었다. 그러나 저녁에 돌아온 할아버지는 화를 내며 도로 이승만 사진으로 바꾸어 걸었다. 다음 날도 같은 일이 반복되었고, 그러다보면 그것이 부자간의 격한 시국 토론으로 이어지기도 했다. 돌이켜보면 그것이 나에게는 최초의 살아 있는 정치교육이었던 것 같다.

이렇게 나의 대여섯 살은 조지 오웰의 대여섯 살과는 너무도 달랐다. 작가가 될 꿈을 꾸는 것과는 거리가 먼 물질적 궁핍과 정신적 척박함 속에서 마치 태풍을 만난 조각배처럼 정치의 압도적인 위력에 휘둘려 살아야 했다. 우리 시대의 어린이들은 거의 모두 그런 환경에서 성장하지 않았나 짐작한다.

책 읽기에 빠지다

문인에 대한 우리 사회의 선입견 중에는 그들이 게으르고 술을 좋아하고 세상 물정에 어둡다는 것이 있다. 그래서 과거 한때 글 쓰는 청년이라면 장가드는 데도 넘어야 할 고비가 하나 더 있었다. 식구를 굶기지 않을 능력이 요구되었던 것이다. 하지만 50여 년의 내 문단 경험에 의하면 이것은 사실이 아니다. 순진하고 고지식한 문사들이 눈에 잘 띄기는 하지만, 영악하고 이재에 밝은 문인도 많다. 선량하고 소심한 문인이 있는가 하면 주먹 휘두르는 걸 마다하지 않는 건달도 있고, 두주불사하는 술꾼도 많지만 반대로 아예 술을 입에 못 대는 메마른 사람도 없지 않다. 요컨대 문인이란 알고 보면, 스님도 목사도 그렇고 사업가도 농사꾼도 다를 바 없다고 생각하는데, 일반인과 똑같이 오욕칠정(五慾七情)에 시달리는 평범한 존재들이다.

다만 문인들에게 한 가지 공통점이 있다면, 거의 예외 없이 어린 시절 책 읽기를 좋아했다는 것이다. 나도 문필가가 되려고 그랬는지, 문자를 해독할 수 있게 된 뒤부터는 인쇄된 종이만 보이면 만화책이든 신문지 조각이든 식탐하는 어린애처럼 가리지 않고 달려들었다. 그러나 내가 책 읽기에 흥미를 느낄 나이가 되었을 때 불행히도 내 주위에는 별로 책이 없었다. 벽촌으로 내려와 겨우 살 곳을 마련한 처지였던 데다가 전쟁이 터졌기 때문이다.

6·25가 난 것은 초등학교 3학년 때였다. 당시 우리 집은 경북 봉화군 춘양이라는 산촌으로 이사 와서 살고 있었다. 춘양은 태백산과 소백산의 중간쯤 되는 지점에 위치해 있어서, 한겨울이면 휴전선 근처 못지않게 추웠다. 1950년 7월 초쯤인가, 인민군이 들어왔다가 곧 남쪽으로 내려갔고, 그렇게 지나간 뒤인데도 민간인 마을을 향해 미군기의 폭격이 있었다.

비행기 두어 대가 사방으로 오르락내리락 날며 폭탄을 떨어트리던 광경을 나는 공포에 질려 이리 뛰고 저리 뛰며 바라보았다. 이 장면은 오래도록 내 악몽의 소재가 되었다. 후에 『콜디스트 윈터』(데이비드 핼버스탬 지음, 정윤미·이은진 옮김, 살림 2009)라는 책에서 찾아보니 경상북도 최초의 폭격이라고 했다. 폭격으로 발생한 화재는 공교롭게도 우리 집까지 태우고 진화되었다. 세 살 된 동생이 잿더미 앞에서 울던 장면이 잊히지 않는다.

갑자기 우리는 집도 절도 없는 처지가 되었다. 하지만 당시만 해도 그렇게 인심이 사납지 않았다. 할아버지 친구분 되는 송씨(宋氏) 어른이 아무런 조건 없이 우리 식구를 자기 집에 살게 해주어 고맙게도 이태 동안이나 거기서 지낼 수 있었다.

그 할아버지는 머슴을 두고 농사를 짓는 옛날식 향반(鄕班)이었는데, 맏아들은 세상을 떠났고 둘째 아들은 바로 옆집에 살았다. 맏손자가 그곳 중학교 교감이었다. 후일 알게 된 바로는, 그는 해방 시기 서울에서 대학에 다니다가 시국이 혼란스러워지자 학업을 중단하고 내려와 교직에 종사하고 있었다. 그 할아버지의 막내 손자와 증손자, 그러니까 교감의 동생과 아들은 내 또래였는데, 그들은 어른의 꾸중에도 불구하고 장난치고 노는 걸 무엇보다 좋아했다. 교감 선생이 구해다놓은 『학원』이나 그 밖의 읽을거리는 따라서 주로 내 차지가 되었다. 나는 주인댁 사랑방으로 거리낌 없이 드나들며 책에 빠져들었다.

김용환(金龍煥, 1912~98)의 『코주부 삼국지』 같은 만화도 좋았지만, 김내성(金來成, 1909~57)의 『검은 별』 『황금박쥐』, 정비석(鄭飛石, 1911~91)의 『홍길동전』, 조흔파(趙欣坡, 1918~81)의 『얄개전』도 기가 막혔다. 그 무렵 『학원』에 연재되던 『쿼바디스』를 비롯하여, 언제 어떤 형식의 책으로 출판되었는지 알 수 없지만, 서양소설의 번안 내지 초역에 해당하는 『톰 소여의 모험』 『암굴왕』 『철가면』 『기암성』 『보물섬』 따위들은 김내성·정비석 같은 국내작가의 소설과는 아주 다른 마력을 가지고 나를 멀고도 신비한 세계로 끌고 갔다.

아무튼 이 무렵 나는 책이란 책은 눈에 보이는 족족 첫 페이지부터 마지막 페이지까지 남김없이 읽었다. 재미있는 부분은 몇 번이고 되풀이 읽었다. 최근 인터넷에서 찾아보니 『학원』은 전쟁 중인 1952년 11월 대구에서 창간호가 나온 걸로 되어 있다. 그렇다면 내가 그 잡지에 빠졌던 기간은 겨우 1년 남짓인데, 그럼에도 소년시절에 관한 내 기억 속에서 그 잡지는 사뭇 널따란 공간을 차지하고 있다. 내 인생에서는 그게 모든 것의 시작이었다.

봉건적 농경사회에서 근대적 도시문화로

중학에 들어가던 1954년 봄 우리 집은 충남 공주로 이사했다. 공주가 교육도시라는 게 이유였다. 춘양이 경북 안동문화권에 속하는 농경사회의 일부였다면 공주는 일찍이 백제의 수도였고 한때 충남 도청 소재지였던 만큼 비록 소도시에 불과함에도 대학과 극장을 비롯한 그 나름의 문화적 기반을 갖추고 있었다. 그러니까 우리 집은 봉건시대의 산촌에서 개화시대의 소도시로 한 계단 올라선 셈이었다.

공주에서 내가 접한 개화기 문화의 구체적 내용을 말하면 그것은 두 가지였다. 하나는 우리 집에서 10여 분 거리에 공주문화원이 있어서, 휴일이나 방학 때면 거기 가서 개가식 책장에 꽂힌 도서를 읽을 수 있게 된 것이었다. 둘째는 공주사대 학생들이 우리 집에 하숙을 들게 됨으로써 대학생들로부터 지적 자극을 받을 수 있게 된 것이었다. 이것은 내 시야를 비약적으로 넓히는 계기가 되었다.

하지만 1950년대 중엽 공주문화원 비치 도서의 수준은 빈약하기 그지없었다. 더 정확히 말하면 6·25전쟁 직후의 우리나라 출판계가 아직 기진맥진한 상태를 벗어나지 못하고 있었다. 그래도 흥미를 끈 것은 정음사(正音社)판 『삼국지』와 『수호전』이었다. 나는 여러 권으로 된 이 중국 고전소설에 정신없이 몰두하여, 읽은 걸 또 읽곤 했다. 역자가 누구인지 따위엔 관심도 갖지 못했는데, 후에 알고 보니 소설가 박태원(朴泰遠, 1910~86)이 일제 말부터 번역을 하다가 다 끝내지 못한 것을 정음사 사장 최영해가 마무리지어 역자를 밝히지 않은 채 출판한 것이라고 한다. 박태원은 인민군이 서울을 점령하자 월북해버렸으므로 가장을 잃은 가족들은 『삼국지』 『수호전』의 인세 덕으로 어려운 시절을 견뎌내었을 것이다.

어쨌든 박태원 번역의 이 중국 고전소설은 그 후에 나온 다른 여러 번역본들(박종화, 김동성, 김구용, 이문열, 황석영 등의 번역본)에 비해 문장이 아주 맛깔스럽고 고풍스러워, 독특한 매력을 지니고 있었다. 나는 중학시절 방학이면 거의 매일 문화원 도서실 의자에 앉아서 중국 대륙에서 펼쳐지는 영웅들의 무용담을 박태원의 예스런 문장을 통해 즐겼는데, 그것은 내 어휘실력과 상상력을 키우는 데 보이지 않게 큰 영향을 끼쳤으리라 생각한다. 그 밖에도 한동안 이광수(李光洙, 1892~1950)의 『무정』이나 『흙』, 김내성의 『청춘극장』과 『마인』 『애인』 같은 통속소설에 심취하며 지냈다.

그때 만약 벽초 홍명희(洪命熹, 1888~1968)의 장편소설 『임꺽정』(1928~40)을 구해 읽을 수 있었다면 얼마나 좋았을까 뒤늦게 상상해본다. 물론 한국 사람이 적당한 나이에 『삼국지』나 『수호전』을 읽는 것도 필요한 일이다. 그뿐만 아니라 세계의 고전들을 능력껏 두루 읽는다면 더 좋은 일일 것이다. 때로는 연애소설이나 추리소설에 빠지는 것도 나쁜 일만은 아니다. 어느 시기에 영화나 게임에 몰입하는 것도 꼭 해롭다고만 할 수는 없다. 하지만 역시 그보다 더 절실하게 필요한 것은 우리말로 우리 현실, 우리 역사를 다룬 작품을 먼저 읽는 일이다. 벽초의 『임꺽정』은 조선 명종시대를 배경으로 임꺽정이라는 백정 출신의 장사를 중심으로 펼쳐지는 그 시대의 사회상을 더할 나위 없이 풍부한 우리말 어휘를 구사하여 묘사한 대작이다. 무엇보다 이 작품의 좋은 점은 소설의 구수한 재미에 흠뻑 빠져 읽는 동안 저절로 국어공부가 되고 '나라 사랑'을 익히게 된다는 것이다. 황석영의 장편소설 『장길산』을 비롯한 그 후의 많은 역사소설은 『임꺽정』의 영향 없이 태어나기는 어려웠으리라 보아도 좋을 것이다.

문학의 경계선 안으로 들어서다

그때까지 내가 책에서 좋아한 것은 사실 '문학'이라기보다 단지 '이야기'의 재미였다. 그런데 책이 확실하게 문학의 모습을 하고 내게 나타난 것은 1956년에서 57년으로 넘어가는 겨울이었다. 그때 나는 고등학교 진학을 앞두고 있었다. 우리나라 입시제도가 수시로 바뀌어왔다는 건 누구나 아는 사실인데, 그해에 나는 서류전형으로 일찌감치 원하는 고등학교에 합격이 되어버렸다. 따라서 4월 초의 개학 때까지 석 달 넘는 동안 학교공부에서 해방되어 만판 자유를 누릴 수 있었다. (5·16 뒤인 1962년도부터 3월 개학으로 당겨져 지금까지 관행으로 굳어져 있다.)

그런데 마침 우리 집에는 멀리 목포에서 공주사대에 시험을 치러 온 학생이 하숙을 들었다. 그는 시험도 치기 전에 합격통지를 받은 사람처럼 이부자리는 물론이고 사과 궤짝 서너 개에 책까지 잔뜩 담아 가지고 왔다. 놀랍게도 그것은 대부분 문학책이었다. 그는 보물상자를 열듯 하나씩 책을 꺼내서 선선히 나에게 빌려주었다. 어려서부터 책에 대한 만성적 갈증에 시달리던 터라, 나는 기갈 들린 사람처럼 눈을 번뜩이며 맹렬하게 그의 보물상자에 덤벼들었다.

그때 읽은 책들 가운데 나에게 잊지 못할 충격을 준 것은 손창섭(孫昌涉, 1922~2010)의 소설집 『비오는 날』(日新社 1957)이었다. 짙은 초록색 바탕 위에 각혈을 해놓은 듯이 시뻘겋게 칠해진 표지의 장정부터가 심상치 않은 느낌을 주었는데, 과연 거기에는 나의 상상을 뛰어넘는 암울하고 절망적인 삶이 그려져 있었다. 고압전류에 감전된 듯한 전율에 떨면서 나는 손창섭의 소설 속으로 빨려들어갔다. 거기 묘사된 지옥도 같은 불길한 인생들을 목격함으로써 나는 드디어 문학이라는 이름의 위험한 세계를 만났다고 믿었다. 그것은 6·25전쟁의 참극에도 불구하고 무탈하게 지탱되던 소년기의 평화와 순진함이 나의 내부에서 부서져나가는 일대 번신(翻身)의 체험이었다. 드디어 나는 문학의 경계선 안으로 한 발 들여놓은 것이었다.

그 하숙생의 인도로 그때부터 나는 『현대문학』과 『사상계』의 애독자가 되었다. 당시 공주는 인구 3만을 넘지 않는 소도시였지만, 서울대 사대, 경북대 사대와 더불어 우리나라의 3대 사범대학으로 통하던 공주사대 덕분에 서점도 서넛 있었고 극장도 하나 있었다. 내가 주로 다닌 서점은 이름이 '홍문당'이었던 것 같은데, 주인은 키가 자그마하고 인상이 어두운 편이었다. 서가의 절반은 신간으로 채워져 있고, 나머지 절반은 말하자면 대본서점이었다. 너나 할 것 없이 형편이 어렵던 시절이라, 갖고 싶은 책을 마음대로 살 수가 없었으므로 그냥 서가 앞에 서서 공짜 독서로 때우는 수가 많았다. 그러면 서점 주인의 곱지 않은 시선에 압박을 받아야 했다.

나도 그런 공짜 독자들 중의 하나였는데, 그 하숙생의 문학세례를 받은 이후 대중소설 탐닉에서 벗어나 손창섭·오상원(吳尙源)·추식(秋湜)·선우휘(鮮于煇)의 소설과 이어령(李御寧)의 비평을 기다리는 '고급독자'로 승급했다. 특히 『사상계』를 통해 단편적으로나마 서양 현대문학의 소식을 접할 수 있게 되었다. 사실 『삼국지』나 『수호전』은 외국작품이라 해도 정서적으로 우리 전통의 일부라 할 수 있었으므로 낯선 느낌이 거의 없었다. 반면에, 가령 이어령의 화사한 문체로 소개되는 현대 서구작가들의 이론은 거역할 수 없는 이국적 매력으로 다가왔다.

마침 1957년이던가, 프랑스의 알베르 카뮈(Albert Camus)가 노벨문학상을 받아 그 소식이 크게 보도되고 그의 『전락』 『이방인』 같은 소설이 번역됨으로써 카뮈의 이름과 더불어 실존주의가 화제로 떠올랐다. 꼭 필요한 참고서가 있다고 아버지에게 거짓말해서 타낸

돈으로 구입한 소설 『전락』은 얄팍한 부피 때문에 깔보고 달려들었다가 얼마나 혼이 났는지! 무슨 소린지 모르겠고 도무지 머리에 들어오지 않았다. 그 무렵 읽은 앙드레 지드(André Gide)의 『좁은 문』도 나로서는 크게 공감이 되지 않았다.

고난의 역사에 눈을 돌리다

누구나 소년에서 청년으로 변해가는 성장의 시기에는 정신적 상승의 열망을 품게 마련이다. 그런데 손창섭의 소설은 삶의 누추함을 드러내는 그 가차 없는 통렬성으로 해서 여린 감성을 뒤흔드는 충격효과를 발휘할 수는 있었지만, 그의 문학세계를 감싸고 있는 전망의 암담함은 청소년 시기의 성장지향과는 본질적으로 충돌하는 측면이 있었다.

조금 다른 얘기지만, 우리나라에서 염상섭(廉想涉, 1897~1963)이나 채만식(蔡萬植, 1902~50)의 소설처럼 인생의 신산(辛酸)을 미화되지 않은 문체로 실상에 가깝도록 묘사한 작품은 비평가로부터는 높게 평가받을지 몰라도 독자들에게는 외면받기 일쑤이다. 반면에 성장소설 내지 연애소설의 범주에 드는 작품들은 대체로 독자의 애호를 받는다. 김정한(金廷漢, 1908~96), 송기숙(宋基淑, 1935~), 이문구(李文求, 1941~2003)처럼 문학사적 중요성에도 불구하고 남녀 간의 미묘한 감성적 교류를 다루는 데 무심한 작가들이 잘 팔리지 않는 것도 같은 맥락에서 이해할 수 있다. 아마 그 까닭의 하나는 한국에서 문학 독자의 주력부대가 젊은 세대이기 때문이고, 다른 말로 하면 성인 독자가 빈약하기 때문일 것이다.

어떻든 내 정신의 지배자는 손창섭에서 차츰 함석헌(咸錫憲, 1901~89)으로 옮겨갔다. 생각해보니 그 뿌리에는 『링컨전』이 있다. 6·25 이후 아버지는 대구에 가서 물건을 떼다가 춘양장에서 파는 장사로 생계를 이어갔는데, 초등학교 5학년 때인 1952년 웬일인지 노란 표지의 『링컨전』을 사다주셨다. 백하성 번역이었던 것으로 기억한다. 나는 그 책을 읽고 또 읽으며 공책 빈칸에 링컨의 수염 난 얼굴을 그리고 또 그렸다. 링컨의 진면목이 어떤 것이었든 그 위인전에 묘사된 링컨의 인품과 세계관은 내게 오랫동안 닮고 싶은 모델이 되었다.

1958년, 링컨을 거의 잊고 지내는 고등학생에게 봄이 왔다. 예년과 마찬가지로 우리 학교에는 공주사대생들이 교생실습을 나왔다. 교생들이란 대체로 엉성하고 서툴러서 교실 분위기를 산만하게 만드는데, 유독 국어 교생 한 분은 아주 능숙하게 수업을 진행할뿐더러 우리보고 무엇이든 기탄없이 질문하라고 유도했고 자상한 설명으로 우리의 감탄을 자아냈다. 나는 단 한 시간의 수업으로 그에게 반해서 교생실습이 끝난 뒤에도 그에게 개인적으로 다가갔다. 현재 공주대 명예교수인 조재훈(趙載勳) 시인이 바로 그 사람인데, 나는 요즘도 1년에 한두 번쯤 그를 만난다.

무엇보다 그의 하숙집을 처음 찾아갔을 때의 감격을 잊을 수 없다. 그의 방은 바깥길로 난 들창과 안쪽 출입구를 제외한 사방 벽이 놀랍게도 온통 책으로 덮여 있었다! 그것은 사과 궤짝 서너 개와는 비교도 안되는, 그야말로 환상 그 자체였다. 당연히 나는 뻔질나게 그를 찾아다니며 여러 권의 책을 빌려보았는데, 그중 단연코 잊지 못하는 것은 함석헌의 『성서적 입장에서 본 조선 역사』(星光文化社 1950)이다. 나는 이미 『사상계』에 연재되던 함석헌의 글을 읽고 그의 독특한 문체와 강렬한 비전에 매혹되고 있었지만, 그의 저서에 이런 역사책이 있다는 것은 모르고 있었다. 내가 흥미를 보이자 조재훈은 가져다 읽어보라고 책을 꺼내주었고, 나는 연신 감동하면서 책에 몰입했다. 몇 달 뒤 다시 그 책을 빌려다 읽었고, 그후 세 번째 빌리러 갔을 때에는 조재훈은 아예 나보고 책을 가지라고 했다. 지금도 그 책은 귀중본의 하나로 내 서가에 꽂혀 있다.

『성서적 입장에서 본 조선 역사』는 『비오는 날』과 전혀 다를뿐더러 『링컨전』과도 다른 차원에서 나를 격동시켰다. 비유컨대 『비오는 날』이 나를 따뜻한 온실에서 바람 불고 잡초 무성한 들판으로 끌어냈다면, 『성서적 입장에서 본 조선 역사』는 황량하고 캄캄한 벌판 가운데 서 있는 나에게 환한 관솔불 하나를 비춰준 격이었다. 알다시피 함석헌은 20세기 한국을 대표할 만한 사상가의 한 분으로, 그 사상의 깊이와 넓이는 아직 제대로 정리되었다고 보기 어렵다. 어쨌든 당시의 어린 나에게 현실에 타협 않는 그의 불굴의 이상주의와 민족사의 고난을 영광의 모멘트로 해석하는 그의 전복적 사관은 피란민 같은 생활의 각박함에 맞서 나 자신의 소망을 밀고 나가도록 고무하는 용기의 한 원천이 되었다.

『성서적 입장에서 본 조선 역사』는 6·25전쟁이 터지기 직전에 간행된 탓에 대중적으로 널리 읽힐 수 있는 기회를 갖지 못했다. 1973년 YMCA가 함석헌의 이 책을 기념하기 위해 주최한 어느 공개 대담에서 그는 자신에게도 책이 남아 있지 않다고 고백하고 있다. 이런저런 이유로 함석헌은 『성서적 입장에서 본 조선 역사』를 대폭 손질하고 뒷부분을 크게 보완하여 1965년 『뜻으로 본 한국 역사』라는 제목으로 개정판을 내었다. 이 개정판은 단지 제목만 달라지고 6·25전쟁을 서술한 부분만 추가한 것이 아니다. 사실 나는 1950년의 초판과 1965년의 개정판을 함석헌의 문체변화 및 그에 따른 사상의 변화라는 측면에서 비교해보고 싶은 내심의 계획을 가지고 있었다. 하지만 지금으로서는 유감스럽게 계획에 그치고 말 것 같다는 슬픈 예감이 든다.

자아의 발견과 저항정신은 한 뿌리다

'학교폭력' '교실붕괴' '청년실업' '무한경쟁' 같은 살벌한 낱말들이 난무하는 오늘 같은 시대에 젊은 학도들 앞에서 한 문학도의 정신적 성장과정을 회고하는 것이 스스로도 편치 못하다. 얼마나 도움이 되는 이야기일까 의문이 들기 때문이다. 돌이켜보면 내 소년시절인 1950년대는 한마디로 전쟁과 빈곤에 의해 규정되는 시대였다고 할 수 있다. 정치적으로도 이승만 시대는 억압적이고 폭력적이었다. 그러나 시간의 풍화작용 탓인지 나에게 그 시대는 물질적으로는 가난하지만 정신적으로는 따뜻하고 투명했던 날들로 미화되어 있다. 공주 같은 시골에는 과외나 학원 같은 건 도무지 없었고, 고3 한 해 동안만 입시공부에 집중하면 대학에 갈 수 있었다. 가정형편 때문에 진학을 체념한 동급생도 많았지만, 당시에는 대학진학률이 높지 않아서 고등학교만 졸업하고 사회에 진출한다고 해서 사회의 낙오자가 된다는 느낌을 갖는 사람은 거의 없었다. 따라서 대학진학을 포기한 동급생들이 교실의 분위기를 망가뜨리지 않았고, 대학입시에 실패하는 것을 인생의 실패로 여기는 풍조도 아직 없었다. 여학생들의 대학진학은 더 드물었다. 그런데 어찌된 셈인지 물질적 풍요가 증가할수록 우리 사회의 행복의 총량은 점점 더 감소하고 있다.

거듭되는 얘기지만, 소년에서 청년으로 변해가는 시기에는 누구나 정체불명의 열망과 일종의 광증에 시달리게 마련이다. 청소년들의 좌절과 일탈은 칭찬할 일은 못 되지만, 그렇다고 타기되어야 할 부정행위도 결코 아니다. 어떤 점에서 그것은 더욱 강렬한 상승의 열망이 출구를 제대로 못 찾았기 때문에 나타나는 현상일 뿐이다.

물론 더러 극단적인 범죄의 양상으로 표현되어 사회적 지탄의 대상이 되는 수도 있다. 그러나 우리가 보아야 하는 것은 그런 부정적 외피 자체가 아니라 외피 안에 들어 있는 순수한 영혼들의 불타는 갈망이다. 그것을 찾아내어 북돋고 키워야 한다. 청년들은 자신이 자기 인생의 주체가 되어 그렇게 해야 하고, 또한 그렇게 할 수 있도록 어른들에게 강하게 협조를 요구해야 한다.

그런데 내가 잘못 판단한 것인지 모르나, 오늘날 많은 청소년들에게 있어 갈망과 상승의 에너지는 자아실현의 동력으로 되지 못하고 타자를 향한, 때로는 자기 자신을 향한 파괴의 힘으로 분출되고 있다. 그들을 파괴적 행태로 몰아가는 압박의 사회적 실체는 무엇이며 심리적 근원은 어떤 것인가. 기성세대가 고민하고 밝혀내야 할 것이 바로 그것인데, 내 생각에 책임의 소재는 언제 어디서나 어린 세대, 젊은 세대가 아니라 기득권 사회의 성인들에게 있다.

우리는 세월호 참사 같은 고통스런 경험을 통해 비극의 근원에 우리 사회 실권자들의 불의와 비리와 무책임의 오랜 관행이 뿌리 깊이 박혀 있음을 똑똑히 보았다. 지금 우리 사회의 구성원 대다수는 본인이 그런 실권자 그룹의 일원이 되기 위해 또는 자녀를 그런 실권자 그룹의 일원으로 만들기 위해 만인의 만인에 대한 전쟁을 벌이고 있다. 그러나 이제는 그런 전쟁을 끝내야 한다. 소수의 승리자와 절대다수의 패배자들로 구성되는 사회를 구조적으로 혁파해야 한다. 모두 함께 골고루 잘 사는 사회를 만들어야 한다. 그러기 위해서 우리는 모두가 각자의 자리에서 자기 실력에 맞게 기득권체제에 맞서 싸울 각오를 해야 한다. 오직 그런 싸움을 통해서만 우리는 자아를 발견하고 자기실현의 가능성을 구체화할 수 있다. 불의에 대한 저항 없이는 자아의 실현은 있을 수 없다는 것을 우리는 모두 깨달아야 한다.

(천안 나사렛대학 교양교육원 특강 2014.5.29)

2부

용산 선언문 3제*

'용산참사'에 대한 문화예술인의 입장

먼저, 참혹한 사건으로 불의에 유명을 달리하신 고인들께 삼가 명복을 빕니다.

어제 검찰 발표를 보고 오늘 이 자리에 오기까지 저는 실로 참담한 심정을 금할 수 없었습니다. 그래도 저는 대한민국 검찰이 고인들의 영혼을 위로하고 유족들의 망극함을 달래는 척이라도 할 줄 알

* 2009년 1월 20일 발생한 '용산참사'의 충격 속에서 문화예술인들은 비극의 정확한 인식과 사태의 정당한 해결을 촉구하는 연속적 모임을 개최하였다. 선언문 형식의 이 글들은 모임에 참가한 예술인들을 대표해서 용산 현장에서 낭독되었으나, 글 자체는 전적으로 필자 개인의 생각을 담은 것이다. 시대현실의 심층에서 일어난 참사의 진정한 의미를 더 널리 알리고자 하는 뜻이었음은 물론이다.

았습니다. 도시재개발·뉴타운 사업이 안고 있는 본질적 문제점을 파헤치는 것은 검찰 업무의 영역을 넘는 일인지 모릅니다. 하지만 저는, 국민들의 격앙된 감정을 누그러뜨리기 위해서라도 검찰이 참사사건의 실체적 진실에 대해서 어느 정도의 근사치를 발표할 것으로 기대했습니다.

그러나 그 기대는 너무도 순진한 것임이 드러났습니다. 이제 검찰은 국민을 달래는 시늉조차 하기를 거부했습니다. 이것은 우리가 살고 있는 이 나라가 어떤 나라인가, 도대체 국가권력이 누구를 위해 존재하는가에 대해 근본적으로 회의하게 만드는 사태입니다.

정확하게 잘 모르기는 하지만, 이번 사건의 출발점에는 세입자·재개발조합·시행사·용역업체 등 관련 당사자들의 상반된 이해관계가 맞물려 있습니다. 그리고 그 배후에는 서울시가 있고, 또 그 배후에는 정부·재벌·보수언론 등 권력의 카르텔이 있습니다. 상반된 이해당사자들 가운데 세입자를 제외한 나머지 3자는 재산증식과 이윤추구라는 공동의 목표에 의해 긴밀하게 결속되어 있고, 게다가 법의 보호와 행정의 지원마저 받고 있습니다.

오직 세입자만이 곤핍한 생존권을 지키기 위해 고립무원의 싸움을 해야 합니다. 일찍이 세입자였다가 지금은 쫓겨난 사람들, 그들을 일컬어 언론은 철거민이라 부르는데, 세입자들이 그들 철거민을 공동운명체로 느끼고 함께 연대하는 것은 너무나 정당합니다. 강자들, 부자들, 기득권자들은 거미줄처럼 서로 얽혀 상부상조의 만리장성을 쌓고 그것도 모자라 용역깡패까지 동원하는데, 사회적 약자들이 서로 연대하여 투쟁하지 않는다면 그들은 무슨 힘으로 자기 권리를 지킨단 말입니까.

문제는 공권력입니다. 이해관계를 달리하는 집단 간에 분쟁과 충돌이 벌어지는 것은 동서고금 어느 사회에서나 불가피합니다. 너무나도 상식적인 얘기입니다. 또한 공정하고 중립적인 입장에서 분쟁을 조정하고 충돌을 예방하는 것이 국가권력의 임무라는 것도 상식에 속합니다. 그러나 이명박 정권의 출범 이후 이 상식은, 눈이 닿는 모든 곳에서, 아니 눈이 닿지 않는 곳에서는 더욱 노골적으로 한낱 휴지쪽처럼 변해가고 있습니다. 이 야만의 정치권력에 대한 민주적 통제의 회복이 시급한 역사적 과제로 떠올랐다고 저는 생각합니다.

우리 문학인·예술가들은 생래적으로 고도의 민감성을 존재의 특성으로 합니다. 우리는 세속정치의 이해관계를 초월하는 고고함을 추구하지만, 그러나 인간성의 기반을 훼손하는 불의와 폭력에는 온몸으로 저항하도록 설계된 유전자를 가진 존재입니다. 이웃의 아픔을 내 것으로 받아들이고 민중의 고통에 괴로워하지 않는다면 그는 진정한 문학인·예술가가 아닙니다. 그러므로 다음과 같이 외치는 것은 정치적 구호의 복창이 아니라 문학·예술인으로서의 양심의 발로입니다.

특검에 의해서든 국정조사에 의해서든 용산참사의 진상을 철저

히 재조사하라,

여섯 분의 죽음에 대해 우선적으로 국정의 최고책임자가 사과하고, 무리한 진압을 명령한 지휘관을 처벌하라, 빈민·서민을 막다른 골목으로 내모는 기득권자 위주의 개발정책을 중단하라,

우리는 더 많은 민주주의를 원하며, 더 완전한 민주주의를 지향한다.

2009년 2월 9일

문화예술계 합동 기자회견 모두 성명

우리 시대에 던지는 용산의 질문

지난 1월 20일. 많은 시민들이 한창 출근 준비에 바쁜 새벽, 경찰 특공대와 용역깡패들의 작전은 예고 없이 시작되고 생존권 사수를 주장하기 위해 조립된 망루는 순식간에 화염에 휩싸입니다. 그리하여 농성에 들어간 지 겨우 26시간 만에, 자신들의 주장을 제대로 펼치기는커녕 농성 사실이 세상에 알려지기도 전에, 세입자·철거민 5명과 특공대원 1명이 타오르는 불길에 숨지고 20여 명이 다치는 큰 사건이 일어났습니다.

이런 참사가 발생하면, 그 경위가 어떠하고 잘못이 누구에게 있는

지를 따지기 전에, 정부는 사건의 발생 자체에 책임을 느끼고 최우선적으로 돌아가신 분들의 명복을 빌어야 마땅합니다. 이와 더불어 엄밀하고 공정한 조사를 통해 실체적 진실을 규명해야 합니다. 그런 다음에 사과할 것은 사과하고 처벌할 일이 있으면 처벌해야 하며, 무엇보다 힘없는 서민들의 상처받은 마음을 위로해야 합니다. 그것이 국민의 생명과 재산을 지키도록 임무를 위임받은 정부의 도리입니다.

그러나 그로부터 140일이 지난 오늘까지 정부는 참사로 숨진 철거민·세입자들, 그들의 유족들, 세입자의 주장에 공감하는 시민사회단체들을 어떻게 대접하고 있습니까. 10년, 20년 삶을 이어오며 자식을 키웠던 생계의 터전을 빼앗기지 않기 위해 농성에 나섰던 것뿐인데, 그러다가 철거용역들에게 구타당하고 공권력의 진압작전에 불타 죽은 것인데, 그 죽음을 지금까지 장례조차 지내지 못하고 있습니다. 정부와 투기자본의 잔혹함은 거기서 그치지 않습니다. 대통령의 사과를 요구하는 고인의 아들을 잡아들이고, 경찰의 폭력진압에 항의하는 전철연(전국철거민연합) 할머니를 구속하는 데까지 나아가고 있지 않습니까. 이 참담한 용산의 현실은 우리 시대가 어떤 시대인지, 책임있는 지식인과 예술가들이 무엇을 해야 하는지 묻고 있습니다. 우리는 어떻게 해야 합니까.

도시재개발은 당연히 거대한 이익을 낳고, 이익은 투기자본과 용역깡패들을 불러들입니다. 주택이나 땅을 소유한 지주들도 이익에 한몫 참여합니다. "아파트 평수 넓히려는 사람들 마음속에 폭력이 있어요." 그렇습니다. 어느 철거민 할머니의 이 탄식처럼 도시 소시민들의 팽창의 욕망은 그 자체가 폭력을 함축합니다. 그리하여 집도 땅도 돈도 없는 세입자들만 국가폭력을 포함한 온갖 폭력의 카르텔에 쫓겨 순식간에 생존의 근거를 잃고 철거민으로 전락합니다.

따라서 그들에게 남은 유일한 수단은 처지가 비슷한 사람들끼리 연대하여 싸우는 것입니다. 전철연은 그래서 생겨난 자기보위적 조직일 것입니다. 그런데 집권당의 일부 구성원들은 소리쳐 항의하는 것 이외에 아무런 물리적 수단도 못 가진 철거민들을 '도시게릴라' 또는 '테러리스트'라는 악명으로 불렀습니다. 아무리 돈과 권력에 눈이 뒤집혔다 하더라도 동족으로서 이렇게까지 말할 수는 없습니다. 이것은 이 나라의 수많은 무주택자들과 상가세입자들을 그들이 가난하다는 이유만으로 대한민국의 국가공동체 바깥으로 추방하겠다는 극단적 발상입니다.

재개발이니 주거환경 개선이니 하는 따위의 명목하에 삶의 터전을 빼앗긴 서민들이 마치 피란민처럼 더 열악한 환경 속으로 내던져지는 것은 어제오늘의 일이 아닙니다. "나의 태가 묻힌 곳/내 뼈를 묻으리라"는 절규 섞인 구호를 붉은 페인트로 담벽에 써붙였던 대도시 근교의 농가들은 벌써 수십 년 전에 박살나고, 그 자리에는 20층 30층짜리 아파트와 빌딩이 들어서 이름 좋은 뉴타운을 형성하였습니다. 대대로 살아왔던 고향에서 축출된 농민들이 낯선 도시를 배회하며 유랑민의 삶을 살아가는 동안, 건설자본가들은 새로운 먹이를 찾기에 혈안이 되어 있습니다. 아무리 정치가 형식적으로 민주화된다 하더라도, 이처럼 공동체가 파괴되고 '자기의 땅에서 유배된 사람들'이 양산되는 한, 우리에게 미래는 없습니다.

그러므로 다음 세대에게 희망의 미래를 물려주기 위해서라도 우리는 다음과 같은 최소한의 요구를 선언합니다.

첫째, 대통령은 용산참사를 사과하고 무리한 강경진압의 지휘자를 처벌하라.

둘째, 용산참사와 관련하여 구속된 철거민들을 즉각 석방하라.

셋째, 경찰과 검찰 등 공권력은 일방적으로 투기자본과 개발조합의 편에 서지 말고, 세입자가 정당하게 자기 요구를 주장할 수 있는 권리를 보장하라.

넷째, 정부는 지난 수십 년 동안 계속되어온 도시재개발 정책을 근본적으로 수정하여 서민 위주의 생활개선 정책으로 전환하라.

용산참사 문제 해결과
6·10항쟁 22돌 현장문화제 '떠나지 못한 사람들을 위한
예술행동' 참가 300여 문화예술인들의 마음을 모아
2009년 6월 10일 낭독

죽음의 땅을 갈아엎는 생명의 예감

『지금 내리실 역은 용산참사역입니다』 헌정사

죽음의 땅 용산이 이제 생명의 땅으로 새롭게 태어나고 있습니다. 지난 1일 병원 문을 나서자마자 이곳을 찾았던 문규현 신부님의 환한 웃음이 그것을 증명합니다. 그 웃음은 죽음을 이겨낸 승리자의 것이기 때문입니다. 40일이 넘도록 생사의 고비를 헤맸던 분이라고는 믿을 수 없는 신부님의 얼굴, 그 티없이 밝은 미소는 검붉은 연기와 참혹한 죽음으로 각인된 이 용산 땅에 부활의 기적을 낳고 있습니다.

아마 그 기적은 신부님 한 분의 신앙심만으로 성취될 수는 없을 것입니다. 이 분단된 조국을 살고 간 수많은 억울한 죽음들, 힘없는 민중들, 가난한 서민들, 짓밟힌 천민들의 소원의 간절함이 쌓이고 모여 문 신부님 몸에 씌웠을 것입니다. 그 놀라운 빙의(憑依)의 현장에 오늘 우리는 섰습니다. 일찍이 만해 한용운 스님이 "타고 남은 재가 다시 기름이 됩니다. 그칠 줄을 모르고 타는 나의 가슴은 누구의 밤을 지키는 약한 등불입니까"라고 노래했던 대로, 지난 1월의 화염이 참사의 원흉에 의해 저질러진 악마의 불길이었다면, 그 타고 남은 재가 기름이 되어 다시 솟아오를 새 불길은 악마의 가슴을 찢고 광명천지의 실현을 약속하는 희망의 메시지가 될 것입니다. 그날까지 우리의 가슴이 '밤을 지키는 등불'로 남아 있기를 서원합니다.

용산참사는 이 시대 모순의 압축된 표현이지만, 그 뿌리는 멀고도 깊습니다. 20여 년 전 신도시를 건설할 당시 서울 근교 농촌마을의 담벼락에는 고향을 쫓겨나지 않으려는 농민들의 절규가 핏빛으로 새겨져 있었습니다. 40여 년 전 서울 도심에서 추방된 광주대단지의 난민들은 또다시 생존을 위해 피어린 항쟁을 전개해야만 되었습니다. 일제 식민지시대에 수많은 동포들이 삶의 터전을 잃고 헐벗은 유랑민이 되어 낯선 이국땅으로 흩어졌음을 우리는 아프게 기억합니다. 임꺽정, 장길산의 설화가 입증하듯 우리의 핏줄 속으로는 봉건권력의 가렴주구에 견디다 못해 유리걸식을 떠난, 그러다 결국 집단적 저항의 횃불을 들어올렸던 반역의 유전자가 흐르고 있습니다. 이명박 정권은 우리 민중의 이 무서운 역사를 알아야 하고 거기서 교훈을 얻어야 합니다. 지난 열한 달 동안 계속되는 강압과 무시일변도의 반인륜적 정책이 바뀌지 않는다면 마침내 용산이 이 정권의 무덤으로 바뀔지도 모른다는 것을 우리는 엄숙히 경고합니다.

용산은 죽음과 생명이 만나는 장소입니다.

어제는 죽음이 지배했습니다. 그러나 내일은 생명이 승리할 것입니다.

오늘 헌정되는 이 작은 책이 고인들의 영혼을 위로하고 유족들께 힘이 되길 빕니다.

2009년 12월 8일 염무웅

예술은 예술가의 것인가

문재인 대통령의 북한 방문에 특별수행원의 1인이 되어 평양에 머물던 지난 9월 19일 오후, 누구나 한번쯤 가보고 싶어하는 음식점 옥류관에서 '랭면'으로 점심을 마친 우리 일행은 평양교원대학을 거쳐 '만수대창작사'로 안내를 받았다. 뒤늦게 알았지만, 문재인 대통령도 우리보다 조금 앞서 만수대를 관람하고 있었다. 사실 점심때까지는 모든 촉각이 어제 오후부터 오늘 오전으로 이어지는 정상회담의 성과 여부에 쏠려 있었으므로 아무리 이름난 옥류관이라 하더라도 '랭면'맛 같은 건 관심 밖이었다. 그런데 좋은 소식과 함께 식사가 끝날 무렵에는 양 정상이 합의한 '9월 평양공동선언'의 문건도 배포되었다. 우리의 가슴은 안도와 희망으로 고양되었고, 안내원을 따라가는 발걸음은 더없이 가벼웠다.

만수대창작사는 조선화(한국화), 유화(서양화), 수예, 공예, 조각, 동상, 벽화, 산업미술 등 10여 개 분야의 미술작품 제작을 총괄하는 단체의 명칭이자 그 단체의 구성원들이 작업하는 전체 공간의 이름이다. 7만 제곱미터의 대지에 세워진 연건평 4만 제곱미터의 건물들 속에서 약 1000여 명의 미술가와 2000여 명의 종사원이 60여 개의 창작실에서 10~20명 단위로 모여 집체창작을 하고 있다고 한다. 이 수치는 남쪽으로 돌아와 인터넷에서 찾아보고 알게 된 사실이지만, 현장에서 대충 보기에도 많은 예술가들이 국가가 제공한 좋은 환경에서 창작에 몰두하고 있음을 실감할 수 있었다.

우리 발길은 조선화 창작실에 이르렀다. 전람회를 자주 가본 것은 아니지만, 남쪽 미술에서도 과거 동양화라 불렀고 요즘은 한국화라 더 많이 부르는 그림들이 여러 가지 점에서 점점 더 서양화와 구별하기 어려워지고 있다고 느꼈는데, 여기서도 비슷한 점이 감지되었다. 우리가 안내받아 들어간 미술실 안에서는 50대의 중년 화가가 열심히 붓을 들어 화폭에 칠하는 시늉을 하고 있었다. 그것은 내가 보기에는 진짜 창작의 붓질이라기보다 멀리서 찾아온 손님에게 보여주는 시연(試演) 같은 느낌이었다.

내가 말을 걸자 그는 손을 멈추고 북녘 사투리로 성의껏 대답을 했다.

“지금 그리시는 게 상상인가요, 아니면 어떤 대상이 있습니까?”

“당연히 대상이 있습네다. 먼저 현지에 가서 스케치도 하고 사진도 찍어 옵네다."

"그럼 저 그림은 어디를 그린 건가요?"

"황해도 재령에 만수산이라고 있습네다. 금강산이 동쪽의 왕자라면 만수산은 서쪽 여왕이야요. 금강산처럼 유명하진 않습네다만……."

"실제의 모습 그대로 그립니까?"

"아니디요! 더 효과를 내기 위해선 적절하게 변형을 시킵네다. 창의(創意)가 들어가야디요."

"그렇게 변형을 시키는 까닭이 뭡니까?"

"우리 예술가들은 인민대중이 좋아하는 것에 복종합네다!"

그의 단호한 대답이 번쩍 내 머리를 쳤다. 기왕이면 자리에 앉아 이 화가와 더 자유로운 토론을 계속하고 싶었지만, 그런 자유가 그에게 있는지 따져볼 틈도 없이 일행은 벌써 딴 방으로 이동하고 있었다. 중요한 화두 하나를 선사받은 데 대해 속으로만 감사하면서 나는 급히 발걸음을 옮겼다.

생각해보면 그의 발언은 예술가의 사회적 존재방식에 관한 '하나의' 오랜 견해를 대표한다고 볼 수 있다. 만수대창작사에 소속된 예술가들은, 인민예술가·공훈예술가 등 등급에 따라 다르기는 하지만, 상당한 수준의 급여를 보장받는 대신 분기별로 일정한 분량의 창작물을 생산해야 한다. 미술가들뿐만 아니라 '4·15문학창작단' 소속의 문인들도 비슷한 대우를 받으며 비슷한 의무를 수행할 것이고,

음악이나 무용 분야의 예술가들도 크게 다르지 않으리라 짐작된다.

예술가가 국가기관에 소속되어 급료를 받는다는 것은 자본주의 사회의 관습에 젖어 살아온 우리에게는 도무지 이상해 보이지만, 그러나 역사적으로 살피면 결코 예외적인 제도가 아니다. 조선시대 화가들도 도화서(圖畫署)라는 관청에 선발되어 급료를 받는 것이 가장 유력한 생계 보장책이었고, 유럽에서도 근대 초기까지는 다수의 예술가들이 궁정이나 교회에 소속되어야만 생활이 안정될 수 있었다. 극작가 레싱(G. E. Lessing, 1729~81)이나 작곡가 모차르트(W. A. Mozart, 1756~91)는 그들의 높은 명성에도 불구하고 오늘의 우리 선입견과 달리 영주나 대주교 등 지배계급의 압력에서 벗어난 시민예술가의 독립성을 지키기 위해 절망적인 투쟁을 벌여야 했다. 오늘날의 자본주의 산업사회에서 극소수 스타들은 부(富)와 명예를 누리는 반면 대부분의 예술노동자들은 극심한 경쟁에 시달리며 생존의 벼랑에 몰리다 못해 자살에 이르기도 하는데, 이런 상황을 생각해보면 예술가에게 자유와 구속이 근본적으로 무엇을 의미하는지 새롭게 물어야 함을 알 수 있다.

그런데 내가 만수대창작사에서 만난 화가는 국가의 예술정책 또는 지도자의 국정철학에 따른다고 하는 대신 "인민대중이 좋아하는 것에 복종한다"고 말한다. 북한의 예술가라면 으레 입에 올리는 관용적 문구(클리셰)로 그가 대답한 것인지, 아니면 당의 방침을 자기 나름으로 소화하여 개인적 신념의 언어로 표현한 것인지 나로서는 물론 알지 못한다. 어쨌든 적어도 분명한 것은 그의 발언이 북한 예술계에서 일반적으로 통용되는 보편적 예술관일 것으로 추측된다는 점이고, 또한 그것은 개인주의·자유주의에 젖어 살아온 평범한 남한 문학평론가의 예상을 벗어나지 않는 것이라는 점이다. 중요한 것은 이 추론을 더 밀고 나가면 그의 발언이 북한체제의 자기규정으로서의 사회주의 사회의 근본 성격에도 불가피하게 연결된다고 하는 사실이다. 이런 문제의식은 자연히 예술의 한계를 넘어서는 현실적 숙제를 우리에게 던진다.

그러니까 이제 우리는 남과 북이 이념적·현실적으로 오랫동안 분단되어 있었기 때문에 겪었던 분리의 고통을 극복해야 하는 '지금까지의' 과제와 함께 앞으로는 전혀 다른 차원에서 발생할지 모르는 통합의 고통을 예상하고 그 대비책을 마련해야 하는 '지금부터의' 과제도 안게 되었다. 흔히 독일의 교훈을 떠올리는데, 독일에서 배울 점도 적지 않지만 더 많은 점에서 독일과 다르다는 사실을 깊이 숙고해야 한다. 이것은 이 작은 지면이 감당할 주제가 아니기에 여기서 그치고, 다시 북한 화가가 던졌던 화두로 돌아가 보자.

"인민대중이 좋아하는 것에 복종한다"는 표현이 남쪽의 언어관습에서 볼 때에는 익숙지 않을뿐더러 매우 살벌하게 들리기도 하지만, 실제로는 남쪽에서도 작가든 화가든 모든 예술가는 거의 예외 없이 더 많은 소득을 얻기 위해 독자 또는 구매자의 취향에 적응하고자 필사적으로 노력을 하게 마련이다. 다만 이 자본주의 사회에서는 그것을 자유경쟁의 형식으로 방임할 뿐인데, 알다시피 자유는 예술가에게 창조의 원천이 될 수도 타락의 빌미가 될 수도 있는 양날의 칼이다. 남과 북의 예술가들이 이 위험을 현명하게 피하면서 상호교육을 통해 서로 배우고 접근해간다면 그 파급효과는 한반도 사회 전체의 통합 노력에도 긍정적 시금석이 될 것이다.

(『경향신문』 2018.10.9)

40년 만에 공개된 김수영의 '불온시'

1968년 초봄 『조선일보』 지상에서 그 신문의 논설위원이자 문학평론가인 이어령과 시인 김수영이 주고받은 논쟁은 우리 문단사에 전설적인 사건의 하나로 기록되어 있다. 이 논쟁이 있고 나서 불과 서너 달 만에 김수영 시인이 불의의 사고로 세상을 떠났기 때문에, 그리고 그 무렵 「사랑의 변주곡」 「의자가 많아서 걸린다」 「풀」 같은 시와 「시여, 침을 뱉어라」 같은 산문에 보이듯 김수영의 문학적 사유와 시적 생산성이 절정에 이르러 있었기 때문에 논쟁은 한층 강한 인상을 남겼다.

그런데 김수영은 논쟁의 발단이 된 평론 「지식인의 사회참여」에서, 자신이 최근에 써놓기만 하고 발표하지 못하는 작품이 있음을 언급한 바 있다. 이와 더불어 그는 신문사의 신춘문예 응모작들 속에 끼어 있던 '불온한' 내용의 시들도 생각난다고 말하고 있다. 이어서 그는 이렇게 글을 마무리하고 있다. "나의 상식으로는 내 작품이나 '불온한' 그 응모작품이 아무 거리낌 없이 발표될 수 있는 사회가 되어야만 현대사회라고 할 수 있을 것 같고, 그런 영광된 사회가 반드시 머지않아 올 거라고 굳게 믿고 있다. 그러나 나를 괴롭히는 것은 신문사의 응모에도 응해오지 않는 보이지 않는 '불온한' 작품들이다. 이런 작품이 나의 '상상적 강박관념'에서 볼 때는 땅을 덮고 하늘을 덮을 만큼 많다. 그리고 그 안에 대문호와 대시인의 씨앗이 숨어 있다."

여기서 김수영이 말하려는 것이 무엇인지 알아채는 것은 어려운 일이 아니다. 그는 자신의 시대를 억압적인 시대로 인식하고 있으며, 그 억압이 창조의 가능성을 근원적으로 봉쇄하고 있다고 지적한다. 그러나 그가 예감하기에 언론자유가 제한 없이 보장된 사회는 반드시 도래할 것이다. 그런 사회를 김수영은 '현대사회' 또는 '영광된 사회'라고 부르고 있다. 자유를 생명처럼 중시하는 시인이 자유가 보장된 사회에 '영광된'이라는 최상급 수식어를 바치는 것은 기꺼이 공감할 수 있지만, 거기에 '현대사회'라는 시대구분법을 적용하는 데는 동조하기 어렵다. 왜냐하면 김수영 사후 40여 년의 역사가 입증하듯이 김수영이 명명한 '현대' 안에는 우리가 아직 도달하지 못한 목표치뿐만 아니라 극복하고 넘어서야 할 모순과 문제점도 또한 들어 있기 때문이다.

아무튼 논쟁의 진행을 조금 더 따라가보자. "모든 전위문학은 불온하다. 그리고 모든 살아 있는 문화는 본질적으로 불온한 것이다. 그것은 두말할 것도 없이 문화의 본질이 꿈을 추구하는 것이고 불가능을 추구하는 것이기 때문이다." 이 문장이 포함된 김수영의 글 「실험적인 문학과 정치적 자유」가 발표되자, 이어령은 반론에서 문학과 정치의 원천적인 분리가 자기 논지의 전제라고 말하면서 문학작품을 문학작품으로서만 읽으려 하지 않는 이데올로기적 독법이 도리어 문학에 대한 직접적인 위협이라고 주장하였다. 그러면서 그는 김수영이 말한 '설합 속의 불온시'의 실체를 밝힐 것을 요구하였다. 이에 대해 김수영은 자기 작품이 당시의 상황에서 "불온하다는 오해를 받을 우려가 있기 때문에" 설합 속에 넣어두고 있을 뿐이며, 자신은 그 작품을 결코 불온하다고 생각지 않는다고 대답하였다. 그러니까 자신의 소망은 '불온하다고 보여질 우려'가 있는 작품이 불온의 오해와 우려를 불식하고 '불온하지 않게' 통할 수 있는 정치·문화적 풍토를 만드는 것이라고 김수영은 주장했던 것이다.

김수영 시인 40주기를 맞아 『창작과비평』 금년(2008년) 여름호에는 평론가 김명인 교수의 수고로 김수영의 묻혀 있던 시와 일기 여러 편이 발표되었는데, 그 가운데는 오랫동안 '설합 속의 불온시'로 회자되던 문제의 작품이 들어 있어 언론의 주목을 받았다. 제목은 바로 「'金日成萬歲'」. 과연 이 작품은 제목만으로도 김명인이 다른 문맥에서 말한 "냉전적 반공 이데올로기의 임계선"을 건드린다고 할 만하다. 그 점은 김수영이 세상을 떠날 무렵이나 그보다 20여 년 전 그가 시인으로 데뷔할 무렵 또는 그가 세상을 떠나고서 40년이 지난 오늘이나 본질적으로는 대동소이하다고 말할 수 있다. 그러나 현상적으로 세상이 달라지지 않은 것도 아니다. 적어도 오늘 그 작품을 활자화한 일 때문에 누가 정보기관에 불려가거나 사법적 제재의 대상으로 검토된다는 말은 들리지 않기 때문이다.

김수영의 시세계를 훑어보면 문학적 완성도를 떠나서 두 편의 작품이 단연 눈에 뜨인다. 아마 그는 그 두 편의 시에서 평생 자신의 내면을 강압해온 금기의 경계선을 드디어 넘어보려고 시도했던 것 같다. 그것은 오랫동안 시인의 내부에서 작동해오던 자기검열의 메커니즘을 깨부수기 위해 마침내 도전을 감행하기로 결단한 것이었다고 해석될 수 있다. 그것은 자아의 확장과 사회적 해방이 한 몸으로 일체화하는 실천, 그 자신의 용어로 온전한 '자유의 이행(履行)' 바로 그것에 해당하는 것이었다.

그 하나가 「性」이고 다른 하나가 문제의 「'金日成萬歲'」인데, 강산이 네 번 바뀌는 세월이 지난 지금 읽어보더라도 그의 시정신은 여전히 시대의 첨단에 — 또는 시대의 극단에 — 서 있다.

주목할 사실은 1968년 1월 19일작인 「性」이 시인의 작고 직후 발표될 수 있었던 데에 비하여 1960년 10월 6일작인 「'金日成萬歲'」는 거의 반세기 동안이나 설합 속에 유폐될 수밖에 없었다는 점이다.

털어놓고 말하면 「性」이 『창작과비평』 1968년 가을호에 유고로 발표될 당시 나는 그 잡지의 편집 실무에 관여하고 있어서 이 작품의 노골적인 성담론이 내심 겁나기도 했었다. 그런가 하면 미망인 김현경 여사를 통해서 위험한 제목을 가진 또다른 전위적인 작품의 존재도 알고 있었다. 하지만 1968년 당시에나 그후 잡지의 편집에 좀더 재량권을 발휘할 수 있게 된 다음에나 그 작품을 활자화할 용기는 나에게 생기지 않았다. 그런 점에서 「'金日成萬歲'」의 발표 지연은 분명히 나 자신에게도 책임의 일단이 없다고 할 수 없다. 이런 말을 하는 심정 속에는 억압의 시대에 대한 회한만이 아니라 고난의 시대를 용케 참고 견뎌냈다는 일말의 떳떳함도 있다.

그러나 40년 전에 세상을 떠난 시인의 일면을 여기서 뒤늦게 거론하는 것은, 아주 우회적인 방식으로나마, 그의 시 제목이 지닌 상징성과 폭발력이 지금 이 순간에 다시 살아나고 있음을 환기시키기 위해서이다. 이명박 정권의 등장에 의해 김수영 시대의 수사학이 새로운 활력을 얻는 것은 김수영도 우리도 원치 않는 역사의 퇴행이다. 세상 어느 곳에서나 퇴행을 막는 일은 그 사회 구성원 모두의 의무이지만, 특히 젊은 세대에게는 자랑스러운 임무이기도 하다.

(다산포럼 2008.7.15)

『임꺽정』에서 『국수』까지

며칠 전 작가 김성동이 보내준 소설책 한 질을 받았다. 400쪽 가까운 두께로 모두 다섯 권이니, 대하소설이라 할 만하다. 이름하여 『국수』인데, 표지에 '國手'라고 한자로 크게 쓰여 있다. 이 작가의 문학적 이력을 웬만큼 알고 있는 나로서는 "1991년 연재 이후 27년 만의 완간! 구도(求道)의 작가 김성동 혼신의 역작!"이라고 출판사에서 내건 선전문구가 한갓 과장이 아님을 짐작한다.

그런데 작가는 이 다섯 권 소설만 쓴 것이 아니라 따로 '國手事典'이라는 제목의 낱말사전까지 만들어 별권(別卷)으로 붙였다. 예사롭지 않은 일이다. 물론 과거에도 한 작가의 작품세계를 더 정확하게 이해하기 위한 '소설어(小說語) 사전'은 더러 편찬되었다. 들인 수고에 비해 알아주는 이가 적은 이 힘든 작업을 가장 열심히 해온 분은 민충환 교수라고 알고 있는데, 그는 이미 1995년에 『임꺽정 우리말 용례사전』을 출간한 바 있었다.

벽초 홍명희가 1928년 연재를 시작하여 미완으로 끝낸 대하소설 『임꺽정』은 잘 알려져 있듯이 저자인 벽초의 월북으로 인해 오랫동안 금서로 묶여 있다가 1980년대에 와서야 열 권으로 전체가 출판되었다. 『임꺽정』은 작품이 연재되던 일제강점기에도 이미 풍부한 우리말 어휘로 인해 경탄의 대상이 되었다. 소설가 이효석은 "큰 규모 속에 담은 한 시대의 생활의 세밀한 기록이요 민속적 재료의 집대성이요 조선어휘의 일대 어해(語海)"라고 격찬했고, 평론가 박영희는 "구상의 광대함과 어휘의 풍부함과 문장의 유려함"에서 세계문단에 자랑할 만한 작품이라고 평가했던 것이다.

돌이켜보면 한국사에서 19세기 말 20세기 초의 근대전환기는 말과 글의 일치를 향해가던 근대적 '우리말 문장'의 형성기이기도 했다. 그리고 한자·한문의 오랜 지배에서 벗어나는 과정에서 소설가들이 이룩한 공적은 특별한 것이었다. 젊은 시절 벽초와 함께 도쿄에서 유학했던 춘원 이광수의 초창기 소설들도 근대적인 어문일치 문장의 발전에 불멸의 기여를 했고, 뒤를 이은 염상섭·김동인·현진건 등의 공적도 잊을 수 없는 것이었다. 그런 점에서 민충환 교수의 정리작업은 적지 않은 의의를 지닌다. 『임꺽정 우리말 용례사전』 이후에도 민 교수는 박완서·최일남·송기숙·이문구 등의 작품들에 대한 '소설어 사전'을 내놓아, 이들 작가의 문학세계에 대한 비평적 분석이나 문학사적 평가를 제대로 하려면 그들이 구사하는 소설언어에 대한 적확한 이해가 생략될 수 없는 기초과정임을 강조했다.

*

소설 『국수』에 대한 본격적인 문학적 평가는 간단한 일이 아니니, 그것은 뒷날 또는 뒷사람에게 맡긴다. 다만, 나는 여기서 『임꺽정』의 소설언어에 대한 김성동의 견해를 살펴보고 그의 견해가 벽초의 소설언어를 겨레말의 역사 속에서 얼마나 정당하게 평가하고 있는지 생각해보려고 한다.

먼저 상기할 것은 김성동이 자신의 선행업적으로 거의 유일하게 『임꺽정』을 거명하고 있다는 사실이다. 소설 『국수』의 머리말에 해당하는 글 「할아버지, 그리고 식구들 생각」에서 그는 '국민학교' 5학년이던 1958년 할아버지 손에 잡혀 한밭(大田)에 갔다가 대본서점에서 『림꺽정』을 빌려 읽었다고 한다. 그런데 그가 겨우 열두 살짜리 어린아이였음에도 그 소설에는 모르는 말이 거의 없었다. 식구들이 늘 쓰는 말이었기 때문이다. 그가 정작 하고 싶은 발언은 그다음에 나온다. "됩세(도리어) 아쉬운 점이 있었으니…"라고 말을 꺼내면서 그는 『임꺽정』 언어의 아쉬운 점을 다음과 같이 토로하는 것이다.

몰밀어 말이 똑같다는 것. 계급에 따라 달라지는 말이 죄 똑같고, 사는 고장에 따라 달라지는 말이 죄 똑같다. 이른바 계급, 곧 사는 꼴과 사는 땅에 따라 달라지는 '말'을 조선시대 것으로 되살려내지 않은 글지(작가)한테 아쉬움이 크다.

과연 김성동의 지적대로 『임꺽정』에서는 조광조 같은 선비나 임꺽정 같은 왈패나, 또 함경도 출신 갖바치나 서울 출신 양반이나 거의 구별 없이 점잖은 말을 사용한다. 이것을 문제삼은 평론이 없었다고 김성동은 주장하지만, 사실은 그렇지 않다. 『임꺽정』을 읽는 사람이면 누구에게나 대뜸 인지되는 그런 점을 그동안 아무도 지적하지 않았을 리 없다. 그럼에도 불구하고 그 점이 소설 『임꺽정』의 중대한 결함으로 논의되지 않은 까닭은 무엇인가. 그 까닭을 곰곰이 따져보면 『임꺽정』의 시대가 어떤 시대였고 그 작품이 왜 그런 언어를 선택할 수밖에 없었는지 이해하게 된다.

문제를 풀어가는 한 가지 방식은 벽초 자신이 이 점을 어떻게 의식하고 소설창작에 임했는가를 생각해보는 것이다. 벽초는 출신성분이나 교양으로 보아 비록 소설 같은 허구적인 글에서라고 하더라도 상스러운 말을 쓰기가 쉽지 않았을 것이다. 하지만 어쨌든 그가 처해 있던 역사적·정치적 상황으로 미루어 그는 어떤 '보편적 언어'의 사용을 의식적으로 추구했으리라는 것이 나의 추론이다. 다시 말하면 지역과 계급을 넘어선 '보편적 조선어'로서의 『임꺽정』의 언어는 작가의 무심한 실수나 작품의 결함이 아니라 벽초의 적극적 선택이었다는 것이 나의 판단이다. 벽초는 언어에 대해 결코 무심한 사람이 아니었던 것이다.

소설의 한 대목을 가지고 그 점을 생각해보자.

갖바치가 주석하는 절 칠장사에 꺽정이와 김덕순(기묘사화 때 조광조와 함께 처형된 김식의 둘째 아들)이 잠시 머무는데, 이때 꺽정이의 어릴 적 동무 이봉학이가 나타난다. 김덕순은 오래전 헤어졌던 봉학이를 20여 년 만에 보는지라 "자네를 만나기는 의외일세" 하고 반기는데, 그러자 꺽정이는 왜 봉학이에게는 '하게'를 하고 자기에게는 '해라'를 하느냐며 덕순에게 따지고 든다. 그리하여 덕순이와 꺽정이 사이에는 다음과 같은 대화가 오가는 것이다.

"존대, 하오, 하게, 해라, 말이 모두 몇 가지람. 말이 성가시게 생겨먹었어."

하고 말의 구별 많은 것을 타박하니 덕순이가 웃으면서

"말의 구별이 성가시다고 하자. 그러하니 너는 어쨌으면 좋겠단 말이냐?"

하고 물었다.

"말을 한 가지만 쓰게 되면 좋을 것 아니오."

"어른 아이 구별 없이 말을 한 가지만 쓰는 데가 천하에 어디 있단 말이냐?"

"두만강 건너 오랑캐들의 말은 우리말같이 성가시지 않은갑디다.

천왕동이의 말을 들으면 아비가 자식보고도 해라, 자식이 아비보고도 해라랍디다."

"그러니까 오랑캐라지."

"오랑캐가 어떻소? 그것들도 조선 양반 마찬가지 사람이라오."

하고 꺽정이가 덕순이와 말을 다툴 때에 대사가

"우리말에 층하가 너무 많은 것은 사실이겠지. 그렇지만 어른 아이는 고사하고 양반이니 상사람이니 차별이 있는 바에야 말이 자연 그렇게 된 것 아닌가."

하고 말참례하고 나섰다. (『임꺽정』 제3권)

요컨대 우리말에 층하가 많은 것은 언어 자체의 문제가 아니라 현실 속에 실재하는 복잡한 인간관계와 계급구조의 반영이라는 것, 따라서 어떻게 하면 현실 자체를 평등한 인간사회로 개혁해나갈 것인가가 문제라는 것이 여기 표현된 벽초의 생각일 것이다.

그러나 이러한 평등지향적 사상만으로 벽초의 언어 사용이 다 해명되는 것은 아니다. 우리는 『임꺽정』이 집필되던 시대가 어떤 시대였는지, 그리고 그 시대의 우리말과 우리글이 현실적으로 어떤 발전 상태에 있었는지 상기해볼 필요가 있다. 조선어학회가 '한글맞춤법 통일안'을 만든 것은 1933년인데, 맞춤법의 적용대상은 당연히 그 나라 안에서 사용되는 말 전체를 가정할 수밖에 없다. 지역에 따라 다르고 계급에 따라 다른 말들 가운데 어느 하나를 표준으로 삼지 않고서는 맞춤법의 보편적 제정은 불가능하다.

그런데 맞춤법통일안이 만들어지고 표준어가 정해지더라도 그것들이 실생활에 정착되는 것은 요원할 수밖에 없다. 더구나 1930년대는 일제의 식민지 억압체제가 점점 강화되고 있어서 민족적 정체성의 유지 자체가 심각하게 위협받고 있었다. 바로 이런 조건 속에서 벽초는 우리말의 규범적 단일성을 수호하고 우리 민족의 정서적 뿌리를 탐색하는 일을 자신의 역사적 사명으로 삼았고, 이를 수행하기 위한 구체적 작업이 그에게는 『임꺽정』의 집필이었던 것이다.

물론 오늘의 사회적 조건은 벽초의 시대와 크게 다르다. 하지만 70년이 훌쩍 넘는 남북분단의 지속은 식민지 상태 못지않은 또다른 위기를 조성하고 있다. 그뿐만 아니라 세대 간, 계층 간 격차는 더 벌어졌고 수많은 외래어의 범람은 우리말의 개념 자체에 재정의를 요구하며, 각종 매체의 발달은 이를 더욱 부채질하는 듯하다. 시인·소설가를 포함하여 지식인이라면 이 점을 의식하고 글을 쓸 책임이 있을 텐데, 소설 『국수』는 충청남도 내포지방의 토속어를 새롭게 활성화하는 작업을 통해 '아름다운 조선말'의 본래의 모습을 찾고자 함으로써 그 책임의 일부를 감당하고자 한다.

(겨레말큰사전 웹진 2018.8.2)

언어들의 엇갈린 운명

얼마 전 「말모이」란 영화의 시사회에 다녀왔다. '말모이'란 '낱말들의 모음'이란 뜻으로, 1911년부터 주시경 선생 등 선각자들이 편찬을 시작한 우리나라 최초의 근대적인 국어사전을 가리킨다. 이 사업은 주시경 선생 사후 그의 뜻을 이어받은 이극로·이윤재·최현배·이희승 등 조선어학회 학자들의 헌신과 희생에 힘입어 수많은 우여곡절 끝에 1957년 『큰사전』 6권의 간행으로 일단 완결되었다. 영화는 편찬사업에 얽힌 고난의 행로 가운데 1930년대 말부터 8·15해방까지 일제 탄압이 가장 악랄했던 시기를 허구적 서사에 의탁하여 때로는 감동적으로, 때로는 코믹하게 그려내고 있다.

그런데 영화 속의 조선어학회는 내가 상상하던 것과는 많이 달랐다. 1942년 일제 경찰에 의해 날조된 조선어학회 사건의 전말이 내

머리에 처음 입력된 것은 거의 60여 년 전 월간지 『사상계』에 연재된 이희승 선생의 회고록을 통해서였는데, 그뒤 이런저런 글을 읽으면서 조선어학회의 위상이 조금 더 구체화되었다. 이희승 회고록은 읽은 것이 워낙 오래전이라 언제 무슨 제목으로 연재됐었는지, 심지어 『사상계』에 연재됐던 게 맞는지도 아리송해, 인터넷을 뒤졌으나 도무지 기록이 찾아지지 않는다. 아무튼 나에게 조선어학회 이미지는 마치 중국의 임시정부 청사 앞에서 찍은 독립지사들의 기념사진처럼 한복 차림의 근엄한 어른들 모습으로 각인되어 있다. 하지만 어쩌랴, 역사는 역사고 영화는 영화인걸!

중요한 것은 그 지옥 같던 시대에 우리말 사전을 편찬하는 일 자체의 의의를 오늘의 조건 속에서 생각해보는 것일 게다. 웬만큼 알려진 바지만, 언어들의 운명에 가장 큰 영향을 미치는 것은 정치적 상황의 변화이다. 즉, 역사 속에서 언어의 흥망성쇠를 결정지은 것은 그 언어 사용자들의 정치적 지배력이었다. 한때 유럽 대부분 지역에서 사용되던 켈트어는 로마제국의 성장과 게르만 민족의 발흥에 따라 점차 유럽 서쪽 해안으로 밀려나 어느덧 소수언어로 전락했고, 그리하여 20세기 초에는 켈트어의 가장 중요한 근거지였던 아일랜드에서조차 조만간 소멸될 것으로 여겨졌다고 한다. 앵글로색슨족 영어의 수백 년 지배가 낳은 결과임은 두말할 나위도 없다.

이보다 더 처절한 것은 아메리카 대륙에서 일어난 일이다. 15세기 말 콜럼버스가 이 대륙에 도착했을 당시 이곳에서는 무려 1000개가 넘는 언어가 사용되고 있어서, 16세기의 유럽 학자가 알래스카에서 남미 파타고니아까지 여행하려면 수없이 많은 언어의 장벽을 넘어야 했으리라고 한다. 그러나 알다시피 불과 300여 년 사이에 대부분의 원주민 부족들은 지상에서 자취를 감추거나 대폭 줄어들어, 지금은 영어나 스페인어 정도만 가지고도 아무런 불편없이 남북 아메리카 대륙을 종단 여행할 수 있다.

그런데 눈여겨볼 것은 아일랜드와 아메리카 대륙에서의 원주민 언어들의 서로 다른 운명이다. 아메리카 대륙에서는 (그뿐만 아니라 오스트레일리아나 뉴질랜드, 시베리아 등지에서도) 그 땅의 원래 주인이었던 종족이 다시 부흥하고 그들의 언어가 주요 언어로 부활할 가능성은 이제 영원히 사라졌다고 보는 것이 합리적일 것이다. 반면에 아일랜드는 영국의 오랜 탄압과 19세기 중엽 대흉년의 시련에도 불구하고 인민들의 끈덕진 투쟁에 힘입어 1922년 아일랜드공화국으로 독립하는 데 성공했고, 이 정치적 사변은 켈트어(게일어)에도 새로운 소생의 희망을 부여했다. 실제로 아일랜드 게일어는 예상과 달리 소멸하지 않았을 뿐만 아니라, 만약 역사적 조건들이 아일랜드인의 독립적 생존에 계속 호의를 베푼다면 언젠가 아일랜드어는 영어에 빼앗겼던 자기 땅에서의 언어적 주도권을 되찾을 가능성도 없지 않게 되었다.

이런 시각에서 「말모이」를 다시 살펴본다면 영화미학적 관점에서의 불만스러움에도 불구하고 우리말의 어제와 내일을 위한 적지 않은 교훈을 얻을 수 있다. 가령, 다음과 같은 생각을 해볼 수 있다. 아일랜드·핀란드·인도 등에 비하면 우리가 당한 35년 식민역사는 상대적으로 짧은 편이라 할 수 있다. 그런데 그 짧은 기간에 왜 우리말은 일본어에 의해 그토록 치명적인 침탈을 당했고, 아직도 그 여독(餘毒)에서 완전히 벗어나지 못하고 있는가. 과문한 탓인지 모르지만, 그 원인의 학문적 규명은 깊이 있게 이루어졌다고 믿어지지 않는다. 한 가지 짚을 점은 단테·셰익스피어·볼테르·괴테 같은 이름과 더불어 떠오르는 유럽 여러 나라의 경우 근대언어의 발전이 근대국가의 형성과 궤를 같이했음에 비해 우리의 경우에는 근대언어의 탄생이 근대국가 형성의 파탄, 즉 외세에 의한 식민화 과정 속에서 이루어졌다는 불행한 사실이다. 다시 말해 우리말의 근대적 성숙을 위한 충분한 시간이 주어지기 전에 식민지 침탈의 참사가 일어났던 것이다.

또 하나의 결정적인 문제는 해방과 동시에 남북이 분단됨으로써 식민지 구조의 전면적 청산이 이루어지는 대신 모든 면에서의 심각한 왜곡이 덧쌓이게 되었다는 점이다. 짐작건대 식민지 기간의 두 배를 넘긴 분단 기간은 한반도의 언어현실에도 심대한 분열과 깊은 내상을 남기고 있을 것이다. 왜냐하면 그동안 한반도의 남과 북 사이에 존재했던 것은 동서독 사이에 있었던 것과 같은 단순한 분단이 아니라 전쟁을 포함한 격렬한 정치적 적대와 철저한 지리적 분리였기 때문이다. 이 점을 상기하면 남북 간 언어의 이질화는 골수에 든

질병처럼 오랜 치유를 필요로 할지 모른다.

2018년이 획기적이었던 것은 단지 남북 간의 정치적 화해가 시작된 데만 있지 않다. 무엇보다 다행스러웠던 것은 세 차례 정상회담을 비롯한 많은 남북대화에서 언어의 이질성 때문에 심각한 오해가 생기거나 치명적 곤경을 치렀다는 얘기가 나오지 않았다는 사실이다. 남쪽 국민들은 "멀다고 하믄 안 되갔구나!"라는 김정은 위원장의 한마디를 즉각 이해하고 마음껏 즐거워했고, 북쪽 시민들도 문재인 대통령의 능라도 7분 연설에 열렬히 환호하지 않았던가.

이것은 한반도의 통일적 미래를 구상함에 있어 지극히 고무적인 조건이다. 왜냐하면 그것은 한반도의 전 영역에 걸쳐 하나의 통일공동체를 결성하기 위한 단일한 감정적·언어적 기반이 여전히 살아 있다는 움직일 수 없는 증거이기 때문이다. 물론 강원도 사람과 전라도 사람, 경상도 사람과 충청도 사람들 사이의 대화에서도 가끔 경험했듯이 때로는 미묘한 부분을 서로 못 알아듣거나 잘못 넘겨짚는 일도 생길 수 있다. 아마 남북의 정치가들은 개념의 차이 때문에 예상치 못한 장벽을 만날 수 있고, 장차 철도나 도로건설 기술자들도 용어의 상이로 인해 공동작업에 차질을 빚을지 모른다. 하지만 그런 곤란은 이제부터 토론하고 합의해나가면 해결될 문제로서, 이를 위한 기초사업 중의 하나로 진행되는 것이 '겨레말큰사전' 공동편찬이다. 합의가 안 되면? 통제 불능처럼 보이는 방언들의 활력이야말로 그 자체가 단일공동체의 생명활동을 입증하는 증거라고 확신할 필요가 있고, 그 확신이 굳건하기만 하면 넘지 못할 절벽은 있을 수 없다.

(『경향신문』 2019.1.1)

던져진 땅에서 살아내는 일

며칠 전 임화문학연구회 모임에 나갔다가 그 자리에 참석했던 손유경 교수(서울대 국문학과)로부터 신간 저서 한 권을 기증받았다. '미학적 실천으로서의 한국 근대문학'이라는 야심적 부제가 붙은 『슬픈 사회주의자』(소명출판 2016)가 그것인데, 집에 돌아오자 곧 서론이자 총론에 해당하는 제1장을 읽고서, 평소 나도 관심을 가져온 문제에 대해 손 교수가 새롭고도 의표를 찌르는 방식으로 접근하고 있음을 알았다. 그의 논의를 말머리 삼아 그의 주제와는 다른 이야기를 해보려고 한다.

"건방진 소리 같지만 우리나라는 지금 시인다운 시인이나 문인다운 문인을 가지고 있지 않다는 것이 나의 지론이다. 아니, 세상의 지론이라고 본다. '알맹이는 다 이북 가고 여기 남은 것은 다 찌꺼기뿐이야'라는 말을 나는 과거에 수많이 들었고 내 자신도 했고 아직까지도 역시 도처에서 그런 인상을 받고 있다."

손 교수는 시인 김수영이 「시의 뉴프런티어」(『사상계』 1961.3)라는 에세이에 썼던 위의 구절을 인용하면서 문제를 제기하는데, 1930년대 문단의 "카프 출신 문인뿐 아니라 내로라하는 모더니스트들까지 월북의 대열에 합류한" 것은 무슨 까닭인가를 묻는 것이 그의 논의의 출발점이다. 사실을 말하면 김수영보다 20년 아래인 나도 문학청년 시절 자주 듣던 얘기의 하나가 똑똑한 문인은 다 북으로 갔다는 것이었다. 그런데 손 교수의 새로운 점은 월북 문인들이 "북한을 선택했다는 것보다 중요한 것은 자기 삶의 터전을 버렸다는 사실이 아닐까"라는 의문을 통해 월북문제에 다르게 접근하고 있다는 것이다. 이를 위해 그는 김남천·박태원·이태준·송영·안회남·지하련 등을 표본으로 택하여 그들의 삶과 문학을 리얼리즘과 모더니즘의 대립이라는 틀에 박힌 진영논리가 아니라 그것을 넘어선 '미학적 실천'의 차원에서 탐색하고 그것으로부터 월북의 심리적 또는 논리적 근원을 찾아보려 하는 것이다. 요컨대 손 교수의 목표는 월북사건 자체의 해명이라기보다 그 전 단계인 1930년대 문학의 심층을 들여다보는 것이라고 할 수 있다.

하지만 내 시선은 그냥 월북 자체에 머문다. 먼저 지적할 것은 다수의 문인과 지식인들이 월북을 선택한 것은 사실이나 그보다 훨씬 더 많은 숫자의 일반 주민이 월남했다는 점이다. 알다시피 8·15 이후 한반도에서는 통일된 독립정부의 수립이 무산된 것은 물론이고, 오히려 거꾸로 남과 북 양쪽 모두에서 주민 절대다수가 예상하고 기대했던 것과 전혀 다른 상황이 전개되었다. 그리하여 현실에 실망한 주민들이 자기 살던 땅을 떠나 각각 북에서 남으로, 남에서 북으로 희망을 찾아갔다.

북에서는 소련군의 엄호 아래 사회주의 정권의 탄생을 위한 일사불란한 작업이 진행되었다. 유산계층의 재산몰수와 토지개혁, 친일잔재의 과감한 청산, 무자비한 종교탄압 등이 그런 것인데, 이에 따라 1945~49년 사이에 400만 내외의 주민이 월남했으리라 추산된다. 반면 남에서는 미 군정의 정치적 무지에다 일제 식민관료와 친일경찰의 온존, 극한적인 좌우대립과 사회적 혼란 등으로 인해 민주국가 건설의 희망이 무너지고 있었다. 그럼에도 월북자는 월남자의 10분의 1 이하라는 것이 대체적인 관측이다. 이태준·임화·김남천·이원조 등을 비롯한 1930년대의 이름난 문인들 다수가 새로운 파시즘 체제의 등장에 좌절하여 이때 월북한 것은 사실이지만, 그것은 이런 복합적 상황의 일부였던 것이다. 김동명·안수길·황순원·구상 등은 이태준·임화에 비해 문단적으로 후배이고 지명도에서도 그들에 훨씬 못 미치기는 해도, 여하튼 그들이 해방기 북한의 현실을 잠시나마 몸으로 겪고 월남했다는 사실은 월북과 더불어 고려할 사항이다.

6·25전쟁 동안에는 또다른 대이동이 행해졌다. 미군 폭격을 피해

서 또는 공산정권이 무서워서 월남한 사람이 50~60만 명 정도라고 하는데, 가령 1950년 12월의 유명한 흥남철수 때에만 9만 1천 명의 난민이 미군 함정으로 남쪽으로 내려왔다. 유감스러운 것은 평소 큰소리치던 이승만 정부가 전쟁이 나자 극소수 요인들만 데리고 몰래 남쪽으로 도주해버리는 바람에 각계각층의 많은 인재들이 본인의 의사와 무관하게 북으로 끌려갔다는 사실이다. 한국전쟁납북사건자료원(http://www.kwari.org)이 정리한 바에 따르면 약 9만 6천 명이 전시 중 납북되었다 하는데, 문단에서는 이광수·김억·박영희·김동환 등 원로들이 여기 포함된다. 정지용과 김기림은 한때 월북문인으로 취급되었으나 실상이 확인된 바는 없다. 전쟁 초기에 납북되었거나 그 와중에 폭격으로 희생되지 않았을까 추정될 뿐이다.

자, 그러면 이 모든 현상들을 어떻게 이해하고 해석할 것이며 그것으로부터 얻어낼 오늘의 교훈은 무엇인가. 무엇보다 나는 1945~53년 기간에 발생한 월북과 월남이 이념적으로는 정반대 방향인 듯이 보임에도 불구하고 본질적으로 동일한 성격을 갖는다고 생각한다.

해방 당시 나는 네 살이었는데, 반년쯤 뒤에 아버지의 인솔하에 10여 명 가족이 고향 속초를 떠나 월남했다. 우리 가족을 태운 밀항선이 새벽어둠이 가시기 전의 주문진항에 닿던 광경을 나는 지금도 기억한다. 그런데 아버지보다 열 살 아래의 스물아홉살 작은아버지는 월남에 반대하고 남았다가 결국 북쪽 체제를 택했고, 위안부로 끌려가는 걸 피해 어린 나이에 일찍 결혼한 큰누나는 남편 따라 속초에서 그대로 살다가 6·25 이후 남쪽 주민이 되었다.

우리가 피란 나와서 먼저 자리 잡은 곳은 태백산 아래 봉화군 춘양이라는 곳이었고, 휴전 직후 이사한 곳은 계룡산 가까운 공주였다. 둘 다 『정감록』의 '십승지지(十勝之地)' 근처로서, 생각해보니 그동안 우리 가족은 계속 피란을 다닌 셈이었다. 한반도 남북으로 흩어진 언필칭 '1천만 이산가족'과 그들의 자손들, 또 미국·호주를 비롯해 세계 곳곳으로 떠나간 수백만 이주민들, 그들의 삶도 따지고 보면 이념 따위와는 관계없는 살아남기 위한 피란 아니었던가.

지난날 문인들의 월북·월남은 분단시대 초기 자기들의 발디딘 땅이 숨막히는 불모지로 화해가던 특정한 상황에서의 불가항력적 선택이었다고 이해할 수 있다. 그러나 분단은 1945년에 또는 1953년에 한번 일어났던 일회적 사건이 아니라 오늘 이 순간까지 끊임없이 우리의 삶을 잠식하는 상시적 압박이다. 더욱이 최근 7,8년 동안에는 누구나 실감하듯 분단 이후 최악의 위기가 한반도를 덮치고 있다. 갈라진 동포의 곤경에 마음 아파하기는커녕 동족의 상처에 소금까지 뿌리고 다니는 명색 지도자야말로 분단의 외화된 존재일 뿐이다.

당장의 재난을 넘기기 위해 급한 대로 우선 지어놓은 가건물(假建物) 같은 인생을 우리가 영구히 계속할 수는 없다. 먼 미래를 내다보고 탄탄하게 구상되지 않은 임시적 삶은 당연히 불안과 위험에 무방

비일 것이다. 지난 반세기 동안의 엄청난 외형적 발전에도 불구하고 우리들의 감정과 정신이 날로 저열하고 황폐해진다고 느껴지는 것은 다들 '마음의 정처'를 잃어버렸기 때문이 아닐까.

예로부터 항심(恒心)의 근거가 항산(恒産)이라 했는데, 이때 '항산'은 단지 일정한 재산만을 뜻하는 것이 아닐 것이다. 인간에게 '한결같은 마음'의 가능성과 기반을 보장해주는 조건들, 가령 실직을 하거나 중병이 들어도 생계가 통째로 무너지지는 않으리라는 보장, 동료와 이웃이 느닷없이 칼을 들고 달려들지는 않으리라는 믿음, 힘들거나 지쳤을 때 가족과 친구의 위로가 있으리라는 기대, 6·25전쟁 같은 사태가 돌연히 일어날 리 없다는 확신, 이런 것들이야말로 우리에게 삶의 지속을 담보하는 사회적·심리적 '항산'일 것이다. 실존주의자들이 말했던 이 우연히 '던져진 땅'에서 그래도 미치거나 자살하지 않고 끝까지 살아내자면 그런 '항산'의 지속적 확보가 필수적이다. 그 가능성을 일상생활 속에서, 즉 현존하는 주변의 생활공동체 안에서 구할 수 있어야 하고 또 그렇게 구하는 것이 옳은 방법이라고 나는 생각한다.

(『한겨레』 2016.6.18)

무엇을 반대하고 누구와 연대할 것인가

제3회 인천 AALA 문학포럼 개막에 부쳐

'인천 AALA(아시아·아프리카·라틴아메리카) 문학포럼'을 기획하고 주관하는 인천문화재단의 노고에 깊은 존경을 드립니다. 그리고 이런 뜻깊은 행사를 후원하는 인천시 당국의 높은 식견에도 찬사를 보내고자 합니다.

저는 우선 멀리 아프리카의 가나에서, 케냐에서, 수단에서 오신 문학의 벗들에게 뜨거운 환영의 뜻을 표합니다. 또한 라틴아메리카의 페루와 멕시코에서 오신 문학의 동지들에게도 마찬가지로 환영의 인사를 건네고자 합니다. 그리고 누구보다도 팔레스타인, 이라크, 아랍에미리트 출신의 작가들이야말로 이번 문학포럼에서 특별히 주목을 받을 분들이라고 생각합니다. 왜냐하면 그곳 작가들의 개인적 운명 자체가 오늘의 지구현실이 처한 보편적 곤란을 대표적으로 상징하고 있기 때문입니다. 알다시피 중국과 인도와 베트남은 한국과 역사적으로 깊은 인연을 맺어온 나라들입니다. 중국과 인도에서 발원한 종교와 학문과 사상은 수천 년간 한국인의 사상과 감정에 너무나 깊은 영향을 끼쳐왔기 때문에 이제는 그것들이 우리 무의식의 일부가 되었다고 말할 수 있을 정도입니다. 이렇게 여러 대륙에서 모인 많은 벗들이 한국의 작가들과 함께 인종적·종교적·문화적 차이를 넘어 인간적인 친교를 맺고 문학적 대화를 나눌 수 있다는 것 자체가 이미 이 행사의 훌륭한 성과입니다.

그러므로 오늘 제3회 인천 AALA 문학포럼 개막식 행사에 참석하여 인사말을 하게 된 것은 저에게 큰 영광입니다. 아울러 이 행사가 가지는 남다른 의의에 대해 생각할 수 있게 된 것은 문필가의 한 사람인 저에게 참으로 뜻깊은 기회입니다.

제 생각에 이번 제3회 문학포럼의 의의는 '지역에서 세계를 찾다'(Finding the Global in the Local)라는 포럼의 주제에 잘 나타나 있다고 생각합니다. 알다시피 '지역'이란 개념은 문맥에 따라, 즉 렌즈의 초점을 어떤 거리에서 맞추느냐에 따라 다른 내용을 가질 수 있습니다. 가령, 오늘 우리 문학포럼의 입장에서 렌즈의 초점거리를 가장 짧게 조정하면 지역은 '인천'을 의미할 것입니다.

인천이란 우리에게 무엇인가. 이번 문학포럼을 안내하는 인터넷의 글 'AALA란?'에는 "백여 년 전 외국의 다양한 문화가 인천을 통해서 유입되고, 그로부터 인천에서 한국 근대문학의 거점이 형성되었다"고 인천을 소개하고 있습니다. 과연 1900년경 세기전환기의 한국에서 인천은 서양의 문물을 받아들이는 근대화의 가장 중요한 관문이었습니다. 그러나 그렇다고 하는 것은 동시에 인천이 제국주의 외세의 침략의 통로였음도 의미합니다. 우리는 그 점을 잊지 말아야 합니다. 인천의 지정학적 위치가 갖는 이러한 이중성이야말로 인천뿐만 아니라 아시아·아프리카·라틴아메리카의 모든 지역(local)도시들이 다소간 공유하는 역사적 딜레마로서, 우리가 직면한 오늘의 지구적(global) 상황을 파악하고 대책을 마련하는 데 있어서도 빠트릴 수 없는 고려사항일 것입니다.

다른 한편, 렌즈의 초점을 '동아시아'라는 가장 넓은 의미의 지역에 맞추어 세계를 바라본다면 어떨까요. 오늘날 동아시아지역은 유럽과 북아메리카에 이어 정치적으로나 경제적으로 가장 역동적인 곳으로 자타가 공인하고 있습니다. 그러나 조금만 더 깊이 들여다보면 심각한 균열과 갈등이 내재한 곳이기도 합니다. 그 이유를 거칠게 한마디로 요약하면 중국·일본·베트남·한국 등 여러 나라들의 근대화에 이르는 경로가 달랐기 때문입니다.

사실 이 자리에는 꼭 함께해야 할 두 나라의 손님들이 빠져 있습니다. 그들은 바로 북한과 일본의 문인들입니다. 그들이 왜 이 자리에 참석하지 않았는지(또는 못했는지) 설명하지 않더라도 우리는 그 까닭을 대강 짐작합니다. 주지하는 바와 같이 일본은 일찍이 근대화에 성공하여 "몸은 아시아에 있으되 영혼은 아시아를 벗어나 있다"는 평을 들어왔습니다. 그런가 하면 남한과 북한, 즉 한반도에는 미국을 비롯한 강대국들의 정치적 압박이 여전하고 냉전시대에 촉발된 군사적 긴장 또한 사라지지 않고 있습니다. 최근 30~40년 사이에 한국과 중국 등 동아시아가 경제적으로 눈부시게 발전한 것은 사실이지만, 그 경제발전의 수준만큼 평화와 화해가 정착되지 못한 것 또한 명백한 사실일 것입니다.

요컨대 지구적 차원에서나 동아시아지역 차원에서나 인간다운 삶의 필수적 기반인 평화와 안정은 요원한 과제로 남아 있다고 여겨집니다.

아시아·아프리카·라틴아메리카를 하나의 단위로 묶어 생각할 때 저에게 떠오르는 개념은 '제3세계'입니다. 우리나라에서도 제3세계론은 1970년대 후반부터 십수 년 동안 지식인 사회의 중요한 화두였습니다. 이 자리에서 제3세계론의 내용을 구체적으로 되풀이할 여유도 없고 저에게 그럴 만한 준비도 없습니다만, 그것이 제국주의 강대국의 식민지 및 신식민지 지배에서 벗어나 자주독립의 길을 걷고자 하는 약소국 내지 피압박 인민들의 해방의 요구를 반영하는 관점이라는 점만은 분명히 기억해둘 필요가 있습니다. 역사적으로 거슬러 올라가면 1954년 중국의 저우언라이(周恩來) 총리와 인도의 네루(J. Nehru) 수상 사이에 합의된 '평화 5원칙'이 이념적 시발점이 되었으며, 이듬해 인도네시아의 반둥회의에서 채택된 '평화 10원칙'이 그다음 단계일 것입니다. 미소 간의 냉전이 치열하게 전개되던 1960대와 70년대는 베트남에서 전개된 것과 같은 민족해방 운동뿐만 아니라 미소 어느 진영에도 예속되기를 거부하는 비동맹 운동도 활기를 띤 시대였음을 상기할 필요가 있습니다.

그런데 알다시피 1990년대에 들어서면서 소련은 해체되고 냉전은 종식되었습니다. 자본주의가 전 지구적으로 승리한 듯한 분위기 속에서 '역사의 종언'을 선언하는 사람도 나타났습니다. 냉전체제의 종식은 비동맹운동이 서 있던 발판을 치워버렸고, 따라서 '제3세계'라는 말도 담론의 지도에서 자취를 감추었습니다. 그렇다면 이러한 역사적 변화 속에서 제3세계, 즉 아시아·아프리카·라틴아메리카 인민들의 삶은 어떻게 달라졌는가. 다시 말해 '제3세계'라는 용어의 퇴장과 더불어 제3세계적 문제의식도 해소되었다고 할 수 있는가. 이렇게 물어본다면 저의 대답은 단연코 아니라는 쪽입니다.

제가 보기에 냉전체제의 종식 이후 강대국의 패권적 지배는 더욱 난폭해졌고 제3세계 인민들의 삶은 더욱 궁지에 내몰리게 된 것 같습니다. 세계 곳곳에서 빈곤과 질병과 폭력이 횡행하고, 그리하여 수많은 사람들이 죽고 다치고 난민화하여 낯선 땅을 기약 없이 떠돌고 있습니다. 이제 디아스포라는 지구인의 보편적 운명이 되었으며, 가족과 고향으로부터 뿌리 뽑혀 먼 이방의 이주노동자가 되는 것은 21세기의 새로운 현실이 되었습니다. 이곳 인천에만 하더라도 2011년 현재 285만 인구 가운데 등록외국인이 5만 명을 넘는다고 합니다. 그중 중국 국적자가 절반 가까워 단연 제일 많지만, 나머지 소속국가를 인구순으로 나열하면 베트남·대만·필리핀·인도네시아·태국·몽골·우즈베키스탄·파키스탄·방글라데시·스리랑카·미국·네팔·일본 등이라고 합니다. 이것은 우리가 지금 앉아 있는 이곳 인천이, 그리고 바로 이 대한민국이 제3세계적 현실의 생생한 현장이며 따라서 우리의 절실한 문학적 대응을 기다리고 있는 땅이라는 것을 말해줍니다.

우리는 글 쓰는 일을 본분으로 하는 사람들입니다. 그리고 우리는 문학을 매개로 이 자리에 모였습니다. 그런데 제가 강조하고 싶은 것은 제대로 문학다운 문학을 하는 것과 치열하게 현실에 맞서는 것은 두 개의 분리된 과제가 아니라는 사실입니다. 이 역시 길게 설명할 여유가 없으므로, 근대 중국의 위대한 작가 루쉰(魯迅) 선생의 언명을 상기하는 것으로 대신할까 합니다.

지금부터 80여 년 전에 활동한 일본 소설가에 고바야시 다키지(小林多喜二)라는 사람이 있습니다. 1903년 빈농의 아들로 태어나 문학활동과 사회주의 운동에 투신했고 1929년 게잡이 배에서 일하는 노동자들의 가혹한 처지를 묘사한 작품 『게잡이 공선(工船)』의 발표로 유명해졌습니다. 하지만 그는 작품에서 노동착취의 현실을 너무나 생생하게 폭로한 것이 밉보여 당국의 추적을 받게 됩니다. 결국 그는 1933년 경찰에 체포되어 모진 고문 끝에 비참한 죽음을 맞습니다. 이 소식을 접한 루쉰 선생은 고바야시의 죽음을 기려 다음과 같은 전보를 보냈습니다.

"일본과 중국의 대중은 원래 형제다. 자산계급은 대중을 속이고 그 피로 경계선을 그었다. 그리고 계속 긋고 있다. 하지만 무산계급과 그 선도자들은 피로 그 경계선을 씻어낸다. 동지 고바야시의 죽음은 그것을 실증하는 한 예다. 우리는 알고 있다. 우리는 잊지 않을 것이다. 우리는 동지 고바야시의 길을 따라 전진하고 손을 맞잡을 것이다."

겨우 서른 살의 나이로 고바야시가 죽은 1933년은 일본 제국주의가 중국에 괴뢰국가 만주를 세우고 나서 대륙침략의 기회를 노리고 있을 때입니다. 그와 같은 엄중한 상황에도 불구하고 루쉰은 애국주의 따위에 사로잡히지 않고 일본 작가 고바야시의 죽음에 강력한 동지적 애도를 표한 것입니다. 같은 뜻을 가진 사람들이 국가의 경계를 넘어, 인종과 계급과 종교의 장벽을 넘어 무엇을 반대하고 어떻게 연대해야 하는지 루쉰은 뛰어난 실례로써 우리에게 가르침을 주었습니다. 중국과 일본이라는, 20세기 전반기에 너무도 판이한 운명에 처했던 두 나라의 작가들, 루쉰과 고바야시는 치열하게 현실에 부딪쳐나감으로써 똑같이 위대한 문학을 산출했습니다. 우리는 국가적 소속과 이념의 차이를 초월하여 동지적 연대를 구축했던 그들의 지혜와 용기를 우리 시대의 조건에 맞게 배워나가야 합니다.

(제3회 인천 AALA 문학포럼 개막연설 2012.4.26)

우리 운명의 결정권자는 누구인가*

'통일시대를 대비한 지역문학의 과제'가 전체 행사의 주제이니, 북측 문학계와의 교류나 평양 방문 후일담 등을 섞어 얘기해주면 좋겠다는 부탁을 이종형 제주포럼 준비위원장으로부터 받았다. 요컨대 통일시대를 대비해서 그동안 우리 문학인들이 무슨 일을 해왔고 앞으로 어떤 노력을 더 했으면 좋겠는가 생각해보라는 것이다. 좋은 주제이지만 쉬운 주제는 아니다. 우리가 해결해야 할 역사적 과제인 통일이 근본적으로 어떤 문제인지 따져보면서, 문학이 할 수 있는 일이 무엇인지 생각해보기로 하겠다.

* 이 글은 2019년 10월 18일 제3회 전국문학인 제주포럼에서의 기조강연을 위해 정리한 것이다. 학술적인 글이 아니기에 엄격하게 주(註)를 달지 않았다.

남북작가대회가 성사되기까지

우리 문학사의 지난날을 돌이켜볼 때 (특히 나에게) 가장 감격적인 사건은 2005년 7월 열린 남북작가대회이다. 이 대회의 공식명칭은 '6·15공동선언 실천을 위한 민족작가대회'이다. 당시 나는 민족문학작가회의 이사장을 맡고 있어서, 내막을 비교적 자세히 알고 있다. 먼저 작가대회가 성사되기까지의 뒷이야기를 조금 소개하겠다.

쉽게 짐작할 수 있듯이 남북작가대회는 남북 작가들의 합의만으로 이루어지지는 않는다. 양쪽 정부의 허락과 협조가 없다면 문인 포함 일반 민간인은 휴전선을 넘어 서로 만날 엄두조차 내지 못하는 것이 우리 현실이다. 요컨대 남북 간에 대결 아닌 화해의 분위기가 조성되어야 작가대회도 꿈꾸어볼 수 있는 것이다. 그런 점에서 2000년 6월 김대중 대통령이 남한 대통령으로서는 최초로 평양을 방문, 북의 김정일 국방위원장과 회담하고 공동선언에 합의한 것은 분단의 역사를 뒤집는 획기적인 쾌거였다. 이 선언이 나옴으로써 남과 북은 오랜 적대와 단절을 끝내고 공존과 화해의 새 시대를 전망할 수 있게 된 것이다.

희망의 기운은 당연히 우리 문인들에게도 전해져왔다. 우리 작가회의는 2004년 봄부터 북측 조선작가동맹과 여러 차례 통신과 접촉을 가진 끝에 6월 10일의 금강산 실무대표 회담을 통해 남북작가대회를 8월 중에 열기로 합의했다. 이어서 후속 실무회담들을 가지고 행사의 내용과 규모 및 구체적인 일정에도 합의하였다. 남측 작가들은 마지막으로 소위 방북교육까지 마치고 이제 비행기에 올라탈 시간만 기다리던 터였다. 그런데 평양행을 불과 닷새 앞두고 돌연 행사가 연기되었을 뿐만 아니라, 금강산관광과 개성공단사업 등 일상적 경제교류를 제외한 거의 모든 남북관계가 일시에 동결상태에 빠지고 말았다. 기대에 부풀었던 남북의 문인들로서는 허탈할 수밖에 없는 노릇이었다.

그러면 왜 북한 당국은 하필 작가대회가 임박한 시점에서 문을 닫아걸었는가. 우리 문학인들의 행사가 북한 당국의 정치적 결정에 영향을 주었을 가능성은 당연히 전무하다. 즉, 남북 작가들 간에는 아무런 의견대립이 없었다. 그럼에도 불구하고 문학 외적 기류의 변동 때문에 민족작가대회가 무산된 것이었다. 이것은 무엇을 말하는가. 객관적으로 볼 때 문학의 위상이 주변적이고 정치종속적인 영역에 속해 있다는 엄연한 현실을 드러낸 것이라고 할 수밖에 없다. 물론 민족작가대회를 파탄시키려는 외부적 악의가 존재하지 않는다는 것 또한 의심할 여지가 없다. 그렇다면 문제의 핵심은 결국 왜 그 시점에서 남북관계가 갑자기 얼어붙게 되었는가, 어떤 요인들이 북으로 하여금 빗장을 닫아걸게 만들었는가를 생각해보는 일일 것이다.

이에 관하여 추측 이상으로 정확한 진단을 내리는 것은 불가능한 일인데, 내 짐작은 소위 북핵을 빌미로 물고 늘어진 미국의 북한에 대한 집요하고도 과도한 압박 및 이에 대한 한국 정부의 불투명한 대처가 북측으로 하여금 작가대회와 같은 일종의 축제적 행사를 용납할 마음의 여유를 박탈해간 게 아닌가 하는 것이다. 김일성 주석 10주기 조문 불허라든가 강도 높은 한미합동군사훈련의 실시 등은 당연히 북측으로 하여금 남한 정부가 민족공조보다 대미의존을 더 중시하는 것으로 보이게 했을 가능성이 크다. 이렇게 2004년의 일들을 회고하다보니 이것이 마치 15년 후인 바로 오늘의 상황인 것처럼 느껴지기도 한다. 요컨대 남북, 북미, 한미 간에는 수십 년째 거의 동일한 밀당(밀고 당기기)이 되풀이되고 있는 셈이다.

그러나 천천히 반전의 계기가 왔다. 다시 2004년 말로 돌아가보자. 이 무렵 동결된 남북관계에 출구가 생긴 것은 무엇보다 '6·15공동선언 실천을 위한 남·북·해외 공동행사 준비위원회'(6·15준비위)가 구성되는 과정을 통해서였다. 6·15준비위는 바로 6·15정신을 상기하고 실천하기 위해 모인 자발적이고 독립적인 민간기구였던 것이다. 그리하여 2005년 1월 금강산에서 결성된 6·15준비위는 정부 당국의 승인과 협조 아래 공동행사를 준비하기 시작했는데, 이 과정을 통해 남북 간에는 차츰 소통의 기운이 감돌게 되었다. 그 결과 북미 간에 긴장이 지속되고 있음에도 불구하고 성대한 6·15공동행사가 평양에서 진행될 수 있었고, 아울러 북측 김정일 국방위원장과 남측 정동영 통일부장관의 면담이 전격 실현되었다.

우리 작가회의로서 특히 반가웠던 것은 공동행사 참가차 방북했던 통일위원회 정도상 부위원장과 북측 조선작가동맹 관계자 사이에 민족작가대회의 재추진을 위한 실무회담을 6월 말경에 갖기로 합의가 이루어진 사실이었다. 그러자 모든 일은 거의 일사천리로 진행되었다. 지난해 모든 준비가 완료된 상태에서 갑자기 취소되었기 때문에 취소된 그 지점으로 돌아가면 행사는 곧 재개될 수 있었다. 그리하여 2005년 7월 20일 예정보다 조금 늦은 11시경 평양행 고려항공 전세기는 문인과 기자들 100여 명을 태우고 평양을 향해 인천공항을 이륙하였다. 우리 문학사상 처음 있는 역사적 사건이었다.

문화교류·민간운동의 상대적 독자성

돌이켜보면 휴전 이후 남북 문화교류에서 남측이 이니셔티브를 행사한 첫 사례는 노태우 정권 시절의 소위 7·7선언(1988)에 의해서일 것이다. 올림픽을 눈앞에 두고 선언이 나왔다는 점이 고려되어야겠지만, 당시 정부는 문화·예술·학술·체육 등 비정치적 분야의 교류를 적극 추진하겠다고 천명하였고, 실제로 몇 해 동안 전통예술 공연단과 운동경기 팀 등의 활발한 내왕이 이루어지기도 하였다. 그러나 1990년대 들어 연변 핵시설이 문제화되고 이를 둘러싼 미국의 공격적 자세가 한반도의 정치기상을 냉각시킴에 따라, 더욱이 북한 김일성 주석의 서거로 북한 정정(政情)의 불안정이 가중되자 모든 교류는 중단되고 말았다.

이 무렵 나는 어느 글에서 이렇게 지적한 바 있다. “국내외의 정치·군사적 상황이 얼어붙으면 그것에 연동되어 인도적·문화적 교류마저 얼어붙는 이 연동구조를 단절하는 것, 즉 문화교류의 상대적 독자성을 어떻게 확보할 것인가가 문제이다. 다시 말해 남북문화의 상호접근을 비가역적으로 구조화하는 일이 어떻게 가능할 것인가를 우리는 모색해야 한다.”(「남북 문화교류의 원칙과 방향」, 1994; 『혼돈의 시대에 구상하는 문학의 논리』, 창작과비평사 1995, 335면) 당시는 문민정부 초기로서 7·7선언으로 트인 화해의 물꼬가 조금 더 활발해지던 시점이었다. 내가 문화교류의 상대적 독자성 확보를 주장한 것은 비록 정치·군사적으로는 어느 정도 대결을 피할 수 없더라도 그것과 별도로 문화교류를 지속할 수 있는 독자적 공간을 확보할 수는 없겠는가를 물어본 것이었다.

그로부터 10년의 우여곡절을 겪고 난 뒤, 조금 전에 말한 ‘6·15준비위’의 남측 결성식(2005.1.31) 자리에서 백낙청 상임대표도 인사말을 통해 남북 정부 당국자들 모두에게 일침이 될 만한 뼈 있는 한마디를 다음과 같이 하고 있다. “민족자주의 실현과 평화체제 건설의 전환적 국면을 열어가기 위해서는 민간교류가 북미관계나 남북당국 간의 정세에 따라 중단되는 일이 결코 없어야 한다는 점을 강조하고 싶습니다. (…) 예정되었던 민간공조가 시국의 변화에 따라 연기되거나 무산되는 일이 없어야 합니다. 그것은 한반도의 분단체제를 유지하고자 하는 나라 안팎의 세력들에게 우리가 이용당하는 결과밖에 안될 것입니다."

널리 알려져 있다시피 백낙청 교수는 분단체제론으로 명명된 오랜 이론적 천착을 통해 한반도 분단현실의 근원적 극복을 모색해온 분이다. 그는 그와 같은 이론작업의 연장선 위에서 통일운동에서의 일반 시민의 적극적 참여와 주체적 역할을 강조한 것이었다. 물론 그가 인사말에서 제기한 '민간공조'는 통일운동가들, 문화예술인들, 종교인들, 체육인들, 학자들의 교류뿐만 아니라 무엇보다도 남북 기업가들의 경제적 교류와 공동사업에 더 방점이 찍혀 있다. 먹고사는 문제에서 남북의 동포들이 서로를 필요로 하고 서로에게 도움을 주는 상호신뢰와 우호적 의존관계가 심화된다면, 그것이야말로 분단의 실질적 해소를 향해 나아가는 길이 될 것이기 때문이다.

두말할 것 없이 문학은 물질적 생산활동처럼 우리의 삶에 직접적으로 기여하는 작업은 아니다. 그러나 현실의 심층을 들여다보게 하고 가시적인 것 너머의 초월적 차원에 대해 상상하게 하는 힘은 문학과 같은 비물질적 영역으로부터 나온다. 그러므로 분단시대 너머를 구상하는 우리 시대의 과제에서 문학은 다른 어느 분야 못지않게 막중한 책임적 위치에 있음을 자각할 필요가 있다. 그러나 물론 (흔히들 말하는 북한사회의 폐쇄성이나 경직성은 차치하고서라도) 남한사회 내부의 심각한 양극화 현상, 특히 기득권자들의 극단적 이기주의와 끝없는 물신숭배를 바라볼 때, 분단극복에 대해 이런 희망을 가지는 것은 산 넘어 산을 넘는 것과도 같은 성급하고 지난한 꿈일지 모른다. 그러나 찢어지는 가슴을 안고 고통에 짓눌리면서도 불가능에 대하여 꿈을 꾸는 것은 문학을 하는 사람, 인간정신의 고귀함을 믿는 사람들의 영원한 특권이 아니겠는가 생각한다.

분단의 근원으로서의 냉전

제2차 세계대전의 종결과 더불어 미소 양국 군대가 한반도 남북에 진주함으로써 분단상황이 개시되었음은 우리 모두가 알고 있는 바이다. 기록에 따르면 1945년 9월 2일 미국 전함 미주리호 위에서 일본은 항복문서에 서명을 하였고, 같은 날 연합군 사령부는 미소 양군에 의한 한반도 분할점령 방침을 공표했다. 그러나 38선을 경계로 한 분단의 결정은 종전 4일 전인 8월 11일 후일의 국무장관인 딘 러스크 등 몇몇 미군 대령들의 심야회의에서였다고 하며, "미군이 도착하기 전에 러시아는 한반도 전체를 차지할 수 있었음에도 미국의 38선 분단 제안에 동의했다"고 한다.(존 페퍼 『남한 북한』, 정세채 옮김, 모색 2005, 36면)

그런데 우리가 잊지 말아야 할 사실은 분할점령이 분단의 결정적 계기로 되기는 했지만, 그것이 분단 이외의 다른 선택이 처음부터 배제되었던 것은 아니라는 점이다. 다시 말하면 비록 전쟁의 종결과 더불어 미소 양군에 의해 한반도가 분할 점령되기는 했지만, 1945년 8월부터 1947년까지의 상황에서 분단은 자력으로 막을 수 없는 절대적 운명이 아니었다.

엄밀하게 생각해보면 논리적으로나 실제적으로 미소 양군의 한반도 점령은 한민족의 양분을 목표로 했던 것이 아니었다. 그것은 제2차 세계대전의 승자인 미소가 패자인 일본의 영토를 접수하기 위한 것이었고, 그 시점에서 한반도는 그들 전승국에게는 일본의 영토로 간주되었던 것이다. 따라서 점령 초기에는 미국도 소련도 한반도의 분할점령을 전쟁의 종결과정에 포함된 임시적 경과조치로 여겼음이 분명하다.

어쨌든 1945년 12월 모스크바에서 개최된 미·영·소 3상회의의 내용은 연말부터 언론보도를 통해 서울에 알려지기 시작했다. 그런데 안타까운 점은 회의내용 가운데 통일국가 수립이라는 목표 부분은 가려진 채 신탁통치라는 경과 부분만 강조되어 알려지게 된 사실이다. 더구나 신탁통치안의 제안자가 실제로는 미국이었음에도 소련이라고 잘못 알려지게 된 사실이다. 그것은 물론 동아일보 같은 일부 언론의 악의적인 거짓 보도였다. 이 거짓의 배후가 누구인지는 밝혀지지 않았다. 아무튼 이를 계기로 국내의 정치상황은 냉전체제의 등장이라는 새로운 국제정세의 전개에 포섭되어 점차 분단의 고착을 향해 나아가고 말았다.

그러면 냉전체제는 어떤 경로를 거쳐 성립되었는가. 이것은 쉽게 대답할 수 없는 엄청난 문제인데, 편의상 흔히 '냉전의 설계자'로 불리는 조지 케넌(George F. Kennan, 1904~2005)을 통해 간단히 살펴보자. 케넌이 관찰한 바에 따르면 소련 권력의 작동방식은 다음의 세 가지 원리를 따르고 있다. 첫째 자본주의와 사회주의 사이에는 본질적인 적대가 존재하며, 양자 간에는 타협이 있을 수 없다. 자본주의 세계가 추구하는 목표는 언제나 소비에트 정권에 대립하며, 때때로 소련 정부가 정반대 내용의 문서에 서명한다 하더라도 그것은 전술적 책략일 뿐이다. "자본주의의 궁극적인 몰락이 불가피하다는 이론에는 자본주의를 몰락시키기 위해 서두를 필요가 없다는 뜻이 담겨 있다."(『미국 외교 50년』, 유강은 옮김, 가람기획 2013, 261면) 둘째, 소비에트 권력에서는 이론상 당 지도부가 유일한 진리의 원천이므로 당은 언제나 옳으며, 따라서 철의 규율이 지켜져야 한다. 셋째, 진리는 불변의 상수가 아니라 소비에트 지도자들이 그때그때 만들어내는 것이다. 다시 말해 진리는 역사의 논리를 대표하는 지도자의 지혜가 가장 최근에 표명된 것일 뿐이다.

소련 권력의 이러한 작동방식을 고려할 때 "미국은 정당한 확신을 가지고 확고한 봉쇄정책으로 나가야 마땅하다." 그리고 이 봉쇄정책은 소련이 세계의 평화와 안정을 해치려고 나서는 조짐을 보일 때마다 예외 없이 반격에 직면하도록 완벽하게 설계되어야 한다.(같은 책 277면) 케넌의 이 생각이 미국 정부의 공식적인 외교정책으로 채택됨으로써 냉전은 이제 본격화되는 것이다.

유럽에서는 냉전이 어떻게 작동했던가

1945년부터 1953년까지, 즉 분단체제가 확립되기까지의 경로를 돌아볼 때, 나는 동아시아와 비슷한 처지에 있었던 유럽의 운명을 떠올리게 된다. 제2차 세계대전의 종결과 더불어 중부유럽 역시 동아시아와 마찬가지로 미소 양대 세력의 영향력이 첨예하게 대치하는 거대한 전선 위에 놓이게 되었다. 최대의 전범국가 독일로서는 당연히 분단에 저항할 힘도 명분도 없었다. 그런데 히틀러의 출신국가이고 히틀러 독일에 무력으로 병합되었던 오스트리아는 어떻게 되었던가. 이 나라 역시 독일과 마찬가지로 전승국들에 의해 점령되는 처지에 놓였다. 그러나 독일과 달리 오스트리아는 보기에 따라서는 전쟁피해국의 대열에도 낄 수 있었던 데다가 히틀러 강권정치의 악몽을 공유한 이 나라의 여러 정치세력들이 다행히도 카를 레너(Karl Renner, 1870~1950) 같은 원로정치인을 중심으로 정파적 이기주의를 극복하고 내부적 대타협을 이룩하는 데 성공했다. 그리하여 오스트리아 국민들은 1955년 외국군대의 철수로 완전한 주권을 되찾기까지, 그리고 스스로의 결정에 의해 중립국가로 거듭나기까지 4대 점령국에 의한 일종의 신탁통치를 감수하였다.

물론 독일과 오스트리아의 관계는 한국과 일본의 경우와 본질적으로 다르다. 오스트리아는 민족적으로나 언어적으로 독일의 구성원으로 간주되어왔고 오히려 수백 년 동안 독일제국(신성로마제국)의 정치적 중심이었다. 다만 18~19세기가 경과하는 동안 프러시아(프로이센)와의 주도권 쟁탈전에서 밀려남으로써 근대독일의 성립에서 제외되었을 뿐이다. 그런 점에서 1938년 나치스 독일의 오스트리아 병합은 한반도에 대한 일제의 식민지 침탈과는 비교될 수 없는, 그 나름으로는 '대독일주의'의 뒤늦은 관철이라고도 할 수 있었다. 이렇게 생각해본다면 독일적 정체성의 일부를 구성하는 오스트리아가 분단을 모면한 반면에 치열한 항일·반식민지 해방투쟁의 전통을 가진 한반도가 오히려 분단의 수렁에 빠진 것은 이중적 의미에서 역사의 참극이라고 할 수밖에 없다.

유럽에서 냉전의 발톱이 할퀴고 지나가면서 핏자국을 남긴 또다른 예를 들자면 그리스일 것이다. 1820년대의 독립전쟁 이후 그러지 않아도 오랫동안 왕당파와 공화파 사이의 갈등과 정치적 혼돈이 거듭되던 이 나라에서 1941~44년 나치독일 점령기간 중 민족해방전선 중심의 대독항전은 좌파적 공화주의 세력의 성장과 우파 족벌정치세력의 쇠퇴를 가져왔다. 그런데 지도를 보면 그리스는 독일과 오스트리아를 뚫고 내려온 동서냉전의 경계선 동쪽에 위치해 있는 동시에 소련 대륙세력의 남하와 미국 지중해세력의 북상이 만나는 지점에 위치해 있음을 알 수 있다. 즉, 무력충돌의 현장이 될 위험이 지극히 높았다. 1947~49년의 그리스 내전은 허다한 레지스탕스 운동가들의 비통한 죽음과 작곡가 테오도라키스를 포함한 애국청년들의 수난이라는 커다란 상처를 남긴 채 미국의 엄청난 물량적 지원에 힘입어 결국 우파의 승리로 마무리되었다. 그것은 바로 이듬해 발발한 6·25전쟁의 전초전과 다름없었다. 다만 그리스는 내부적 진통의 요소를 후일의 정치적 숙제로 남겨놓았을망정 분단의 비극은 피할 수 있었다는 점에서 우리와 구별된다.

한미동맹의 틀에 갇힌 평화

분단현실의 핵심은 남북 간의 항상적인 대결구조이다. 그것은 수없이 다양한 형태로 변주되면서 한반도 주민들의 삶을 옭죄고 정신을 파괴하며 평화와 민주주의의 존립을 위협해왔다. 6·25전쟁은 분단이 가져온 최대 최악의 참화였고 그 여파는 아직도 끝나지 않았다. 오늘의 혼란이 입증하듯 분단의 상처는 여전히 새로운 피해자를 만들고 있다. 그런 점에서 분단의 극복이야말로 우리 삶의 '정상화'를 위한 필수적 과제이다. 2000년에 있었던 김대중 대통령과 김정일 국방위원장의 6·15 남북정상회담 및 그 성과물로 나온 공동선언이 역사적 위업인 까닭도 여기에 있다.

한마디로 6·15공동선언은 남북이 기존의 적대정책을 포기하고 평화적으로 공존하는 과정을 통해 점진적으로 통일에 접근하기로 합의한 것이라고 이해할 수 있다. 북측이 오랫동안 주장해온 연방제 통일방안과 남측의 국가연합 통일방식 사이에 공통점이 있다는 점을 남북 두 정상이 인정한 것이야말로 평화를 위한 위대한 출발점이다. 냉전시대의 소위 적화통일론과 북진통일론 및 흡수통일론(다른 나라의 통일방식을 예로 들면 베트남식 통일이나 독일식 통일)이 모두 위험하고 비현실적인 방식임을 인정하고 통일을 장기적이고 점진적·평화적인 과업으로 설정하는 데 남북 양자가 드디어 합의했기 때문이다. 그것은 평화를 위한 합의였다.

6·15공동선언은 무엇보다 통일 개념에 대한 새로운 정의를 내린 점에서 역사적이고 획기적이다. 냉전에 길들여진 우리의 관습적 사고는 서로 다른 이념과 체제로 운영되고 각기 독립적 정부를 가진 별개의 정치단위, 즉 대한민국과 조선민주주의인민공화국이 각자 나름의 연속성을 어느 정도 유지한 채, 즉 체제의 심각하고 급격한 자기부정 없이 점진적 과정을 통해 하나의 단일한 국가적 정체성 안에 포괄될 수 있다는 새로운 통일 개념에 익숙지 않은 것이다. 당연히 그것은 우리에게 발상의 일대 전환을 요구한다.

그런데 이명박·박근혜 시대 들어 사태는 역전과 후퇴를 거듭했다. 천안함 침몰사건과 금강산 관광사고가 일어나고 마침내는 개성공단마저 폐쇄됨으로써 남북 간의 연결이 거의 6·15공동선언 이전으로 후퇴한 느낌마저 주었다. 문재인 정부가 출범한 2017년에는 북한 김정은 정권의 핵과 장거리탄도미사일 시험 및 미국 트럼프 대통령의 거친 언사가 맞부딪치면서 사태는 더욱 악화되어, 잠시나마 전쟁의 위험마저 실감케 했다. 왜 남과 북은 지난 70여 년 동안 화해에 이를 듯하다가 다시 갈등으로 돌아가곤 하는가.

이 글을 쓰는 도중인 (2019년) 10월 1일 북한 최선희 외무성 제1부상은 "10월 5일 조미(북미) 간 실무협상이 열릴 것"이라고 발표했고 미 국무부 관리도 비슷한 내용을 확인했다. 하지만 작년 1월 평창 동계올림픽부터 1년 반 동안 희망과 실망 사이의 널뛰기를 여러 차례 목격한 국민들에게는 그것이 극적인 뉴스가 아니었다. 남북한과 미국의 최고지도자들이 각각 세 번씩이나 만나는 유례없는 외교행사가 벌어졌음에도 여전히 한반도 주위에는 냉랭한 기류가 감돌고 있기 때문이다. 아무리 좋은 소식이 들려와도 저절로 양치기 소년 생각이 떠오르는 것이다.

이렇게 살펴보면 결국 문제는 바로 한미동맹이 아닌가 한다. 즉, 한국이 근본적으로 안고 있는 문제점은 자신의 국가적 생존을 외국 군사력에 의존하고 있다는 데 있는 것이다. 알려진 바와 같이 6·25전쟁 발발 직후 당시 대통령 이승만은 작전지휘권을 유엔군 사령관, 즉 미군에게 넘겼고 휴전 두어 달 뒤에는 한미상호방위조약(1953.10.1 조인, 1954.11.18 발효)을 맺어 한국의 안보를 미국에 위임했다. 1960년대 이후 남한 정부는 이러한 제약상태를 벗어나기 위해 그 나름으로 노력하지 않은 것이 아니다. 박정희 정부의 7·4남북공동성명(1972)과 노태우 정부의 남북기본합의서 채택(1991)도 남북공조를 통해 일정하게 한미동맹의 한계 극복을 모색한 측면이 있다.

김대중·노무현 정부에서 이루어진 남북관계의 발전도 한미동맹 체제가 만들어놓은 법적·제도적·심리적 경계선을 건드리는 수위까지 나아갔다고 말할 수 있다.

어떻든 한국(남한)사회의 좀더 나은 발전을 위해서나 한반도 전체의 지속가능한 생존과 통일사업을 위해서는 한미동맹 체제의 본질과 역할이 어떤 것인지 더 객관적이고 전문적인 연구와 논의가 필요하다. 우선 내가 오랫동안 품어온 한 가지 생각을 말하면, 한미동맹은 단순히 미국의 한국 주권에 대한 군사적 지배 내지 한국 안보 지원이라는 차원만을 갖는 것이 아니라(물론 동아시아 전체에 대한 미국 헤게모니의 관철이라는 차원만이 아니라) 오늘 한국사회 내부의 근본 성격에도 깊이 연관되어 있다는 점이다. 다시 말해 글로벌 자본주의라고 일컬어지는 오늘의 현실에서 한미동맹은 단순히 외적 강제로서만 존재하는 것이 아니라 이미 우리 자신의 내적 구성요소로 존재하게 된 것이 아닌가 여겨지는 것이다. 한국 민주주의의 역사적 성격과 그것의 현재적 수준도 또한 미국의 영향력에 긴밀히 연결되어 있다는 것이 내 생각이다. 미국이 우리에게 얼마나 내재화된 존재인가는 한반도의 바람직한 미래를 구상함에 있어 반드시 천착해야 할 문제라고 믿는다.

그런 점과 연관하여 미국의 대북압박정책의 궁극적 목표를 옳게 읽는 것이 대단히 중요하다. 물론 미국의 정치인들, 정책관료들, 정치학자들 사이에서도 대북정책의 목표를 둘러싸고 견해가 일치되어 있는 것은 아니다. 가령, 북한의 정권교체(regime change)를 겨냥하는가, 체제변형(regime transformation)을 추구하는가, 아니면 단순히 북의 정책변화를 끌어내기 위해서인가에 관해 내부논란이 있어왔다. 전문가들조차 판단하기 쉽지 않은 문제에 대해 언급하는 것은 망발에 가까울지 모르지만, 아마 한 가지 확실한 것은 북한과 같이 유례를 찾기 어려운 독특한 국가체제의 경우 정권교체와 체제변형이 실질적으로 구별되지 않으리라는 점이다. 남한의 경우, 가령 4·19는 거의 체제변화 없는 정권교체를 결과했고 6월항쟁은 정권교체 없이 일정한 체제변형을 가져왔다고 말할 수 있다. 반면에 정권자체가 국가화되어 있는 북한으로서는 정권교체가 곧 국가 붕괴로 이어질 위험이 있기 때문에 어떤 외부적 개입에 대해서도 결사적으로, 즉 전쟁 발발을 불사하고서라도 맞설 가능성이 높다.

21세기 초강대국으로 부상하고 있는 중국을 관리 제어하는 것이 대외정책의 최고 과제인 미국으로서는 북한은 중국과의 연계 속에서 놓칠 수 없는 카드일 것이다. 어쩌면 미국의 손아귀 안에는 북한의 국가붕괴, 정권교체, 체제변형, 정책변화, 현상유지 등 여러 개의 옵션이 다 들어 있어서 중국 내지 동북아 정세의 조종을 위한 그때그때의 지렛대로 북한을 장기간 활용하는 것이야말로 미국이 진정 원하는 것일지 모른다. 이렇게 살펴볼 때 한반도의 휴전체제는 단순한 적대적 대치상태였던 냉전시대보다 냉전종식 이후인 오늘의 전환시대에 더 불안정해진 측면이 있고, 그런 만큼 민족의 미래에 드리워진 불확실성의 그늘을 제거할 우리의 책임은 더욱 무거워졌다고 할 수 있다.

문제는 우리 자신의 행동이다

알다시피 김대중·노무현 시대에 남북관계는 비약적으로 발전하였다. 금강산관광과 개성공단 사업은 두드러지게 가시적인 결과이고, 기타 여러 분야에서의 남북교류와 상호접근의 증진, 특히 경제교역의 증가와 이에 따른 상호의존의 심화는 괄목할 만한 성과였다. 이러한 발전의 일환으로 앞에서 회고했던바 2005년 7월 20일부터 25일까지 평양·백두산·묘향산에서 개최된 남·북·해외 문인들의 민족작가대회는 적어도 우리 문인들에게는 해방 60년을 기념하는 최대의 축제였다.

평양 민족작가대회는 그 성사 자체가 최대의 성과라고 해야겠지만, 그러나 단순히 축제 한마당으로 끝난 것은 아니었다. 대회에서는 남북 문인들의 박수 속에 다음의 세 가지 사항을 의결하였다. 첫째, 남북의 문인들이 '6·15민족문학인협회'라는 단일 조직을 만든다. 둘째, 남북 문인들이 공동으로 편집하는 문학잡지 『통일문학』을 정기적으로 발행한다. 셋째, 통일문학상을 제정하여 이름에 걸맞은 작품에 상을 수여한다. 그리하여 2006년 10월 30일 저녁 금강산에서 남측의 염무웅과 북측 김덕철 작가동맹 위원장을 공동대표로 하는 6·15민족문학인협회가 발족되었고 그해 말부터 실무자들이 개성을 오가며 편집회의를 한 끝에 3호까지 『통일문학』을 발행하였다. 그러나 2007년 3월부터는 이명박 정부의 출범으로 모든 일이 없던 것처럼 되고 말았다. 참으로 안타까운 일이다.

앞에서도 지적했듯이 남북 간의 문학 교류는 정치적 기후 변화에 절대적인 영향을 받아왔다. 2017년 5월 문재인 정부의 성립은 새로운 희망으로 가슴 부풀게 했으나 기대는 아직 이루어지지 않고 있다. 지금까지 그렇게 해왔듯이 북한이 어떠한 외부적 압력에도 굴하지 않고 현 국가체제의 독립적 생존을 위해 결사항전의 자세를 견지할 것이 분명하다면, 남한에 대한 한미동맹의 현실적 규정력과 한국 국민이 추구하는 민족공조의 새로운 방향 사이에서 남쪽 정부와 국민은 선택할 수 있는 대안이 제한될 수밖에 없다. 어설픈 낙관도 섣부른 비관도 경계하면서 침착하게 기다리는 일밖에 남은 것이 없는가.

여기서 우리는 한발 물러서서 생각할 필요가 있다. 통일은 단순히 휴전선의 제거만을 의미하는 것이 아니다. 통일은 남북 각 사회의 질적 발전을 통한 더 높은 차원에서의 통합으로 나아가는 것이다. 평화와 민주주의, 민족적 자주와 사회적 평등이 한반도 전역에 걸쳐 실질적으로 관철되는 진정으로 바람직한 상황의 실현이 통일이다. 따라서 통일은 어떤 극적인 한순간의 감격이라기보다 일상적 실천과 자기희생을 동반한 점진적 성숙의 축적일 것이다.

따지고 들면 우리가 알아야 할 것, 풀어야 할 것들이 첩첩산중 쌓여 있다. 누가 대신 해결해줄 수 없는 우리 자신의 생사의 문제이자 후손들의 미래가 달린 문제이다. 우리 스스로 각자의 관심 방향에 따라 무엇이 문제인지 공부하면서 각자의 능력과 처지에 따라 최선을 다해 실천에 나서는 길밖에 없다. 그러나 모든 것에 앞서 전제되어야 할 것은 한반도에서 평화를 지키는 일이다. 이게 무너지면 모든 게 허사이다.

그러나 여기서 말하는 평화는 공포와 억압에 의해 강요되는 침묵으로서의 평화가 아니라 자유로운 삶과 일상의 안식을 담보하기 위한 가치로서의 평화여야 한다. 이러한 평화는 당연히 저절로 주어지는 것일 수 없다. 그것은 정의·인권·민주주의 같은 보편적 가치를 위해서, 요컨대 사람다운 삶의 실현을 위해서 시민들이 얼마나 참여하고 헌신할지에 따라 만들어질 것이다. 멀리는 동학혁명이나 3·1운동과 4·19혁명부터 최근의 촛불혁명에 이르기까지 한국 시민사회는 빛나는 모범을 보여왔다. 남북의 시민·인민들이 생산한 이 보배로운 평화의 동력이 한반도를 덮을 만큼 충분히 성장한다면 미·중·일·러 같은 외세의 간섭이 어떠하더라도 미래설계의 주도권은 우리의 손으로 돌아올 것이다. 한국의 현대사는 바로 그 점을 확인해온 역사이고, 우리 문학인은 그 실천을 위한 전위부대 중의 하나이다.

문제는 언제나 우리 자신의 결심이고 행동이다.

(제3회 전국문학인 제주포럼 기조강연 2019.10.18)

문인의 역할과 작가회의의 나아갈 길

제13회 홍명희문학제를 겸한 제17회 한국작가대회 한마당에서 특별강연을 하게 되니, 저로서는 영광이기도 하지만, 그보다는 어깨가 무겁습니다. 주최 측이 저에게 맡긴 강연 주제가 실로 만만한 것이 아니기 때문입니다. 우리가 이런 강연에서 자주 경험하는 바와 같이, 하나 마나 한 당위론을 되풀이하거나 반대로 뻔한 개혁론을 주장하는 데 그친다면 그것은 행사의 구색을 갖추기 위한 요식행위에 불과할 것입니다.

그렇다고 저에게 무슨 비장(秘藏)의 탁견(卓見)이 있는 것은 아닙니다. 다만 저는 오직 돛단배 하나에 의지하여 망망대해를 건너가는 심정으로 어려운 시대 앞에 마주 서 있는 저 자신과 우리 문학동료들의 삶의 현실을 살펴보고, 새로운 희망의 가능성을 더듬어보는 반성과 다짐의 기회로 삼고자 합니다.

올바르게 길을 찾아가기 위해 우리가 먼저 할 일은 주위의 지형을 살피는 일입니다. 말하자면 객관적 상황의 점검인데, 그것부터가 쉬운 일이 아닙니다. 가령, 미국발 금융위기가 세계경제를 뒤흔들고 있다는 것은 요즘 우리가 매일 뉴스에서 접하는 현실입니다. 한국도 그 엄청난 파괴력을 피할 수 없고, 우리의 일상생활에도 조만간 심각한 영향이 미칠 것입니다. 여기까지는 누구나 직감적으로 아는 사실입니다. 그러나 여기서 한 걸음 나아가 이 금융위기의 진정한 정체가 무엇인지, 그 역사적 의미가 어떤 것인지, 또 우리가 거기에 어떻게 대처해야 하는지 하는 것은 아직 분명치 않습니다. 최근 국제통화기금(IMF)은 이 금융위기가 대공황 이후 최대의 충격이라고 의미를 규정했습니다. 또 어떤 사람들은 레이건 정부 이후 미국과 세계를 지배해온 신자유주의 내지 시장만능주의가 파탄의 양상을 드러낸 것이라고 지적하기도 합니다.

사실 저 같은 경제 문외한이 보기에도 이번 금융위기는 단순한 금융위기를 넘어 세계사의 어떤 전환점이 될 것 같은 예감이 듭니다. 알다시피 1929년의 대공황은 민주주의의 후퇴와 파시즘의 득세를 가져오고 제국주의 내부의 갈등을 격화시켜 마침내 제2차 세계대전의 폭발로 치달았습니다. 그러나 이런 파국적 비극을 겪기는 했지만, 전체적으로 볼 때에는 마치 태풍 뒤에 바다가 청소되고 어획고가 높아지듯이, 자본주의는 힘차게 회생하는 데 성공했고 식민지들은 해방되었으며 현실사회주의의 영향력은 강화되었습니다. 그런 점에서 본다면 어쩌면 이번 금융위기는 대공황보다 더 깊은 곳에서 일어나는 변화의 표현인지도 모릅니다. 왜냐하면 만약 이번 위기가 금융의 범위를 넘어 실물경제 전반에 타격을 가하고 식량과 자원을 둘러싼 쟁탈전을 더욱 격화시킨다면, 그것은 생태·환경·인구 등 70년 전에는 거의 문제시되지 않던 위기들과 결합하면서 지난 500년 동안 확장을 거듭해온 자본주의 발전이 마침내 더이상 확장할 수 없는 임계점에 이르렀음을 보여줄 것이기 때문입니다.

제 생각에 자본주의의 본질은 공간적으로는 끊임없는 확장이고, 구조적으로는 타자에 대한 약탈입니다. 지중해 연안의 일부 지역에서 발생한 자본주의는 대항해시대와 제국주의시대를 거쳐 오늘의 세계화시대에 도달하기까지 공간적 확장을 그치지 않았습니다. 바퀴가 계속 굴러야 자전거가 넘어지지 않듯이 자본의 끝없는 자기증식 운동에 의해서만 자본주의가 존립할 수 있기 때문에 이것은 불가피합니다. 그런데 세계화는 자본주의의 마지막 단계, 프랜시스 후쿠야마의 용어로 하자면 '역사의 종말'의 단계입니다. 여기서 더 확장하려면 이제는 지구의 한계를 벗어나야 합니다. 지금 금융위기로 세계경제가 요동치는 것은 한계에 부닥친 자본주의의 최심층부에 지각변동의 압력이 가해지고 있음을 뜻하는 것은 아닐까 하고 감히 짐작해봅니다.

그런데 자본주의가 끊임없이 확장할 수 있었던 것은 자본주의 사회의 독특한 구조와 연관되어 있다고 생각합니다. 물론 인류 역사에는 수많은 문명들의 흥망성쇠가 있었고 무수한 전쟁과 파괴, 억압과 수탈이 거듭되었습니다. 그래서 하늘 아래 새로운 것은 없다는 말씀도 있지 않습니까. 하지만 자본주의 산업문명은 지구상 존재했던 어떤 문명에서도 보지 못한 대량생산과 대량소비의 환상사회를 이룩했습니다. 자본주의 체제는 인간 내부에 잠재된 이기적 욕망과 간교한 지능을 최대한 활성화하여 개인에게 허용된 적정한 할당치 이상의 풍요를 사람들이 향유토록 하는 데 성공했습니다.

알다시피 그 수단은 비(非)자본주의에 대한 공격과 미래에 대한 약탈입니다. 그렇기 때문에 지구상 어느 곳에 자본주의 산업문명의 번창이 있으면 다른 곳에는 그와 반대로 문명의 지체와 물질의 결핍이 있으며, 한 세대의 호황이 있으려면 다음 세대의 몫에서 빼앗아와야 하고 다음 세대는 자기 세대의 욕망까지 보태서 그만큼을 또다시 미래로부터 약탈해오지 않으면 안됩니다. 가령, 우리 세대의 번영의 기초인 석유는 우리 세대만의 독점물이 아님에도 불구하고 급속도로 탕진되고 있습니다. 석유생산의 정점(피크 오일)이 금년이다 내년이다 하는데, 우리 자손들이 석유 없는 세상을 살 것에 대하여 석유자본가들이 걱정한다는 얘기를 저는 들어본 적이 없습니다. 이 악무한의 확장과 약탈이 진행된 끝에 드디어 지구는 자신의 한계가 보이는 지점에 도달한 것 같습니다. 오늘의 금융위기는 성장의 한계점이 가까웠음을 말해주는 하나의 징후인데, 지금부터 정말 견디기 힘든 고통과 시련이 닥칠 것 같아 두렵습니다.

그런데 더욱 가슴이 답답한 것은 우리나라의 특수한 형편입니다. 이것은 단순히 많은 선진국·중진국들 가운데 우리나라 원화만 '나홀로 약세'라는 경제적 지표 때문이 아닙니다. 중요한 것은 이명박 정부 출범 이후 국정의 큰 방향이 거꾸로 가고 있는 듯하다는 사실입니다. 경기침체의 우려가 현실화되는 것은 대외여건의 악화에 탓을 돌린다 하더라도, 신자유주의의 파탄이 가시화되고 있는 시점에서도 여전히 규제완화와 시장자율만 외치는 것은 무슨 까닭인지 알다가도 모르겠습니다. 어려움이 닥치면 그동안의 성장 수혜자들이 먼저 고통분담에 나서도록 정책을 써야 할 텐데, 오히려 소수의 부자들만 덕을 보는 시책을 강행하려고 하니 이건 무슨 까닭입니까. 그동안 마음껏 누리던 불로소득과 부당이익에 지난 10년간 약간의 제동이 걸렸다 해서 툭하면 '잃어버린 10년'이라고 떠들어대는 것은 기득권자들의 도덕적 파렴치 이외의 아무것도 아닙니다. 6·25전쟁 이후 남북 간에 이어져오던 오랜 대결과 반목을 접고 화해와 협력의 시대를 연 것은 끔찍한 전쟁의 기억을 가진 한반도 주민들에게는 무엇보다 소중한 평화의 약속이었습니다. 그것은 이데올로기의 차원에서 시비를 따질 일이 아니라 민족의 장래를 위한 커다란 축복이었습니다. 그런데 이명박 정부는 왜 다시 위험한 냉전시대로 돌아가려 합니까. 지난 9월 24일 〈촛불승리 완성을 위한 각계인사 51인 성명〉이 지적했듯이 이것은 선진화가 아닌 '후진화 정책'이요 민족사의 정방향 주행이 아닌 '역주행 시도'라 아니할 수 없습니다. 그 〈51인 성명〉은 이렇게도 말하고 있습니다.

"촛불시위가 뜸해지는 순간 정부는 다시 기고만장하여 시위관련자에 대한 구속과 수배는 물론, 심지어 촛불시위에 참가한 유모차 어머니들에 대한 불법적 협박과 수사, 시민사회단체 후원자들에 대한 목조르기 수사 등 신공안정국이라 불러 마땅한 탄압을 일삼고 있습니다. 또 종교의 차이 등을 이유로 한 국민들에 대한 편 가르기, 국민 대다수의 피해를 도외시하고 일부 특권층만을 위한 정책 등이 추진되고 공영방송을 초법적으로 장악하는 등 지난 20여 년의 민주화 성과마저 청산하려 하고 있습니다."

돌이켜보면 우리는 지난 1974년 유신독재의 서슬 퍼런 암흑 한가운데서 자유실천문인협의회의 깃발을 들었습니다. 1987년 6월항쟁의 함성이 채 잦아들지 않은 승리의 여운 속에서 우리는 민족문학작가회의로 조직을 확대 개편했습니다. 민주세력의 분열로 많은 사람들이 상처를 받고 괴로워하던 그때, 1992년에, 분열의 당사자들끼리 우선 서로 보듬고 위로하기 위하여 우리는 저 남녘 땅에서 영호남문학인대회를 개최하기 시작했습니다. 그렇게 10년 동안 번갈아 열리던 대회가 2002년 전주대회에 이르러 명칭을 민족문학인대회로 격상시켰습니다. 그러다가 작년(2007) 말에는 꽤 오랜 진통 끝에 '민족문학'의 영광스러운 간판을 떼어 역사의 곳간에 넣고 한국작가회의로 다시 이름을 바꾸었습니다. 그리고 오늘 그 달라진 이름이 주최자가 되어 이곳 대한민국의 지리적 중심 충북에서 한국작가대회를 여는 것입니다.

이렇게 돌아보니 문득 처연한 감회가 일어납니다. 무엇보다도 '민족문학'의 호칭에 담긴 비장함이랄까 결연함을 잃어버린 것 같아, 한편으로는 자유롭고 편안해진 듯하면서, 다른 한편 어른의 훈도 없이 난세를 살게 된 아이처럼 황망하고 허전합니다. 어떻든 문제는 이름의 변동으로 인해서 한국작가회의가, 그리고 한국작가회의에 소속된 문인들이 정체성의 재정의(再定義)를 요청받게 되지 않았는가 하는 점일 것입니다. 일찍이 우리는 민족현실이 위기에 처해 있다는 인식에 바탕하여 그 현실을 살아가는 민중의 삶을 높은 예술성으로 묘사하고 그럼으로써 민족위기의 극복에 이바지하는 문학을 민족문학이라 자랑스럽게 불렀습니다.

그런데 이제 우리 한국 작가들이 해야 할 문학은 그러한 민족문학을 배제하지는 않는다 하더라도 유독 그러한 문학에만 한정된 것일 수는 없다는 말인가. 다시 말해서 소위 세계화시대의 추세에 맞게 민족문학의 개념을 더 넓히고 유연화하자는 것인가. 어찌 됐든 민족문학이라는 말을 이제 표나게 내세우지 말자는 취지임은 분명합니다. 그러면서도 민족문학의 개념 안에 내포된 합리적 핵심을 계승 발전시키자는 것입니다.

제 생각에 이것은 문학이 오늘의 우리 현실에 어떻게 적응할 것인가 하는 문제이기도 하지만, 동시에 현실을 어떻게 개념화할 것인가의 문제이기도 합니다. 즉, 실천적 문제인 동시에 이론적 문제입니다. 과거에 민족현실이라 불렀던 것 안에 오늘의 현실문제들이 다 포괄되지 못한다는 것은 분명합니다. 현실의 층위와 영역이 그만큼 넓어지고 복잡해졌습니다.

일제 식민지시대와 해방시기에 걸쳐, 그리고 1970~80년대까지 강력한 점화력을 발휘했던 민족현실의 개념은 적어도 그 당시에는 지시하는 실체가 엄존했을 뿐만 아니라 실체를 지시하는 개념으로서도 적실성과 중요성을 갖고 있습니다. 임화 같은 문인이 목표로 했던 근대적 민족국가와 근대적 민족문학의 건설은 상미성(尙未成)의 과업으로 남아 있습니다. 그럼에도 불구하고 언제부터인가 한국사회의 대중은 민족현실의 개념에 염증을 내기 시작했을뿐더러 민족현실의 실체 자체를 직시하지 않으려는 경향을 가지고 있습니다. 기득권세력의 사령부에 자리잡은 보수언론과 그 주위에 포진한 소비적인 대중문화는 이미 오래전부터 다수 대중들의 의식을 장악하고 이런 경향의 주입에 골몰하고 있습니다. 문학도, 특히 잘나가는 문학의 경우에는, 이 영향에서 자유롭지 못한 것이 사실입니다.

어쩌면 민족문학은 진퇴양난의 딜레마에 빠져 있는지 모릅니다. 그 까닭을 보수언론 탓으로 돌리는 것은 문제 해결에 도움이 되지 않습니다. 먼저 우리는 보수언론을 양성한 우리 현실의 단순치 않은 양상을 사려 깊게 살펴볼 필요가 있습니다. 따라서 이 현실에 대처하자면 얽힌 실타래를 풀듯 면밀한 지혜와 꾸준한 인내심이 필요합니다. 그것은 장기적인 사업이고 근본적인 사업입니다. 다시 말하면 목전의 이해관계에 얽매이지 않는 사람들, 즉 우리 작가회의 문학인들이 마땅히 할 일입니다. 한 개인으로서도 또 하나의 조직으로서도, 그리고 작품의 창작을 통해서도 또 촛불집회와 같은 집단적 행동을 통해서도 우리는 다시 문학이 애초에 발생했던 근원으로 돌아가야 합니다. 우리의 순수했던 영혼이 떨며 시작했던 그 가난한 자리로 우리는 복귀해야 합니다. 경제가 망가지고 비정규직 노동자가 내일을 예측하지 못하는 생활을 이어가고 있고 수많은 청년실업자, 노인과 장애인, 이주노동자들, 무주택자들이 절망의 발걸음을 무겁게 떼어놓을 때, 문학이 그들 가까이 다가가서 그들의 목소리를 대변하지 않는다면 그 문학은 우리의 문학이 아닙니다. 세계경제의 요동치는 굉음이 지축을 울릴수록 우리는 그 소리를 진정한 문학의 부활을 재촉하는 소리로 들어야 합니다.

(충북 괴산, 한국작가대회 한마당 2008.10.11)

한국문학, 경계선 너머로 한 걸음 내딛다*

모국어공동체의 재구성을 위하여

1

한반도 문제에 관심을 가진 사람이라면 2005년 7월 남북한의 문인 200여 명이 평양과 백두산에 모여 '6·15공동선언 실천을 위한 민족작가대회'를 개최한 사실을 기억할 것이다. 그리고 냉전시대의 한반도 현실을 조금이라도 아는 사람에게는 그 대회의 성사가 매우 놀랍고 획기적인 일로 받아들여질 것이다.

오랫동안 한반도에서는 남북 주민들 간의 자발적인 접촉과 자유

* 이 글은 2007년 11월 27일 독일의 베를린자유대학에서 코레아협회(Korea Verband) 주최로 'Koreanische Literatur macht einen Schritt über die Grenze'라는 제목으로 강연한 초고를 정리한 것이다.

로운 왕래가 꿈에도 바랄 수 없는 금기였다. 심지어 상대방의 실체를 사실 그대로 알려고 하는 노력조차 때로는 처벌의 대상이었다. 오늘날에도 남한에는 북한 주민과의 허가받지 않은 접촉을 처벌하는 국가보안법이 살아 있고, 북한에도 아마 이에 상응하는 형법이 있을 것이다.

한반도 사회에 끼친 분단의 부정적 영향은 너무나 광범하고 심층적이어서 일일이 거론하기도 어렵지만, 무엇보다 치명적인 것은 그것이 사람의 생각의 자유를 구속했다는 점이다. 사상과 언론의 자유에 제약이 가해진다면 문화의 존립이 어려울 뿐 아니라 인간의 정상적인 생활 자체가 위협받을 수밖에 없는데, 그런 뜻에서 분단체제는 본질적으로 반(反)문화적이고 반인간적인 것이다. 문학도 이러한 반문화적 환경의 피해자이다.

나는 1950년대 후반에 중고등학교를 다녔고 1960년대 전반에 대학을 다녔다. 가장 왕성하게 책 읽기에 몰두하던 그 시절에 나는 유감스럽게도 북한에서 쓰여진 단 한 편의 작품도 읽지 못했다. 내 또래의 문학도들은 아마 대부분 감히 북한 문학작품을 구해 읽으려고 용기를 내지 못했을 것이다. 혹시 읽고자 했다 하더라도 주위에는 북한 책이 단 한 권도 없었다. 만약 어디선가(또는 누구에게선가) 북한 책이 발견되었다면 그것은 틀림없이 심각한 공안사건으로 연결되었을 것이다.

돌이켜보면 청소년시절 나는 먼 유럽 작가들의 책을 탐독하는 것으로 주로 시간을 보냈다. 당시에는 실존주의가 세계적으로 유행하고 있어서, 사르트르나 카뮈 같은 프랑스 문인들이 관심의 초점이었다. 반면에 내가 살고 있는 한반도의 나머지 반쪽은 내 시야로부터 차단되어 있었는데, 그 사실을 나는 거의 의식조차 하지 못했다. 이것은 설명할 필요도 없는 비정상이다.

문제는 내가 또는 내 또래들이 북한작품을 읽지 않았다는 사실 자체가 아니다. 어차피 사람은 엄청난 서적들의 더미 중에서 자신의 취향에 맞는 소량의 책을 골라서 읽을 수밖에 없다. 그러나 과거의 한국처럼 이념적 금기가 일상화된 억압적 사회에서 개인적 취향을 주장하는 것은 가소로운 자기기만일 뿐이다. 요컨대 한국인들은 남에서든 북에서든 오랫동안 타율적 강제의 지배 아래서 힘들고 불완전한 삶을 살아온 것이다.

이렇게 조금만 지난 시절을 돌아보더라도 남쪽 작가 100여 명이 한꺼번에 북으로 올라가 그곳 작가들과 한자리에 앉아 공개적인 대회를 가진 것은 기적과도 같은 사건임을 깨달을 수 있다. 그것은 금단의 경계선을 넘는 일이고 악마의 주술에서 풀려나는 일이었다. 이번에 북한에 함께 간 남쪽 문인들 중에는 유명한 소설가 황석영이 있었는데, 그는 잘 알다시피 16년 전 북한을 방문했던 일 때문에 5년간의 해외망명과 5년간의 감옥살이를 겪어야만 되었다. 똑같은 사람의 똑같은 행동이 무슨 까닭에 이처럼 다르게 취급되었는가. 이 사실이 뜻하는 바를 살펴보는 것이 오늘 내 강연의 요지라고 말할 수 있다.

2

제2차 세계대전 이후의 대표적 분단국가들인 독일과 베트남이 결국 통일을 이룬 데 비하여 한반도가 여전히 분단국가로 남아 있는 것은 무엇보다도 분단의 성격이 다르기 때문이다. 한마디로 한반도의 분단은 현실적으로뿐만 아니라 이론적으로도 난해하고 복잡하며 현재적인 쟁점이다. 한반도 분단에 대한 논의는 나 같은 비전문가가 개입하기에는 너무나 크고 무거운 주제이다. 그러나 문학을 사회현실과의 긴밀한 연관 속에서 바라보아야 정당한 인식에 도달할 수 있다고 생각하는 나의 입장에서는 분단문제는 피할 수 없는 이론적 과제이다.

다들 아는 바와 같이 한반도의 분단은 제2차 세계대전의 종결단계에서 미소 양군이 한반도를 분할 점령함으로써 이루어졌다. 38선 분할안을 결정한 것은 미국이었지만, 소련은 미군이 일본과의 마지막 전투에 매달려 시간을 끄는 동안 한반도 전체를 차지할 수 있었음에도 미국의 그 분할안에 동의했다. 어쨌든 1945년 12월 모스크바에서 열린 3개국(미·영·소) 외상(外相)회의는 일정한 기간의 신탁통치를 거쳐 한반도에 하나의 통일정부를 세우겠다는 방침을 결정했다. 역사에 가정은 없는 법이지만, 만약 이때 한반도의 정치지도자와 국민들이 서로 간의 이견을 극복하고 내부적 타협에 성공하여 이 결정을 받아들였다면 한국은 동시대의 오스트리아처럼 중립적 통일국가로 출범하게 되었을지 모른다.

그러나 실제의 역사는 그와 다르게 전개되었다. 남한에서는 2,3년 동안의 극심한 이념적 분열과 내부투쟁을 거친 끝에 친미주의자 이승만과 친일파 지주세력의 연합에 의한 단독정부가 수립되었고, 곧 이어서 북한에서도 항일유격대 출신의 김일성이 소련의 절대적 지원하에 각급 좌파세력을 규합하여 또다른 정부를 구성했다. 이처럼 분단이 기정사실로 굳어져가게 된 데에는 무엇보다 냉전체제의 성립이라는 당시의 국제정치적 상황이 결정적 요인으로 작용했을 것이다. 미국의 냉전전략이 한반도에 관철되는 과정에서 김구를 비롯한 민족주의자들의 반(反)분단 노력은 많은 국민들의 지지에도 불구하고 결국 실패하고 말았다. 그리고 뒤를 이은 한국전쟁은 분단을 더욱 결정적으로 강화하고 고착화하는 계기로 되었다.

현실에서의 분단과정은 문학의 장(場)에서도 재현되었다. 일제강점기의 한국문학은 아주 거칠게 요약하면 계급투쟁의 이념을 추구했던 카프(조선프롤레타리아예술가동맹, 1925~35)의 사회주의적 경향과 정치문제로부터 거리를 두고자 하는 예술주의적 경향으로 크게 나누어지는데, 이 경향들은 해방 후 다시 복잡한 분화를 일으켜 여러 문인단체들의 난립으로 표현되었다. 이 가운데 가장 많은 문인들을 포용하고 영향력이 컸던 단체는 '민주주의 민족문학'을 표방한 조선문학가동맹이었다. 이에 대립하여 계급주의적 입장을 좀더 분명히 내세운 단체도 있었고, 반대로 보수적 민족주의를 선호하는 단체, 비(非)정치적 순수문학을 지향하는 젊은 작가들의 단체 등이 다양하게 결성되었다.

그런데 주목되는 것은 38선 이북의 소련군 점령지역이 8·15와 더불어 한반도의 오랜 중심이었던 서울지역으로부터 군사적으로 분리되었을뿐더러 얼마 후 정치·문화적으로도 점차 독립하기 시작했다는 사실이다. 특히 저명한 작가들인 이기영과 한설야가 1945년 11월 평양에 들어온 것을 계기로 북한 문단은 서울 중심의 기성문단에 분명한 거리를 두고 독자적인 응집력을 갖기 시작했다. 말하자면 이때부터 문학에서의 남북분리가 시작된 것이었다.

물론 초기에는 이를 저지해보려는 움직임도 없지 않았다. 한설야를 비롯한 북한의 문화예술인들 18명이 서울로 내려와 남쪽 문인들과 회합하고, 1945년 12월 13일에 '전국문학자대회'를 개최하기로 결정했다고 한다. 그러나 이 대회는 불발로 끝나고 말았다. 어떤 의미에서 2005년의 '민족작가대회'는 이때 유산된 대회가 60년 동안의 지연 끝에 마침내 성사된 것이라고도 평가할 수 있다.

어떻든 1946년 3월 25일 '북조선예술총연맹'이 결성됨으로써 문학과 예술에서도 분단은 명백하게 가시화되었다. 이 무렵 남쪽에서는 좌파들의 활동에 대한 미군정의 탄압이 강화되어 많은 진보적 문인과 지식인들이 월북을 감행했고, 반대로 6·25전쟁 전후에는 북한 체제에 적응하지 못한 문인들이 대거 남하하였다. 이로써 남한과 북한에는 전혀 성격을 달리하는 두 개의 독립적인 문학이 존재하게 되었다.

3

실증적 근거를 가지고 말하는 것은 아니지만, 북한문학의 가장 두드러진 특징은 정치체제와 문학의 유례없는 밀착이 아닌가 한다. 한마디로 문학이 철저히 정치논리에 종속되어 있다는 점이다. 특히 1967년 전후 김일성 수상을 정점으로 하는 유일체제가 확립됨으로써 체제의 단일성에 어긋나는 이질적인 문학은 설 자리를 잃은 것으로 보인다. 그리하여 북한문학에서는 수령 한 사람에 대한 숭배가 가장 중요한 주제로 되었다. 그런 점에서 북한문학은 북한사회가 그러하듯이 본질적으로 다양성을 포용할 수 있는 폭을 결하고 있고, 따라서 현대예술의 여러 진보적 요소들이 꽃필 수 있는 개방성을 지니지 못한 것으로 여겨진다. 반면에 긍정적인 측면에서 본다면 북한문학에서는 민족적 전통의 우월성이 강조되고 인간의 순박한 심성이 찬양되는 것 같다.

반면 남한에서는 일제 식민지시대에 형성된 문학전통 위에 미국식 자유주의와 반공주의의 온갖 영향들이 무질서하게 첨가되었다. 이런 상황에 반전이 일어난 계기는 이승만 정권을 퇴진시키는 데 성공한 1960년의 4·19혁명일 것이다. 이 사건 이후 남한의 문인·지식인 사회는 근본적인 자기반성을 시작했다. 대학에 입학하고 나서 며칠 만에 겪은 4·19혁명은 나 개인에게도 각성의 출발점이 되었다. 물론 나는 순진한 문학도였지만, 그럼에도 나에게 문학이란 정치사회적 현실문제와 분리된 존재일 수 없다는 깨달음이 자라났다. 한 사람의 문학평론가로서 내가 서구의 현대사조를 맹목적으로 추종하는 태도와 현실을 외면하는 도피주의적 자세를 일관되게 비판해 온 데는 4·19혁명의 세례가 결정적인 영향을 주었다고 생각한다.

돌이켜보면 남한에서 1970~90년대는 경제적으로 고도성장을 달성한 시기인 동시에 그 그늘에서 농민과 노동자 등 일반 민중이 커다란 희생을 치른 시기이다. 당시의 박정희·전두환 정권은 고통에 항의하는 민중들의 분노를 폭력으로 억누르는 동시에 제반 민주주의적 절차와 시민적 권리를 제한하였다. 지난 11월 13일은 젊은 노동자 전태일이 노동조건의 개선을 외치며 분신한 지 37주년 되는 날인데, 김지하의 「오적」, 신경림의 「농무」, 조태일의 「국토」, 황석영의 「객지」 같은 비판적인 작품들이 전태일의 분신과 비슷한 시기에 잇따라 발표되었다는 것은 결코 우연이 아니다. 그것은 억압적 현실에 대한 미학적 저항으로서의 새로운 문학의 출현이었던 것이다.

이러한 작품들의 생산과 함께 이제 한국문학은 민중의 편에 서서 군사독재에 저항하는 조직적인 활동을 개시하였다. 1974년은 기념비적인 해로서, 그해 1월 7일에는 62명의 문인들이 헌법의 민주적 개정을 청원하는 성명을 발표했고, 11월 18일에는 101명 작가들의 공동서명으로 '자유실천문인협의회'(자실)의 결성을 선언하고 시인 김지하의 석방을 요구하는 시위를 벌인 바 있었다.

그후 광주의 참극을 겪고 난 다음 1987년 6월항쟁의 열기 속에서 '자실'이 새롭게 조직을 확대 개편한 것이 오늘의 '민족문학작가회의'이다. (이 단체는 그로부터 꼭 20년 만인 금년 5월 자기 이름에서 '민족문학'이란 낱말을 빼기로 합의하고, 새 이름을 짓기 위해 현재 회원들의 의견을 수렴하고 있다.)

4

문학은 자유로운 정신의 산물이며 시인 김수영의 말대로 '자유의 이행(履行)' 그 자체이다. 문학 창조의 과정은 언제나 의식의 확대, 상상력의 확장을 동반하게 마련이다. 그러므로 작가는 정치적 관점에서가 아닌 문학적 본능으로부터 민주주의를 지지하고 통일을 지향한다. 민족문학작가회의가 출범 직후 북한의 조선작가동맹에 남북작가회담을 제의했던 것은 그런 점에서 본래적인 문학행위의 일부이다.

남쪽 작가회의의 제의는 즉각 북쪽 작가동맹의 호응을 받았다. 남북 간에 몇 차례 연락이 오간 끝에 1989년 3월 27일 작가회의 대표단은 북한 문인들과의 회담을 위해 판문점으로 출발하였다. 그러나 대표들이 도중에 경찰에 연행됨으로써 회담은 성사되지 못했다. 판문점에서 남쪽 대표들을 기다리다 헛되이 돌아간 북쪽 시인 오영재는 그때의 아쉬움을 감동적인 시로 읊어, 후일 남쪽 독자들에게까지 널리 읽히게 되었다.

남북관계의 발전에 획기적인 전환이 마련된 것은 두말할 것 없이 2000년 6월 15일 남북 정상의 평양 상봉과 그들에 의한 공동선언 발표이다. 오랜 단절과 적대의 세월을 보낸 끝에 드디어 남과 북은 교류와 왕래, 화해와 공존의 시대를 맞이하기로 합의한 것이다. 이것은 지구상에 남아 있는 마지막 냉전유산의 해체를 알리는 신호였다.

그런 점에서 2005년 7월의 남북작가대회는 새로운 단계에 접어든 남북관계를 문학의 차원에서 반영한 행사였다. 이 대회에서 남북의 문인들은 6·15공동선언 정신의 실천을 결의하고, 이를 위해, 첫째 남북의 작가들이 함께 참가하는 단일한 조직을 결성한다, 둘째 공동의 편집회의를 통해 남북 작가들의 작품을 함께 싣는 문학잡지를 정기적으로 발행한다, 셋째 통일운동에 기여하는 작품을 선정하여 문학상을 수여한다는 등의 세 항목을 박수로 채택하였다.

이 합의 중에서 지금까지 실현된 것은 2006년 10월 29일 금강산에서 남북 문인들의 참석하에 이루어진 '6·15민족문학인협회' 결성이다. 당시는 북한의 핵실험이 있고 난 직후라 분위기가 살벌했지만, 남쪽 문인들은 위험을 무릅쓴다는 각오로 북행에 나섰고 협회의 결성은 무사히 성사되었다.

남북 작가들의 잇단 교류와 단일한 문인단체 결성은 과거 냉전시대의 눈으로 본다면 과연 놀라운 사건이다. 그것은 분단체제의 질곡을 극복하기 위한 힘든 장정(長征)에서 명백히 한 걸음 앞으로 내딛는 일이다. 그러나 냉정하게 판단할 때 진정한 문학적 교류는 아직 걸음마 단계임을 부인하기 어렵다.

남북의 문인들이 여러 차례 만나 모임을 가진 것은 사실이고 그것만으로도 의의가 있는 일이기는 하다. 그러나 공식적이고 외면적인 접촉 이상의 자발적이고 내면적인 교류는 사실상 아직 이루어지지 못했다. 지나친 신경과민인지 모르지만, 나는 북측 작가들과 동석할 때마다 북측 요원들의 보이지 않는 감시를 의식해야만 되었다.

오늘날 남북의 작가들이 서로에 대해 관심과 호의를 지니고 있다는 것은 만나는 첫 순간부터 직감적으로 느낄 수 있었다. 그러나 동시에 반세기가 넘도록 다른 정치체제, 다른 사회문화 속에서 살아왔고 다른 종류의 감정세계 속에서 생활해온 데서 생겨난 이질감이 서로의 사이를 가로막고 있음을 또한 느끼지 않을 수 없었다.

60년이 넘는 남북단절의 상처가 가장 심각하게 나타나는 것은 언어일 것이다. 모국어를 생명으로 하는 작가들에게 남북 언어의 이질화는 예상 못한 것이 아니었음에도 큰 충격으로 다가왔다. 문학에 있어서의 분단과 분열의 극복, 즉 남과 북과 해외의 모든 동포들이 창작의 능동적 주체로 참가하는 모국어공동체의 회복은 가능할 것인가. 이것은 내 생각에 정치적인 통일보다 더 근본적이고 장기적인 민족통합의 과업이다. 왜냐하면 진정한 통합은 정치적 차원을 훨씬 뛰어넘는 복잡하고 다차원적인 문제점들을 내포하기 때문이다.

제대로 된 남북통합이 이루어지려면 남북 간에 다방면적인 교류와 접근이 적극 진행되어야 함은 물론이고, 그와 병행하여 남북사회 각각의 내부에서 그 사회의 성격에 상응하는 전면적인 자기쇄신과 민주적 개혁이 뒤따라야 한다. 통일은 남북으로 따로 존재하던 두 개의 현재 상태를 단순 결합하는 것이 아니고 그것들의 화학적 결합을 통해 제3의 더 높은 상태로 질적인 비약을 하는 것이어야 하기 때문이다.

지난 10월 초 제2차 남북정상회담이 열렸고, 여기서 '남북관계 발전과 평화번영을 위한 선언'이 채택되었다. 이 선언은 정치·경제·군사 등 핵심적인 분야 이외에도 역사·언어·교육·예술·체육 등 여러 사회문화 분야의 교류를 확대함으로써 민족동질성의 회복에 기여하는 사업을 적극 추진하겠다고 다짐하였다. 이것은 분명 희망의 약속이다.

이 소식을 먼 독일 땅 베를린에서 듣는 우리들의 가슴은 너나 가릴 것 없이 기쁨에 두근거린다. 그러나 희망이 현실로 되기 위해서는 남북한 사회가 각자의 특색에 맞게 더 나은 방향으로 달라져야 하고 사회를 구성하는 사람들의 일상적 삶이 더 건실하게 변해야 한다. 그러한 변화를 현실의 가장 섬세한 층위에서 반영하고 가장 민감한 언어적 형상을 통해 추구하는 것이 문학이다. 그런 점에서 오늘 한국문학의 어깨 위에는 고난의 짐과 영광의 꽃다발이 함께 얹혀 있다고 할 것이다.

(베를린자유대학 강연문 2007.11.27)

3부

무엇이 삶을 버티게 하는가

나희덕의 새 산문집 『한 걸음씩 걸어서 거기 도착하려네』(달 2017)를 읽다가 어느 대목에서 문득 멈추었다. 짧지만 섬세한 관찰과 예민한 감성이 숨쉬는 글 「온기에 대하여」. "유럽의 노숙자들은 개를 데리고 다니는 경우가 많다"는 문장으로 시작하는 글이다.

런던 도심의 뮤지컬 극장 앞에 앉아 있는 젊은 노숙자.

그는 개 두 마리에게 자신의 담요를 내어준 채 시멘트 바닥에 앉아 무심한 듯 책을 읽고 있다. 우리에게는 아주 낯선 장면이다. 어두워지는 거리에서 이런 광경을 바라보다가 저자 나희덕은 자신의 상념으로 돌아온다.

그는 집을 잃고 가족을 잃었는지 모르지만, 그에게는 아직 삶을 버티게 하는 두 가지 무기가 남아 있다. 두 마리 개와 한 권의 책. 개는 온기를 나눌 수 있는 가장 가까운 존재일 것이고, 책은 자존감을 잃지 않도록 그의 정신을 지켜줄 것이다.

이 대목이 무심하게 읽어지지 않는다. 개를 데리고 도심을 배회하는 노숙자의 존재는 이제 한국사회에서도 있음직하다고 말할 수 있다. 매일의 경험이 알려주듯 이제 애완견을 동반하는 일은 비록 노숙자라 하더라도 기이한 것이 아니게 되었다. 하지만 그가 시멘트 바닥에 앉아 무심한 얼굴로 독서에 골몰하는 모습은 약간의 충격을 준다.

그리하여 나도 내 생각을 찾아가본다. 나는 1987년 6월항쟁 직후에 처음으로 외국생활을 경험했다. 그해 8월부터 연구년을 얻어 한 학기 동안 독일 뮌헨에 머문 것이다. 낯선 유럽 땅에서 당연히 여기저기 여행도 했다. 기차간에 앉아 바깥을 내다보면 그림처럼 아름다운 풍경이 전개된다. 그러나 역에 머물 때면 더러 벤치에 웅크리고 있는 노숙자가 보이기도 했다.

어느 역에서던가, 을씨년스런 11월의 냉기를 가끔씩 꺼내 마시는 알코올로 견디고 있던 망태 할아버지 같은 노숙자의 암울한 영상은 지금도 어쩌다가 떠오른다. 그러니까 그의 삶을 버티게 하는 무기는, 아니 삶을 잊게 만드는 무기는 알코올의 마취작용이었던 것.

또다른 영상.

그 무렵 뮌헨에서 내가 가끔 들르던 헌책방이 있었다. 이름만 듣던 책을 싼값에 구입하는 것도 좋았지만, 한국에서는 이름도 못 듣던 저항가수와 반체제 시인들의 녹음테이프를 구하는 것도 망외의 소득이었다. 그런데 그 책방의 중년 주인은 알고 보니 열렬한 68혁명 참여자였다. 68로부터 20년이 흐르는 사이 혁명의 열정에 불탔던 청년들 중에는 과격한 테러리스트가 되어 생을 마감한 사람도 있고 현실에 재빨리 적응해서 출세의 길에 나선 사람도 있지만, 이 주인처럼 마음의 순결을 고수하며 '겸손하게' 살아가는 사람들도 있다는 걸 알았다. 요컨대 그를 살게 하는 힘은 물질세계 너머의 버릴 수 없는 '신념'이었다.

우리는 무슨 힘으로 버티며 살아가는가. 작년 가을부터 지금까지는 많은 사람들이 '촛불'이 만들어내는 공동체의 역사에 기대어 살아왔다. 하지만 아직 '촛불'은 희망의 약속일 뿐이다. 이 나라가 아직 최고수준의 자살률을 벗어나지 못하고 있다는 것은 "집을 잃고 가족을 잃"은, 그리고 개의 온기와 책의 자존감에 해당하는 것을 찾지 못하는 수많은 동포의 여전한 실존을 증언한다.

희망의 약속이 현실이 될 날을 기다린다.

(페이스북 2017.5.23)

‘압도적인 절망과 한 줌의 희망’

그동안 내가 은수미 의원에 대해 알고 있는 것은 누구나 그에 관해 알 만한 것들뿐이었다. 일면식도 없음은 물론이고 ‘사노맹’사건으로 오랜 감옥살이를 했다는 것, 노동문제에 상당한 전문가라는 것 정도의 단편적 지식도 풍문을 통해 간간이 얻어들은 것이었다. 하지만 그가 국회에서 한밤중인 2시 30분부터 낮 12시 48분까지 10시간 18분 동안 테러방지법 반대토론을 행한 것에 은수미답다고 탄복했던 것을 보면 내가 그에게 상당한 예비지식과 은연중의 믿음을 가지고 있었던 것이 분명하다.

그런데 며칠 뒤 그와의 인터뷰 기사(『경향신문』 2016.2.27)를 읽으니 그에 대해 내가 알고 있다고 생각한 것들은 실상 껍데기에 지나지 않음이 드러났다. 기자의 질문에 그는 이렇게 대답한다. “자신들이 하고 싶은 얘기를 내가 했던 것 같다. (…) 사람들은 누군가 자신들과 함께하고 싶어한다는 신호를 보고 싶었던 것 같다. 사실 국민들은 함께하고 싶다는 구조신호를 계속 보냈다. 세월호도, 메르스도 너무 참담했으니까." 또, 그는 이렇게도 말한다. "사람들 얼굴이 떠올랐다. 내가 만난 청년 아르바이트생, 유성·쌍용차 노동자들, 고공농성하는 사람들, 로또방에서 로또 긁고 있는 일용직 아저씨들, 횡단보도에서 손녀 학원 가는 뒷모습을 불안하게 바라보며 '현실이 이렇습니다' 하던 어떤 할머니……."

의정 단상에 올라서도 몸으로 이런 걸 느낄 수 있고 이 느낌을 정치적 언어로 옮겨서 발언할 줄 아는 사람이라면 그는 진정 국민의 대변자다, 이건 옳은 말이지만 옳은 만큼 뻔한 소리이기도 하다. 그러나 물론 이 뻔한 상식이 우리나라 정치에서 일상화되어 있는 것은 아니다. 그의 인터뷰에서 내가 관심을 가졌던 것은 은수미가 추구하는 '정치적 올바름' 자체가 아니라 그것을 말과 행동으로 나타나게 했던 감수성의 구조였다. 국회 연설을 하면서 "청년 아르바이트생, 유성·쌍용차 노동자들, 고공농성 하는 사람들"의 얼굴을 떠올리는 것은 적어도 한국 정치에서는 낯선 사례에 속하기 때문이다. 그것은 정치적이라기보다 문학적인 상상력의 발동에 가깝다. 아니, 정치와 문학이 함께 뿌리내리고 있는 공동의 생활적·정서적 기반에 관계된 문제라고 할 수 있다. 사실은, 그 인터뷰가 특별한 울림을 주었던 것은 최근 내가 읽고 있는 시와 소설들이 은수미가 떠올렸던 바로 그 사람들의 현실을 다루고 있기 때문이다. 출간된 지 한두 달밖에 안 된 따끈따끈한 책들인데, 이인휘 소설집 『폐허를 보다』(창비 2016), 송경동 시집 『나는 한국인이 아니다』(창비 2016), 그리고 김사과 산문집 『0 이하의 날들』(창비 2016)이 그것들이다.

돌이켜보면 1920년대 이후 우리나라 근대문학의 역사에서 넓은 의미의 민중문학은 언제나 중요한 위치에 있었다. 일제강점기나 6·25전쟁 직후의 가난했던 시절까지 돌아갈 필요도 없이 1970년대에는 신경림의 「농무」, 김지하의 「오적」, 황석영의 「객지」, 조세희의 「난장이가 쏘아올린 작은 공」 등 민중문학의 걸작들이 다수 발표되어 공론장을 장악했고 1980년대에는 알다시피 노동운동의 폭발적인 발전 및 노동문학의 급진적인 개화가 일어났음을 상기하는 것으로 족하다.

그런데 오늘 문제는 1990년대 이후, 특히 외환위기 이후 이 나라 현실이 내부적으로 심대한 변화를 겪어왔다는 것이고 그 변화가 정치에도 문학에도 심각한 영향을 주고 있다는 점이다. 한마디로 그것은 자본주의의 전 지구적 지배체제로서의 신자유주의의 도래라고 하겠는데, 지식세계의 담론으로서는 식상할 만큼 낡았으되 피부에 닿는 압박의 강도로서는 날로 절박함이 더해지는 것이 오늘의 현실이다.

소설가 이인휘는 신자유주의가 본격화되기 이전의 노동운동의 기억을 통해 오늘을 바라본다. 이번 소설집의 표제작 「폐허를 보다」

에서 중심적 사건은 1998년 울산 자동차공장 파업이다. 정확하게 말하면 파업의 실패다. 노조 지도부의 배신으로 인한 실패로서, 그 때문에 많은 노동자들이 회사에서 쫓겨나 생업을 잃었고 투사들 몇은 후유증으로 죽었다. 작품은 지금 어느 식품회사 핫도그공장에서 일하는 죽은 노동자 아내의 시점으로 당시의 투쟁과정을 회상한 것인데, 당연히 그들에게는 미래가 보이지 않는다.

소설집 『폐허를 보다』에서 내가 감동한 작품은 「시인, 강이산」이다. 소설은 화자가 1985년 신흥정밀이라는 회사에 위장취업하는 것으로 시작한다. 거기서 그는 강이산과 박영진이라는 또래 친구들을 만나 의기투합하고 운동의 조직을 시도한다. 전태일의 정신을 따르던 박영진은 이듬해 3월 전태일이 그랬듯이 "근로기준법 준수하라"는 구호를 외치며 분신자살하고, 강이산은 방황을 거듭한다. 실존인물 박영진의 에피소드가 강렬하긴 하지만, 작품의 주인공은 시인 박영근을 모델로 한 강이산이다. 그는 노동자에서 시인으로, 그리고 노동현실을 고발하는 전투적 시인에서 개인적 상처와 고뇌의 근원을 응시하는 내성적 시인으로 변모해가다가 결국 자살에 가까운 죽음에 이른다. 폐부를 찌르는 아픔에도 불구하고 노동운동은 어쩔 수 없이 주변부로 밀려나는 것이다.

이인휘가 어제의 노동을 다루었다면 송경동은 오늘의 노동현장을 정면에서 다룬다. 따라서 그의 언어는 선명하고 직접적이다.

2014년 4월 30일 밤 11시
메이데이 124주년이 밝기 한 시간 전
전주 신성여객 해고노동자 진기승이
회사 정문 국기 게양대에
자신의 목을 내걸었다

—「노동자들의 국기」 제1연

위에 보는 바와 같이 시인은 사태의 핵심을 단도직입적으로 제시한다. 시적 도구로서의 비유나 암시를 억제함으로써 시로부터 멀어진다기보다 오히려 시의 핵심에 더 다가선다고 여겨지는데, 이것은 시가 무엇인가에 대한 송경동 나름의 치열한 답변이라 할 것이다.

돌려 말하지 마라
온 사회가 세월호였다
자본과 권력은 이미 우리의 모든 삶에서
평형수를 덜어냈다 정규직 일자리를 덜어내고
비정규직이라는 불안정성을 주입했다
사회의 모든 곳에서 '안전'의 자리를 덜어내고
그곳에 '무한이윤'이라는 탐욕을 채워 넣었다

—「우리 모두가 세월호였다」 앞부분

이 작품은 말하자면 그 전체가 하나의 커다란 비유인 셈이다. 하지만 이때 비유는 시가 말하려는 바를 조금도 모호하게 만들지 않는다. 「바다 취조실」 「내가 앉아 있어야 할 자리」처럼 단순치 않은 함축과 명상적 고요를 담고 있는 뛰어난 작품들도 있으나, 전체적으로 송경동의 문학은 이 시대현실의 가장 취약한 부분을 향해 좌고우면 없는 도전을 감행하고 있음이 분명하다.

김사과의 산문집에 대해 말하기에는 남은 지면이 모자란다. 김사과는 이인휘나 송경동과는 아주 다른 감각의 소유자일뿐더러 그가 주로 다루는 것도 노동이 아니라 현대예술이다. 그의 산문들 중에서 김사과의 삶과 감성을 드러내는 에피소드 하나만 소개하겠다. 「모멸감에 대하여」란 글인데, 그는 고등학교를 자퇴한 뒤 학교에서 멀지 않은 편의점에서 시급 1400원짜리 알바를 하고 있었다. 어느 날 아침 문이 열리고 낯익은 남자가 들어왔는데, 다니던 고등학교 체육 선생이었다. “우리는 별 말을 나누지 않았다. 다만 그때 그가 나를 바라보던 표정이, 무너져 내린 빌딩의 잔해를 바라보는 듯한 그 눈빛이 아직까지도 또렷하다.”

이 문장은 김사과의 현실이 이인휘나 송경동의 현실과 하나의 평면 안에서 그리 멀지 않게 맞닿아 있음이 드러난다. 다만, 김사과는 “세련된 것을 사랑하고 또 그런 것을 추구하는 것을 목표로 삼는 자”로서 주기적으로 엄습하는 “압도적인 절망과 한 줌의 희망” 사이를 오간다고 고백한다. 따라서 이 경우에도 문제는 희망의 쟁취로 귀결되는데, 그것이야말로 우리 시대 모든 사람의 과제 아닌가.

(『한겨레』 2016.3.5)

냉전의 시작과 끝

당사자들의 육성을 들어보자

최근 번역된 두 권의 책은 전혀 다른 맥락에서 출발하고 있음에도 20세기 세계사를 움직인 두 거대국가의 정치와 외교정책을 하나의 끈으로 묶어 관찰할 수 있는 개념을 제시한다. 하나는 미국 외교관 조지 케넌(George F. Kennan, 1904~2005)의 문집 『미국 외교 50년』(유강은 옮김, 가람기획 2013)이고, 다른 하나는 소련 정치가 미하일 고르바초프(Mikhail Gorbachev, 1931~)의 자서전 『선택』(이기동 옮김, 프리뷰 2013)이다.

케넌과 고르바초프는 한 세대의 나이 차이가 날뿐더러 세계정치에서 차지했던 그들의 역할과 위상에도 엄청난 격차가 있다. 무엇보다 두 책은 성격이 아주 다르다. 케넌의 책은 엄밀한 학술서는 아니라 하더라도 강연이라는 자유로운 형식을 빌려 미국 외교정책의 역사를 그 나름의 시각으로 개관한 일종의 논술서이다. 이에 비해 고르바초프의 책은 자신의 개인적 경험과 감상을 중심으로 서술한 자서전이다. 그런 점에서 두 책은 단순비교의 대상이 아니라고 할 수 있다.

하지만 케넌과 고르바초프(의 저서)는 이런 수많은 차이에도 불구하고 하나의 핵심적인 연결고리로 이어질 수 있는 존재들이다. 그것은 바로 냉전이라는 고리이다. 케넌은 제2차 세계대전 직후 미소 간에 냉전이 형성될 무렵 미국의 대소 봉쇄정책을 구상하는 데 관여한 외교관으로서, 책에 서문을 쓴 존 미어샤이머(John J. Mearsheimer)의 표현대로 "냉전 초창기의 핵심적인 정책 입안자"였다. 반면에 고르바초프는 잘 알려져 있다시피 냉전의 해체에 주도적으로 기여한 정치가이다.

냉전시대의 첫번째 전쟁 때문에 끔찍한 수난을 겪었고 아직도 그 그늘 속에서 살아가는 우리들로서는 냉전의 시작과 끝에 위치한 핵심 당사자 자신들의 육성을 통해 그때 그들이 무슨 생각을 했었는지 들어보는 것은 더할 나위 없이 중요한 일일 것이다. 또, 중심국가 정책 입안자들의 머릿속 구상이 현실 속에서 어떤 결과를 만들어냈고 그런 것들이 약소민족의 운명에 때로는 어떤 치명타를 가하는지 숙고해보는 것도 우리의 당연한 과제이다.

봉쇄정책의 탄생

케넌의 『미국 외교 50년』은 세 부분으로 이루어져 있다. 제1부는 그가 국무부를 떠난 직후인 1951년 시카고대학에서 행한 6차례의 연속 강연인데, 이 책의 몸통이라 할 수 있는 부분이다. 제2부는 1947년 7월 및 1951년 4월 『포린 어페어즈』(*Foreign Affairs*)에 기고한 두 편의 논문이며, 제3부는 그로부터 적잖은 세월이 지난 1984년 그리넬 칼리지에서 행한 강연이다. 이 가운데 역사적으로 가장 중요한 의미를 갖는 것은 냉전사(冷戰史)를 논의하는 사람마다 으레 첫머리에 거론하는 1947년의 글이다. 이 글이 나오게 된 배경부터가 흥미롭다.

케넌은 대학을 졸업한 이듬해인 1926년 국무부 직원으로 들어가 독일과 소련을 비롯한 유럽 여러 나라에 근무하면서 히틀러와 스탈린의 통치를 현지에서 지켜보았고 세계대전의 발발을 눈앞에서 목격했다. 그런데 그는 단순한 외교관이 아니라 "미국 대외정책에 관해 중요하면서도 원대한 질문을 던지는 재능을 지닌 일류 전략사상가"였다. 세계사적 사건들의 현장에서 그가 주목한 것은 "미국이 하나의 민주주의 국가로서 자신을 둘러싼 세계와 어떻게 상호작용하는지를 식별하는" 일이었다.(『미국 외교 50년』 7면, 존 미어샤이머의 서문)

그가 모스크바에 근무하던 전후 시기에 미국인들은 전쟁의 동맹국이었던 소련을 이제부터 어떻게 대하는 것이 옳은지 혼란을 느끼고 있었다. 그래서 1946년 2월 소련에 대한 입장을 정리할 필요를 절감한 본국으로부터 소련의 최근 행동을 설명해달라는 요청이 왔고, 그는 '긴 전문'을 보내 이에 답했다. 이 전문의 내용은 유명한 '트루먼 독트린'(1947.3)의 이론적 기초가 되는데, 이듬해 그가 이 전문을 정리하여 'X'라는 가명으로 발표한 것이 이 책 제7장에 실린 「소련 행동의 원천」이다.

케넌이 관찰한 바에 따르면 소련 권력의 작동방식은 다음의 세 가지 원리를 따르고 있다. 첫째 자본주의와 사회주의 사이에는 본질적인 적대가 존재하며, 양자 간에는 타협이 있을 수 없다. 자본주의 세계가 추구하는 목표는 언제나 소비에트 정권에 대립하며, 때때로 소련 정부가 정반대 내용의 문서에 서명한다 하더라도 그것은 전술적 책략일 뿐이다. "자본주의의 궁극적인 몰락이 불가피하다는 이론에는 자본주의를 몰락시키기 위해 서두를 필요가 없다는 뜻이 담겨 있다."(『미국 외교 50년』 261면, 이하 면수만 표기) 둘째, 소비에트 권력에서는 이론상 당 지도부가 유일한 진리의 원천이므로 당은 언제나 옳으며, 따라서 철의 규율이 지켜져야 한다. 셋째, 진리는 불변의 상수가 아니라 소비에트 지도자들이 그때그때 만들어내는 것이다. 다시 말해 진리는 역사의 논리를 대표하는 지도자의 지혜가 가장 최근에 표명된 것일 뿐이다. 소련 권력의 이러한 작동방식을 고려할 때 "미국은 정당한 확신을 가지고 확고한 봉쇄정책으로 나가야 마땅하다." 그리고 이 봉쇄정책은 소련이 세계의 평화와 안정을 해치려고 나서는 조짐을 보일 때마다 예외 없이 반격에 직면하도록 완벽하게 설계되어야 한다.(277면)

진정한 변화는 내부에서

공산주의 이론과 소비에트 권력의 작동방식에 대한 외교관 케넌의 이해는 당연히 오랜 학문적 천착의 결과가 아니다. 즉, 피상적인 것이다. 그러나 그의 사고가 빛을 발하는 것은 이론가로서가 아니라 전략가로서이다. 공산주의 이론가들은 자본주의가 필연적으로 몰락할 것이라 주장하는데, 케넌이 보기에는 소비에트 권력이야말로 그들 자신의 신조와 달리 자멸의 씨앗을 품고 있다. 공산주의자들은 '자본주의의 불균등 발전'이라는 모순에 대하여 논하지만, 케넌이 파악한 바로는 오히려 소련에서는 금속과 기계 같은 몇몇 부문만 급속히 발전했고 나머지 산업은 극도로 낙후해 있다. 그가 보기에 공포와 강제 아래서 일하는 소련의 지친 국민들로서는 이런 결함을 어떻게 바로잡아야 할지 알기 어렵다.

케넌이 소련에 관해 지적한 것들 가운데 가장 핵심적인 사항은 권력승계의 절차가 제도화되어 있지 않다는 것이었다. 스탈린이 레닌에게서 최고 지위를 물려받은 것이 당시로서는 유일한 사례였는데,

이렇게 계승된 권력이 공고화되기까지 12년이 걸렸고 그나마 이 과정에서 수백만 명이 목숨을 잃었다. 그렇다면 소련은 장차 어떻게 될 것인가.

「소련 행동의 원천」보다 4년 뒤에 발표된 논문 「소련의 미래와 미국」은 이에 대한 진지한 답변의 모색이다. 앞에서 보았듯이 냉전 형성기 소련에 대한 케넌의 입장은 매우 강경한 봉쇄정책이었다. 그러나 그는 군사주의적 해결책에는 결코 동의하지 않았다. 그는 소련의 바람직한 변화 가능성을 전쟁이냐 평화냐의 문제로 치환하는 데 단연코 반대한다. 6·25전쟁 때 미군이 38선을 넘어 북진하는 것을 그는 비판했다. 그는 제정러시아와 공산주의 소련 사이의 사회경제적 연속성에 주목하여 소련의 현재 상황이 어느 정도 불가피하다고 인정했다. 따라서 앞으로도 소련에 미국식 자유민주주의 체제가 등장하는 것을 기대할 수는 없으리라 단언한다.

그러나 그는 조심스럽게 소련체제의 붕괴 가능성을 암시한다. 그러면서도 그는 자신이 소련 바깥에 있는 외부인으로서 '유리창을 통해 막연하게' 소련을 바라본다는 사실을 전제로 말한다. 어떻든 우리는 케넌의 이 글이 소련 해체 거의 40년 전에, 즉 소련의 최전성기에 쓰여졌다는 사실에 놀라게 되는데, 소련의 해체가 내부적 변화의 결과로 나타날 것임을 내다본 다음의 문장에서는 더욱 놀라게 된다.

우리가 확신할 수 있는 한 가지는 다음과 같다. 바깥으로부터의 선전이나 조언을 통해 소련 정부의 이념과 실천에 근본적 변화가 일어나는 일은 없을 것이다. 이런 변화가 진정하고 지속적이며 다른 나라 국민들의 환영을 받는 것이 되려면 그것은 소련인들 스스로의 구상과 노력으로 이루어져야 한다. 외국의 선전·선동으로 한 나라의 삶에 근본적인 변화를 초래할 수 있다고 기대하는 것은 역사의 움직임을 천박하게 이해한 결과이다. (318면)

케넌이 생각하는 한국전쟁의 기원

그런데 우리가 케넌에게 관심을 갖는 것은 그가 단지 대소 봉쇄정책의 입안자이기 때문만은 아니다. 그는 트루먼 행정부 시대에 소련 주재, 유고슬라비아 주재 대사로 잠깐 재직한 것을 제외하면 고위직에 있어본 적이 없다. 한반도 정책에도 관여한 적이 없다. 하지만 그는 이 책에서 한국 내지 한반도의 운명에 관련된 언급을 도처에서 하고 있고, 대부분의 경우 그것은 우리 역사와 현실에 대한 무지를 드러내고 있어 우리의 심기를 건드린다. 그가 한국에 대해 고의적인 편견을 가졌을 리 없음이 분명하다면 그의 세계관 자체에 문제가 있다고 하지 않을 수 없다. 그것은 무엇인가.

이 책의 몸통에 해당하는 시카고대학 연속강연에서 그는 1898년의 미국-스페인 전쟁부터 제2차 세계대전에 이르는 반세기의 세계사를 미국인의 시각에서 돌아보고 있다. 그가 처음부터 전제하는 것은 이 반세기 동안에 미국의 안전이 심각하게 위태로워졌다는 것이다. 그렇게 된 까닭은 무엇인가.

그가 보기에 미국의 안보가 의존하는 몇 가지 근본적인 요소가 있는데, 그중 결정적인 것은 "역사의 많은 시기에 걸쳐 우리의 안보가 영국의 위치에 의존했음을 알 수 있다"(80면)는 데서 드러나는 '미영 공동운명체론'이라 할 수 있다. 그런 입장에서 볼 때 "유럽대륙의 단일 지상 강국이 유라시아 땅덩어리 전체를 지배하지 않도록 하는 것", 즉 유럽대륙의 적절한 세력균형이 미국의 안보에 필수적이다. 그런데 제2차 세계대전의 결과 유럽에서는 오직 소련만이 압도적 강국으로 등장하게 되었다는 것이다.

동아시아에서 영국의 역할을 맡은 나라는 일본이다. 그는 1900년 전후의 시기부터 "아시아대륙에 대한 일본의 이익을 좌절시키려는 쪽으로 점차 옮겨간 정책이 과연 적절한지 의문을 제기한"(156면) 전문가들의 견해에 동조적이다. 그리하여 그는 중국문제 전문가인 외교관 존 맥머리(John V. A. MacMurray, 1881~1960)가 1935년에 쓴 다음의 비망록을 경탄의 마음으로 인용한다.

일본이 패배한다 해도 극동문제에서 일본이 사라지지는 않는다. (…) 일본이 제거되더라도 새로운 골칫거리들이 생겨날 테고, 동양의 정복을 꿈꾸는 (일본만큼 파렴치하고 위험한) 경쟁자로서 일본 대신

제정러시아의 계승자인 소련이 등장할 것이다. (157~58면)

맥머리의 예언이 있은 지 10년 뒤에 일본이 실제로 전쟁에서 패배함으로써 미국은 "일본이 반세기 가까이 한반도·만주 지역에서 맞닥뜨리고 떠맡았던 문제와 책임을 물려받게"(158면) 되었다고 케넌은 말한다. 1951년의 강연에서 표명된 이 견해는 1984년의 강연에서도 되풀이되는데, 한국전쟁과 베트남전쟁을 경험한 뒤임에도 불구하고 그의 관점에는 근본적인 진전이 없다. 여전히 그는 동북아시아에서 일본의 영향력을 몰아낸 것이 소련을 불러들였다는 입장을 견지하는 것이다. 강대국 중심주의에서 나온 그의 다음과 같은 발언은 우리의 뼈저린 반성을 촉구한다.

일본이 언제까지나 미국 군사력의 요새로 남고, 일본에 대한 평화적 해결이 합의되지 않으며, 모스크바가 일본의 상황에 참여할 기회를 얻지 못한다면, 모스크바는 보상의 형태로 한국에서 군사·정치적 입지를 공고히 하기를 원했습니다. 우리는 어쨌든 한국에 큰 관심을 기울이지 않는 것처럼 보였습니다. 제가 보기엔 이것이 한국전쟁의 기원이었습니다. (335~36면)

이 대목을 읽고 있노라면 케넌이 현직에서 물러난 지 60여 년의 세월이 흘렀고 강연이 있은 것도 30년이 지났음에도 마치 여전히 그가 미국 극동정책을 배후에서 지휘하고 있는 듯한 섬뜩한 느낌을 갖게 된다. 달라졌다면 소련 대신 중국이 새로운 적으로 떠올랐다는 점이라고나 할까.

스탈린 시대의 상처를 지니고

제2차 세계대전 이후 유럽과 아시아에서 영국·프랑스·독일·중국·일본 등 전통강국들이—승전국이든 패전국이든—기진맥진 녹초가 되고 오직 사회주의 소련만이 유라시아 대륙을 석권하는 듯한 형국이 조성되자 미국이 엄중한 경계심을 갖게 된 것은 어쩌면 당연한 일이었다. 하지만 그 소련 자신의 내부적 상황은 실제로는 어떠했던가. 고르바초프의 자서전 『선택』에서 내가 예의 주목한 것은 그런 부분이었다.

고르바초프는 캅카스산맥이 멀지 않은 러시아 남부 스타브로폴에서 평범한 농민의 아들로 태어났다. 그는 소년시절에 트랙터 조수로 열심히 일해서 노동훈장까지 받았고, 정치가로 출세한 다음에도 농업전문가로 능력을 발휘했다. 그런데 그가 성장기에 처음 경험한 것은 농촌의 가난이었고, 다음에는 스탈린 통치의 폭력이었으며, 마지막으로는 전쟁의 참상이었다. 1933년에는 끔찍한 기근으로 식량이 떨어져 겨울 동안 아이들 세 명이 굶어 죽었고 봄이 와도 땅에 뿌릴 씨앗이 없었다고 한다. 1937년에는 외할아버지가 억울하게 트로츠키파로 몰려 14개월이나 모진 심문과 고문을 당했다. 외할아버지는 재판도 없이 사형언도를 받았으나 다행히 증거불충분으로 석방되었다.

> 외할아버지가 체포되고 외할머니 바실리사가 우리한테 와서 같이 지내게 되면서 우리 집에도 많은 변화가 일어났다. 이웃들이 발길을 끊었고, 어쩌다 찾아오는 사람도 한밤중에 몰래 왔다. 우리 집은 '인민의 적이 사는 집'이라는 낙인이 찍혀 격리됐다. 그 기억은 나의 뇌리에 영원히 지워지지 않을 상처로 남았다. (『선택』 24면, 이하 면수만 표기)

고르바초프가 열 살 때에 전쟁이 일어났다. 독일군은 잠시지만 그의 마을까지 밀어닥쳤다. 1921~22년생인 청년들은 모두 징집되었는데, 그들 중 겨우 5퍼센트 정도만 살아남았다. 전시하의 궁핍은 하루하루 배를 채우기도 어려운 절박함으로 다가왔다. 그의 아버지는 적령기를 넘긴 나이였으나 결국 징집되었고, 용케 살아 돌아왔다.

> 전쟁이 끝났을 때 나는 열네 살이었다. 전후 마을의 황폐한 풍경이 지금도 눈에 선하다. 집이라고는 진흙으로 지은 오두막뿐이고, 황량하고 빈곤에 찌든 정경이 사방에 가득했다. 우리는 전쟁의 아이들 세대이다. 전쟁은 우리의 성격과 세계관에 깊은 상흔을 남겼다. (34면)

그의 반전사상의 뿌리를 엿보게 하는 대목이다. 어려운 여건이었지만 고르바초프는 모스크바국립대학에 입학했다. 법학부였다. 변방의 농촌 출신에게 면접도 필기시험도 없이 입학허가가 주어진 것은 '농민 노동자'라는 배경이 주효한 탓인데, 그것은 사회주의 체제의 미덕이었다. 대학의 지적 풍토는 그를 새로운 세상으로 인도했다. 그러나 스탈린의 저서 『소련공산당사』를 최고의 과학적 사상으로 추앙하는 강압적 현실과 숙청의 파도는 학문적 열정에 제동을 걸었다. 러시아에는 문학과 예술의 위대한 전통이 있고 그 전통을 현대적으로 계승하는 작가들도 많았지만, 스탈린 시대의 대학생들은 그런 것들을 제대로 접할 수 없었다. 후일 고르바초프는 이렇게 탄식한다.

많은 사람들이 똑같은 말을 하지만, 나 역시 돌이켜 생각하면 학창시절에 이런 책들을 읽지 못한 것이 후회가 된다. 우리 세대는 정신적인 면에서 공허한 삶을 살았다. 공식 이데올로기가 떠넣어주는 한 줌의 양식만 받아 먹었던 것이다. 스스로를 비교해보고, 다양한 철학적 사상을 접하며, 스스로 옳은 것을 선택할 기회를 온전히 박탈당한 채 살았다. (306면)

제2차 세계대전 후 미국과 더불어 세계정치를 양분하는 거대국가의 화려한 외피를 벗겨내면 그 안에는 이런 물질적 빈곤과 정신적 공허가 들어 있었던 것인데, 그럼에도 그 속에서는 젊음이 자라나게 마련이었다. 당시 학생들은 레닌의 저작을 탐독했고, 독서를 통해 레닌 철학의 진면목을 알게 되었다. 고르바초프도 그런 학생들 가운데 하나였다. 레닌은 자기 책에 반대파의 입장도 자유롭게 서술해놓았기 때문에, 학생들은 레닌을 통해 반대의 논리를 접할 수 있었다. 이에 따라 소련 정부는 학생들이 레닌의 『소련공산당 약사』를 공부하는 것에 대해 우려했다. 스탈린 시대의 성격을 고르바초프는 다음과 같이 요약한다.

> 스탈린 정권은 농부들을 농노처럼 취급했다. 기존질서가 정당한지에 대해 의문을 제기한 사람이 도시 출신보다 농촌 출신 쪽에 더 많다는 사실은 우연이 아니었다. '집단화'나 '집단농장 시스템'은 도시 학생들과 달리 내게는 이론이 아니라 현실이었다. (…) 나는 현실에서 어떤 일이 벌어지는지, 스탈린 통치하에서 무엇이 잘못되고 있는지 알았다. 그런 생각을 하는 사람이 나 혼자만은 아니었다. 우리는 엄밀한 의미에서 반체제는 아니었고 '수정주의자'들이라고 하는 편에 더 가까웠을 것이다. 우리는 '진정한' 사회주의가 회복되기를 원했다. (51~53면)

고르바초프 성공의 비밀

스탈린 시대가 끝나갈 무렵 고르바초프는 결혼을 하고 대학을 마친 뒤 고향 스타브로폴로 내려와 당에서 일하기 시작했다. 때마침 흐루쇼프의 스탈린 비판이 소련 역사와 세계정치에 엄청난 파장을 몰아오고 있었다. 그것은 "전체주의적 소비에트 시스템을 본질적으로 부정하고 변화에 대한 희망을" 불러일으켰다. 고르바초프는 흐루쇼프가 한편으로 "역사의 흐름에 맞서는 용기와 결단력"을 보여주었지만, 다른 한편 고정관념에 사로잡혀 현상의 밑바닥에 있는 근본 원인을 제대로 보지 못했다고 평가했다. 그가 보기에 흐루쇼프는 당을 현대화하고 당의 독점적 권력을 축소시키려는 옳은 방향을 취했으나, 이 과정에서 기득권세력의 엄청난 저항에 부딪혔고, 그 때문에 결국 물러나게 된 것이었다. 흐루쇼프의 실패를 서술하면서 고르바초프는 27년 뒤 자신이 맞이한 운명을 돌아보는데, 그것은 거의 모든 공산주의 권력의 — 또는 권력 일반의 — 작동 메커니즘에 대한 쓰디쓴 희화화이다.

이 이야기를 쓰다보니, 우리도 페레스트로이카 과정에서 흐루쇼프의 경험을 좀더 참고했으면 좋았을 것이란 생각이 든다. 1964년 '궁정 쿠데타'를 통해 흐루쇼프를 실각시킨 것을 정당화하는 주장들은 넘쳐날 정도로 많다. 하지만 솔직히 말해 당시 그를 몰아낸 장군과 관료들

> 이 '인민을 위해서'라는 명분을 내세웠지만, 사실은 권력을 장악하려는 욕심에서였다. 소련공산당 중앙위는 1957년 흐루쇼프가 '반당 그룹'에 도전할 때 그를 지지했었다. 흐루쇼프는 1964년 10월 바로 이 그룹의 손에 의해 쫓겨났던 것이다. (93~94면)

흐루쇼프가 쫓겨나던 그해 고르바초프는 지방당 조직부장이 되었고 1970년에는 제1서기로 선출되었다. 다시 8년 뒤에는 공산당 중앙위 농업담당 서기가 되어 거의 4반세기 만에 고향을 떠나 모스크바에 입성했다. 그리고 브레즈네프 시대의 억압과 침체, 안드로포프와 체르넨코의 짧은 과도기를 거쳐 1985년 그 자신이 당과 국가의 최고 지위에 올랐다. 여러 복합적 요인의 도움이 있었다 하더라도 이것은 소련 같은 경직된 관료세계에서는 생각할 수 없는 기록적인 출세 속도였다. 생각해보면 그의 이런 세속적 성공과 소련 관료제도에 대한 그의 통렬한 비판 사이에는 쉽게 해명되지 않는 심각한 모순이 있다고 하지 않을 수 없다. 아주 비근한 예를 가지고 생각해보자.

고르바초프는 드문 애처가였다. 혈액암으로 먼저 떠난 부인 라이사 여사에 대한 애틋한 그리움의 고백으로 자서전을 시작하는 것만 보아도 알 수 있지만, 중간중간에도 그는 부인과의 정다웠던 시절을 끊임없이 회상한다. 그는 공산국가의 정상으로서는 처음으로 부인을 대동하고 외교석상에 나타난 인물이기도 하다. 그런데 남편이 모스크바 정계의 고위직에 오른 뒤 라이사는 부인들끼리 모이는 특수 집단에 섞이는 것을 힘들어하고 고위직 부인들 중 누구와도 가깝게 지내지 않았다. "부인들끼리의 관계는 그들 남편의 지위를 그대로 반영했다. 수다스러웠던 부인들 모임에 몇 번 참석하고 나서 라이사는 거만함과 천박함, 아첨이 뒤섞인 모임의 분위기에 충격을 받았다."(159면)

라이사가 경험한 이 천박함은 실상 공산주의 이념과는 별 관계가 없는, 위계조직이 지배하는 관료사회의 관행적인 타락상일 뿐이었다. 오히려 그것은 자본주의 체제의 살벌한 경쟁사회에서 더 전형적으로 나타날 수 있는 모습일지 모른다. 그런데 문제는 그런 '결백한' 인품의 라이사와 평생에 걸쳐 깊은 친밀성을 유지한 '따뜻한 남자' 고르바초프가 무슨 수로 그 냉혹한 관료조직에서 정상까지 올라갔느냐이다. 두고두고 풀어볼 문제이다.

수평선 너머에서 보았다고 믿은 것

『선택』이 일종의 자서전인 만큼 자신의 정치적 입장과 선택에 대한 합리화가 바탕에 깔리는 것은 어느 면에서 불가피하다. 매 순간 그 나름으로 최선을 다해 합리적 노선을 따르고자 애쓰는 것은 본인의 이익에도 부합하는 처사이기 때문이다. 다만 그것이 역사적 합리성이라든지 객관적 정의 같은 보편적 기준에 비추어 어떤 평가를 받을지 하는 것은 다른 문제이다. 알다시피 고르바초프는 최고위직에 오른 다음 '페레스트로이카'와 '글라스노스트'의 깃발 아래 소련 정치와 사회를 대담하게 개혁하는 정책을 밀고 나갔다. 그것은 스탈린과 브레즈네프 시대의 소련체제에 대한 강력한 비판적 인식을 바탕에 깔고 있었다.

> 브레즈네프 시대를 평가하는 핵심 키워드는 브레즈네프의 지도력이 시대적 요구를 감당할 능력이 없다는 것이었다. (브레즈네프는) 과거의 도그마와 사고에 얽매여 과학기술과 사람들의 삶과 행동에, 그리고 국가와 사회, 지구촌 전체에 엄청난 변화가 일어나고 있다는 사실을 인식하지 못했다. 소련은 결국 막다른 골목에 갇혀 시대에 뒤처지고, 심각한 사회적 위기를 향해 치닫고 있었던 것이다. (198면)

그러나 고르바초프가 사회주의를 부인하거나 자본주의에 투항하려 한 것은 결코 아니었다. 소비에트 연방의 해체를 꿈꾼 것은 더욱 아니었다. 그가 주관적으로 목표한 것은 투명하고 근본적인 개혁을 통해 소련을 민주적이고 인간적인 국가로 살려내는 것이었다.

> 다시 처음으로 돌아간다 해도 나는 그때와 같은 목표, 다시 말해 더 많은 민주주의, 더 많은 사회주의를 위해 싸울 것이다. 나는 페레스트

로이카를 통해 사회주의가 제2의 전성기를 맞을 것이라고 확신했다. 내 생각이 그러했고, 안드로포프와 이야기하면서 '더 많은 민주주의'가 '더 나은 사회주의'를 가져다줄 것이라는 생각은 한층 더 확고해졌다. (286면)

이 목표를 이루자면 냉전 종식은 필수였다. 그런데 미국과의 군비경쟁으로 경제적 압박이 목을 죄는 터에 아프가니스탄 전쟁으로 사회적 질곡은 더욱 가중되고 있었다. 고르바초프는 이미 서기장으로 선출되기 전인 1984년 영국 방문 시에 의회 연설을 통해 냉전의 종식을 주장하고 핵을 포함한 무기의 감축과 제한을 위한 협상을 제안했다. "무엇이 우리를 갈라놓든지 간에 우리에게는 단 하나의 지구뿐이다. 유럽은 우리가 사는 공동의 집이다. 유럽은 '군사작전을 하는 전장'이 아니라 바로 우리가 사는 집이다."(244면) 연설의 이 대목은 당시 언론에 특히 많이 보도되었다. 이후 고르바초프와 레이건은 여러 차례 정상회담을 가졌고 힘든 줄다리기를 되풀이했다.

그 가운데 한번, 아이슬란드 수도 레이캬비크에서의 협상이 성과 없이 끝나고 고르바초프는 무거운 발걸음으로 기자회견장에 들어섰다. 수백 명의 눈이 그를 바라보았다. "인류 전체가 내 앞에 일어서 있는 것 같은 기분"을 느끼며 그는 기자들 앞에서 입을 열었다. "이것이 실패는 아니다. 이것은 하나의 돌파구이다. 처음으로 우리는 수평선 너머를 보았다."(330면) 우여곡절 끝에 냉전은 종식에 이르렀다. 그러나 수평선 너머에 있다고 그가 믿은 것이 냉전의 종식만은 아니었다. 진정한 평화가 아님도 그후의 현실은 입증했다. 죽음 같은 경쟁과 무덤보다 더 암울한 삶이 오늘 대다수 인류의 것으로 되지 않았는가. 고르바초프의 이상주의는 적어도 아직까지는 한갓 백일몽에 불과한 것으로 판명되고 있다.

(다산포럼 2013.9)

독일 통일의 경험이 가르쳐주는 것

다들 아는 것처럼 대표적인 분단국가들 가운데 베트남과 독일은 통일을 이루었고 한반도는 여전히 분단상태로 남아 있다. 이렇게 된 까닭은 물론 간단한 것이 아니다. 단지 불운했기 때문이 아니라 그렇게 될 수밖에 없는 객관적 조건이 있었고 주체적 역량도 모자랐다고 보아야 할 것이다. 따라서 우리가 해야 할 일은 그 점을 연구하고, 이제라도 뜻을 모아 분단극복에 기여하는 것이다. 통일까지는 요원하더라도, 적어도 평화가 정착되도록 하는 데는 우리 모두의 정성을 보태야 한다고 믿는다.

이런 고민을 가지고 나는 두 권의 책을 통해 우리보다 먼저 통일을 이룬 독일의 경험을 살펴보려 한다. 하나는 리하르트 폰 바이츠제커의 회고록 『우리는 이렇게 통일했다』(탁재택 옮김, 창비 2012)이고,

다른 하나는 『변화를 통한 접근』(김누리·김동훈·배기정·안성찬·오성균·이노은 지음, 한울 2006)이라는 인터뷰집이다. 둘 다 독일과 관련된 책들인데, 어느 페이지를 펼쳐 읽든 우리 자신의 경우를 떠올리며 탄식과 선망을 금치 못하게 된다.

동방정책을 지지한 기독교 정치인

리하르트 폰 바이츠제커(Richard von Weizsäcker, 1920~2015)는 1981년부터 1984년까지 서베를린 시장으로, 그리고 1984년부터 10년 동안은 독일연방공화국(서독) 대통령으로 재직했던 인물이다. 그러니까 가장 책임 있는 자리에서 독일의 분단현장과 통일과정을 경험한 정치가라고 할 수 있다. 하지만 그가 고위직에 있었기 때문에 그의 회고록이 중요한 것은 아니다. 그는 독실한 개신교도로서 1964년 기총(기독교총연합회) 의장에 선출될 만큼 깊숙이 종교계에서 활동했었고 정치인으로서 소속 정당도 기민련(기독교민주연합, CDU)이었다. 그럼에도 그는 국회의원으로서나 대통령으로서나 일관되게 사민당(사회민주당, SPD) 정부의 동방정책을 지지했다. 요컨대 그는 기독교 정신에 투철한 정치가이자 정파적 이해관계에 휘둘리지 않는 균형 잡힌 지식인이었다. 어떻게 그럴 수 있었을까.

바이츠제커의 회고록에서 흥미로운 것은 저자가 독일의 '통일에 이르는 길'(책의 원제가 *Der Weg zur Einheit* 이다)을 단지 정치사적으로만 돌아보지 않고 그것을 자신의 개인적 체험들과 연결시켜 사고하고 있다는 점이다. 사민당 정부에서 에곤 바르(Egon Bahr, 1922~2015)가 설계하고 빌리 브란트(Willy Brandt, 1913~92) 수상이 실행에 옮긴 동방정책은 실상 동독만을 대상으로 한 것이 아니라 동유럽 전체를 염두에 둔 것이었는데, 바이츠제커야말로 개인적으로도 동유럽 문제 해결이 필생의 정치적 과제로 될 수밖에 없는 운명의 소유자였다. 제2차 세계대전이 발발한 바로 1939년 9월 1일 그는 독일 침략군의 일원으로 폴란드 국경을 넘은 병사였던 것이다. 이튿날인 9월 2일에는 같은 대대 소속의 작은형이 불과 수백 미터 떨어진 곳에서 전사했고, 그는 밤새 형의 시신을 지켰다. 이 아픔이 자신의 인생에 결정적인 영향을 끼쳤다고 그는 회고한다.

1945년 8월 포츠담협정은 구(舊)독일령 중 동프로이센 북부를 소련령으로, 오데르·나이세강 동쪽 지역을 폴란드령으로 결정하였다. 동프로이센으로 시집간 바이츠제커의 누이를 포함해 수백만 독일인들이 오랜 삶의 터전에서 쫓겨나 서독으로 이주했다. 동독과 폴란드는 이른바 사회주의 형제국이었지만 그들 사이에 우정은 찾아보기 어려웠다. 그런데 이 무렵 폴란드 주교단으로부터 화해를 청하는 서한이 독일 가톨릭에 전해졌고, 독일 주교단은 실향민의 무거운 운명과 관련하여 폴란드 측에 깊은 감사를 표했다. 이를 계기로 서독 정계에서는 오데르·나이세 국경선 인정문제를 둘러싼 격렬한 논쟁이 벌어졌다. 새로운 동방정책의 등장이 불가피해진 시점이었다.

이런 상황에서 브란트 수상은 1970년 12월 오데르·나이세 국경선을 인정하는 바르샤바조약에 서명했고, 자신의 의지와 관계없이 폴란드 침공에 앞장섰던 군인 출신 바이츠제커는 의정활동 첫해를 이 과제에 몰두하며 보냈다. 서독과 동유럽 간의 역사적 화해가 첫걸음을 내디딘 것이었다. 1972년에는 동서독 간에 상호기본조약이 체결되어 우호관계의 수립, 양독 사이 현 국경선의 인정, 유엔 동시가입을 결정했다. 국경선도 영토선도 아닌 북방한계선(NLL)을 가지고 온통 나라를 뒤집어놓은 사람들이 1970년의 브란트 수상과 바이츠제커 의원에 대해서는 뭐라고 비난할 것이며 후일 언젠가 통일이 된 다음에는 또 뭐라고 자신들을 변명할 것인지 안타까운 일이다.

통일운동의 중심에 선 교회

분단의 순간부터 통일의 그날까지 독일 역사전개의 가장 중요한 내적 동력은 교회였다. 분단 이후 동독과 서독은 "서로 현저하게 다른 방식으로 불확실한 미래를 향해 걸어가고" 있었지만, 그럼에도 양쪽 국민들 간에 공동체의식은 이어져 있었다. 그 가능성을 뒷받침한 것은 바로 교회, 특히 개신교였다. 19세기에 출범한 평신도운동 조직인 독일 기총은 나치시대에 활동이 중단된 적도 있으나 종전 후

빠르게 재건되었다. 특히 동독에서는 교회가 "유일무이하게 자립적이면서 정치적으로 자유롭게 활동할 수 있는 기관"이었다. 바이츠제커는 1964년부터 1970년까지 동서독 양 지역 신도들에 의해 선출된 기총 명예의장으로서 양쪽 업무를 총괄했으므로 교회의 핵심적 역할을 누구보다 잘 알았다.

바이츠제커에 의하면 1949년의 첫 기총 행사에서도 중심문제는 통일목표를 세우는 것과 사람들 간의 결속을 이어가는 것이었다. 1950년 에센 행사에는 신도 15만 명이 모여 동서독이 하나로 연결되어 있음을 확인하는 동시에 국가정책과 무관하게 통일된 사회적 의제를 제시하고자 했다. 1951년 베를린 행사의 마지막 날에는 '우리는 형제입니다'라는 모토 아래 30만 신도들이 모여 국민적 단결을 과시했다. 동독 신도들의 서독행이 어려워진 1954년에도 동독지역 라이프치히에 60만 동서독 신도들이 집결하여 강력한 연대를 보여주었다. 이 행사의 폐막 때 낭독된 다음과 같은 선언은 당시의 독일인에게뿐만 아니라 그로부터 60년이 지난 오늘의 한국인에게도 살아 있는 감동을 준다.

> 동서독이 통일될지 안 될지는 아무도 모른다. 길고 험한 여정이 될 수도 있다. 어느 한쪽이 지쳐 무너지고 다른 한쪽이 자신만 살려고 할 위험성도 있다. 우리는 그것을 용납해서도 안 되고, 또 그것을 원하지도 않는다. 우리는 서로 힘을 모아 단결해나갈 것이다. 주님의 평화가

우리를 지켜주실 것이기 때문이다. (『우리는 이렇게 통일했다』 40면, 이하 면수만 표기)

하지만 차츰 동독인들의 행동에 제한이 가해지고 기층 공동행사도 어려워지게 되었다. 1961년 베를린 장벽의 설치는 결정적 사건이었다. 그래도 연결이 끊어지지는 않았다. 동독에서 열리는 행사에 서독인의 참석은 허용되었기 때문이다. 그랬기에 1983년 동독 비텐베르크에서 열린 루터 탄생 500주년 기념행사에 바이츠제커는 서베를린 시장 자격으로 참가하여 수만 명 군중 앞에서 이렇게 연설할 수 있었다.

우리는 서로 다른 여건, 서로 다른 사회제도, 서로 다른 개인적 활동의 조건 속에서 각자 살아가고 있습니다. 그래서 우리 중 누구도 상대방에게 부적절한 충고를 하려 하지 않습니다. 우리는 지금 비록 분단 상황에서 살고 있지만 같은 독일인입니다! 우리는 언어·문화·역사에 대한 책임으로만 서로 연결되어 있는 것이 아닙니다. 우리 앞에 놓인 근본적인 목표들은 우리 공동의 것입니다. (…) 우리가 그토록 갈망하는 평화는 동서로 나뉠 수 없습니다. 가난과 굶주림을 최소화하고 세상의 정의를 장려하는 것은 산업사회를 살아가는 우리 모두의 책임입니다. (78면)

1980년대의 동서 독일 통일과정에서 동독교회가 그야말로 선도적인 역할을 수행했던 사실을 상기한다면 우리는 한반도의 상황이 얼마나 열악한지 새삼 깨닫게 된다. 북한에는 정부 권력으로부터 독립된 목소리를 낼 수 있는 자립적 종교가 아예 존재하지 않은 지 오래고, 남한에서도 대형교회와 부유사찰의 지도부는 기득권체제의 울타리 속으로 들어가 민주주의의 퇴보와 분단의 강화에 오히려 봉사하고 있지 않은가.

통일이라는 교향곡

통일의 달성에 동서독 간의 내부적 합의는 필요조건이지만 충분조건은 아니었다. 1945년 이후 동독과 서독에 소련군과 미군이 계속 주둔하고 있다는 사실이 그 점을 극명하게 입증한다. 따라서 통일정책을 추진하는 정치가들로서는 승전 4대국의 동의를 구하는 데 힘써야 할뿐더러 폴란드·체코 등 주변국들에게도 통일독일의 탄생이 새로운 위협의 출현이 아님을 납득시켜야 되었다. 통일을 위한 국제적 환경의 조성이 절대적으로 필요했다.

미국은 서유럽의 연대를 전제로 처음부터 통일의 목표에 찬성하는 입장이었다. 프랑스의 미테랑 대통령과 소련의 고르바초프 서기장은 새로운 독일에 경계심을 가지면서도 통일의 역사적 필연성을 인정했다. 영국의 마거릿 대처만은 유럽공동체에 대해 거리감을 느끼는 차원에서 독일 통일에 대해서도 싫은 기색을 숨기지 않았다.

독일 정치가들은 강대국의 이러한 정황을 정확하게 파악했고 현명하게 대처했다. 그들은 각자의 체질에 맞게 강대국 지도자들과 우정을 맺고 그것을 통일정책의 추진에 활용했다. 바이츠제커는 미테랑이나 고르바초프와 나누는 지적인 대화를 즐겼고, 헬무트 콜은 레이건과 배짱이 맞는 편이었다. 에곤 바르와 헨리 키신저는 최고 수준의 외교 책략가들로서 완전히 친구 사이가 되었다. 이 모든 것들이 적절한 편제를 이루어 통일이라는 교향곡을 만들어내는 데 기여했다.

바이츠제커는 냉전의 종식이 다가오고 있음을 감지했고 독일 통일을 이 시대적 변화에 대한 적응의 일환으로 간주했다. 무엇보다도 그는 독일 통일이 유럽 통합과정의 일부라고 믿었다. 그렇기 때문에 그는 1990년 10월 3일 마침내 통일의 날이 왔을 때 베를린 중심가 필하모니 홀에서 거행된 통일 기념식에서 다음과 같이 연설할 수 있었다.

우리의 통일은 그 누구에게도 강요된 것이 아니며 평화롭게 합의된 것입니다. 독일 통일은 민족의 자유와 유럽대륙의 새로운 평화질서 정착을 목표로 하는 유럽 역사발전 과정의 한 부분입니다. 이러한 목표에 우리 독일인들은 기여코자 합니다. 우리 통일은 이에 봉헌합니다.

(…) 국경이 더이상 분리의 선으로 인식되지 않게 하는 것이 더 절실합니다. 독일의 모든 국경은 인접국들과 이어주는 가교가 되어야 합니다. 이것이 바로 우리의 의지입니다. (122~23면)

물론 이 연설은 특별한 날에 행한 기념사이기 때문에 현실의 묘사라기보다 이상의 표현에 가까울 것이다. 그러나 어쨌든 분명한 것은 통일 이후 20여 년이 지나는 동안 독일이 19세기 후반부터 제2차 세계대전 패배까지 그랬던 것과 같은 헤게모니 권력을 추구하지 않으리란 확신을 세계에 주는 데 성공했다는 사실이다. 문제는 오히려 국제관계보다 동서독 간의 심리적·사회문화적 통합이라는 내부적 과제의 해결이었다. 『변화를 통한 접근』이 주로 다루는 주제가 바로 그것이다.

적을 동지로 바꾸는 기술

독일 통일 15주년을 맞아 통일정책·통일운동의 주역 18명과 가진 인터뷰를 정리해서 묶은 책이 『변화를 통한 접근』이다. 사실 나는 이 책에 약간의 개인적인 추억이 있다. 정년퇴직을 하고 나서 2007년 초여름부터 초겨울까지 베를린에 거주할 때 독문학자 김누리 교수를 만나 그의 안내로 작센하우센 집단수용소를 비롯한 나치시대의 유적지 몇 군데를 둘러본 적이 있는데, 그러고 나서 그로부터 기증받은 책이 이 『변화를 통한 접근』이었다. 당시 바쁜 일로 읽다 말다 하다가 책을 들고 귀국하면서 후일을 기약했다. 그러다가 이번에야 겨우 약속을 지키게 되었다.

인터뷰집이라곤 하지만, 대표 저자인 김누리 교수를 비롯한 여섯 연구자들이 공동토론을 통해 주제를 정하고 인터뷰 대상의 선정부터 그 대상자의 활동경력, 사회적 입장, 저술 등에 대한 면밀한 사전조사를 바탕으로 진행했으므로, 현장연구서와 같은 전문성을 지닌다. 하지만 결코 딱딱한 학술서는 아니다.

이 책의 원래 의도는 통일 이후 동독 주민들이 겪는 사회경제적·문화심리적 갈등의 실상이 어떤 것이고 그것들이 통일사회 안에서 어떻게 치유 극복되고 있는지를 탐구하는 것이었다. 그런데 인터뷰 대상자들로서는 그 점을 얘기하자면 먼저 통일과정에서 자기들이 어떤 일에 관여했고 어떤 역할을 맡았는지 말하지 않을 수 없었다. 그들의 그런 경험담은 통일 후에 발생한 문제들의 뿌리를 드러내기 위한 것이지만, 여전히 분단시대를 살고 있는 우리들로서는 본래의 주제보다 오히려 더 절실하게 다가오는 점이 있다. 그들의 경험에서 극적인 긴장감과 소설적 재미를 맛보는 것도 역설적이지만 우리의 분단현실에 내재한 상시적 위험 때문이다.

인터뷰 대상자들은 정치가 3명, 작가와 지식인 4명, 시민운동가 4명, 종교인 3명, 언론인 4명으로서 대부분 우리에게 생소한 사람들이다. 하지만 독일 통일을 논할 때 빼놓을 수 없는 이름들이며, 책을 기획한 취지에 비추어 당연히 그들 대부분은 동독 출신이다.

이 가운데 브란트 수상의 핵심 참모이자 '접근을 통한 변화'라는 동방정책 목표의 창안자였던 에곤 바르의 이야기부터 들어보자.(이 책의 제목은 바르의 그 구호를 뒤바꾼 것이다.) 브란트가 수상이 되고 바르가 정부의 정책기획팀을 맡게 되었을 때 "독일을 둘러싼 국제정치의 문제"를 어떻게 풀어나갔는가를 묻는 질문에 바르는 이렇게 대답한다.

> 동방정책을 추진하기 전 2년 반 동안 우리는 일어날 수 있는 모든 문제들을 검토하여 답안을 만들었습니다. 독일문제와 관련하여 4대 강국과 동독은 물론 폴란드, 덴마크, 네덜란드, 체코 등 주변국들의 이해관계에 대해 면밀히 검토했지요. 가능한 모든 질문을 제기하고 여기에 답하는 방식으로 문제를 검토했는데, 이것을 정리한 문건만도 2000쪽에 달했습니다. 이것을 요약하여 27쪽으로 만들고, 다시 한 쪽 반으로 축약한 문서를 회담에 제출했습니다. (『변화를 통한 접근』 48면, 이하 면수만 표기)

당시 소련 외상 안드레이 그로미코는 서독 당국자에게 많은 질문을 던졌다. 그러나 서독 측은 철저한 사전준비를 했기 때문에 거침없이 대답할 수 있었다. 이런 과정을 거쳐 1970년 모스크바조약이 체결되었다고 바르는 회고하는데, 이 철저한 준비야말로 정책 성공의 담보였고 우리가 그에게서 배워야 할 가장 중요한 덕목이다. 또한, 그는 한 보수적인 언론인이 "정부 각료로서 공산주의자들과 협상의 수준을 넘어 개인적으로 친밀한 관계를 맺었다"고 사상 공세를 퍼부은 데 대해 질문을 받고 다음과 같이 대답한다.

언론인으로서는 여론의 어느 한쪽 입장에서 관찰하고 비판만 하면 됩니다. 하지만 정치가로서 회담이나 협상에 임할 경우에는 상대방을 적으로 볼 것인가 아니면 파트너로 볼 것인가를 우선 결정해야 합니다. 더구나 나는 많은 경우 상대방이 적일지라도 파트너로 바뀔 수 있다는 가능성을 배제하지 않았습니다. 어느 시대에나 정치에는 항상 비밀통로가 있기 마련입니다. 국내정치와 국제정치를 막론하고 실제로 중요한 결정은 여기서 이루어집니다. (58면)

이 답변은 특히 우리 정부의 고위 지도자와 대북문제 전문가들이 깊이 새겨들을 필요가 있을 것이다. 바르는 한반도 상황에 대해서도 예의 주시해오고 있고 날카롭게 판단하고 있음을 다음과 같은 발언으로 증명하고 있다.

통일이 반드시 현실적 목표여야 할 이유는 없습니다. 오히려 그것은 매우 위험한 일일 수도 있습니다. 북한 사람들은 60년 동안 동독보다 더 극단적인 집단주의적 사회화를 겪었습니다. 또한 남한도 서독처럼 북한을 돈으로 살 수 있는 처지가 못 됩니다. 남북한 모두 서서히 접근하고 변화하는 과정을 필요로 한다는 말입니다. 서로를 잘 알려는 노력부터 시작해야 합니다. 여기에만도 오랜 시간이 걸릴 것입니다. (63면)

지옥에 이르지 않기 위하여

분단시대가 고통과 모순에 가득찬 시대였던 만큼 그 시대를 살아간 사람들의 삶 또한 평범한 것일 수 없다. 『변화를 통한 접근』에 등장하는 인물들의 삶도 당연히 평탄한 것이 아니었다. 그 나름대로 흥미롭지 않은 사람이 없지만, 그중에서도 나는 시인이자 작곡가 겸 가수인 볼프 비어만(Wolf Biermann, 1936~)과 작가이자 언론인인 리타 쿠친스키(Rita Kuczynski, 1944~), 역사학자로서 시민운동에 참여했던 토마스 클라인(Thomas Klein, 1948~) 및 분자의학계의 저명한 학자로서 시민운동가인 옌스 라이히(Jens Reich, 1939~) 등에게 커다란 매력과 깊은 감동을 느꼈다. 이 가운데 비어만 한 사람만 소개하겠다.

비어만의 아버지는 유대인 공산주의자로서 1943년 아우슈비츠 수용소에서 학살되었고, 어머니는 유일한 혈육인 아들에게 어려서부터 "공산주의 사명"을 통해 인류 구원에 헌신하라고 가르쳤다. 그런 조기교육 덕분에 그는 열일곱 살 되던 1953년 고향 함부르크를 떠나 "영혼의 조국인 동독"으로 이주한다. 어머니도 당연히 함께 가고 싶어했지만 '다행스럽게도' 당에서 허락하지 않았다. 그런데 비어만은 동독으로 건너간 직후부터 자신의 생각과 느낌을 솔직하고 자유롭게 표현해서 당국을 곤혹스럽게 만들었다. 동독 당국은 한편으로 그가 아직 철이 없기 때문이라고 여겨서, 다른 한편 서독에 대한 선전도구로 이용하고 싶어서 그를 방임해두었다. 그러는 사이 그의 시와 노래는 점점 더 널리 퍼져 당국이 통제할 수 있는 수준을 넘어서게 되었다. 마침내 공산당 지도부는 그의 어머니에게 아들의 배신행위를 인정하고 용서를 빌라고 요구했는데, 어머니는 동독 당국자에게 다음과 같이 대답했다고 비어만은 회고한다.

> 보통의 어머니라면 "동지들, 내게는 이 아이뿐입니다. 내 하나뿐인 자식에 대해 그런 말을 할 수는 없습니다"라고 하소연했을 겁니다. 하지만 내 어머니는 그렇게 하지 않았습니다. 오히려 이렇게 말했지요. "볼프는 진정한 공산주의자다. 공산주의의 적은 바로 너희들이다. 볼프야말로 진정한 혁명가이고, 너희들이 바로 반혁명분자들이다." 어머니는 모성본능보다는 공산주의자로서 내 편에 섰던 것입니다. 이것이 내게 큰 힘이 되어주었습니다. (125~26면)

결국 비어만은 11년간 동독에서 취업을 금지당한 끝에 1976년

11월 서독에서의 공연을 허가받아 출국한다. 그러나 이것은 비어만에 대한 동독 정부의 계획적인 추방조치였다. 왜냐하면 그는 쾰른에서 공연하는 도중 시민권 박탈로 동독 입국이 불허된다는 소식을 들었기 때문이다. 이 사건은 동서독 전체에 엄청난 파장을 일으켰다. 어떤 역사가들은 이것이 "동독 종말의 시작"이라고 평가하기도 했다. 왜냐하면 동독 안에서 많은 작가와 지식인들이 이를 계기로 정부 비판에 나섰기 때문이다. 하지만 비어만 자신은 당시를 이렇게 돌아본다.

당시 이곳의 많은 사람들이 나를 이해하지 못했습니다. 그들은 이렇게 말했지요. "이런 바보천치가 있나. 이곳 서독에서 자유를 누리면서 마음껏 노래하고 많은 돈을 벌고 세계를 마음대로 돌아다닐 수 있게 된 것을 기뻐해야지!" 물론 그들의 말이 맞습니다. 다만 한 가지 그들이 이해하지 못했던 것은, 모든 인간은 자기가 필요한 존재이고 유익한 일을 할 수 있다고 느끼는 곳, 참된 자유와 진정한 적이 있는 곳에서 살고 싶어한다는 사실이었습니다. 그곳에서만 어디를 조준하고 어디를 가격해야 하는지 알 수 있으니까요. 이곳 서독에서 나는 유령 같은 존재라고 느꼈습니다. (129~30면)

세월이 흘러 마침내 그는 자신이 소년시절 동독으로 건너갈 때 지녔던 꿈, 어머니가 그에게 이루어주기를 바랐던 소망이 실현 불가능하다는 걸 깨닫기에 이른다. 오히려 그는 사회적·정치적 이상이 남김없이 실현된 낙원을 억지로 건설하려는 것은 지옥으로 가는 지름길이 될 수도 있다고 말한다. 물론 불의와 죄악에 대해 투쟁함으로써 세계를 개선하도록 노력하는 일을 멈출 수는 없지만, 그것은 공산주의에서 말하는 낙원의 환상 때문이 아니라 현실 속에서 고통받는 사람들 편에 서기 위해서이다. 그것은 각자 자기가 사는 사회의 역사적·문화적 성숙을 요구한다는 점에서 당연히 쉬운 일이 아니다.

비어만은 한국의 통일문제에 대해서도 다음과 같은 경고성 발언을 함으로써 우리의 통일운동이 가져야 할 철학적 깊이에 대해 심각하게 성찰하게 만든다.

> 단언하건대 한국의 통일은 독일과는 비교가 되지 않을 정도로 엄청난 위험성을 지니고 당신들 앞에 다가오게 될 것입니다. 우리 독일인들도 비싼 대가를 치렀지만, 당신들이 겪을 일에 비하면 그건 아주 값싼 대가로 여겨질 겁니다. (…) 남북한의 통일이 낙원을 가져오리라는 믿음이 아니라, 지옥에 이르지 않게 하리라는 희망을 가지고 통일을 추구하라는 것입니다. 한마디로 이제 나의 희망은 천상적이고 이상적인 것이 아니라 지상적이고 현실적인 것에 근거를 두고 있습니다. 지상을 천국으로 만드는 것이 아니라 지옥에 이르지 않게 하는 것이 이제 나의 희망이라는 말입니다. (143면)

『변화를 통한 접근』의 저자들과 인터뷰를 하고 나서 넉 달 뒤인 2005년 5월 비어만은 한국을 방문했다. 자신이 작시·작곡한 노래를 가지고 콘서트를 열기 위해서였다. 나는 가수 정태춘의 초대에 따라 그와 함께 갔던 학전소극장에서의 비어만 공연을 지금도 잊지 못한다.

(다산포럼 2013.7)

가장 가까운 나라의 아주 낯선 풍경

일본에서 북한은 어떻게 이해되나

"일반적으로 북한에 대한 미국 언론과 학계의 이미지는 부정적이다. 최근에 북한의 핵개발 문제가 언론에 종종 등장하지만, 북한의 역사적·사회적·문화적 배경 및 현재의 위기를 깊이 생각하지 않은 채 가난하고 예측 불가능하고 비합리적인 체제라는 극히 천박한 북한상이 그려질 뿐이다."

이것은 미국에서 북한이 일반적으로 어떻게 인식되고 있는지를 소개하는 찰스 암스트롱(Charles Armstrong) 교수의 글 서두이다. 암스트롱은 미국 컬럼비아대학 역사학부 교수이자 그 대학 한국학 연구센터 소장으로서 우리말로도 번역된 『북조선 탄생』(김연철·이정

우 옮김, 서해문집 2006)의 저자이다. 손꼽히는 한반도 문제 전문가라 할 만하다.

앞에 인용한 글의 출처는 와다 하루키(和田春樹)와 다카사키 소지(高崎宗司)가 함께 엮은 『북한을 읽는다』(이윤정 옮김, 녹두 2003)이다. 따라서 암스트롱의 글은 최소한 10년 전에 쓰여진 것일 텐데, 몇 글자 고치면 10일 전에 썼다고 해도 이상할 게 없을 정도로 생생하고 현재적이다. 그만큼 북한에 대한 미국인들의 이미지는 변함없이 부정적이다.

그런데 와다, 다카사키 두 교수가 『북한을 읽는다』라는 책을 엮게 된 배경이 예사롭지 않다. 지금은 기억도 희미해졌지만, 2002년 9월 당시 고이즈미 준이치로 일본 총리가 북한을 전격 방문하여 김정일 국방위원장과 정상회담을 갖고 평양선언을 발표한 바 있었다. 김 위원장은 놀랍게도 일본인 30명의 납치를 인정하며 공식사과를 했고, 이에 대해 고이즈미 총리는 역사청산과 경제협력을 약속함으로써 북일 국교정상화 전망을 밝게 했었다.

그러나 실제상황은 너무도 다르게 전개되었다. '납치 의혹'이 사실로 드러나면서 그에 따른 충격과 분노가 일본사회를 강타했던 것이다. 납치된 희생자 가족과 귀국한 생존자 5명을 둘러싸고 두 달 넘게 연일 비슷한 내용의 보도가 계속되었다. 그러지 않아도 일본에서 북한에 대한 부정적 언론공세가 이어져오던 터라, 납치 사실의 확인은 반북 여론을 더욱 폭발시키는 계기가 되었다. 심지어 일부 텔레비전 프로그램에서는 김일성 사망 당시 통곡했던 주민들이 동원된 배우라느니 평양 지하에 서울을 모방한 위장도시가 있다느니 하는 황당무계한 내용을 방송하기도 했다. 『북한을 읽는다』는 이렇게 들끓는 여론의 왜곡을 바로잡고 균형을 되찾기 위해 만들어진 책이다.

『북한을 읽는다』의 서론에서 와다 교수는 일본에서 횡행하는 반북 캠페인의 요지를 다음의 5가지로 요약하고 있다. (1) 김일성은 가짜이며 소련군에 의해 집권한 꼭두각시에 불과하다. (2) 김정일은 세습을 통해 권좌에 앉은 무능하고 비뚤어진 성격의 소유자다. (3) 북한은 김일성 부자를 절대시하는 개인숭배 국가이고 수용소로 유지되는 억압체제이며, 경제적으로는 파산상태여서 아사자가 속출하고 있다. (4) 북한체제는 머지않아 붕괴될 것이다. (5) 북한은 전쟁 준비에만 몰두하고 있으며 반드시 남한을 침공할 것이다.

사실 와다 교수는 이미 『김일성과 만주항일전쟁』(이종석 옮김, 창작과비평사 1992) 및 『북조선』(서동만·남기정 옮김, 돌베개 2002) 같은 본격적인 학술서를 통해 김일성의 항일활동과 북한 역사의 전개에 관해 심층적인 연구를 발표한 바 있다. 따라서 이 저서들을 읽은 사람이라면 황색언론의 반북 캠페인이 상당 부분 악의적 날조거나 근거 없는 추측에 불과함을 알고 거기에 현혹될 리가 없을 터였다. 하지만 한국에서나 일본에서나 진지한 독서인구는 늘 소수인 반면, 다수는 흥미 위주의 선동적 보도에 휘둘리기 마련이다. 그런 현실을 생각하면 와다 교수가 학자로서의 본업을 잠시 접고 『북한을 읽는다』 같은 대중적 해설서를 엮은 충정은 존경할 만한 것이라 하지 않을 수 없다.

반북 캠페인은 얼마나 사실에 근거해 있나

일반적으로 와다 교수는 진보적 성향의 학자이자 시민운동가로 알려져 있다. 하지만 저서와 문필로 판단하건대 그는 특정한 이념에 치우치거나 경직된 노선을 앞세우는 사람이 결코 아니고 어디까지나 사실 자체에 충실한 중립적인 학자이다. 앞에서 소개한 일본 내의 반북 캠페인 주장들을 검토할 때에도 그는 합리적 근거에 입각해서 인정할 것은 인정하고 반박할 것은 반박하는 중립적 자세를 견지한다.

먼저 와다 교수에 대한 선입견을 버린 다음, 일본·미국·한국 등의 나라에 퍼져 있는 북한관이 얼마나 왜곡되어 있는지 그의 해명을 들어보기로 하자. 그의 해명은 주로 일본인 독자를 대상으로 한 것이지만, 우리에게도 직접적인 설득력이 있다.

(1) 1945년 10월 14일 평양에 처음 모습을 드러낸 김일성은 33세라는 실제의 나이보다도 훨씬 더 젊어 보였다. 그래서 군중들 사이에서는 가짜가 아니냐는 수군거림이 일었던 게 사실이다. 이것이 김일성 위조설의 출발인데, 이 '가짜 김일성'설은 한국과 일본에서

1990년대 초까지 되풀이 유포되었다. 하지만 와다 자신이 연구한 바에 따르면 김일성은 북한의 신화와는 다르지만 실제로 만주에서 항일무장투쟁을 이끈 지휘관임에 틀림없다.

(2) 여러 가지 증거로 보아 김정일은 바보가 아니며, 자신의 능력을 바탕으로 후계자 지위에 오른 인물이다. 영화인 신상옥과 최은희의 증언에 따르면 김정일은 북한의 후진성을 예리하게 인식하고 있었다고 한다. 요컨대 김정일 역시 장단점을 고루 지닌 사람으로서, 그런대로 유능한 지도자이고 독재자라고 보는 것이 타당하다.

(3) 북한 정치체제가 극도의 개인숭배에 기초하고 있다는 것은 의심할 여지가 없다. 어떤 점에서 북한체제는 전시(1930년대부터 1945년까지) 일본의 천황 중심 동원체제와 유사하다. 수용소의 존재 및 수용자의 비참한 상황도 사실일 것이다. 그리고 수용소는 사회주의 국가의 일반적 현상이었다. 하지만 스탈린 시대의 소련을 감옥국가라고 부르지 않는 것처럼 북한을 수용소국가라고 단정할 수는 없다. 경제적으로도 1960년대 말까지는 북한이 남한보다 앞섰다. 물론 그후에 경제가 곤경에 빠졌고, 특히 1990년대 중반 연속된 자연재해로 대기근이 엄습하여 많은 아사자가 발생했다. 하지만 탈북자들이 말하는 고통만으로 북한 전체를 판단하는 것은 균형 잡힌 시각이 아니다.

(4) 1990년대 중반부터 머잖아 북한체제가 붕괴할 것이란 전망이 일각에 자리 잡았다. 하지만 지금까지 그 전망이 실현될 기미는 보

이지 않는다. 북한 정권이 추구해온 경제재건 노력이 성공할지 어떨지의 여부도 아직 미지수지만, 여하튼 북한 정권이 여전히 국민을 장악하는 힘을 가지고 있다는 것은 인정할 필요가 있다.

(5) 김일성 사후 북한이 남한을 공격한다는 내용의 소설이 많이 나왔다. 그러나 북한의 병력은 한미연합군에 비해 심한 열세이며, 핵개발도 공격용이라기보다는 미국과 불가침조약을 맺기 위한 카드일 것이다. 따라서 한반도에서 전쟁은 미국의 제재와 관련해서만 일어날 수 있다. 미국이 공격해올 것이라고 판단되는 상황에서 먼저 공격하지 않으면 전멸할 수밖에 없다고 느껴지는 절체절명의 순간이 되면 북한이 공격을 시도할 수 있다. 그리고 이는 그 누구도 원치 않는 비극을 초래할 것이다.

위의 설명 가운데 (1)과 (2)는 김일성과 김정일이 이미 사망했으므로 더이상 논란의 실효성을 잃어버렸다고도 볼 수 있다. 하지만 김정은 3대 세습이 그 연장선상에서 이루어진 일이므로 북한체제의 본질 속에는 김일성·김정일 권력이 그대로 살아 있으며, 나머지 항목들도 여전히 현재적인 쟁점이라 해야 할 것이다. 특히 (5)는 최근 남북 간에 벌어지고 있는 대치국면을 상기할 때 놀랄 만큼 시사하는 바가 크다. 알다시피 지난 2월 12일 북한의 제3차 핵실험이 있었고, 이에 대한 유엔 안보리의 제재 결의가 뒤따랐다. 이어서 북한의 격한 반발과 남한의 양보 없는 대응이 이어져, 결국 개성공단의 잠정적 폐쇄에까지 이르렀다.

그러나 생각해보면 이것은 위기의 일면이고, 이 일면과 짝을 이루는 다른 일면의 진행을 간과해서는 안된다. 그것은 한미 합동군사훈련이라는 이름의 북한에 대한 막강한 무력시위의 측면이다. 핵실험을 하든 군사훈련을 벌이든 남과 북은 자신들의 행위가 공격용이 아닌 방어용이고 전쟁억지의 수단일 뿐이라고 약속한 듯이 주장한다. 하지만 억지력과 억지력이 부딪치면 곧 전쟁으로 발전할 수도 있는 것임을 잊어서는 안된다.

북한연구의 새로운 지평

그런 점에서 우리에게 무엇보다 필요하고 중요한 것은 북한의 실상을 있는 그대로 아는 것이다. 하지만 오랫동안 한국에서는 객관적인 연구가 쉽지 않았고, 좀 덜했을지는 모르지만 미국이나 일본 학계도 냉전의 영향에서 자유롭지 못했을 것이다. 이런 상황이 개선되기 시작한 것은 1970년대 미중 접근으로 이데올로기 지형에 변화가 생기면서부터인데, 알려진 대로 1980년대 초에 출간된 와다 하루키나 브루스 커밍스의 저서들은 북한연구의 새 지평을 열었다고 평가된다.

그러나 의도적인 왜곡을 피하는 것만으로 학문의 깊이와 객관성이 보장되지 않는다. 도대체 학문의 세계에 객관적 진리라는 것이 존재할 수 있는가라는 근본적인 물음까지 가지 않더라도, 무수한 사실들의 취사선택을 통해 하나의 대상을 구성하려 할 경우 일정한 가치판단의 개입을 막기 어렵다는 것은 너무도 자명하다. 더욱이 북한처럼 내부적 접근이 원천적으로 제약되어 있는 데다가 공개된 자료들의 신뢰성에도 의문이 가는 나라를 연구한다면 해석자의 자의는 더 크게 작용할 것이다. 북한연구가 종종 이론적 가설(假說)을 중심으로 전개되는 것은 그 때문일 것이다.

이런 서론을 앞세운 까닭은 실은 최근 간행된 권헌익(權憲益)·정병호(鄭炳浩) 공저의 『극장국가 북한』(창비 2013)을 제대로 읽기 위해서이다. 이 책의 먼저 눈에 띄는 특징은 저자들이 정치학자나 역사학자가 아닌 인류학자라는 것인데, 와다 교수의 『북조선』을 비롯해서 고 서동만 교수의 『북조선 사회주의 체제 성립사 1945~1961』(선인 2005)나 백학순 박사의 『북한권력의 역사』(한울 2010) 같은 근년의 역저들이 대체로 통사적인 접근임에 비해 이 책이 구조적 분석에 가깝게 서술된 것은 저자들의 인류학적 학문배경과 연관될 것이다. 아무튼 내가 아는 한 이 책은 북한연구의 방법론에서 매우 독보적인 업적이다.

당연한 노릇이지만, 『극장국가 북한』의 저자들은 몇몇 선배학자들의 이론과 개념을 자신들의 분석도구로 차용하는 데서 논의를 시작한다. 그들이 북한 혁명정치의 작동원리를 해명하기 위해 먼저 활용한 개념적 전제는 독일 사회학자 막스 베버(Max Weber, 1864~1920)의 카리스마 권력 이론이다. 베버는 정치권력의 유형학에 관심을 가지고 있었던바, 그에게 카리스마적 권력이란 전통적 황제 권력이나 현대적 관료제 권력에 비해 기이할 것 없는 사회적·역사적 현상이었다. 즉, 카리스마 권력이 출현하게 되는 상황은 평범하지 않을지언정 그 본질은 특이한 것이 아니라는 것이 베버의 생각이었다. 이렇게 베버의 관점을 차용함으로써 『극장국가 북한』의 저자들이 말하고자 하는 바는 북한 정치체제가 결코 예외적인 것이 아니라 "현존하는 다른 어떤 정치체제만큼이나 현대적인 것이며 또한 글로벌한 현대성과 접촉하면서 만들어진 산물"(『극장국가 북한』 10~11면, 이하 면수만 표기)이라는 사실이다. 이것은 실상 와다 교수의 연구가 견지한 이론적 전제이기도 하다.

그런데 베버가 보기에 카리스마 권력은 사회적 위기가 고조되는 이례적인 시기에 나타나기 때문에 격변이 수습되고 나면 결국 전통적 권력으로 돌아가거나 합리적 관료구조의 형태로 발전하게 마련이다. 즉, 카리스마 권력이란 본질적으로 한시적인 것이다. 베버는 카리스마적 정치권력의 지속가능성에 대한 이러한 불신을 '혁명적 카리스마의 관례화'(62면)라고 불렀는데, 『극장국가 북한』의 저자들은 이 관례화의 유일한 예외가 북한이라고 지적한다. 다시 말하면 "북한 정치체제의 수수께끼는 특이한 개인숭배의 관행에 있는 것이 아니라 이러한 관행의 지속성에서 비롯된다"(13면)는 것이다. 바로 이것이 저자들이 해명하고자 하는 이 책의 주제이고, 그런 점에서 본다면 '카리스마 권력은 어떻게 세습되는가'라는 부제가 책의 제목으로 더 적합할지 모른다는 생각도 든다.

'극장국가' 개념에 관한 논란

『극장국가 북한』의 저자들이 북한사회의 변화와 북한 정치체제의 작동방식 간의 연관성을 해명하기 위해 선배 학자로부터 받아들인 더 중요한 개념은 책의 제목에도 사용된 '극장국가'이다. 그것은 미국 인류학자 클리퍼드 기어츠(Clifford Geertz, 1926~2006)가 19세기 인도네시아의 섬나라 발리의 왕권행사를 설명하기 위해 만들어낸 개념이다. 그런데 그 개념을 처음으로 북한연구에 원용한 학자는 실은 와다 교수였다. 와다는 "왕은 정치적 행위자이자 기호 중의 기호이며 권력 중의 권력이었다. 왕을 창조하고 왕을 군주에서 우상으로 끌어올린 것은 왕의 의례였다"는 등 기어츠의 설명을 인용한 다음, 극장국가 개념의 북한 적용에 한계가 있음을 다음과 같이 주장했다. (기어츠의 저서 『느가라: 19세기 발리의 극장국가』 초판은 1979년에, 일역판은 1981년에, 와다의 『북조선』 초판은 1998년에, 그리고 『북조선』 한국어 번역판은 김정일의 선군정치 선언에 대한 와다의 해석을 보완하여 2002년 간행되었다.)

김정일이 연출가이자 디자이너로 있는 북조선의 유격대국가는 바로 기어츠가 규정한 '극장국가'의 성격을 분명히 부분적으로는 띠고 있다고 할 수 있다. 그러나 발리섬의 전근대적인 전통적 왕권은 '극장국가'로 존재할 수 있으나 현대세계에서의 국가는 '극장국가'로 유지될 수 없다. '극장국가'는 아무래도 정태적인 질서를 전제로 하고 있어 역동적인 변화에는 적합하지 않다. 따라서 김정일은 자신이 만들어낸 것에 스스로 얽매이는 딜레마에 처해 있다. (『북조선』 한국어판 156면)

그러나 『극장국가 북한』의 저자들은 와다의 이런 설명에 동의하지 않는다. 오히려 현대정치에서의 카리스마 권력의 위치와 운명에 대한 관심이 기어츠로 하여금 발리의 전통적 정치형식에 눈을 돌리게 만들었다고 저자들은 생각한다. 베버, 기어츠, 와다가 모두 관련된 정치이론적 문제로서의 극장국가 개념을 논하는 것은 내 능력을 벗어나는 일이지만, 어떻든 여기서 중요한 것은 저자들이 이 개념을 통해 밝히고자 하는 다음과 같은 문제의식이 이 저서의 핵심에 해당한다는 사실이다.

북한연구의 맥락에서 긴요한 문제는 어떻게 국가의 강력한 '과시의 정치'(politics of display)를 전근대적인 봉건적 현상이 아니라 근본적으로 현대적인 정치적 수행으로 받아들이고, 이 극장국가의 공연에서 어떻게 임기응변과 혁신의 요소를 찾아낼 것인가이다. 효성을 정치적 충성의 원리로 바꾸어낸 것은 북한이라는 현대적 극장국가의 한 구성 요소이자, 동시에 김일성의 대체할 수 없는 개인화된 카리스마와 그것을 세습적인 카리스마 권력의 형태로 영속시켜야 할 필요성 사이에 발생하는 갈등을 해결하려는 노력과정의 구성요소이기도 하다. (97면)

요컨대 김일성이라는 탁월한 개인의 카리스마적 권위를 세습적 카리스마로 영속시키는 것이 북한정치의 핵심적 과제였던바, 이 과제의 실현을 위해 수많은 극장국가적 장치들, 즉 과시적 연극·의례·건축·기념물들이 만들어졌다는 것이다.

극장국가의 탄생

1970년대는 북한 경제성장의 활력이 둔화되는 시기이기도 했다. 식량부족의 징후는 이미 1977년부터 나타났고, 국가배급체계도 불안의 조짐을 보이기 시작했다. 더 심각한 것은 사회주의 대국 소련과 중국 간에 갈등이 노골화하고 반면에 미국과 중국의 접근이 현실화함으로써 국제정치의 지형에 근본적 변화가 일기 시작한 것이었다. 그와 함께 남한경제는 고속성장에 돌입하고 있었다. 북한으로서는 이 모든 사태에 대응하지 않으면 안되었다. 그런데 "경제적 활력의 상실과는 대조적으로 1970년대 정치무대에서는 북한의 국가권력과 권위의 연극성과 화려한 과시가 체계적으로 증폭되었다. 북한은 이 시기에 김일성 개인숭배를 총력을 다해 추진했으며 그의 만주 빨치산 전설에 지극히 영광스런 권위를 부여했다. (…) 바로 이 시기에 북한이 극장국가로서 실질적으로 태어났다고 할 수 있다."(184면)

김정일은 1970년대 초 정치무대에 본격 등장한 이후 세상을 떠나는 날까지 40년 동안 북한 정치문화의 독특한 연극화 및 이에 결부된 김일성 혈통의 우상화, 즉 극장정치를 이끈 인물이다. 실제로 김정일의 정치경력은 예술활동으로 시작되었다. 그는 북한 인민들에게 "정치지도자일 뿐 아니라 위대한 예술가이자 예술이론가"로 간주되며, 그가 집필한 「영화예술론」(1973)은 북한예술사에서 "사회주의 예술철학을 혁명화한 걸작"으로 여겨진다고 한다.(76면) 또한 그는 1971년 김일성의 60회 생일 기념행사 준비의 일환으로 피바다국립극단을 만들어 「피바다」(1971), 「꽃 파는 처녀」(1972) 같은 대중적 혁명가극을 제작하였다. 가극 「꽃 파는 처녀」는 곧 영화로도 만들어졌는데, 이 작품은 국내외적으로 큰 성공을 거두어 북한에서는 "혁명예술의 완전히 새로운 시대를 열었다"(77면)는 찬사를 받았고, 심지어 근래에는 최초의 '한류'라는 평도 있다고 한다.

여기서 유의할 것은 이 혁명가극들이 순수한 창작이 아니라 "전통의 재창조"(79면)였다는 점이다. 즉, 1930년대 만주 빨치산투쟁 시기의 김일성의 창작에 근거한 것 또는 당시의 고난을 배경으로 한 것이었다는 점이다. 한마디로 이 작품들의 제작은 북한체제가 자신들의 "도덕적·정치적 정체성을 일제강점과 그에 맞선 저항에 대한 집단적 기억을 끊임없이 재생산하는 데서 찾으려 한다"(86면)는 사실을 말해준다. 그것은 바로 와다 교수의 '유격대국가'론이 규정한 북한 정치체제의 기본성격에 대응되는 것이다. 그것은 북조선국가 창건 이후 20년 동안 전개된 권력투쟁에서 김일성과 만주파가 최종적 승리를 거둔 현실의 반영이기도 하지만, 동시에 "유격대국가의 구조 안에서 만주시대의 역사와 신화는 과거의 것으로 치부될 수 없고, 현재의 살아 있는 역사로 몇 번이고 되풀이해서 실제현실 속으로 자꾸 불러들여와야만" 하는 국가적 당위를 의미하기도 한다. 그런 점에서 저자들은 "유격대국가는 극장국가의 예술정치에 내용을 제공하고, 극장국가는 유격대국가의 전설과 통치권 패러다임에 형태를 제공한다"(86면)고 말한다. 다시 말해 북한에서 유격대국가체제와 극장국가체제는 상호보완적인 구성물인 셈이다.

극장국가의 출구는 어디인가

앞에서 언급했던 1970년대부터의 여러 난관들은 1990년경을 고비로 심각한 위기로 증폭되어 북한을 덮쳤다. 주지하는 것처럼 1989년부터 동유럽 사회주의 국가들이 차례로 무너졌고 1991년에는 소련이 해체되었으며, 마침내 냉전의 종식이 현실로 되었다. 중국과 베트남도 시장경제를 받아들이고 대외개방에 나섰다. 북한에게는 절체절명의 위기가 강요된 것이었다.

이때 북한은 잠시 다른 선택의 가능성을 모색했다고 한다. 김일성과 그의 측근들은 남한과의 관계에서 중국·대만 경제교역 모델을 따름으로써 곤경을 넘어설 계획을 세웠다는 것이다. "이러한 노력은 1991년 10월 김일성의 중국 방문에서 분명히 드러나는데, 방문기간 동안 그는 중국의 경제우선 사회주의 모델에 따른 북한의 발전계획에 관하여 중국의 덩샤오핑 및 장쩌민과 논의했다고 한다."(241면) 그러나 알다시피 이 계획은 좌절되었고, 그 와중에 1994년 김일성 주석이 사망했다. 이듬해부터 자연재해가 찾아왔고, 이에 따라 유례없는 대기근이 엄습했다. 이 일련의 사태가 북한역사에서 얼마나 침통한 의미를 가진 것인지 『극장국가 북한』의 저자들은 이렇게 기술한다.

> 1994년 이후의 북한은 그 이전의 북한과 같은 나라가 아니다. 이것은 부분적으로 북한이 도덕적·정신적 일체성의 최고 중심인 김일성을 그해 7월에 잃었고 그후 강력한 추모 정치가 시작되었기 때문이다. 그러나 그해에는 또한 북한 현대사에서 유례가 없는 총체적 위기이자 한국 근현대사 전체를 통해서도 가장 엄청난 인도적 재앙 중의 하나가 시작되었다. 이 재앙은 바로 북한 대기근으로, 근래 북한에서는 이를

고난의 행군이라고 부른다. (230면)

그럼에도 불구하고 이 시기에는 김일성의 죽음에 대한 거국적인 장례행사만이 모든 것을 압도했고, "이러한 공적인 집단적 애도에 대기근의 희생자들에 대한 사적인 애도가 들어설 자리는 없었다."(53면) 그리하여 1994년부터 1998년 사이에는 눈부시게 호화로운 금수산기념궁전이 만들어졌고, 비슷한 시기에 거대한 조선로동당창건기념탑이 세워졌으며, 고조선·고구려·고려왕조의 시조들을 기리는 대규모 역사기념물이 건설되었다. 평양과 묘향산 국제친선관람관을 연결하는 전용 고속도로도 닦였다. 국가배급체계가 완전히 붕괴된 극심한 기근상태에서 "주민들이 열성적으로 기념물 건립사업에 참여한 것은 아이러니다."(54면) 이와 때를 같이해서 등장한 정치적 구호가 '선군(先軍)'인데, 와다 교수가 1990년대 말 "유격대국가에서 정규군국가로의 불가피한 이행"(『북조선』 325면)이라고 보았던 북한 정치체제의 변화가 그것이다.

극장국가의 설계자이자 건설자인 김정일이 사라진 이제 북한은 어디로 갈 것인가. 당연히 그것을 아는 사람은 아무데도 없다. 그러나 어쨌든 북한 바깥의 관찰자들로 하여금 '유격대국가' '극장국가' 또는 '가족국가'(이문웅) '신유교국가'(김성보) 등 다양한 이름으로 부르게 했던 이 나라의 앞날이 밝지 않다는 것은 분명하다. 북한에 관해 논의한 두 저서의 마지막 대목을 결론 삼아 옮겨 독자들의 참고에 제공하고자 한다.

자랑스러운 성취는 그러나 동시에 비극적 실패이기도 했다. 북한은 카리스마의 자연적 수명에 저항하여 영원한 권위를 성취하겠다는 각오로, 인위적이고 과장된 대중동원의 예술정치로 무장한 극장국가로 변모해가기 위해 스스로를 몰아쳐갔다. 이러면서 (…) 20세기 혁명국가로서의 근본목적으로부터 점점 더 멀어져갔다. 카리스마 권력에 대한 숭배는 정치와 행정권력의 극심한 중앙집중을 가져왔고, 이는 사회주의 혁명의 민주적 원리를 파괴했다. (『극장국가 북한』 275면)

현재의 북조선은 전쟁 말기의 일본과 닮은 부분이 많다. 공장은 가동되지 않고 식량도 바닥난 상태에서 생필품이나 먹을 것을 스스로 찾아나서야 했고 (…) 공습으로 초토가 되어서도 정부가 결정한다면 본토결전, 본토옥쇄라 해도 기꺼이 따를 각오를 하고 있었다. 자신들의 지도자 천황을 믿는 길 외에 달리 어찌할 도리가 없었다. 그러면서도 천황이 전쟁 종료를 선언하자 일본 국민은 이를 기꺼이 받아들였고 천황을 비판하려는 생각도 없이 미군의 진주를 환영했으며 천황의 '인간선언'까지도 받아들였다. (『북조선』 294~95면)

(다산포럼 2013.5)

언젠가 찾아올 초월의 날에

알 만한 사람은 다 아는 사실이지만, 유미리(柳美里)는 유명한 재일동포 작가이다. 연극을 하다가 소설로 전향해서 많은 작품을 발표했고, 그 대부분이 한국어로 번역되었다. 이런저런 이유로 한국을 여러 번 방문하기도 했다. 하지만 나는 유미리에 관해 막연한 지식만 갖고 있을 뿐, 작품을 읽어볼 생각은 하지 않았다. 그러다가 연초에 그의 북한 방문기 『평양의 여름휴가』(이영화 옮김, 도서출판 615, 2012)를 다룬 기사 제목에서 강한 인상을 받았다. "선입견 빼고 있는 그대로 보고 싶어 방북했다"(『한겨레』 2013.1.7)는 기사가 그것인데, 건전한 양식을 가진 사람 누구나의 공감을 자아낼 이 말은 유미리에 대해 선입견밖에 가진 것이 없는 내게도 의표를 찌르는 예리함으로 다가왔다.

마침 뉴스에서는 북한의 제3차 핵실험 사실이 요란하게 보도되기 시작했고, 나는 마음의 진정을 위해 유미리의 책 『평양의 여름휴가』를 사다가 펼쳐 들었다. 중국을 비롯한 주위 모든 나라들의 만류와 경고를 무릅쓰고 핵도박을 감행한 북한은 대체 어떤 나라인가. 전문가들이 해설하듯 작금의 상황은 북미 간 협상국면으로 들어가기 위해 계획된 수순을 밟고 있는 것인가, 아니면 최종적 파국을 향해 돌이킬 수 없는 한 걸음을 떼어놓는 것인가. 물론 나는 『평양의 여름휴가』라는 책에 이런 의문을 풀어줄 단서가 숨어 있으리라고는 애초부터 예상하지 않았다. 그러나 민족문제 같은 것과는 너무도 먼 곳에서 살아온 일탈의 경력이 오히려 이 예민한 작가로 하여금 북한에서 남이 못 본 것을 보게 했을 수도 있지 않을까 하는 기대를 은연중 품은 것은 사실이다.

유미리는 2008년 10월, 2010년 4월과 8월, 이렇게 세 번 방북했다. 세 번째는 열 살 난 아들까지 데리고 갔다. 그런데 나 같은 독자의 입장에서 뜻밖인 것은 북한에서 보인 유미리의 반응이었다. 북한에서는 관광이든 취재든 안내인의 동행 없이 마음대로 돌아다니는 것이 허용되지 않는데, 그는 자유분방한 소설가답지 않게 그런 제약을 아주 당연하게 받아들인다. 길에서 안내인이 "걸어가면서 사진을 찍으면 안됩니다"라고 주의를 줘도, 단지 "서서 찍으면 괜찮은가" 하고 속으로 생각할 뿐 반발하지 않는다. 마라톤 풀코스를 완주해보았고 달리기가 취미인 유미리로서는 평양 거리와 대동강변을 달려보는 것이 소원인데, 그것이 허락되지 않는데도 불평할 생각을 하지 않는 것이다.

오히려 놀라운 것은 이런 규제의 분위기 속에서 오랫동안 닫혀 있던 그의 내면의 문이 차츰 열리기 시작했다는 사실이다. 그는 새벽에 깨어나 호텔방 창문을 열고 맑은 공기를 들이마실 때면 형언할 수 없는 감동이 온몸을 훑어내리는 것이 느껴졌다고 서술한다. 또한 해질 무렵 대동강 가를 걸으면서 구경한 소소한 광경들이 "오즈 야스지로의 초기 무성영화와 같은 아름다움으로 가슴에 사무쳐왔다"고 그는 고백한다. 그러나 그는 이것이 민족의식에 기인하는 감정은 아니라고 분명하게 토를 단다. 스스로를 '데라시네(뿌리 없는 풀)'라고 여겨오던 유미리가 마침내 뿌리내릴 땅을 찾은 듯한 원초적 귀속감에 휩싸이게 된 것이었다.

하지만 그의 방북기에 이런 감상만 있는 것은 아니다. 판문점을 방문했을 때 만난 인민군 중좌에게서 그의 아버지 이야기를 듣는데, 그 아버지는 황해도 신천 출신으로 여섯 살 때 가족과 친척 열한 명이 미군에게 몰살되고 혼자만 시체들 틈에 숨어 있다가 목숨을 건진 사람이었다. 고아로 자란 그는 후일 다섯 아들을 모두 군에 입대시켰고, 아들 중 한 명인 그 중좌는 "통일되는 날까지 군복을 벗지 마라"는 아버지의 유언에 따라 현재 군에 복무 중이라는 것이었다.

판문점보다 먼저 방문했던 신천박물관에서 유미리는 1950년 전쟁 때 미군에 의해 주민 3만 5383명의 학살당한 증거들이 전시되어 있는 것을 목격한다. 전시물 앞에서 유미리는 숨쉬기 힘든 고통을 느끼는데, 안내인은 그에게 "우리나라는 두 번 다시 다른 나라에 침략당하지 않기 위해 군비를 갖추어왔습니다"고 설명한다.

민족의 파멸조차 불사하겠다는 듯한 오늘 북한의 비이성을 단지 6·25전쟁의 트라우마로만 설명할 수는 없을 것이다. 그들의 과격한 언사가 무모한 도발인지 계산된 전략인지도 좀더 지켜볼 노릇이다. 하지만 나는 유미리가 아들과 함께 방문한 판문점 앞에서 다음과 같이 다짐하는 것을 읽으며, 그 다짐에서 위기를 넘어설 영속적 지혜의 씨앗을 보았다고 느낀다.

> 갈등과 충돌은 적지 않을 테지만, 조선 민족이 '분단'이라고 하는 '한'을 초월할 날은 언젠가는 반드시 찾아올 것이다. 내가 살아 있는 동안은 어렵다 하더라도 아들이 살아 있는 동안에 남북통일이 이루어진다면, 아들은 반드시 다시 이 땅을 방문할 것이다.

이 문장에서 유미리가 어렵다고 한 일이 이 칼럼을 쓰는 내게는 더욱 어려운 일일 텐데, 그럼에도 이 대목을 읽으며 나는 뭉클한 감동으로 눈시울이 젖어오는 것을 어쩌지 못한다.

(『한겨레』 2013.2.18)

동아시아공동체·일본·한국

일본 극우정권의 재등장

지난해(2011) 연말 북한 김정일 국방위원장의 죽음으로 시작된 지구촌의 정권교체 행사들이 2012년 12월 19일 한국 대선을 끝으로 일단 마무리되었다. 프랑스·멕시코·이집트 같은 나라들에서 새 대통령이 선출된 것도 세계적으로 또 지역적으로 나름의 중요한 의미가 있겠지만, 우리에게 미치는 영향은 아무래도 미미한 것일 수밖에 없다. 이에 비해 미국의 버락 오바마 대통령이 재선에 성공하고 중국에서 시진핑 체제가 등장한 것은 당연히 우리 현실에 중대한 관련이 있다. 러시아에서 블라디미르 푸틴이 대통령에 복귀한 것이나 타이완에서 마잉주 총통이 재선된 것도 동아시아 정치지형의 변화에서 무시 못할 변수일 것이다. 물론 우리에게 가장 중요한 것은 우리 자신의 선거 결과, 즉 박근혜 새누리당 후보가 문재인 민주통합당 후보와 백중지세의 싸움 끝에 적잖은 차이로 승리한 사실이다.

미국·중국의 정치변화 못지않게 우리가 예의 주시해야 할 곳은 일본이다. 알다시피 일본에서는 불과 한 달여 전에 갑작스레 노다 요시히코 총리가 의회를 해산하여 12월 16일 총선에 돌입했고, 그 결과는 예상대로 자민당의 압승, 민주당의 대패로 나타났다. 그리고 고이즈미 준이치로에 이어 잠시 집권했던 극우 성향 아베 신조의 새 내각이 바로 어제(2012.12.26) 출범했다. 1885년 내각책임제가 도입된 이후 일본 총리대신의 평균 재임기간은 1년 3개월 정도라 하는데, 최근 20여 년 동안에도 이름을 익힐 만하면 바뀌기를 거듭해, 아마 일본인 자신들도 누가 현임 총리고 누가 전임 총리인지 헷갈릴 것 같다. 독특한 개성과 파격적인 행보로 일본 국민들의 인기를 얻었던 고이즈미가 유일한 예외일 텐데, 그 고이즈미의 5년 5개월도 이젠 아득한 옛일처럼 느껴지게 되었다.

하지만 그런 혼란 중에도 어떤 일관된 흐름이 있음을 간취할 수 있다. 그것은 미국의 보호와 지도 아래 전후 일본의 고도성장을 이끌어온 이른바 '55년 체제'의 점진적 붕괴라는 현상이 아닐까 한다. 다시 말해 자민당의 일방적 장기집권과 중간급 반대정당으로서의 사회당의 보조적 역할로 특징지어진 안정적 정당체제(이른바 1.5당 체제)가 1990년 이후 종말에 이른 것이라 할 수 있다. 정당과 정파들

간의 이합집산이 거듭되는 가운데 1996년 진보적 내지 리버럴을 자칭하는 다양한 그룹들의 연합체로서 민주당이 탄생하고, 그 민주당이 2009년 9월 총선에서 대승하여 역사적 정권교체에 성공한 것은 바로 '55년 체제'의 붕괴과정에 하나의 매듭이 지어진 것이다.

그러나 큰 기대 속에 출범했던 민주당 정권은 하토야마 유키오(2009.9.16~2010.6.8), 간 나오토(2010.6.8~2011.9.2), 노다 요시히코(2011.9.2~2012.12.26)로 이어지는 정치적 지리멸렬 끝에 몰락하고 아베의 자민당에 대승을 안겨주었다. 그렇다면 자민당 집권체제의 붕괴라는 대세는 역전되는 것인가. 일본 정치의 이런 혼란스러운 변전 내부에 감추어진 지속적 흐름은 무엇이고, 그것은 동아시아 내지 한국의 현실변화에 어떤 긍정적 또는 부정적 파장을 일으킬 것인가.

이런 관심을 가지고 먼저 손에 든 책은 최근 번역된 데라시마 지쓰로(寺島實郎)의 『세계를 아는 힘』(김항 옮김, 창비 2012)이다. 다음에는 그 책과 일면 상통하는 바 있으면서도 외부자의 더욱 비판적 관점을 보여주는 개번 매코맥(Gavan McCormack)의 『종속국가 일본』(이기호·황정아 옮김, 창비 2008)을 잠깐 살펴보려고 한다.

친미입아(親美入亞)의 실험

『세계를 아는 힘』의 저자는 다채로운 경력의 소유자이다. 고도성

장기에 거대상사의 외국주재원으로 오래 근무했고 이를 바탕으로 그 상사의 전략연구소 회장, 대학 학장, 재단법인 회장을 겸하면서 여러 권의 저서를 집필한 활동적인 인물이라 한다. "경영기획과 정보분석이라는 일을 하면서 산(産)·관(官)·학(學) 사이의 앎의 네트워크 속에서 마지널 맨(경계인)으로서의 의지를 나선형으로 확충시켜왔다"(『세계를 아는 힘』 184면, 이하 면수만 표기)고 스스로 자부하고 있듯이 그의 지식과 관점은 철저히 경험적이고 실용주의적이다. '지식의 프레임으로 보는 일본의 세계전략'이라는 책의 부제 때문에 상당한 수준의 이론적 저술로 알기 쉽지만, 읽어보면 실은 이 책은 긴장할 필요 없이 대할 수 있는 수필집 같은 저서이다.

저자 데라시마가 보기에 전후 대다수 일본인들은 일종의 고정관념에 사로잡혀 있다. 그에 의하면 일본인은 종전 후 오직 미국이라는 프리즘을 통해서만 세계를 바라보는 데 길들여져왔다. 그는 지금까지 많은 나라와 지역을 방문하여 그곳 사람들과 접촉하는 동안 자신의 세계관이 '전후라는 특수한 시공간'(20면)에 갇혀 있음을 깨달았다고 한다. 가령, 러시아의 상트페테르부르크대학에 갔을 때 그 대학 일본어학과의 모체인 일본어학교가 1705년에 설립된 사실을 알고 대경실색한다. 그러나 생각해보면 "러일관계는 미일관계보다 역사적으로 깊고 긴 연관을 지니고 있는 것이다."(37면) 즉, 일본의 근대가 페리의 흑선 내항(黑船來航)으로 시작되었다는 인식은 전후에 만들어진 편향일 뿐이다. 그는 이렇게도 말한다.

> 우리 일본인의 몸속에는 중국 등 아시아·유라시아를 기원으로 하는 2천 수백년에 걸친 역사시간이 축적되어 있다. 한편, 1945년부터 시작된 전후는 겨우 60년에 지나지 않는다. 2천 수백년을 하루로 환산하면 60년 따위는 30분도 채 되지 않는다. 그런데 최근 60년 남짓한 사이에 우리는 스스로의 몸속에 축적된 방대한 역사시간을 망각할 정도로 과도하게 미국의 영향을 받아왔다. (47면)

한편 데라시마는 세상을 연관성의 관점에서, 즉 네트워크의 시각에서 바라볼 것을 권한다. 가령, 그는 베이징올림픽이 끝난 뒤 후진타오 주석이 공로자들을 표창하는 자리에서 "중화민족의 역사적 성과"라는 표현을 사용한 데에 의문을 가진다. 왜 "중국 인민의 노력"이라든가 "중화인민공화국의 위대한 성과"라고 하지 않았는가. 결국 그는 후 주석의 표현에 이중의 의미가 들어 있음을 알게 된다. 하나는 1912년 쑨원(孫文)의 '오족공화'(한족·만주족·몽골족·위구르족·티베트족의 합심협력)를 상기시키는 것이고, 다른 하나는 타이완·홍콩·싱가포르 등지에 사는 여러 중국인들의 감성에 호소하는 것이다. 이런 깨달음을 통해 그는 오늘날 우리의 세계인식과 지식구조에 거대한 전환이 일어나고 있음을 실감하며, 그런 전환이 지식의 영역에서만이 아니라 산업의 영역에서도 진행되고 있다고 지적한다. 그것은 "지금까지 우리에게 익숙했던 대규모 집중형 문명체계에서 분산형 네트워크 사회로의 전환"(106면)이다.

그가 보기에 1990년 전후 냉전의 해체와 소련의 붕괴는 사회주의의 존립근거를 무너트렸고, 21세기 들어 이라크전쟁과 금융위기는 '미국 일극지배'의 만능시대를 끝장냈다. "미국 자신이 '체인지'라고 외치기 시작했고 '신자유주의'라 불린 시장원리주의와 결별하려 하고 있다."(119면) 그런데도 일본은 냉전 이후의 이런 변화를 파악하지 못한 채 거의 20년 동안 표류를 거듭하면서 사고정지 상태에 빠져 있었다고 그는 진단한다. 이 대목에 이르러 데라시마가 『세계를 아는 힘』에서 말하고자 하는 바의 핵심이 제시되는데, 그는 고이즈미식 구조개혁과 시장주의·경쟁주의를 벗어나야 하며, 그와 더불어 미군이 일본에 주둔해 있는 것과 같은 냉전시대적 상황이 재검토되어야 한다고 주장한다.

> 따라서 동아시아 안정을 위한 미군 기지를 오키나와와 한반도로부터 하와이와 괌으로 이전하는 방안은 충분히 검토할 만하다. 동아시아 안정을 위한 긴급파견군을 유지하는 구상을 일본이 미국에 제안하고 거기에 필요한 경비를 일본이 응당히 부담하는 등, 새로운 안전보장체제를 꾀하는 방향도 검토되어야 한다고 생각한다. (139~40면)

이것은 우리 한반도의 입장에서도 매우 중요한 제안이다. 왜냐하면 그것은 일본에게 전후체제의 청산을 뜻하는 것일뿐더러 한반도에 있어서도 냉전체제의 극복을 위한 결정적 한걸음이 되기 때문이다. 그러나 이러한 발상의 소유자인 데라시마가 반미주의자인 것은 결코 아니다. 그는 기본적으로 미일 군사동맹의 유지를 찬성한다. 다만 그는 위의 인용문에 제시된 바와 같이 새로운 세계상황에 맞는 유연한 발상의 안전보장이 요청된다고 주장하는 것이다. 이러한 새로운 국가정책의 방향을 그는 '친미입아(親美入亞)'라는 슬로건으로 요약하는데, 그 자신의 설명에 따르면 그것은 "미국이 아시아에서 고립당하지 않도록 배려하면서 다른 한편으로는 일본이 아시아로부터 신뢰를 얻는 일"(141면)이다. 그리고 이와 같은 커다란 방향전환이 바로 '민주당 정권 탄생이 의미하는 바'(119면)라고 그는 설명한다. 민주당 내각의 첫 총리 하토야마를 자신의 친구라고 부른 데서 짐작되듯이, 『세계를 아는 힘』을 저술하게 된 중요한 목표 중의 하나는 민주당의 정치철학과 정책방향을 대중적으로 홍보하는 것이 아닌가 추측할 수 있다.

일본의 정치적 자기분열

앞에서도 언급했듯이 자민당의 54년 장기집권을 넘어 등장한 민주당 정부는 애초에는 상당한 기대를 모았다. '공정사회' '시장과 복지의 양립' '사회개혁과 분권사회' 등의 구호가 서민들에게 어필했을뿐더러 미국 오바마 행정부의 출범과 시기적으로 맞물려 미국의 과도한 압력에서 얼마쯤 벗어날 수 있을 듯한 가능성도 엿보였다. 특히 중국이 크게 부상하는 시대적 변화에 부응하여 아시아 국가들과 새로운 관계정립에 성공한다면 그것은 21세기 일본의 국가적 진로에 획기적 전환의 계기가 될 수 있을 것이었다. 하지만 그러한 기대들은 어이없이 무너지고 말았다. 정책목표들이 나쁜 것은 아니었으나 실제의 정책수행에서 민주당 정부는 무능과 미숙함을 드러냈던 것이다.

무엇보다 결정적 요인으로 작용한 것은 말만 앞세운 민주당의 아시아 중시 외교였다. 이 경우 아시아란 구체적으로는 중국을 가리키는데, 일본이 '동맹국' 미국과 미국의 '잠재적 적국' 중국 사이에서 균형자 노릇을 자처한다는 발상은 미국으로서는 절대 용납할 수 없는 배신이었다. 게다가 오키나와의 후텐마 기지 이전 문제의 처리에서 보여준 불투명하고 우유부단한 태도는 때맞춰 발생한 한국에서의 천안함 사건(2010.3.26)과 연결되면서 미국으로 하여금 하토야마를 강하게 압박할 빌미를 만들어주었다. 어떻든 민주당 정권의 몰락과정을 통해 새삼 입증된 것은 일본국가의 진로를 결정함에 있어 미국은 여전히 부동의 거부권을 가진 존재라는 점이었다. 이런 맥락에서 일본이 미국에 얼마나 종속적인 국가인가 하는 점을 극히 신랄하고 냉소적으로 묘사한 책이 매코맥 교수의 『종속국가 일본』이다.

이 책의 영어판 원본이 출간된 것은 2007년이고 한국어 번역판이 출간되는 것은 2008년인데, 그 이태 사이에 일본에서는 두 명의 총리가 새로 취임하고 사임하는 일이 벌어졌다. 이 사실을 지적하는 것으로 매코맥은 한국 독자에게 보내는 머리말을 시작하는데, 그는 일본에서 벌어지는 이러한 정치적 위기의 근본원인이 "전후 형성된 일본인의 자기정체성 혼란"에 있다고 본다. 그런데 오늘의 일본인 정체성은 미 군정기에 미 정부당국에 의해 의도적으로 만들어진 것이다. 즉, 오늘날 일본인의 내면을 지배하는 정치적 자의식은 일본에 대한 미국 전후정책의 치밀한 계획적 산물이다. 그 결과 일본에서는 다음과 같은 두 가지 역설적 상황이 나타난다.

> 첫째, 일본이 미국에 종속되기를 주장하는 사람들은 '내셔널리스트'라고 자칭하는 반면, 미국의 이익보다 일본의 이익을 우선시하는 사람들은 '비(非)일본인'이라고 여기는 경향이 있다는 점이다. 둘째, '보수적'이라는 단어가 헌법개정을 포함하여 전후 일본사회를 재구성할 필요가 있다고 주장하는 사람들을 일컫는 데 사용되고 있다는 점이다. 이와 달리 전후 형성된 일본의 민주주의를 '지키려고 하는' 사람들은 진보주의 혹은 급진좌파로 분류되고 있다. (『종속국가 일본』 4~5면, 이하 면수만 표기)

일본에서의 이런 이념적 전도(顚倒)현상은 '평화헌법' '자위대' 등과 관련된 몇 가지 특수한 사안을 제외하면 한국 현실에도 거의 그대로 적용될 수 있을 것이다. 그러나 매코맥은 전후 일본과 한국의 국가형성 과정과 형성의 조건이 똑같이 '미국과의 관계 맺기'에서 이루어졌고 그 조건에 아직 본질적 변화가 없다는 점은 같지만, 한국에서는 그동안 치열한 민주주의 혁명이 전개되어 국가와 시민사회의 관계에 커다란 전환이 일어난 반면 일본에서는 민주주의가 깊게 뿌리내리지 못하여 시민사회가 국가권력을 넘어설 가능성은 상상할 수 없다고 지적한다. 과연 일본의 경우 김대중·노무현 정부와 같은 민주개혁 정권의 등장은 적어도 이 책이 출간된 2007년의 시점에서는 가망 없는 일로 여겨졌던 것이 사실이다. 반면에 일본의 정치는 미국의 상대적 쇠퇴와 중국의 약진이 가시화될수록 이 책의 주된 분석대상인 고이즈미 정권에서처럼 모순적이고 자기분열적인 양태를 드러낸다.

> 중국이 경제강국으로 부상하고 남한에서 성숙하고 역동적인 시민민주주의가 발전하는 사태에 직면하여 고이즈미 정권의 일본은 모순적이며 심지어 분열증적인 전략을 추구했다. (고이즈미가 이따금씩 평양을 방문한 데서 보이듯) 어느 순간에는 경이적인 경제성장과 민주적 제도에 토대를 둔 지역공동체 건설에 참여할 듯하다가도, 결정적으로 미국이라는 군사화된 세계제국에 의존하는 종속적 대리인 노릇을 하는 식이었다. 고이즈미는 매년 야스쿠니를 방문하여 아시아의 이웃들을 격분시키고 이라크와 다른 지역에 대한 미국의 군사작전에 협

력하는가 하면, 북한과의 관계정상화를 개인적인 정치임무로 받아들이고 공동체로서 동북아시아의 미래에 대한 신념을 피력하기도 했다. (169면)

그러나 이 종잡을 수 없는 정치적 자기분열은 고이즈미 개인의 병리적 인격을 반영하는 것이라기보다 절정기를 지난 서구문명과 회복기에 접어든 아시아문명 사이에서 방황하는 정치약소국이자 경제대국으로서의 일본의 딜레마를 보여주는 것인지 모른다.

동아시아공동체의 꿈

오늘날 일본과 한국(한반도)은 향후 국가 진로의 모색에 있어 본질적으로 동일한 위기에 직면해 있다고 생각된다. 물론 양국은 근대전환의 경로가 달랐고, 따라서 오늘의 상황도 크게 다르다. 그러나 지난 100년, 150년 동안 공히 부국강병 노선을 추구해온 점에서 — 성패를 떠나 — 본질적으로 다른 것은 아니다. 하지만 이제 그 노선 자체의 정당성과 유효성을 재검토해야 할 시점에 이른 것도 확실하다. 일찍이 근대 초기에 일본인들이 설정했던 탈아입구(脫亞入歐)라는 목표 가운데 '아'와 '구'의 역사적 비대칭관계에 재균형이 이루어지기 시작했고, 그뿐만 아니라 '아'와 '구'를 포함한 지구현실 전체가 이제 팽창의 한계에 다다랐음도 분명해 보이기 때문이다. 인류 생존의 지속가능성을 함께 찾아볼 시점에 이른 것이다.

다른 한편, 동서냉전의 종식은 동아시아 국가들로 하여금 유일 패권국 미국의 영향력을 벗어나 "어떻게 하면 평화롭고 정당하며 협력적인 질서를 건설할 수 있을 것인가"(196면)를 상상할 수 있게 만들었다. 이 지역에서 중국·일본·한국 및 북한과 타이완 등 동북아시아 국가들의 지역적 협력체 결성의 필요성에 대해 『종속국가 일본』의 매코맥 교수보다 먼저 문제제기를 한 사람은 일본의 와다 하루키(和田春樹) 교수였다. 그는 1990년 7월 동아일보사와 아사히신문사가 공동 주최한 서울의 한 심포지엄에서 "동북아시아 여러 나라가 평화적으로 상호 협력하며 살 수 있는 공생의 형태"로서 소련 고르바초프가 제안한 '유럽 공동의 집' 아이디어에서 영감을 얻은 '동북아시아 공동의 집' 구상을 제안한 바 있다. 이후 와다 교수와 그의 학문적 동료 강상중(姜尙中) 교수는 그 문제의식을 더욱 발전시켜 각각 『동북아시아 공동의 집』(와다 하루키 지음, 이원덕 옮김, 일조각 2004)과 『동북아시아 공동의 집을 향하여』(강상중 지음, 이경덕 옮김, 뿌리와이파리 2002)를 간행하였다. 그중 가령, 강상중 교수는 일본 중의원 제151회 헌법조사회(2001.3.22)에 출석하여 발표와 토론을 하고 그 내용을 자신의 저서에 전재하였다. 그의 발표 가운데 다음과 같은 대목들은 강 교수가 데라시마의 '친미입아' 슬로건을 벌써 여러 해 전에 선취하고 있었음을 보여준다.

> 저는 현재 일본 국민의 마음속에는 미국에 대한 친밀감과 동시에 반발심 또한 엄청나게 쌓여 있다고 생각합니다. 저는 일본이 미일관계를 반석처럼 탄탄하게 유지하면서 어떻게 인근 아시아 여러 나라 가운데 참으로 이웃이라고 부를 수 있는 동반자관계를 구축해갈 것인지가 21세기 일본의 진로에서 가장 큰 주제가 아닐까 생각합니다. (『동북아시아 공동의 집을 향하여』 33면)

> 이제 일본이 처음으로, 싫든 좋든 한국과 일본의 동반자관계를 만들고 그것이 한반도 전체와 일본의 동반자관계를 통해 미일관계의 왜곡을 조금씩 바로잡아가는 다극적인 관계로 축을 옮기지 않으면 안되는 시대를 맞이하고 있다고 생각합니다. 그저 워싱턴과 월가만 바라보고 있으면 안락한 삶을 누릴 수 있는 시대는 끝났습니다. 미일 안보체제를 기축으로 한다고 하더라도 어떻게 인근 아시아 여러 나라와 다극적인 관계를 만들어낼 것인가가 21세기 일본의 요체라고 말씀드리고 싶습니다. (같은 책 46면)

그러고 보면 노무현 정부의 '동북아 균형자'론도 발상의 뿌리에 있어서는 '친미입아'론과 맥을 같이한다고 할 터인데, 두 나라 정부들의 미숙한 대응은 미국의 압박을 돌파하는 데도 성공하지 못하고 국내 여론의 지지를 끌어내는 데도 실패함으로써 오늘과 같은 거대한 반동의 시대를 열고 말았다.

그런데 매코맥 교수는 동아시아 또는 동북아시아 개념이 해결해야 할 현실적 모순으로 다음 세 가지를 들고 있다.(『종속국가 일본』 197~99면) 첫째, 표면적으로 가장 분명하게 드러나는 모순은 일본 내셔널리즘과 중국 내셔널리즘의 대립이다. 둘째, 아시아의 지역적 정체성과 전 지구적 패권국가로서의 미국 사이에 있는 모순이다. 셋째, "아마도 가장 감지하기 힘든 것으로, 일본의 국가정체성 의식에 배어 있는 고전적 모순"이다. 즉, 일본이 역사적으로 그리고 현실적으로 자신을 어떤 국가로 규정할 것인가에서 발생하는 모순이다. 이 모두 깊은 고뇌와 현명한 대처가 필요한 국가적·세계사적 과제라 하겠다.

2012년 말에 나타난 한·중·일(및 북한) 3국(4국)의 정치적 선택은 '동아시아공동체'의 가능성을 거론하는 것조차 희화적으로 느끼게 할 만큼 퇴행의 모습을 보이고 있다. 최초의 발설자인 와다 교수부터 강상중·매코맥 교수까지 그들은 한결같이 자기들 저서에서 동아시아 평화체제의 건설과 정착에 있어 한국(한반도)의 역할이 중심적이고 결정적임을 입을 모아 강조한 바 있는데, 그 출발은 다름 아닌 남북한 간의 교류와 화해이다. 그런가 하면 남북한 화해구조의 성립에는 미중의 우호적 협력이 필수적이라고 할 수 있고, 이 양대 국가로부터의 협력만 가능해진다면 2013년의 현안, 즉 아베 정권의 경거망동을 제어하고 북핵문제를 해결하는 길이 열릴 수 있을 것이다. 그러나 무엇보다 중요한 사실은 그 길을 열기 위한 실낱같은 희망의 모든 이니셔티브를 쥐고 있는 유일한 당사자가 한국 정부와 한국 시민사회라는 점이다.

(다산포럼 2012.12)

‘우리 문제’로서의 일본

1960~70년대에 젊은 시절을 보낸 내 세대에게 큰 영향을 끼친 사학자의 한 분은 이기백(李基白, 1924~2004) 선생이다. 그의 『국사신론』(1961)은 최남선·이병도 등의 낡은 역사서술에 싫증난 우리의 시야를 활짝 틔워준 참신하고 획기적인 저서였다. 이 저서의 서론 부분은 ‘식민주의적 한국사관 비판’이란 제목의 독립된 논문으로 그의 사론집 『민족과 역사』(1971)에도 수록되어 있는데, 제목에서 짐작되듯 그의 역사연구는 과거 식민주의 사관의 잔재를 털어내고 주체적인 민족사학을 수립하는 데 바쳐져 있었다. 최근 나는 40여 년 만에 『민족과 역사』를 새로 들춰보면서 그의 역사관이 나 자신의 사고의 형성에 중요한 바탕이 되었다는 것을 실감했다.

물론 식민주의 사관의 극복을 위해 노력한 사학자는 그 혼자만이 아니다. 해방 후 국사학 제1세대라고 하는 천관우·김철준·이우성을 비롯하여 더 선배인 홍이섭, 후배인 김용섭·강만길 등 많은 학자들이, 전공분야가 다르고 방법론에 차이가 있었지만, 넓은 의미에서 민족사학이라는 공동의 목표를 향해 수십 년 연구에 매진했고 많은 후진을 양성했다. 그런데 가슴 아픈 것은 그들이 그토록 넘어서고자 애썼던 식민주의 사관이 무엇이었는지에 관해 오늘 다시 물어야 한다는 것이다. 조금만 돌아보자.

일제 관변학자들의 한국사 연구는 이미 19세기 말에 시작되었다고 한다. 사학 전공자들에게는 상식에 불과한 이 얘기가 일반인들에게는 놀랍게 들린다. 하지만 생각해보면 놀라운 일이 아니다. 일본으로서는 침략을 위해서나 통치를 위해서나 조선 역사와 사회에 대한 조사·연구가 필요할 수밖에 없었다. 하야시 다이스케(林泰輔)라는 일본인 학자의 『조선사』(1892)와 『조선통사』(1912)가 근대학문의 방법론에 입각한 최초의 한국사라는 것은 부끄럽지만 정시해야 할 우리 역사학의 실상이다. 중요한 것은 하야시를 비롯한 관변학자들의 역사연구가 명시적으로든 묵시적으로든 결국 일본의 한국침략을 이론적으로 합리화하는 데 기여하는 것이었다는 점이다.

알다시피 일본의 군사적 팽창주의는 제2차 세계대전의 패배로 철퇴를 맞았다. 일본은 유사 이래 처음으로 외국군대에 점령되었고 주권행사에 제약을 받았다. 민주주의 평화체제로 나라의 틀이 바뀐 것은 점령국 미국의 강제의 결과였다. 하지만 동아시아에 군림했던 영광의 기억마저 일본인의 뇌리에서 지워진 것은 아니었다. 특히 한일관계를 바라보는 그들의 심중에는 식민지 지배자의 우월감이 깊숙이 남아 있어서, 망언의 형태로 끊임없이 표출되어왔다. 패전의 상처가 가시지 않은 1953년에 벌써 한일회담 일본 측 대표 구보다 간이치로는 "일본이 조선에 철도나 항만을 만들고 농지를 조성하여 발전에 공헌했다"는, 오늘날의 용어로 '식민지 근대화론'에 해당하는 언설을 폈고, 1965년에는 총리 사토 에이사쿠가 "독도는 예로부터 일본 영토라는 데 의심이 없다"고 발언했다. 그로부터 50년, 60년이 지난 아베 정권하에서 그런 망언들은 날로 강도를 더해가고 있다.

한일관계에서 문제의 핵심은 일본 정부가 소위 한일합병조약의 강압성·불법성을 사실상 인정하지 않고 있다는 데 있다. 그들의 입장에서 조선총독부는 합법적 통치기관이었고 3·1운동과 같은 총독정치에 대한 저항이 오히려 불법이었다. 이 점에서 일본을 대하는 미국과 한국의 시각에는 근본적인 차이가 있다. 미국으로서는 1941년 태평양전쟁 발발부터 1945년 종전까지만 일본이 전범국가인 반면에 우리로서는 적어도 1905년 을사늑약부터 40년간 일본이 침략국가이자 범죄국가인 것이다. 더 따지고 보면 19세기 후반부터 백여 년에 걸친 세계사의 무대에서 영국·프랑스·독일·미국·러시아 같은 나라들의 행태와 일본의 그것 사이에는 본질적인 차이가 없다고 할 수 있다.

문제는 우리 국민들 다수의 무의식 속에 옛 지배자의 관점, 즉 식민지사관의 관점이 잠재되어 있다는 것이다. 일상생활에서도 우리는 폭력의 피해자가 가해자의 공격적 심성을 내면화하는 수가 많은 것을 목격한다. 이 경우 내면의 폭력성을 극복하는 것은 가해자·피해자 모두가 새 삶을 얻는 길이다. 그런 점에서 한국과 일본의 민중들은 공동의 과제를 안고 있다고 할 수 있다. 일본이 진정으로 평화적 민주국가가 되도록 돕는 것은 우리 자신의 민주주의를 살리는 것과 분리될 수 없는 하나의 문제임을 명심할 필요가 있다.

(『한겨레』 2014.2.10)

은폐된 전쟁으로서의 분단

문학도 사료가 될 수 있다

역사연구에서 자료, 즉 사료가 결정적으로 중요하다는 것은 두말할 필요가 없다. 하지만 어느 시대의 무엇을 연구하느냐에 따라 자료에 대한 의존도가 달라지고 자료의 성격과 범위도 달라질 것이다. 문헌사료가 빈약한 고대사 연구에서는 그 시대의 인간이 남긴 모든 유산과 유물들이 발언권을 주장할 것이며, 거북 등껍질에 새겨진 한 조각의 문자 파편을 둘러싸고도 허다한 쟁점들이 부딪칠 것이다.

문헌사료가 남아 있는 경우에도 사태는 단순치 않다. 가령, 오래전의 내 기억으로는 일연 스님의 『삼국유사』만 해도 어떤 기준에서는 역사서라기보다 문학책으로 읽혔다. 상상과 현실의 상호침투를

금기로 여기는 현대사 연구에서조차 문학적 기록은 한 시대의 심층을 밝히는 자료로 활용될 수 있다. 예컨대 홍이섭(洪以燮, 1914~74) 선생은 연희전문에서 정인보(鄭寅普, 1893~?), 백남운(白南雲, 1894~1979) 같은 분들 밑에서 공부한 정통 사학자였지만, 일제 식민지시대의 정신사를 재구성하기 위해 한용운·최서해·심훈·채만식 등의 문학에 대해 논문을 쓰지 않을 수 없었다. 그 글들을 모은 것이 『한국정신사 서설(序說)』(연세대출판부 1975)이란 책이다. 물론 이 경우 홍이섭이 의도한 것은 책 서문에서 밝힌 것처럼 문학적 성취를 해명하는 것이 아니라 1920년대의 '민족적 궁핍화'와 1930년대의 '식민지 농촌현실'이 최서해와 심훈 같은 작가들 작품 속에 어떻게 반영되어 있는가를 탐색하는 것이었다. 그가 보기에 당대의 문학 속에는 관청의 기록이나 신문기사가 보여줄 수 없는 역사적 사실이 숨어 있었던 것이다.

현대사의 정글 속에서

그러나 현대사로 내려오면 아무래도 사정이 변한다. 우리의 경우 연구자들을 괴롭히는 것은 무엇보다 한국사 자체의 고도의 복합성이라고 할 수 있다. 주지하는 바와 같이 19세기 후반부터 한반도는 바깥에서 밀려드는 외세들의 각축장이 되었다. 일제강점기 동안 한반도 현실을 좌우한 것은 한반도 자체의 오랜 내부적 축적과 일제의 식민지지배라는 외부적 강압, 이렇게 크게 두 요인으로 단순화할 수 있다. 그런데 제2차 세계대전이 끝나면서 중대한 전환이 일어났다. 전승국들이 일본을 대신하여 한반도 운명에 관여하는 행위자로 나선 것인데, 결정적인 것은 8·15 직후 미소 양군의 한반도 분할점령이었다. 그 결과로서의 남북 분단정권의 성립, 6·25전쟁의 발발과 분단체제의 고착은 오늘까지 한반도 현실을 근본으로부터 제약하고 규정하는 원형적 질서로 남아 있다.

누구나 짐작할 수 있듯이 분단체제의 전개과정은 관련 당사자들의 다양한 시각을 통해 수많은 공식·비공식 기록으로 남겨졌다. 문서기록뿐 아니라 영상기록도 만들어졌고, 무엇보다 당대를 몸으로 살며 고통을 감내했던 민중들의 기억을 통해 무수히 많은 구비서사로 전승되었다. 어쩌면 이 구비서사야말로 20세기 후반 한반도의 역사와 문학이 뿌리내린 토양 자체라고 할 수 있다. 이 모든 것들이 나름대로 자료가 될 터이므로, 현대사 연구자는 어떤 점에서는 너무 많은 자료 때문에 항시 길을 잃을 위험에 처해 있다고 할 수 있다. 그러나 그럼에도 연구자는 동시에 늘 자료의 빈곤에 시달린다는 느낌을 가진다. 각국 정부 차원에서 만들어진 핵심자료가 대부분 비밀처리되어 일반 연구자의 접근이 막혀 있고, 공개된 경우에도 신뢰성에 의문이 가는 위작자료가 적지 않기 때문이다.

알려져 있다시피 1970년대 들어 미국 정부자료들은 비밀이 해제되기 시작하여 학자들의 접근이 허용되었다. 그것은 거대한 광맥에 대한 발굴 허가였다. 예컨대 『한국전쟁의 기원』으로 유명한 브루스 커밍스(Bruce Cumings)는 "1971년부터 1988년까지 거의 20년간" 북한노획문서를 포함하여 "접근할 수 있는 모든 문서를 가지고" 6·25전쟁을 연구했다고 한다. 1981년 그의 책 제I부가 출간되었을 때 그것은 국내 학자들에게 엄청난 충격파를 던졌으니, 자료의 장벽을 처음으로 넘은 데서 오는 경이였다. 이 무렵부터 그 분야에서 큰 공헌을 한 분은 재미학자 방선주(方善柱) 선생으로서, 그는 1980년대 이후 주한 미24군단 군사실 문서철과 북한노획문서철을 본격적으로 소개함으로써 국내 연구자들에게 '새로운 자료의 신천지'를 보여주었다고 평가된다. 또, 1990년대에는 소련이 해체되고 그쪽 자료가 많이 공개되어 연구에 큰 활력을 불어넣었다. 러시아사 연구에서 시작하여 차츰 한국현대사 연구로 옮겨온 와다 하루키의 저서들은 이데올로기에 대한 균형 잡힌 시각뿐 아니라 러시아 쪽 새 자료의 활용이라는 점에서도 뛰어난 연구였다.

왜 분단은 장기 지속되는가

브루스 커밍스, 와다 하루키 같은 외국학자를 포함하여 많은 한국학자들의 연구에서 중심적 분야는 6·25전쟁이다. 이것은 어쩌면 당연한 노릇일 것이다. 6·25전쟁은 엄청난 인명피해와 끔찍한 국토파괴를 동반했음에도 60년이 훨씬 지난 오늘까지 평화적 종결에 이르지 못했기 때문이다. 여기 소개하려는 홍석률(洪錫律) 교수의 『분단의 히스테리』(창비 2012)도 넓은 의미에서는 이 범주에 드는 연구이다. 이 책을 읽고 난 감상을 우선 한마디 한다면, 한반도는 아직 전쟁의 그늘에서 벗어나지 못하고 있다는 것이다. 그리고 오늘의 현실을 제대로 파악하자면 남북분단과 6·25전쟁에 대한 공부를 여전히 피할 수 없다는 탄식이다. 다만, 휴전 이후 남북대결은 정치와 외교라는 더 복잡한 외양 안에 숨겨진 형태로, 말하자면 은폐된 형식으로 전개되고 있을 뿐이라는 사실을 절감하지 않을 수 없다.

그러나 이 책은 기왕의 전쟁 연구서와는 연구대상과 초점을 상당히 달리한다. 쉽게 말하면 이 책은 6·25전쟁 자체의 연구서가 아니라 전쟁의 결과로 조성된 한반도 현실이 어떤 고유한 원리에 따라 움직이는가를 밝히는 데 목적을 둔 논저인 것이다. 저자 자신의 말로 하면 "분단상황을 장기 지속시키는 한반도 내외의 역학적 구조는 무엇인지에 대한 질문"(『분단의 히스테리』 24면, 이하 면수만 표기)이 문제의식의 핵심이라고 요약할 수 있다. 그러니까 커밍스의 『한국전쟁의 기원』을 비롯한 기왕의 많은 논저들이 '전쟁은 왜 일어났는가' '전쟁은 어떻게 전개되었는가'를 주로 묻는다면 홍석률의 이 책은 '왜 전쟁은 끝나지 않고 있는가'를 묻고 있는 셈이라고 할 수 있다.

이를 위해 그가 채택한 방법들은 대체로 다음과 같다. 첫째, 최근 공개된 미국의 정부문서들, 주로 미 국무부 문서들에 대한 분석이다. 이 방면에 문외한인 나로서는 저자가 대상으로 삼은 문서들이 얼마나 획기적인 것인지, 그리고 이에 근거한 저자의 연구가 선행업적들의 어느 부분을 수정하고 보완했는지 판별할 능력이 없다. 다만 그가 자인한 대로 주로 미국 측 자료에 의존했으므로 "미국 자료에 비친 중국의 대외정책"이 중국 자신의 관점과 배치될 수 있고, 일본과 소련도 일면적으로 다루어질 수밖에 없다는 점은 유념할 필요가 있다. 물론 분단의 당사자인 한반도 사회 안에도 분단과 전쟁을 보는 다양한 입장들이 공존하고 갈등하리라는 것은 짐작하기 어렵지 않다.

둘째, 이 책은 분단시대 전체가 아니라 특정한 시기의 남북관계를 한정적으로 조명한다. 즉, 저자는 북한 특수부대의 청와대 기습사건이 시도된 1968년 1월부터 판문점 도끼살해 사건이 발생한 1976년 8월까지의 기간을 대상으로 남북관계의 전개과정을 연대기적으로 추적해나간다. 이 기간에 연구의 초점을 집중한 것은 의도적인 것이다. 저자가 보기에 1970년대 전반기는 "한반도의 분단이 국제적 분쟁에서 남북한의 문제로 내재화되어가는 중요한 전환점을 이루는"(29면) 시기다.

알다시피 6·25전쟁은 남북한 간의 국지적 무력충돌이 전면전으로 확대되고 여기에 미국 중심의 유엔군이 참전하고 이어서 중국군이 개입한, 즉 국내전이 국제전으로 비화된 전쟁이다. 그런데 이제 미중 접근에 따라 분쟁은 축소의 과정, 즉 한반도화의 길로 들어서게 되는 것이다. 홍석률이 이 책에서 1968년부터 1976년까지를 연구대상으로 삼은 것은 '위기 → 화해국면 → 위기'(25면)를 반복했던 남북관계의 첫 순환주기가 바로 이때라고 생각되었기 때문이다.

셋째, 이 과정에서 그의 렌즈가 향하는 것은 분단을 둘러싼 세 차원의 관계이다. 즉, 저자는 "국제외교 관계, 남북관계, 남북한 내부의 정치적 관계를 모두 교차시켜 다차원적인 접근을"(40면) 하되, 특히 한미관계와 남북대화가 어떻게 연결되었는지를 주로 분석하고자 한다. 이처럼 다차원적 접근을 할 수밖에 없는 이유는 분단체제의 유례없는 독특성 때문이다. 그리고 이 독특성이야말로 분단극복의 유례없는 난해성의 이유이다. 분단은 한반도가 하나의 통일국가를 지향해가는 단일한 문제이자 남북정권 각각의 내부적 정치상황에 직결된 두 개의 문제이며, 미국에게는 일본-타이완-필리핀을 잇는 '동아시아 전선'의 핵심고리를 관리하는 문제의 일부이고 중국에게도 국가안보의 사활이 걸린 중요 문제의 일환이다. 일본과 러시아도 한반도에 그 나름으로 물러설 수 없는 이해관계를 가진다고 여길 것이다. 저자는 이 모든 관련들의 복잡한 얽힘을 분석함으로써 분단체제의 작동원리를 파악하고자 한다.

위기와 화해의 순환 사이클

앞에서도 얘기했듯이 『분단의 히스테리』에서 저자는 분단체제의 전개과정에 일정한 패턴이 작동하는 것 같다고 본다. 좀 길지만, 저자의 설명을 직접 들어보기로 하자.

> 1960년대 말 북한은 대남 무력공세를 강화하면서 어느 때보다도 미국에 대해 적대적인 태도를 보이며 반미 선전공세를 강화하고 있었다. 그럼에도 불구하고 북한은 위기국면을 활용하여 미국과 협상을 하고, 미국 정부로부터 자신의 국가적 실체를 인정받는 기회로 활용하였다. (…) 일반적으로 말할 때 국가가 서로를 인정하려면 대화와 협상, 화해와 협력의 분위기가 필요하다. 그러나 분단된 한반도에 있는 북한은 위기를 고조시키는 방법으로 미국과 직접 접촉과 대화를 하려 한다. 사실 이 방법 이외에 다른 뚜렷한 방법도 없는 형편이다. (…) 그러다보니 (미국은) 위기가 고조되어 어쩔 수 없이 협상을 할 수밖에 없는 상황이 되어야 불가피하게 대화에 나선다. 여기서 적대적인 위기상황을 창출해야 대화가 시작된다는 북미관계의 '이상한 공식'이 출현하는 것이다. (78~79면)

저자가 '이상한 공식'이라 부른 북미관계의 특이한 패턴이 나타나기 시작한 것은 1960년대 말부터였다. 이 책은 말하자면 그 첫 번째 사이클의 진행 경과에 대한 면밀한 추적·분석인 셈이다.

그런데 이 책은 자료수집과 논리전개에서는 학술적 기준을 따르면서도 내용구성과 서술에서는 마치 추리소설과도 같은 서사기법을 원용한다. 제1장은 '김신조 사건'으로 속칭되는 북한 특수부대의 청와대 기습미수사건(1968.1.21), 미 첩보함 푸에블로호 납치사건(1968.1.23) 및 북한 무장부대의 울진·삼척 침투사건(1968.10.30~11.2) 등 잇따른 충돌사건의 묘사로 시작한다. 제2장은 1971년 7월 9일 이른 새벽 미국 대통령 안보보좌관 헨리 키신저가 변장을 하고 파키스탄 차클랄라 공항에 나타나는 장면으로 시작한다. 제3장은 1972년 5월 1일 오전 중앙정보부장 이후락이 청와대 인근 안가(박정희 암살사건이 일어난 바로 그곳)에 중정 간부들을 모아놓고 "내일 평양에 다녀오겠다"는 폭탄발언을 하는 것으로 시작한다. 제5장은 "1972년 2월 21일 닉슨이 베이징에 도착한 때는 현지 시간으로 월요일 오전 11시 30분이고, 미국 시간으로는 20일 밤 10시 30분이었다"는 문장으로 시작한다. 제6장은 1973년 8월 21일 베이징에 있는 미국 연락사무소에 북한대사관으로부터 전화가 걸려오는 것으로 시작된다. 제7장은 1976년 8월 18일 오전 10시 30분 판문점 공동경비구역에서 미군 대위가 약간 명의 병력과 노무자들을 이끌고 미루나무 가지치기를 하러 나갔다가 시비가 붙어 북한 군인에게 '도끼살해'되는 사건으로 번지게 되는 과정을 묘사한다.

이렇게 저자는 장마다 서두에서 독자의 호기심을 잔뜩 유발한 다음 사건의 배후에 얽힌 복잡한 국제관계 및 한반도 내부현실 속으로 독자를 끌고 들어간다. 그리하여 우리는 하나의 사건을 출발점으로 해서 저자의 안내에 따라 남한과 북한, 미국과 중국, 일본과 러시아, 때로는 베트남과 타이완 등 크고 작은 수많은 나라들의 상반된 이해관계가 연합하고 길항하는 복잡한 드라마를 순차적으로 통과하게 된다. 가령, 닉슨의 베이징 방문에 대한 나라들마다의 다른 속셈이 어떻게 교차하는지 흥미롭게 읽을 수 있다. 그러니까 미국은 중국과의 접근을 통해 소련을 봉쇄하고자 했고, 중국은 미국을 지렛대로 해서 소련에 대항하고자 했다. 북한은 미군철수 주장의 명분을 찾으려고 미중 접근을 지지하는 반면 소련과 베트남은 중국의 배신에 반발했다. 일본은 '닉슨 쇼크'에 놀라 미국보다 오히려 먼저 중국과 수교했다. 한편 "닉슨의 베이징 방문 선언은 한국 정부가 북한 측에 직접 접촉과 교류를 제안하는 결정적 계기가 되었다. 남북의 정책변화는 누가 먼저라고 하기 어렵게 동시에 이루어졌다."(156면)

그러나 이미 우리가 잘 아는 바와 같이 남북한 정부는 입으로는 통일을 말하면서도 실제로는 내부의 체제 강화에 주력했다. 소위 '10월유신'이 그것인데, 한마디로 그것은 개인권력의 절대화이자 자유민주주의의 폐기였다. 북한은 북한대로 사회주의 헌법의 제정을 통해 주석제(主席制)를 채택하고 개인우상화에 더욱 박차를 가함으로써 민주주의에서 더욱 멀어지는 길을 걸었다. 이런 과정을 살펴본다면 이 시점에서의 남북대화는 남북정권 각자의 목표추구를 위한 수사학적 겉치레에 불과했음이 분명하다. 따라서 결국 양자는 오래지 않아 종래의 적나라한 적대관계로 돌아가는 수순을 밟을 수밖에 없었다. 일시적 화해국면이 끝나고 다시 위기가 찾아옴으로써 분단체제를 지배하는 '이상한 공식'의 첫 번째 순환주기가 어이없이 마감되는 것이다.

남북문제는 정쟁의 도구가 아니다

『분단의 히스테리』를 읽고 있노라면 1970년대 초의 상황을 기술하고 있음에도 불구하고 때로는 2010년대 초의 현실을 설명하고 있는 듯한 착각에 빠진다. 그사이 베트남과 독일이 통일되고 중국이 G2로 우뚝 서고 남북한이 6·15선언(2000)과 10·4선언(2007)을 도출하는 데 성공했음에도 그런 사실이 있었다고 믿어지지 않을 만큼 40년 전의 일이 여전히 되풀이되고 있는 듯하다. 그러나 다시 정신을 차리고 둘러보면 분단체제는 내리막길로 들어선 것이 확실하다. 그런 점에서도 이 책은 분단의 극복을 위한 연구자의 고뇌가 짙게 깔려 우리의 감동을 자극한다.

마지막으로 최근 대선과정에서 논란이 되고 있는 북방한계선(NLL)에 관하여 이 책의 내용을 참고삼아 소개하겠다.(357~61면) 북한이 서해 5도 주변 해역을 분쟁지역화한 것은 1973년 12월부터였다. 왜 그때 문제가 되었나. 1953년 휴전협정은 육상경계선에 대해서는 세밀하고 정확하게 규정했지만, 해상분계선은 명확하게 확정하지 않았다. 서해 5도는 38선 이남이어서 전쟁 전에는 남한 관할이었고 전쟁 중에도 북한군이 점령하지 않았다. 오히려 압록강 앞바다의 작은 섬도 유엔군이 점령하였다. 휴전회담 때 섬의 영유권은 전쟁 이전의 상태로 환원하기로 합의되어, 그 점이 휴전협정에도 명시되었다. 그러나 주변 해역에 관해서는 명문 규정을 만들지 못했다. 그런데 휴전 직후 유엔군 사령관은 일방적으로 북방한계선을 설정하여 남측 선박(군함이든 어선이든)이 그 이남에서만 활동하도록 조치했고, 북측도 여기에 이의를 제기하지 않았다. 그러다가 1973년 12월 1일 북한이 군사정전위원회에서 서해 5도 주변 해역을 자신의 관할이라고 주장함으로써 문제가 발생하였다.

그렇다면 왜 북한은 그 시점에서 그런 주장을 폈고 그것이 노리는 바는 무엇인가. 홍석률은 그 점을 예리하게 분석한다. 그가 주목하는 것은 북한의 주장이 "유엔에서 언커크(유엔한국통일부흥위원회)가 해체된 직후에 이루어졌다"는 점이다. 언커크가 해체된다는 것은 유엔군사령부의 존재가 문제화된다는 뜻이었다. 유엔군 사령관은 휴전협정에 서명하고 그 이행을 담보하는 존재이기 때문에, 그가 사라지면 불가피하게 휴전협정이 개정되거나 평화협정으로 대체되어야 한다. 한편, 북한의 관할권 선언은 남한과 미국을 향한 것이지만 중국을 겨냥하는 측면도 있었다. 예로부터 그곳은 중국 어선들이 자주 출몰하는 해역일뿐더러 북한으로서는 미중 공조로 언커크가 해체된 데 대해 중국에도 불만이 있었던 것이다. 그런데 이때 미국은 해상경계선을 남북한 간에 해결해야 할 문제로 취급하고 분쟁에 간여하려 들지 않았다. 아무튼 그후에도 이 해역은 남북관계 및 미중관계의 변화에 따라 일촉즉발의 충돌지역으로 변했다가 다시 평온해지는 오르내림을 거듭하고 있다.

엊그제(2012.10.24) 국회 외교통상위 국감장에서 류우익 통일부 장관은 노무현 대통령의 NLL에 대한 입장을 묻는 질문에 "남과 북은 서해 해상경계선 문제에 대해서 '쌍방은 지금까지 관할해온 불가침 경계선을 준수하기로 한다'고 합의했고 지금까지 당시 합의를 존중하고 있다"고 대답하고, "역대 정부는 일관된 입장을 지켜왔다"고 말했다. NLL을 '영토선'이라고 할 수 있는지를 묻는 질문에 류우익 장관은 "헌법이 규정한 영토의 개념으로 보면 영토의 경계라고 할 수 없다"면서도 "남북 간의 특수상황을 감안하면 영토선에 준하는 경계선이라 할 수 있다"고 말했다. 이것은 어느 정도 합리적인 답변이라고 할 수 있다. 요컨대 이 문제를 정쟁의 도구로 삼는 것은 그 누구에게도 이익이 되지 않는다는 점을 분명히 할 필요가 있다 하겠다.

(다산포럼 2012.10)

서경식의 질문이 우리에게 뜻하는 것

낯선 목소리의 등장

방송작가인 고 박이엽(朴以燁) 선생의 맛깔스런 번역으로 서경식(徐京植)의 『나의 서양미술 순례』(창작과비평사 1992, 개정판 2002)가 출판된 지 꼭 20년이 된다. 처음 책이 나왔을 때 다수 독자들의 주목을 끈 것은 실은 그 책의 내용보다 저자가 유명한 서승·서준식 형제의 아우라는 점이었다. 그 형제들은 박정희 시대의 국가폭력을 상징하는 대표적 희생자들 중의 하나였던 것이다. 알다시피 그들은 재일동포 2세로서 '한국인의 정체성'을 되찾기 위해 고국에 유학을 왔다가 1971년 대통령선거를 일주일 앞두고 '간첩'혐의로 체포되어 잔혹한 고문 끝에 결국 20년 가까운 세월을 감옥에서 보내야 했다. 이렇게 형들을 군사정권의 손아귀에 빼앗긴 채, 아들들의 석방을 애타게 기다리던 부모의 잇단 별세로 더욱 암담한 기분이 된 서경식은 훌쩍 유럽으로 떠난다. 후일 그는 자신의 첫 저서가 탄생하게 된 경위를 다음과 같이 서술하고 있다.

> 1983년 암울한 마음으로 유럽 여행에 나선 나는 거기서 만난 많은 예술작품들과 대화했다. 그것은 자신이 갇혀 있는 세계에는 '외부'가 있다는 발견이었고, 타자의 역사 속에서 스스로를 발견하려는 대화이기도 했다. 그것을 어떻게든 기록하고 싶다, 내 마음속에서 일어난 사건을 표현하고 싶다는 갈망에서 발표할 곳도 없이 원고를 쓰기 시작했다. (『디아스포라의 눈』, 한승동 옮김, 한겨레출판 2012, 221면)

그렇게 쓰여진 '무명의 재일조선인' 원고가 우연히 어느 저명한 정치평론가의 소개로 출판에 부쳐지고, 이듬해에는 다른 한 눈 밝은 한국인 번역자에게 발견되어 한국어판으로 나오게 된 것이었다. 그러므로 이 책은 집필부터 출판·번역까지의 전 과정에서 볼 때 김윤수 교수의 지적대로 "통상적인 의미의 미술기행—느긋하고 한가롭게 미술관을 돌아다니며 감상한다거나 전문적인 시각으로 작품해설을 늘어놓은 책"이 아니다. 그러나 미술전문가의 저작이 아님에도 불구하고, 혹은 전문가의 틀에 얽매일 필요가 없는 우울한 방랑객의 시선 때문에 이 책에서 맛보게 되는, 작품에 자유롭게 접근하는 자세와 다양한 인문학적 소양, 그리고 무엇보다도 고통의 역사에 민감하게 반응하는 예리한 감수성은 좁은 의미의 전문성을 압도하는 매력으로 독자를 사로잡았다. 이제 서경식은 형들의 아우가 아닌 그 자신의 고유명사로 이 땅의 문화계에 등장한 것이다.

그런데 한 사람의 저자가 지적 발언자로서 사회적 무게를 획득해 가는 과정에는 여러 요인이 복합적으로 관계하는 것 같다. 서경식의 책이 처음 출간된 1992년 무렵은 국내외적으로 중대한 전환기였다. 소련이 해체되고 동유럽 사회주의가 몰락했을 뿐만 아니라 남미와 아시아의 많은 군사독재정권들이 물러났고 신자유주의라는 이름의 새로운 수탈체제가 세계를 장악하기 시작했다. 한국에서는 해금 이후 수많은 이념서적들이 쏟아져 나오고 통일운동의 열기가 지축을 흔드는 듯했다.

이런 시대적 배경을 염두에 둔다면 서경식 미술기행의 섬세한 문체는 당대발복(當代發福)을 갈구하는 독서대중의 조급한 마음에 미지근하게 비칠 수밖에 없었다. 그의 사유는 우리 민족의 역사적 상처에 끊임없이 호소하면서 그것과의 교감을 잃지 않으려 하는 것임에도 당대의 지배적인 이념적 구획에는 잘 포섭되지 않는 미묘하고 독특한 '미학'에 기반하고 있었기 때문이다. 21세기 들어 김대중 정부가 끝나갈 무렵에야 그의 두번째 저서 『청춘의 사신(死神)』(김석희 옮김, 창작과비평사 2002)이 출간된 것은 그런 사정을 반영한 것이라고 해석된다. 그런데 이때부터 지금까지 10년째 그 나름의 서경식 붐이 이어지고 있다. 내 책상 위에 꺼내놓은 그의 책들만 하더라도, 앞에서 거명한 것 이외에 다음과 같은 목록을 더 제시할 수 있다.

『소년의 눈물』, 이목 옮김, 돌베개 2004
『디아스포라 기행』, 김혜신 옮김, 돌베개 2006
『시대의 증언자 쁘리모 레비를 찾아서』, 박광현 옮김, 창비 2006
『고통과 기억의 연대는 가능한가』, 철수와영희 2009
『언어의 감옥에서』, 권혁태 옮김, 돌베개 2011
『나의 서양음악 순례』, 한승동 옮김, 창비 2011
『디아스포라의 눈』, 한승동 옮김, 한겨레출판 2012

서경식이 자신에게 물었던 것

서경식에게 문제의 출발은 '나는 누구인가'라는 물음이었다. 마치 입양사실을 모르고 자라던 아이가 우연히 자신의 처지를 알고 자기 인생의 뿌리에 대한 의혹으로 괴로워하기 시작하는 것처럼 재일조선인 2세로 태어난 그는 어린 시절부터 일본사회의 다수자가 누리는 존재의 자명성이 자신에게 결여되어 있음을 수시로 경험한다.

가령, 소년시절의 독서편력과 성장담을 기록한 책 『소년의 눈물』(111~14면)에는 다음과 같은 일화들이 나온다. 어머니와 함께 중학교 면접시험에 간 '나'는 전교생 중에 "재일조선인 학생은 나 하나뿐"이라는 사실을 통보받는다. 어느 날 학교로 가는 전차 안에서 일터로 향하는 할머니들이 조선말로 이야기하는 장면과 마주치는데, 승객들의 시선은 일제히 할머니들에게 쏠리고 '나'는 아는 할머니가 말을 걸어올까봐 가슴을 졸이며 뒷자리로 피해간다. 영어수업 시간에 "I am a Japanese"라는 문장을 배우고 앞자리 학생부터 선생님 입모양을 흉내내며 발음연습을 하는데, 차례가 가까워올수록 '나'는 긴장이 고조되어 입을 열지 못한다. 선생님의 거듭된 독촉에 겨우 "하지만 저는 일본인이 아니라……"고 대답한다.

사회적 소수자로서 겪은 이 모든 쓰라린 경험들이 가시가 되고 몽둥이가 되어 그를 혹독하게 의식화시켰고, 그런 경험의 누적은 그로 하여금 다수자의 무의식을 지배하는 고정관념에 맞서지 않을 수 없게 만들었다. 그런 점에서 그가 글에서 견지하고자 하는 지적 독립성의 원천은 다름 아닌 그의 사회적 소외였다.

> 당연하다고 굳게 믿고 있는 전제를 다시 한 번 의심하고, 보다 근원적인 곳까지 내려가서 다시 생각해보는 것, 간단히 답을 얻을 수 없는 답답함을 견디며 끊임없이 묻는 것, 자신을 기존관념의 지배에서 해방시켜 기어이 정신적 독립을 얻어내는 것, 이것이야말로 참된 지적 태도라고 나는 믿는다. 지금처럼 어지럽고 위기에 처한 시대에는 더욱더 그러한 태도가 요구될 터이다. (『고통과 기억의 연대는 가능한가』 8면)

이처럼 독단과 독선에 얽매이기를 거부하는 자유의 정신으로 서경식은 어떤 주제의 글을 쓰든 그것을 자기 집안의 고난의 내력에 관련지어 반추하고 재일조선인의 수난의 역사라는 거울을 통해 그 의미를 추궁한다. 이를 통해 그는 일차적으로 일제강점기에 자의 또는 타의로 일본에 건너간 재일조선인의 정체성 문제를 파고들지만, 그의 시야는 거기 머물지 않고 중국의 동북지방(만주)과 소련의 연해주에 거주하던 조선인 문제에까지 확장되고 더 나아가 추방과 유랑의 운명에 고통받는 전 세계의 모든 디아스포라에게로 향한다.

솔직히 말하면 나는 그의 저서(『고통과 기억의 연대는 가능한가』 24~33면)를 통해, 1910년에 대만과 조선이 일본 헌법의 적용을 받지 않는 이법지역(異法地域)으로 규정되었고 그 결과 대만인과 조선인은 헌법적 권리의 박탈상태에 놓이게 되었다는 것, 1922년 조선호적령의 실시로 조선인의 일본 전적(轉籍)이 금지되고 이로써 조선인과 일본인의 혈통적 구별이 제도화되었다는 것, 그래서 형이 태어났을 때 아버지는 일본 거주지의 동사무소에 출생신고를 한 것이 아니라 우편으로 본적지인 충청남도 논산에 신고를 해야 됐다는 것을 이번에 처음 알았다. 패전 후인 1947년 외국인등록령이라는 법령이 만들어져 그때까지 일본 국민으로 살아오던 재일조선인들이 일순간에 무국적자가 되었고, 새삼 외국인 등록이 강제될 때 국적을 '조선'으로 신고한 것은 당시에는 아직 '대한민국'도 '조선민주주의인민공화국'도 생기기 이전이었기 때문이라는 것, 1965년 한일협정의 체결로 인해 신분상의 불이익을 피하기 위해 '조선적'을 '한국적'으로 바꾸는 소동을 또 한 번 치르게 되었다는 것도 절대다수의 한국인은 거의 모르고 지내는 사실이다.

일본어라는 언어의 감옥에서

그러나 서경식은 자신의 국적이 '한국'임을 거듭 확인하면서도 자신의 아이덴티티는 재일 '조선인'이라고 주장한다. 이때의 '조선'은 결코 어떤 정치적 의미의 국가개념이 아니고 일제강점기에 중국으로 러시아(소련)로 또 일본으로 이산(離散)하기 이전의 하나였던, 또 해방 후 한반도가 '대한민국'과 '조선민주주의인민공화국'으로 분열하기 이전의 하나였던 민족을 가리키는 기호라고 그는 말한다. 그러므로 일본 '국가'의 법적 배제와 사회적 차별 속에서 위태롭게 살아온 서경식이 '국어' '국민' 같은 국가주의적 귀속을 표상하는 개념들에 동조할 수 없다고 완강하게 말하는 것은 너무나 당연하다.

그런 점에서 북간도에서 태어나 평양과 서울에서 공부하다가 일본에서 옥사한 시인 윤동주(尹東柱)는 그에게 조선인의 디아스포라적 정체성이 가장 비극적으로, 어쩌면 가장 순결하게 구현된 모델과도 같은 존재이다. 하지만 윤동주와 자신 사이에 결정적 차이가 있음도 서경식은 놓치지 않는다. 윤동주는 한반도 바깥에서 태어났음에도 모어가 조선어였고 그 모어의 공식적 사용이 금지된 상황에서도 남몰래 모어시(母語詩)를 썼으며 바로 그런 비밀스러운 모어사랑이 그를 죽음으로 인도했을지 모른다. 반면에 서경식의 경우 모어의 탈환에 필사적으로 나섰던 형들은 모국에게서 가혹한 처벌로 보답받았고 그 자신은 일본어를 통해 형성된 아이덴티티의 모순을 끝내 벗어날 수 없다고 고백한다. 『소년의 눈물』이 다른 이유가 아니라 "일본어 표현이 뛰어나다"는 이유로 '일본 에세이스트 클럽상'을 받게 되었을 때, 그는 수상식 인사말에서 다음과 같이 묻는다: "나는 모든 것을 일본어로 생각하며 모든 것을 일본어로 표현합니다. 그렇다면 나는 일본어라는 '언어의 벽'에 갇힌 수인이 아니고 무엇이겠습니까?"(『언어의 감옥에서』 61면)

봉인된 증언

서경식이 되풀이해서 여행을 떠나는 것은 말하자면 그런 수인적 지하생활로부터의 절망적인 탈출 시도였다. 인간영혼의 꿈의 결정체이자 비상(飛翔)의 흔적인 동서고금의 위대한 예술작품들과 접촉하는 동안 그는 인류가 겪은 시련과 고통의 미학적 결과물들이 자신과 같은 외로운 유랑자의 피폐한 영혼에 말을 거는 것으로 느꼈고,

거기서 승화된 아름다움과 좌절의 아픔을 보았다. 그에게 예술은 차별과 모욕, 강제와 박해의 공동운명에 짓눌리며 힘겹게 살아간 사람들 또는 그것에 저항하다 무참히 죽어간 사람들이 남긴 봉인된 증언이었다. 그러므로 봉인을 뜯어 보통 사람들이 알아들을 수 있는 말로 풀어내는 것을 서경식은 문필가의 의무로 받아들였다. 프리모 레비의 삶과 죽음을 꼼꼼하게 추적한 끝에 적어놓은 다음 문장은 그 비관주의적 전망에도 불구하고 유난히 깊은 울림을 준다.

> 죽어가는 증인들의 경고에 귀를 기울이고, 모든 불길한 징조에 최대한 민감하게 반응해 방죽이 무너지는 것을 막지 못하는 한, 홍수는 반드시 일어날 것이다. 그렇게 생각하는 쪽이 이치에 맞는다. (『시대의 증언자 쁘리모 레비를 찾아서』 287면)

내가 읽어본 서경식의 저서들 중에서 기록자의 의무에 충실하면서도 문학적 완성도라는 면에서 높은 성취에 이른 작품은 『시대의 증언자 쁘리모 레비를 찾아서』이다. 방금 나는 '작품'이라는 말을 썼는데, 그것은 서경식의 다른 저서들이 '기행문' '에세이집' '강의록' 따위로 분류될 수 있는 데 비해 이 텍스트는 (1) 레비의 무덤을 찾아가는 여행, (2) 서경식 자신의 힘든 개인사, (3) 나치 집단수용소에서의 레비, (4) 레비의 귀향과 자살 등 크게 네 겹의 스토리를 정교한 '중층적 서사구조'(이 용어는 서경식이 레비의 어느 작품을 분석하면서 사용한 개념이다) 안에 촘촘하게 짜 넣음으로써 수준 높은 문학에 도달하고 있음을 가리키는 것이다. “1996년 1월 1일, 나는 밀라노에서 토리노로 향하는 보통열차 안에 있었다”는 첫 문장에서 시작하여 “내일은 토리노를 떠나는 날이다”는 마지막 문장으로 끝나기까지의 액자소설적 구성은 액자 안에 담긴 것이 끔찍한 인간파괴의 참상임에도 그것을 아련한 여수(旅愁)의 정서로 감싸고 있어, 놀라운 예술적 훈향과 치떨리는 아픔을 함께 맛보게 한다.

민족문학·한국문학·조선문학

어느 책에서나 서경식의 문장은 치열한 문제의식으로 가득 차 있어, 독자를 편히 앉아 있게 놔두지 않는다. 세계를 가득 채운 모순과 불의에 대항해 함께 싸울 것을 촉구하는 글에서 우리가 주저와 갈등을 경험하는 것은 당연하다. 그 점에서 나는 그의 글에 적잖은 불편과 뜨거운 공감을 동시에 느낀다. 다른 책들도 그렇지만, 특히 그의 최신의 저서 『디아스포라의 눈』은 대지진과 원전사고 이후의 일본사회를 비판적 사유의 대상으로 삼은 것이어서, 규슈(九州)지방 한 귀퉁이를 잠깐 구경한 것 이외에 일본을 살펴볼 기회가 없었던 나 같은 사람에게는 공부되는 바가 많았다. 그런데 이 책의 한 장은 나의 직업과 직접 관련된 내용으로서, 그에 대한 답변 삼아 짧게라도 내 생각을 피력하지 않을 수 없다.

2007년 12월 지난날의 민족문학작가회의가 한국작가회의로 명칭을 바꾼 것은 언론보도로 어느 정도 알려진 사실이다. 상당한 기간의 내부적 토론과 적잖은 진통을 거친 끝에 회원들의 투표로 그렇게 결정되었는데, 서경식의 글 「한국문학의 좁은 틀을 넘어서」는 바로 그 문제를 거론하고 있다. 그의 주장과 의문은 다음의 문장에 요약되어 있다.

> 나는 '한국문학'이라는 말이 '대한민국이라는 한 국가에서 유통되는 문학'이라는 극히 한정된, 평범한 의미밖에 가질 수 없다고 생각한다. '한국문학'이란 말은 '민족문학'이라는 말보다 협소한 개념일 수밖에 없지 않은가.
>
> 그래서 묻고 싶은데, 일제강점기와 대한민국 건국 이전의 문학은 한국문학인가? 고인이 된 작가나 월북작가, 디아스포라 작가도 거기에 포함되는가? 재일조선인의 시나 소설은 한국문학인가, 아니면 일본문학인가? (『디아스포라의 눈』 216면)

사실 이 문제는 일찍이 1996년 '문학의 해'를 기념하는 심포지엄에서 재일동포 작가 이회성(李恢成)이 제기한 바 있었고, 이에 대한 견해를 나는 계간 『한국문학』(1996년 겨울호)에 발표한 바 있었다.(염무웅 『문학과 시대현실』, 창비 2010, 572~78면에 재수록) 이회성과 서경식의 주장의 차이점은 전자가 일본어로 쓰여진 자신의 작품이 '범민족문학'으로서의 한국문학에 포함되어야 한다는 것인 데 비해 후자는 '한국문학'이 한반도 남쪽 문학에 국한된 협소한 개념으로서 대한민국 이전 및 대한민국 바깥의 '민족'문학을 포괄할 수 없다는 것이다.

나 자신도 작가회의의 명칭에서 '민족문학'이 떨어져나간 것이 심히 아쉽기는 하다. 그러나 서경식의 주장에도 동조하기 어려움을 느낀다. 간단히 말하면 '대한민국'은 한반도 남쪽에 실존하는 국가의 공식명칭이지만, '한국'은 한편으로 그 대한민국의 약칭으로 통용되면서도 다른 한편으로는 대한민국 국가기구의 작동범위를 넘어서, 때로는 그것과 무관하게 때로는 그것에 저항하면서, 삶을 꾸려가는 더 광범한 인간공동체를 가리키는 기표인 것이다. 나 자신으로 말하면 일제강점기 말년에 태어나 대한민국 정부가 수립되던 1948년 초등학교에 입학하여 지금까지 살아왔는데, 우리 세대의 의식과 무의식 속에는 '한국'이 단순히 대한민국의 통치권이 미치는 영토적 범주로서가 아니라 그 이상의 좀더 영속적이고 보편적인 실체로 입력되어 있다. 1948년 이후 이 땅에서 태어난 세대들은 자신의 삶의 터전이자 자신의 정체성의 근원으로서 한국 아닌 그 어떤 '외부'를 상상하는 일이 더욱 어려울 것이다. 그러니까 양복·양식·양옥에 대비된 한복·한식·한옥의 '한(韓)'은 단지 1948년 이전의 '조선'뿐만 아니라 1910년 이전의 '조선'에도 맞먹을 만한 어떤 항구성을 이제는 지니게 되었다고 인정되는 것이다.

요컨대 '민족문학' '한국문학' '조선문학'은 단순히 이론적 분별을 요하는 개념적 문제라기보다 19세기 중엽 이후 오늘까지 진행된 민족의 이산(離散)과 남북분단의 현실을 언어적으로 반영한 자기분열의 표현이다. 물론 우리는 '한국'의 국가주의화가 가져올 퇴행의 위험을 경계해야 하고, 마찬가지로 '조선'의 과도한 민족주의화에 따르는 시대착오적 배타주의도 극복해야 한다. 그런 점에서 나는 "디아스포라의 존재는 긍정적인가? 그렇다. 그건 분명 긍정적이다"(『디아스포라의 눈』 113면)라는 서경식 같은 소수자의 목소리가 한반도의 남북 어느 쪽에서나 충분히 존중되어야 한다고 믿는다. 그의 그런 불안정한 위치는 언젠가 한반도에 도래할 평등하고 평화로운 다민족·다언어·다문화사회의 형성을 위해 불가결한 주춧돌 노릇을 할 것이다. 그때 그 사회에 붙일 이름이 '한국'일지 '조선'일지 또는 제3의 어떤 것일지 — 그것은 그 해방된 사회의 형성을 위해 투쟁하고 헌신한 사람들이 그때 가서 스스로 결정할 몫으로 남겨두어야 한다.

(다산포럼 2012.4)

4부

두 여름을 기억하며

더위를 부채질하듯 방충망에 붙은 매미울음만 요란하다. 이렇게 더울 때면 으레 나는 1950년 여름을 떠올린다. 유난히 덥고 가물었던 그해 여름.

경상북도 봉화군 춘양면 의양리, 그냥 춘양이라 불리던 그 마을로 인민군 부대가 총성도 없이 한바탕 지나가고 이어서 예고 없는 미군 폭격이 거리를 짓부순 다음 그 산촌 마을은 지금까지와 아주 다른 세상이 되었다. 하지만 그 다른 세상에 찾아온 뜻밖의 평온은 북한 체제를 피해 월남한 우리 가족에게는 불안과 위험의 신호였다.

결국 7월 중순쯤 되어, 우리 가족은 필수품 몇 가지만 챙겨서 길을 떠났다. 일행은 일흔 다 되신 할아버지, 마흔 전후의 부모, 아홉 살의 나, 여섯 살과 세 살의 두 동생들, 이렇게 모두 여섯이었다. 1년 넘게 중풍으로 누워 있는 할머니와 마침 홍역을 시작한 막내는 큰고모가 돌보겠다고 그대로 남았다. 아버지보다 대여섯 위인 큰고모는 일찍이 홀몸으로 살다가 우리 가족을 따라 월남한 터였다.

떠나기는 했지만 막상 갈 데가 분명한 것은 아니었다. 우리 신원을 아는 사람이 없는 곳으로 가는 것만이 유일한 목적이었다. 게다가 제대로 걸음을 걸을 만한 사람은 아버지뿐이었으므로 우리의 속도는 한없이 느렸다. 조금 걷다 주저앉고 조금 더 걷다 잘 곳을 구하곤 했다. 봉화와 영주를 거쳐 예천까지 가는 데 열흘 넘게 걸리지 않았을까.

그런데 얼마나 덥던지! 신작로 양옆으론 잎사귀 늘어뜨린 미루나무만 지친 듯이 서 있고 땡볕을 가려줄 거라곤 아무것도 없었다. 가다보면 가끔씩 참외 원두막이 나타났고 그 아래 가마니 위에 싱그럽게 참외 쌓여 있는 것이 보였다. 하지만 거기 들러 쉴 형편이 못되었다. 마침내 할아버지가 병이 나셨다. 할 수 없이 예천 변두리 어느 집에서 한동안 머물며 할아버지 병이 낫기를 기다렸다. 결국 춘양 쪽으로 돌아가기로 했다. 저녁 무렵이면 가끔 행군하는 인민군 부대와 마주치기도 했다. 적의도 호의도 보이지 않던 소년병들의 삭막한 얼굴과 그들의 군모 위에 꽂힌 방공용 나뭇가지가 지금도 아득하게 눈앞에 그려진다.

피란 보따리를 둘러메고 낯선 길을 따라 걷던 우리도, 원치 않는 전쟁에 동원되어 사지(死地)를 향해 행군하던 그들도 생각해보면 정체 모를 악귀의 마수에 사로잡힌 포로 같은 존재나 다름없었다. 가을바람이 불면서 전세가 바뀌어 다행히 우리는 무사하게 마을로 돌아올 수 있었다. 일선에서는 아직 전투 중이었고 다른 지방에서는 그사이 불행한 일이 많았다는 소문이 들려왔지만, 춘양은 영화 속의 동막골보다 더 평화롭게 6·25를 넘겼다.

그로부터 꼭 30년이 흐른 1980년 여름, 그 여름은 많은 사람들에게 그러했듯이 내게도 잊지 못할 '지옥에서 보낸 한철'이었다. 그해 2월 말, 나는 해직교수 신분을 벗고 영남대에 자리를 얻어 대구로 이사를 했다. 30년 전의 정처 없는 피란길과는 비교조차 할 수 없는 안정된 생활을 막 시작할 참이었다.

그런데 웬걸, 우리 모두가 생생하게 기억하고 있듯이 이른바 '안개정국'이라고 일컬어지는 상황 속에서 12·12부터 5·17까지 전두환 일당의 군사반란이 진행되었다. 그리고 여름이 되자 몇 달 전까지 내가 발행인으로 있던 계간지 『창작과비평』을 비롯하여 『문학과지성』 『뿌리깊은나무』 『씨올의 소리』 등 170여 개 월간·주간지들이 등록 취소되고, 대학·언론사·정부기관 등에서 숙정(肅正)이라는 이름의 대량 추방이 강행됐으며, 구속된 김대중 씨 등에 대한 내란혐의 재판놀음까지 개시되었다.

대학에는 군인들이 진주했고, 교직원들도 교문에서 신분증을 제시해야 출입할 수 있었다. 계엄령 확대와 더불어 휴교가 되었으므로 리포트 제출로 학생들 기말성적을 처리하라는 지침이 내려왔다. 광주 사는 문우들을 통해 이미 그곳 소식을 대강 들었던 터였는데, 이제는 가끔 올라가는 서울에서도 참사가 벌어지고 있음을 실감할 수 있었다.

날씨도 여름 같지 않게 썰렁했다. 한 달 가까이 계속된 장마의 뒤끝은 폭우였다. 그러고 나서도 본격적인 더위는 찾아오지 않았다. 단단히 땀 흘릴 각오를 하고 내려온 대구조차 기온이 아침엔 20도, 한낮에도 30도 아래였다. 냉해 때문에 농사 망친다, 피서지에 사람이 없다는 보도가 연일 나왔다. 이래저래 울분과 울적함으로 책상 앞에 앉아지지 않았고, 해직된 고 이수인 교수(후일 국회의원)의 전화 호출로 툭하면 삼삼오오 시내 술집에 모였다. 1950년과는 전혀 다른 뜻에서의 참담한 여름을 마치 거센 물살을 여럿이 팔짱 끼고 건너듯 겨우 보냈다.

땡볕 내리쬐던 삭막한 여름도, 냉기 가득했던 처연한 여름도 어느덧 오래전이다. 그러나 그 여름들의 고난과 위험은 수십 년 오랜 세월이 지났음에도 잠재적인 형태로는 사실상 여전히 계속되고 있다는 느낌이다. 12·12와 5·17의 반란을 흉내낸 군사쿠데타 음모는 그럭저럭 수습의 가닥을 잡았다고 할 터이니 접어두기로 하고…….

정전협정의 조인으로 당장의 전투는 중지되었지만, 전쟁은 '끝난' 게 아니었다. 그럼에도 불구하고 대한민국에 사는 일반인들의 일상은 전쟁의 지속상태를 잊고 지내도록 생활이 설계되어 있다는 것, 그 위장된 평화의 마취작용이 문제 아닌가 싶은 것이다. 하지만 이제는 이 '망각'의 내용물을 만인이 지켜보는 대낮의 밝음 아래 꺼내어 실체를 밝히고 진정한 평화체제를 실현할 때가 되었다. 아니, 늦어도 많이 늦었다.

엊그제 싱가포르 회의에서의 남·북·미 외교장관 접촉을 통해 또 다시 드러났듯이 북한은 종전을 요구하고 있고 미국은 '비핵화'를 빌미로 종전선언을 미루고 있으며 한국은 어정쩡하나마 상이한 입장들 간의 접점을 모색하기 위해 애쓰고 있다. 이 장면은 사실상 등장인물만 그때그때 교체되었을 뿐, 1953년 이래 미국과 북한 사이에 되풀이되어온 낯익은 '밀당'이다. 인터넷에 공개된 자료만 보더라도, 정전협정은 전쟁 당사자 간의 빠른 평화협상을 규정하고 있음을 알 수 있는데, 그런데도 미국은 1954년의 제네바회담 때 국무장관 존 덜레스가 중국 저우언라이의 요구를 거절한 이래 줄기차게 협상을 회피해오고 있는 것이다. 전쟁의 종식과 평화의 정착에 주도권을 쥔 나라가 미국임에도 그 나라의 주류 정치인과 주요 언론은 북한에 대한 악마화를 끊임없이 재생산하면서 한반도 안보위기를 북한 탓으로만 돌려왔다. 그게 그들의 군사적·경제적·정치적 이익에 부합하리라는 건 설명하지 않더라도 뻔하다.

하지만 이제 세상이 달라지고 있음을 인정해야 한다. 미국이 독판치던 시대는 저물었고 북한이 원하는 것도 다름 아닌 자주와 평화와 번영이다. 그런 세계사의 흐름에 순응하는 것이 정당한 생존의 길 아니겠는가.

(『경향신문』 2018.8.7)

적군묘지 가는 길

“무찌르자 오랑캐 몇 백만이냐/대한남아 가는데 초개로구나.”

일선에서는 피투성이 전투가 계속되고 있었지만, 전장에서 멀리 떨어진 후방의 우리 초등학생들은 아침 조회시간이면 이런 노래를 부르며 운동장을 행진하곤 했다. 60년 넘는 세월이 흘러 이제 ‘초개’란 한자말은 거의 쓰이지 않는 사어가 됐고 ‘오랑캐’ 역시 아주 낯선 말이 되었다. 생각해보면 이 군가에서 ‘오랑캐’는 6·25전쟁에 참전한 중국군 병사들을 가리킨다. 그들은 전선이 압록강 근처까지 올라갔던 1950년 10월부터 1953년 7월 정전이 성립될 때까지 전투에 참가하여 15만 가까운 전사자를 낸 것으로 기록되어 있다. 건국 1년밖에 안된 신생 중화인민공화국으로서는 건곤일척의 큰 모험이었다.

그 참전 중국군 세 사람이 백발노인이 되어 며칠 전 우리나라를 방문하고 속칭 '적군묘지'를 찾았다. "적군의 유해를 고이 모셔준 한국에 감사한다." "희생당한 전우들을 생각하니 마음이 아프다." "청춘을 바친 한반도에 평화가 정착되길 기원한다." 80대 노인이 된 그들의 말 마디마디에선 진심이 느껴지고 묘표를 어루만지는 손길 또한 깊은 감회를 전한다. 임진각에 들른 그들은 역시 80대에 이른 한국군 참전용사들과 포옹을 나누는데, 그 광경을 텔레비전으로 보는 것만으로도 가슴 뭉클한 데가 있다. 구상(具常) 선생의 시 「적군묘지 앞에서」가 노래한 대로 "죽음은 이렇듯 미움보다도, 사랑보다도/더 너그러운 것"인지 모른다.

그러나 한중 우호가 소리 높이 강조될수록 이 우호 분위기에 선뜻 동참하지 못하는 괴리감이 어쩔 수 없이 고개를 쳐든다. 한때 오랑캐라 불렀던 중국인과는 이렇게 얼싸안으면서 피를 나눈 동족끼리는 왜 여전히 매사에 뒤틀려 서로 으르렁거리는가. 남과 북 사이에는 죽음으로써도 넘지 못할 무슨 철벽이 가로놓여 있단 말인가.

1984년부터 10년간 독일(서독) 대통령으로 재임했던 리하르트 폰 바이츠제커는 2009년 간행된 회고록(『우리는 이렇게 통일했다』, 탁재택 옮김, 창비 2012)에서 자신의 개인적 경험을 곁들여 독일 통일과정을 돌아보고 있다. 회고록에 따르면 그는 1939년 9월 1일 독일군 병사의 일원으로 폴란드 국경선을 넘었다. 제2차 세계대전의 발발이었다. 불행히도 바로 이튿날 같은 대대 소속의 작은형 하인리히가 불과 수백 미터 떨어진 곳에서 전사했고, 그는 밤새 형의 시신을 지켜야 했다. 그는 이 충격이 자신의 일생에 결정적인 영향을 미쳤고 정계에 입문한 동기의 하나도 그 비극과 관련이 있다고 술회한다.

그런데 1973년 서독 국회 대표단의 첫 소련 방문에 바이츠제커도 동행하게 된다. 레닌그라드에서 이틀을 보내는 동안 대표단은 피스카렙스코예 공동묘지를 방문한다. 거기에는 제2차 세계대전 중 사망한 47만 명의 유해가 묻혀 있었다. 그것은 나치스 독일이 저지른 거대한 야만의 일부였다. 그날 저녁에는 레닌그라드 정치국의 초청 행사가 마련되었고, 바이츠제커에게는 초청에 대한 서독 대표단의 답례인사 차례가 주어졌다.

무슨 말을 해야 하나? 그는 젊은 시절 자신이 보병으로 참전하여 레닌그라드 공방전에서 치열하게 백병전을 벌인 사실을 고백하고 "우리가 과거에 직접 경험한 것을 우리 후대에 다시 반복되지 않도록 하는 데 책임을 다하기 위해서 여기에 왔다"고 말한다. 잠시 침묵이 흐른 다음 소련 측 인사들은 바이츠제커의 생각을 수용했고, 점점 더 솔직한 대화가 이어졌으며, 결국 그날의 행사는 놀랍도록 순조롭게 진행되었다. 모든 이념적 편견과 국가주의적 타산을 버리고 진실하게 적군묘지로 가는 것이 가장 성공적인 평화전략일 수 있음을 당시의 독일과 소련 정치인들은 감동적으로 입증한 것이었다.

그로부터 14년 뒤인 1987년 여름 바이츠제커는 서독 대통령 자격으로 모스크바를 방문하여 고르바초프 서기장과 길게 대화를 나누었다. 회담 말미에 그는 고르바초프에게 동서독 문제를 언제까지 방치할 거냐고 다그치듯 물었고, 고르바초프는 역사에 그 해답을 맡겨야 한다고 대답했다. 그러나 불과 2년 남짓 뒤 역사는 베를린장벽의 붕괴라는 답을 세계에 보여주었다. 다시 1년이 지나 러시아 군부대가 동독지역에서 철수할 때 바이츠제커는 통일독일 대통령의 자격으로 러시아군을 환송하며 독일 땅에 묻힌 수많은 러시아 전사자들을 잘 보살피겠다고 약속한다. 그리고 말한다. "당신네 전사자들은 우리의 전사자들이다."

(『한겨레』 2013.7.15)

'10월유신' 30년

꼭 30년 전 이맘때 한창 가을이 무르익어갈 무렵 나는 집으로 돌아가기 위해 사무실을 나서서 막 어둠이 깔린 서울 청진동 골목길을 걷고 있었다. 그런데 갑자기 주위가 수런거리더니 근처 라디오에서 카랑카랑한 쇳소리가 울려나오기 시작했다. 참으로 놀라운 내용이었다. 그 시각을 기해 전국에 비상계엄을 선포하고 국회를 해산하며 일체의 정치활동을 중지시킨다는 대통령 박정희의 특별선언이 발표되고 있었던 것이다.

"국민들에 대한 내전의 선포로구나!" 이런 느낌과 함께 순간적으로 공포와 전율이 등줄기를 훑어내렸다.

얼마 뒤 이 조처는 '10월유신'이라고 명명되었다. 급변하는 국내외 정세에 효율적으로 대처하여 통일기반을 다지고…… 운운하는 둔사(遁辭)가 동원되었지만, 그것은 자기들 스스로도 믿지 않는 속임수에 불과했다. 간단히 말해서 유신이라는 것은 박정희의 절대권력과 영구집권을 보장하기 위한 헌법유린 행위에 지나지 않았다.

그런데 꽤 오랜 세월이 지난 오늘의 시점에서 돌이켜보면 10월유신이 박정희의 개인적 권력욕과 인권탄압을 표상하는 단순상징으로 굳어져버린 것이 아닌가 반성한다. 다시 말해 미국의 세계전략이라든지 한반도의 분단구조와 같은 더 넓은 시야에서 더 심층적으로 해석할 수도 있을 것이란 생각이 이제야 드는 것이다. 한국 같은 나라에서 10월유신 같은 중대한 정치적 변동이 기획 진행될 때 미국이 아무것도 모른 채 그저 팔짱 끼고 구경만 하고 있었으리라고는 상상할 수 없기 때문이다.

일제가 물러나고 미군이 남한에 진주한 이후 미국이 우리에게 어떤 존재였던가를 말해주는 수많은 사건과 증언과 증거들이 있지만, 그중 5·16쿠데타와 관련된 김종필의 최근 발언은 우리의 눈과 귀를 끌기에 족하다. 그는 지난해(2001) 1월 25일 전직 총리와 장관급 인사 100여 명을 호텔로 초청해 점심을 함께하는 자리에서 "5·16혁명이 일어나지 않았더라도 장면 정권은 무너지게 돼 있었다"며 "미국이 이런 정권으로는 북한과 대처할 수 없으므로 민주당 정권을 끝내려는 계획을 세워놓고 있었다"고 말했다. 이 자리에서 그는 "얘기하지 않기로 약속했지만, 미국 사람들도 20년이 지나면 공개하는 마당에 40년이 지났기 때문에 처음 얘기하는 것"이라고 밝혔다.(『동아일보』 2001년 1월 26일 대구경북판. 서울판을 비롯한 다른 지역판에도 이 기사가 실렸었는지는 확인하지 못했다.)

김종필의 이 발언은 어찌된 셈인지 사회적 주목을 별로 받지 못했다. 다들 그러려니 짐작했던 사안이라 새삼스러울 게 없다고 사람들이 판단했기 때문일 거라고 나는 믿지 않는다. 한국 정치에 대한 미국의 절대적 지배는 어쩌면 바로 그 절대성 때문에 마치 우리가 무심코 숨쉬고 사는 공기처럼 오랫동안 의식의 수면 아래에서만 작동되어왔다. 비판의 대상으로 언론에 노출되거나 시민사회의 논의대상이 되는 일은 아주 예외적이었다. 그런데 이번 김종필의 언명은 미국 정보조직의 배후공작에 의해 발생한 세계 도처의 허다한 쿠데타들 가운데 그 토착세력 주모자가 공개석상에서 행한 (아마도 거의) 최초의 증언이므로 높은 뉴스 가치를 인정받아 마땅하다. 그뿐만 아니라 5·16쿠데타 당시 합법적 민간정부의 전복을 마치 반대하는 듯이 처신했던 미국의 기만적 이중성을 입증하는 데도 극히 유용한 자료다. 그럼에도 불구하고 한국의 언론들이 이 중요한 증언을 묵살하고 넘어갔다는 것은 무엇을 의미하는가.

장면 정권과 극명한 대비를 이루는 것은 10월유신 이듬해 9월 11일 군부의 반란으로 장렬하게 붕괴한 칠레의 아옌데 정부이다. 이유는 각기 달랐지만 장면과 아옌데는 둘 다 허약한 정부의 대표였다. 널리 알려진 대로 장면은 미국의 지지를 등에 업고서, 그리고 아옌데는 민중의 지지를 바탕으로 위기를 극복하고자 했다. 결과가 보여주듯이 장면은 미국의 버림을 받았고, 아옌데는 미국의 사주를 받은 군부에 의해 참혹한 최후를 맞았다.

그렇다면 10월유신은 위의 두 경우에 비추어 어떻게 해석될 수 있나. 5·16쿠데타가 허약한 민주정부를 무너트린 미국 반공전선의 강화였듯이 10월유신도 그 연장(延長)으로서 월남패망을 눈앞에 둔 시점에서 이루어진 미국 사주의 예방적 내부강화였는지, 아니면 미국의 기대치를 훨씬 웃도는 박정희 개인의 과욕이었는지 지금으로서는 확인할 길이 없다. 어쨌든 분명한 것은 그것이 박정희 몰락의 시발점이 되었다는 점, 그리고 미국으로서는 1961년의 5·16쿠데타와 1972년의 10월유신 같은 정치적 격변의 순간에나 그로부터 30년, 40년이 지나 김종필의 증언이 나온 2001년의 시점에나 자신들의 역할이 노출되는 것을 일관되게 원치 않았다는 사실이다. 그렇게 자신의 실체를 숨기면서도 미국은 그후 광주에서 우리가 생생하게 경험한 대로 민중이 정치의 주체로 떠오르는 것을 완강하게 거부함으로써 한국 정치의 진정한 민주화를 사실상 배후에서 억압했다.

이제 머잖아 우리는 또다시 중요한 정치변동의 계절을 맞이한다. 김종필의 증언이 우리에게 가르쳐주는 것은 미국이 그동안 세계 도처에서 해왔던 것처럼 한국에서도 여전히 마음에 들지 않는 정부를 뒤흔들기 위해 못하는 짓이 없으리라는 점이다. 지난날 장면과 수카르노, 아옌데와 박정희는 모두 미국의 공세를 견디지 못하고 각기 다른 방식에 의해서이긴 하지만 결국 몰락의 길을 걸었다. 오늘 이라크의 운명을 우리가 주시하는 것은 그것이 언젠가 우리 자신의 운명의 예고편이 될 수도 있기 때문이다. 그런 점에서 10월유신은 지금도 살아 있는 교훈이다.

(『한겨레』 2002.10.13)

‘임정’의 시선으로 ‘용산’을 보면

3·1운동 100주년을 앞두고 역사의 현장을 둘러보고 미래를 내다보는 ‘성찰과 전망’의 기획들이 학계, 종교계, 언론 등 여러 방면에서 진행 중이다. 지난 8월 30일자 『경향신문』이 시작한 ‘임정 대가족 유랑의 3년’도 그런 기획의 하나일 것이다.

19세기 말의 동학농민전쟁부터 3·1운동, 4·19민주혁명, 광주민주화운동과 6월항쟁을 거쳐 오늘의 촛불혁명에 이르는 우리 혁명운동의 역사 가운데서도 유독 3·1운동이 결정적 의의를 갖는 까닭은 이 모든 운동들의 중심목표가 여기에 집약되어 있기 때문이다. 많은 분들이 이미 지적했듯이 3·1운동은 일제 식민지지배를 철폐하는 것만 목적으로 삼은 단순한 독립투쟁이 아니라 봉건적 왕조체제의 극복을 지향하는 근대적 공화주의 운동의 일환이었고 상층 지도자들이 주도한 엘리트 운동이 아니라 당시의 모든 사회구성원이 대거 참여한 대중적 시민운동이었다. 또한, 안중근 의사의 「동양평화론」(1910)이나 한용운 선생의 「조선독립이유서」(1919) 같은 논설에서 드러나듯 이 시대의 우리 민족운동은 하나의 사상운동이기도 했으니, 거기에는 민족주의의 폐쇄성을 넘어선 국제적 평화체제 구상이 함축되어 있었다. 그런 점에서 '민주공화제'를 임시헌장 제1조로 하여 성립된 대한민국임시정부(임정)는 3·1운동의 위대한 역사적 성과라고 볼 만하다.

그런데 알다시피 임정의 앞길은 순탄치 못했다. 수많은 위험과 장애요소들이 밖에서뿐만 아니라 안에서도 임정의 발목을 잡았다. 더욱이 1932년 4월 윤봉길 의사의 거사 직후에는 상하이를 점령한 일제의 마수가 임정의 목을 졸랐다. 안창호 선생은 왜경에 체포되었고 임정 요인들은 프랑스 조계(租界)를 도망치듯 급히 떠나야 했다. 고달픈 피란의 발걸음은 항저우(1932), 전장(1935), 난징(1937), 창사(1937), 광저우(1938), 류저우(1938), 치장(1939)을 거쳐 1940년 마침내 충칭에 이르렀다.

'조선의 잔다르크'로 불린 정정화(鄭靖和, 1900~91) 선생은 후일 회고록 『장강일기(長江日記)』(학민사 1998)에서 이렇게 회고했다. "장장 5천 킬로미터의 피란길은 중공군이 강서성에서 섬서성까지 쫓겨간 만리장정에 견주어질 만한 것이었고, 사실 우리끼리도 이 피란 행각을 만리장정이라 부르기도 했다." 이런 말 못할 고난 속에서도

1945년 8·15 그날까지 임정의 법통을 지켜낸 것은 기적이라면 기적인 셈이었다.

방금 언급한 정정화는 동농(東農) 김가진(金嘉鎭, 1846~1922)의 며느리이자 현재 임정기념사업회 회장을 맡고 있는 김자동의 모친으로서, 3·1운동 직후 시아버지와 남편이 망명하자 1920년 1월 뒤따라 국경을 넘었고, 임정의 안살림을 맡아 어른들을 보살피는 가운데서도 1930년까지 여섯 차례나 국내로 잠입하여 운동자금을 얻어오는 등 모험을 감행한 분이다. 임정의 역사를 증언하는 공식기록이 있는지 없는지 알지 못하는 나로서는 몇 해 전 『장강일기』를 읽고 감동하여 칼럼을 쓴 적도 있는데(다산포럼 2013.1) 그 칼럼에서 내가 특히 관심을 둔 것은 두 가지였다. 하나는 김구 선생을 비롯한 지도자들이 아니라 이름을 남기지 못한 평범한 서민들은 독립운동의 과정에서 어떤 활동을 했는가. 다른 하나는 목숨을 바치는 것조차 마다 않고 투쟁했던 분들은 해방된 조국에 돌아와 어떤 대접을 받았는가. 그런 관점에서 보더라도 『장강일기』는 임정에 관한 심층사(深層史)이자 미시사(微視史)에 해당한다고 할 수 있다.

길게 소개할 여유가 없으므로 두 번째 문제에 관한 『장강일기』의 증언만 다시 살펴보자. 알다시피 일제가 패망한 뒤에도 임정 요인들의 귀국은 쉽지 않았다. 1945년 10월이 되어서야 항공편을 제공하겠다는 미국의 통보가 왔고, 그나마도 개인 자격으로만 허용한다는 것이었다. 가족들의 귀국은 더 어려웠다. 1946년 1월 16일에야 정정화를 비롯한 100여 명 가족들은 6대의 버스에 나누어 타고 충칭을 출발할 수 있었다. 하지만 미군 수송함으로 상하이를 떠난 것은 5월 9일이었고, 부산항에 내린 것은 엿새 뒤였다. 그런 다음 5월 15일 오후 부산역을 출발한 기차는 이틀 뒤인 17일 저녁 8시쯤 서울역에 도착했다.

그들이 당한 푸대접은 여기서 그친 것도 아니었다. 가령, 서울행 기차 안에서의 일을 『장강일기』는 다음과 같이 기록한다. "눈살을 찌푸리게 하는 것은 기차가 설 적마다 화물칸으로 기어 올라와 설쳐대는 경찰관들이었다. 아무에게나 반말지거리로 대하고 위세를 부리는 꼴이 꼭 왜정 때의 경찰을 그대로 뽑아다 박아놓은 것만 같았다."

어쩌면 이것은 사소해 보이지만 결코 사소한 일화라고 할 수도 없다. 하지만 모든 사소한 것들 뒤에는 반드시 중대한 것과의 연결고리가 있게 마련이다. 조국 광복에 일생을 바친 투사들 다수가 명색 해방된 조국의 남과 북에서 존경과 명예를 누리기는커녕 암살되거나 박해받은 사실이 이를 입증한다. 투사들 자신이 박해를 받은 터에 가족들이 푸대접을 받은 것은 하소연하는 것조차 과분한 일이었을 것이다.

아마 대표적인 사례는 의열단의 이름과 함께 기억되는 불굴의 전사 김원봉(金元鳳, 1898~1958) 선생일 것이다. 그는 남에서는 악질적 친일경찰 노덕술에게 잡혀가 따귀를 맞는 모욕을 당했고 북에서는 종파주의자의 이름으로 숙청되었다지 않는가. 이런 극단적인 경우를 제외하더라도 이 나라에서 독립운동가들은 주로 어디에 묻혀 있고 국립묘지인 현충원에는 주로 어떤 사람들이 묻혀 있는지 생각해보면 역사 왜곡의 실상을 조금은 짐작할 수 있다.

고백하건대 나로 하여금 임정의 수난사를 새삼 화두로 삼게 만든 것은 문재인 대통령의 올해 8·15 경축사였다. 그는 이렇게 말했다. "오늘 광복절을 기념하기 위해 우리가 함께하고 있는 이곳은 114년 만에 국민의 품으로 돌아와 비로소 온전히 우리의 땅이 된 서울의 심장부 용산입니다. 일제강점기 용산은 일본의 군사기지였으며 조선을 착취하고 지배했던 핵심이었습니다."

그렇다. 용산은 외세의 지배를 상징하는 땅이었다. 일제강점 이전에도 용산은 청나라의 위안스카이(袁世凱, 1859~1916) 군대가 주둔했었고 오랜 옛날 원나라 몽골군대가 머물렀던 곳이라고 한다. 요컨대 굴욕과 수치의 땅이었다. 그런데 대통령은 이렇게도 말한다. "대한민국 수도 서울의 중심부에서 허파 역할을 할 거대한 생태자연공원을 상상하면 가슴이 뛰닙니다."

이와 같은 생태적 발상 자체는 만인의 지지를 받아 마땅하다. 그러나 효창원과 북한산 기슭에 초라하게 흩어져 있는 독립지사들의 묘소를 독립운동공원의 명칭과 함께 용산 한가운데 모신다면 어떨까. 그것은 생태주의에 반하지도 않을뿐더러 대한민국의 국가적 정체성과 정통성을 드높이는 상징으로 우뚝 설 것이다. 그리고 그 가장자리에 한용운의 「님의 침묵」부터 김남주의 「조국은 하나다」까지 민족문학의 가시밭길을 상기시키는 국립한국문학관이 세워진다고 생각하면 그 생각만으로도 가슴이 뛰지 않는가.

(『경향신문』 2018.9.4)

영국인 참전용사의 증언

이 글을 쓰기 시작한 지금, 마이크 폼페이오 미국 국무장관은 평양의 최고급 숙소인 백화원 영빈관에서 아침 식사를 마치고 북한 김영철 부위원장과의 회담을 위해 잠시 쉬고 있을 것이다. 3월과 5월에 이은 세 번째 방북이니, 두 달에 한번씩 찾은 셈이다. 클린턴 정부 시절인 2000년 10월 매들린 올브라이트 국무장관의 방북이 북미관계 역사상 최초의 사건으로서, 이때엔 미국 고위인사의 방북 사실 자체가 놀라움을 안겨주었다. 이에 비하면 폼페이오의 방북은 긴히 논할 현안이 있는 두 나라 사이의 흔히 있을 수 있는 일처럼 보이게 되었다. 북한에서 가끔 쓰는 낱말을 빌리면 그야말로 '사변적' 변화라 할 만하다.

알다시피 북한과 미국이 핵심 당사자가 되고 한국과 중국도 그에

버금가는 중요한 참여자가 되어 논의할 사안은 한마디로 말해서 평화회담이다. 즉, '정전협정'으로 봉합된 지금까지의 전쟁상태를 평화적으로 마무리짓는 일이다. 하지만 바로 그렇기 때문에 우리는 묻게 된다. 도대체 어떤 전쟁이었기에 총성이 멎은 지 65년이 된 지금에서야 종전문제가 대화 테이블에 오른단 말인가.

흔히 '한국전쟁' 또는 '6·25전쟁'으로 불리는 이 전쟁이 어떤 원인으로 발발하여 어떤 경위를 거쳐 정전에 이르렀고 또 그것이 한반도와 동아시아의 정국에 얼마나 심대한 영향을 끼쳐왔는지에 대해서는 수많은 연구서들이 나왔고, 내가 읽은 것만도 10여 권에 이른다. 아마 오늘도 새로운 저서가 준비되고 있을 것이다.

그러나 생각해보면 학자들의 연구내용이 어떤 것이었든 간에 한반도에 사는 주민이라면 누구나 지난 70여 년 동안 전쟁이 남긴 어두운 그늘을 매일의 삶을 통해 예외 없이 다소간 경험해왔다고 할 수 있다. 나처럼 초등학교 시절에 전쟁을 겪고 중고등학교 시절 이승만 정부의 반공교육 밑에서 자란 사람은 말할 것도 없고, 이른바 민주화 이후 비교적 '자유롭게' 청소년시절을 보낸 세대들도 알게 모르게 분단과 전쟁이 생산하고 재생산한 심리적 억압과 이념적 왜곡을 트라우마처럼 내면 깊숙이 지니고 있을 것이다. 이승만 독재와 박정희·전두환의 군사파시즘 자체도 어떤 면에서는 분단과 전쟁의 산물이다.

따라서 4월혁명과 6월항쟁, 그리고 최근의 촛불시위는 단순히 정치체제의 반민주성에 대한 시민들의 항의투쟁에 그치는 사건이 아니다. 그것은 동시에 우리 각자의 내부에서 작동하는 수많은 심리적 억압과 낡은 고정관념에 대한 싸움이기도 한 것이다. 그런 점에서 본다면 지난 4월 27일 남쪽의 대통령과 북쪽의 국무위원장이 손을 잡고 군사분계선을 넘나들고 도보다리를 거닐면서 밀담을 나누었던 희유의 퍼포먼스는 공식적 결과물로서의 '판문점선언'이 가지는 의미 못지않은 깊은 뜻을 지닌다고 할 수 있다. 왜냐하면 그것은 말이 아니라 행동으로, 그리고 고정된 문장이 아니라 일상생활에서 유통 가능한 자유로운 상징의 형식으로 내일의 희망을 암시했기 때문이다. 그 점을 누구보다 명확하게 인식하고 있던 사람은 문재인 대통령 자신이었다고 할 수 있다. 그는 2차 정상회담 다음 날 발표문을 통해 "지난 4월의 역사적인 판문점회담 못지않게, 친구 간의 평범한 일상처럼 이루어진 이번 회담에 큰 의미를 부여하고 싶다"고 말했던 것이다.

6·25전쟁이 남긴 긴 어둠에 관하여 전혀 다른 각도에서 생각하게 만든 인물을 나는 최근 인터넷에서 만났다. 그 인물의 이야기를 나는 이향규 씨가 쓴 「돌아가지 못한 영국군을 생각하며」(창비주간논평 2018.7.4)에서 먼저 글로 읽고, 그 글에 소개된 「제임스 그룬디: 종전선언을 바라보는 한 영국인 6·25 참전용사의 이야기」(BBC뉴스

2018.6.12)라는 짤막한 다큐 동영상에서 육성으로 들었다. 주인공 제임스 그룬디(James Grundy)는 1951년 2월 불과 열아홉 나이에 "한국이 어디 있는지, 이 전쟁이 무엇을 위한 것인지도 모르고" 부산항에 도착하여 시체수습병으로 2년 4개월 복무한 뒤 고국인 영국으로 돌아갔다. 그는 총알이 날아다니는 전장에서 시신(屍身)을 거두는 일도 힘들었지만, 귀국 후의 삶은 더 힘들었다고 말했다. 억울하게 죽는 민간인들의 끔찍한 장면들이 떠올라 잠을 이룰 수 없기 때문이었다. 그는 낯선 땅에 묻힌 동료들에 대한 미안함을 달래기 위해 30년째 매년 부산 유엔기념공원을 찾는다. 척추암 말기에 86세의 노년에 이른 그는 죽은 뒤 부산의 동료들 곁에 묻히면 행복할 거라고 유언처럼 말한다.

그런데 이 동영상은 화면을 가득 채운 폭격기들의 위압적인 영상과 함께 그룬디의 다음과 같은 육성을 첫 장면에서 내보낸다. "영국에선 그때나 지금이나 한국전쟁에 대해 알길 원치 않아요. 슬픈 일이죠. 사람들은 관심이 없었어요. 그래서 한국전쟁을 항상 '잊혀진 전쟁'이라 부릅니다."

잘 알려져 있듯이 '잊혀진 전쟁'이란 말은 영국보다 미국에서 더 일반화되어 있고, 영국이나 캐나다는 어쩌면 미국의 관행을 따른 것인지 모른다. 하지만 그룬디의 예가 보여주듯이 참전 병사들과 그 가족들에게는 잊고 싶어도 잊히지 않는 것이 한국전쟁이었다. 그러니 죽음과 파괴의 참혹한 현장을 온몸으로 겪은 남북한 주민들이야

더 말할 것도 없다. 실상 지난 60여 년의 한반도 분쟁사를 살펴보면 미국의 집권자들도 이 전쟁을 결코 잊은 적이 없을뿐더러 냉전의 도구로 적극 활용해왔다는 사실을 짐작할 수 있다. 그렇다면 왜 '잊혀진 전쟁'인가. 거기에는 이 미묘한 용어의 전파를 통해 비극의 책임을 은폐하려는 저의가 숨어 있는 것은 아닐까. 그러나 어쨌든 우리에게는 역사전환의 새날이 현실로 다가오고 있다. 그룬디는 그러한 전환을 예감하는 증언자의 한 사람으로서 말기암 환자답지 않게 초롱초롱한 눈을 빛내며 서슴없이 말한다.

"남북 정상이 군사분계선을 넘을 때 '이게 꿈인가' 하는 생각이 들었습니다. 이번엔 정말 희망이 보입니다. 전쟁이 끝났다는 선언이 나오면 남북한 모두 미래를 향해 큰 걸음을 내딛게 될 겁니다. 하늘나라에 있는 전우들도 자신들의 죽음이 헛되지 않았다는 걸 알면 얼마나 좋겠습니까."

(『경향신문』 2018.7.12)

국기는 무엇을 상징하나

1980년대였던가, 「황금연못」이라는 미국 영화를 본 적이 있다. 헨리 폰다와 캐서린 헵번이 노부부 역을 맡아 뛰어난 연기를 보여준 작품인데, 기억이 분명치는 않지만, 호숫가 별장에서 여름 한철 지내는 그들 은퇴한 노부부에게 오랜만에 중년의 딸이 찾아와 낯선 소년을 맡기고 떠나는 것으로 이야기가 시작된다.

그런데 영화의 내용과 상관없이 내 눈을 끌어당긴 것은 전혀 엉뚱한 소도구였다. 그것은 다름 아니고 이 은퇴한 노인들의 생활 궤적을 줄기차게 동행하는 미국 국기였다. 노인들이 거주하는 집 안에서건 그들이 놀러 가는 보트의 뒤꽁무니에서건 어디서나 성조기가 펄럭였던 것으로 기억한다. 미국이란 나라를 가본 적이 없는 나에게는 노인들의 소소한 일상생활을 구석구석 따라다니는 국기의 존재가 낯설고 의아스럽게 여겨졌다. 「황금연못」처럼 가족문제를 다룬 섬세한 예술영화도 미국식 애국주의의 틀을 벗어날 수 없다는 것인가.

그러나 생각해보면 납득되는 면도 있다. 알다시피 미국은 원주민들의 피의 희생 위에 유럽의 이주민들이 건설한 다민족 신생국가이다. 러시아와 중국도 다민족국가로서 국가적 통합성에 유난히 신경을 써야 할 이유가 있지만, 그 역사성에 있어서나 민족구성에 있어서 미국에 비할 바는 아니다. 따라서 미국 국민의 발길이 가 닿는 곳 어디에나 내걸리도록 배치되어 있는 성조기라는 물건은 미국이라는 나라의 인위적 정체성 안에 다종다양한 주민들을 하나로 묶어두기 위한 필수적 상징의 하나라고 할 수 있다.

독일은 미국과는 상당히 대조적인 경우가 아닐까 한다. 사실 역사적으로 본다면 독일은 유서 깊은 나라라고 할 수 있지만, 중국이나 한국·일본에 비해서는 국가적 정체성의 형성이 늦은 편이고 문화적으로도 오랫동안 이탈리아·프랑스·영국 같은 이웃나라들의 영향을 받는 위치에 있었다. 바로 그런 상대적 후진성 때문에 독일은 18세기 이후 강력한 민족적 각성의 시대를 맞아 '과잉번영'이라 할 만한 문화적 융성을 이룩했고 그 극단의 연장선 위에서 나치스라는 파괴적 민족주의에 이르렀던 것 아닌가. 따라서 국가주의를 상기시키는 표지로서의 독일국기(Bundesflagge)가 대중 앞에 나서기를 삼가는 것은 '독일적 비극'의 기억이 아직도 생생하게 살아 있기 때문일 것이다.

우리의 경우는 어떤가. 한국인 전체가 한 조상의 핏줄을 이어받았다는 순혈주의적 신화를 믿는 사람들은 이제 많이 줄었다 하더라도, 어쨌든 적어도 우리가 1천년 이상 정치적·문화적·언어적으로 고도의 단일성을 유지해온 것은 사실일 것이다. 따라서 우리 자신에게 우리의 존재는 너무나도 자명한 것이었다. 즉, 국기(國旗)나 국가(國歌) 같은 상징물로 우리 자신을 입증할 이유가 없었다.

그러다가 국기의 필요가 부상한 것은 19세기 후반 외세의 침략 앞에서였다. 타자와의 구별뿐만 아니라 자기확립의 필요가 절실한 존재증명의 시대가 도래한 것이었다. 국가 존립의 위기가 국기 제정의 계기가 되었다는 것은 역사의 아이러니라 하겠지만, 어떻든 일제강점기 동안 낯선 중국 대륙에서 또는 머나먼 미국 땅에서 독립지사들이 태극기 앞에서 느꼈던 감정은, 오늘의 우리들로서는 실감하기 어려운, 마치 부모 잃은 자식이 부모의 빛바랜 사진 앞에서 느끼는 것과도 같은 사무치는 애절함이었을 것이다.

자, 그런데 최근의 이른바 '태극기 집회'에서 휘날리는 태극기와 성조기는 어떻게 해석할 것인가. 대한민국의 탄생 자체가 3·1운동으로 폭발된 자주독립의 정신과 공화주의의 산물이라는 것은 이제 어느 정도 공인된 사실이다. 태극기가 비록 봉건왕조 말기에 왕조국가의 상징으로 채택되기는 했지만, 그럼에도 그것이 외세의 지배에 저항하는 독립운동의 과정, 즉 대한민국 탄생의 과정에서 민주·공화의 지향을 담게 된 것은 부정할 수 없는 사실일 것이다. 그러므로 헌법과 법률의 위반으로 대통령직의 탄핵이 선고된 자를 위해 이 고귀한 상징을 사용하는 것은 태극기의 단순한 오용(誤用)을 넘어 태극기에 대한 모욕이고 헌정질서에 대한 공공연한 도전이라고 하지 않을 수 없다. 더구나 수도 서울 한복판에서 태극기보다 더 큰 성조기를 대중시위의 앞장에 세우는 것은 단순히 사대주의라기보다 굴욕적인 매국행위에 해당하는 것이 아닌지 의심해볼 만하다.

(『교수신문』 2017.4.5)

3월, 4월, 6월 그리고 다시 4월에

뿌연 기운이 며칠째 하늘을 덮어도 꽃들은 아랑곳없이 피어나 봄 세상이 왔음을 알린다. 지난 주말 몇몇 동료 문인과 함께 도종환 선거유세 응원을 위해 청주로 가는 자동차 안에서 옆에 앉은 여자 후배가 창밖을 내다보며 묻는다.

나이가 들면 계절의 변화 같은 덴 무심해지겠지요?

대지를 가득 채운 봄기운이 자기에게 전해지듯 내게도 전해지느냐는 물음이었다. 나는 웃으며 대답했다.

젊은 날 나도 70대 노인을 보면 그런 생각을 했었다고. 자연과 인사에 대해 아무런 정감도 없을 것 같은 뻣뻣한 얼굴에 무슨 느낌이라는 게 있을 것 같지 않았다고.

그런데 내가 막상 그 나이가 돼보니 전혀 그렇지 않음을 수시로 실감한다. 세월과 더불어 표정의 싱싱함이 퇴색하는 건 불가항력이지만, 계절과 기후에는 오히려 더 민감해지는 것이다. 저항력이 약해지니 외계의 변화에 좀더 적극적으로 대응할 신체적 필요가 생겼기 때문인지도 모른다.

당연한 얘기지만, 자연의 변화는 인간의 심신에 심대한 영향을 끼친다. 거뭇하게 다 죽은 것 같던 나무 그루터기에서 돋아나는 연초록 움에 눈이 가면 억눌려 있던 환희감이 절로 솟는다. 산책길 옆 아무나 밟고 다니던 땅에서 샛노란 꽃잎이 얼굴을 내미는 걸 봐도 갑자기 생의 의욕이 살아난다. 한마디로 봄의 도래는 죽음으로부터의 부활이며 생명의 승리를 향한 진군이다. 재생과 해방의 메시지를 품은 기독교의 부활절과 유대교의 유월절이 이 무렵인 것은 그런 점에서 너무도 자연스럽다. 종교와는 담쌓고 지내던 시인도 군사정권의 독재에 저항하던 시절 이렇게 노래한 바 있었다.

그대는 겨울을
겨울답게 살아보았는가
그대는 봄다운
봄을 맞이하여보았는가
겨울은 어떻게 피를 흘리고
동토(凍土)를 녹이던가
봄은 어떻게 폐허에서

꽃을 키우던가

— 김남주 「잿더미」 부분

눈을 들어 멀리 바라보면, 봄은 우리 근현대사에서 과연 혁명의 계절이라 할 만하다. 우선, 왕조의 부패와 학정에 분노한 농민들이 동학교도와 합세하여 일어났던 1894년의 4월(음력)을 상기할 수 있다. 그해 4월이 경과하는 동안 전봉준은 동학 접주들과 함께 운집한 농민들을 지휘하여 혁명군을 조직했고 보국안민의 내용을 담은 창의문(倡義文)을 발표함으로써 절망적 현실을 타개할 보편적 이념을 제시했다. 한때 승승장구하던 동학군은 막강한 무력을 지닌 일본군의 개입으로 결국 패배하고 말았으니, 바로 조선 식민지화의 길이었다.

깨지고 흩어졌던 민중의 에너지가 4반세기의 축적을 거쳐 다시 새롭게 폭발한 것이 3·1운동이다. 지금 나 자신도 3·1운동이라 부르고 있지만, 어떤 분들의 주장대로 '3·1혁명'이 더 적절한 명명일지 모르겠다. 운동이라기보다 혁명인 까닭은 무엇인가. 1919년 봄의 봉기는 단지 일제의 통치에 대항해 자주와 독립을 외친 반외세 운동이 아니라 미래의 국가체제를 왕정에서 공화정으로 변혁하자는 시민적 혁명이었다. 당시의 객관적 조건에서 그 귀결이 '대한민국 임시정부' 성립이었음은 알려진 대로이다. 따라서 1919년 4월 11일 제정된 '대한민국 임시헌장'의 제1조가 "대한민국은 민주공화제로 함"

이라 정해진 것은 실로 역사적인 사건이었다. 『대한민국 헌법의 탄생』(창비 2012)이라는 책의 저자 서희경에 의하면 3·1운동과 임시정부의 수립은 적어도 이념의 지평에서는 '근대 시민혁명과 민족혁명을 겸하는' 일대 역사적 전환이었다.

그는 이렇게 말한다. "3·1운동은 민족 내부의 모든 정치적·사회적 차이를 뛰어넘어 참가자들 사이의 수평적인 일체감을 가져왔고, 그것이 국민의식을 고취했다. 그러나 3·1운동은 민족 외부와의 투쟁이었던 것만이 아니라 민족 내부의 투쟁이기도 했다. 반제국주의 운동이자 반군주제 운동이었기 때문이다."

대한민국 임시정부는 1945년 11월 환국 때까지 모두 다섯 차례의 개헌을 했다고 한다. 서희경의 연구에 따르면 이 과정에서 가장 중요한 역할을 수행한 인물은 조소앙(趙素昂, 1887~1958)이다. 그는 권력과 재산 및 교육의 평등이라는 삼균주의의 주창자로도 잘 알려져 있는데, 그가 자신의 이념을 헌법조항에 넣은 목적이 계급혁명을 예방하기 위해서였다는 것은 흥미로운 아이러니다.

이 임시정부 헌법은 1948년의 대한민국 헌법에서도 기본토대가 되었다. 그러니까 적어도 국가체제의 수준에서는 한국 역사는 3·1운동 이전과 이후로, 즉 왕조국가 시대와 민주공화국 시대로 나누어진다고 말할 수 있다. 이와 더불어 중요한 사실은 1920년대 소위 '문화정치'하에서 전개된 다양한 사회·문화운동의 성과들이 일제 식민지정책의 시혜가 아니라 3·1운동에 의해 쟁취한 일종의 민족적 전리품이었다는 점이다.

헌법에 명기된 자유와 민주주의의 정신은 해방 후 대한민국 역사에서 권력자들에 의해 끊임없이 훼손되고 거부되었다. 이에 대해 발생한 수많은 작고 큰 민중적 저항 가운데 두 차례의 성공적 사례를 들 수 있으니, 하나는 1960년 4·19혁명이고 다른 하나는 1987년 6월항쟁이다.

언뜻 보기에 4·19는 혁명으로서의 성격이 매우 제한적이다. 부정선거 규탄부터 이승만 정권 퇴진까지 구호는 점차적으로 상승했으나, 운동의 주체가 주로 대학생이고 운동방식이 가두시위에 그친 데서 나타나듯 4·19 자체는 정치적으로 소박하고 자연발생적인 한계를 벗어난 것이 아니었다. 이승만의 하야도 미국의 압력에 따른 것이었다는 설이 유력하다. 따라서 3월 15일부터 4월 26일까지의 경과만 놓고 본다면 확실히 4·19는 정권의 붕괴만을 가져온 단순한 정변에 불과하다.

그러나 심층을 들여다보면 1960년대의 한국사회는 분단체제하의 강압적 반공독재를 해체하려는 민중적 염원과 보수반동체제를 유지하려는 기득권세력 간에 치열한 투쟁이 진행되고 있었음을 감지할 수 있다. 그것은 혁명의 성공과 좌절이 부딪치는 싸움이었다. 1961년의 5·16쿠데타 세력도 초기에는 자신들의 행위가 4·19혁명의 계승이라고 주장했는데, 그들의 그런 공언이 실상 빈말은 아니었다. 당시 나 자신으로 말하면 시골 출신 대학생으로 정치에는 거의 백지였고 게다가 과외교습으로 생활비 버는 데 매달려 시국문제에는 관심을 가질 여유가 없었다. 그러나 어쨌든 4·19 이후 캠퍼스에서 흡수한 자유의 공기는 평생 나를 지배하고 있다고 지금도 느끼고 있으며, 조금 일반화해서 말하면 1960~70년대 민족문학운동이 거둔 업적은 4·19혁명의 성취 위에서 비로소 가능성이 열린 것이었다고 말하고 싶다.

1972년부터 1987년까지 이 나라에서 통용된 헌법의 내용은 거칠게 말해서 대한민국 독립투쟁과 건국운동의 전통에 대한 전면적 부정이고 폭력적 유린이었다. 따라서 소위 유신체제 선포부터 6월항쟁 승리까지의 집권자들은 대한민국 헌정질서의 파괴자이고 더 솔직하게 말하면 대한민국 체제의 반역자였다. 그런 점에서 1970~80년대의 치열한 민주화투쟁은 대한민국 탄생과정에서 형성된 본연의 자유민주주의로 돌아가려는 자기회복운동이었다고 할 수 있다.

그런데 '87년 헌법'으로부터 30년 가까운 세월이 흐른 오늘 이 나라의 자유민주주의 체제는 다시 만신창이가 되었고 국가라는 것이 도대체 누구를 위해 존재하는지 의심스러운 상태가 되었다. 이 글을 마무리하는 지금은 총선이 한창 진행 중이지만 활자화되었을 때는 결과가 드러난 뒤일 것이다. 결과를 앞에 놓고 독자들은 꼭 50년 전인 1966년 4월 3일 『조선일보』에 발표된 다음 시를 읽으며 새삼 봄의 혁명적 의미를 되새겨야 할지 모른다.

강산을 덮어 화창한 진달래는 피어나는데

그날이 오기까지는, 사월은 갈아엎는 달,

그날이 오기까지는, 사월은 일어서는 달.

—신동엽 「사월은 갈아엎는 달」 마지막 연

(『한겨레』 2016.4.15)

혁명적 목표를 비혁명적 방법으로?*

대통령 자신에 의한 전대미문의 국정문란으로 나라 전체가 소용돌이에 빠져들었다. 절대 다수의 시민들은 지난 토요일의 전국적 시위 구호에서 나타났듯이 대통령의 즉각적인 퇴진을 요구하고 있고, 야당 정치인도 일부 여기에 동참하고 있다.

대통령이 현직에서 물러나야 할 이유는 지금까지 언론에 보도된 것만으로도 차고 넘친다. 박근혜는 선거 과정에서 남발했던 공약들은 물론이고 취임식에서 낭독했던 선서들 가운데 어느 하나라도 제대로 지킨 것이 있는지 나는 모르겠다. "조국의 평화적 통일과 국민의 자유와 복리의 증진 및 민족문화의 창달에 노력"하는 것이 취임

* 이 글이 신문에 발표될 때 편집자가 붙인 제목은 「지금은 '국민적 탄핵' 목청 높일 때다」였으나, 다시 원래 필자가 달았던 것으로 복원한다.

선서가 규정한 대통령의 기본 임무인데, 박근혜는 재임 3년 8개월 동안 온갖 합법적·탈법적 수단을 다하여 조국의 '평화적' 통일을 방해하면서 전쟁 직전의 위험까지 불사했고, '국민의 자유와 복리의 증진'에 역행하는 시책을 거듭함으로써 힘없는 노인과 미래를 잃어버린 청년들 입에서 '헬조선!' 비명이 절로 터져나오게 만들었으며, 그것도 모자라 문화예술 전반에 걸쳐 작가들의 창조적 역량을 공격하는 데에 자신의 행정력이 동원되는 것을 방치하였다. "대통령은 내란 또는 외환의 죄를 범한 경우를 제외하고는……"이라는 헌법 제84조 조항이 있지만, 이만 하면 거의 '내란'에 준하는 범죄를 저지른 것 아닌가.

박근혜가 대통령직을 고수하든 사임하든 그는 실질적으로는 국민들에 의해 이미 '해임'된 것이나 마찬가지다. 사리사욕 이외에는 눈에 보이는 게 없다는 듯이 국정을 짓밟은 한 여자와 근본을 알 수 없는 몇몇 측근들에게 5천만 국민의 생명과 재산에 관한 대통령으로서의 엄중한 책임을 불법적으로 위임함으로써 박근혜는 텔레비전 화면에 얼굴을 비치는 것 말고는 스스로 이미 현임에서 물러나 있었던 셈이라고 말할 수 있다. 따라서 모든 불의·불법한 내막이 속속 드러나고 있는 이제 그는 국민들의 강력한 요구와 자신의 무의식적 소망에 따라 결단을 내리는 것이 마땅하다. 다만, 이 절대적 당위를 구체적으로 현실화하는 과정에는 당면한 정치적 조건과 법률적 절차에 대한 합당한 분별과 고려가 따라야 한다. 이를 위해 우리가 참고 할 역사적 선례는 내 생각에 4·19혁명이다. 당시의 진행상황에 비추어 오늘 우리의 정치권과 시민사회는 어떤 교훈을 얻어야 하는가.

다들 알다시피 1960년 3·15 부정선거를 전후하여 시작된 항의운동은 4월 19일 절정에 다다랐다. 서울을 비롯한 전국 주요 도시에서 대규모 규탄시위가 폭발하였고, 경찰의 무차별 총격으로 1백 수십 명이 죽고 730여 명이 부상하는 참극이 발생하였다. 서울에는 비상계엄, 지방 도시에는 경비계엄이 선포되었으나 이후에도 산발적 데모는 그치지 않았다. 당일 오후 미국무장관 크리스천 허터는 주미 한국대사 양유찬에게 한국 정부의 폭력을 비난하는 각서를 건넸다.

그리하여 4월 21일 전 국무위원이 일괄 사표를 제출했고, 월터 매카너기 주한 미국대사는 (짐작건대 대통령 이승만의 퇴진과 그후의 신변안전 보장에 관한 미국 정부의 의사를 전하기 위해) 경무대(지금의 청와대)를 방문했다. 4월 23일 장면이 부통령 사임서를 제출했고, 4월 24일 이승만은 자유당 총재를 사퇴하고 일체의 정당활동에서 손을 떼겠다고 언명했다. 이러는 동안 자유당 내의 소위 혁신파 국회의원 49명은 내각책임제 개헌을 추진하기로 합의하고 '헌정혁신동지회'(가칭)를 구성할 예정이라고 밝혀, 자유당은 집권당으로서의 역할을 끝내고 사실상 해체 수순에 들어갔다.

여기까지만 보더라도 이승만 정권이 급속도로 무너지고 있음이 드러난다. 원래 이승만 정부는 미국의 지지와 보수토착세력인 한민당의 협조로 출발했는데, 한민당은 이름도 민주당으로 바뀌어 오래

전에 야당으로 변신했고 미국도 지지를 철회하고 있었다. 이제 이승만 정권을 지탱하는 물리적 기반은 친일경력자가 다수인 경찰밖에 남지 않게 되었다. 붕괴가 목전에 다가온 것이었다.

이때 결정타를 가한 것은 4월 25일의 대학교수들 시위였다. "학생의 피에 보답하라"는 플래카드를 들고 머리 희끗한 교수들이 동숭동 함춘원에서 모임을 갖고 종로로 걸어나오는 동안 따르는 군중은 수만 명으로 불어났고, 구호도 "이승만 하야"로 상승하였다. 이날 민주당 의원 57명은 '대통령 하야권고 긴급동의안'을 국회에 제출했고, 이승만은 허정(許政, 1896~1988)을 외무장관, 이호(李澔, 1914~97)를 내무장관, 그리고 권승렬(權承烈, 1895~1980)을 법무장관에 임명했다. 4월 26일, 시위의 열기가 더욱 고조된 가운데 마침내 이승만은 하야 성명을 발표했고, 여야 간부들은 3·15선거의 무효, 과도내각하에서의 내각책임제 개헌, 개헌 후 총선이라는 정치일정에 합의했다. 이로써 사실상 이승만 정권은 붕괴했다.

4월 27일, 박승준(朴承俊, 1896~1967) 검찰총장이 사의를 표했고, 신임 허정 외무장관은 수석 국무위원으로서 국회와 협의하여 과도내각을 구성하겠다고 발표했다. 4월 28일, 이기붕(李起鵬) 일가는 권총 자살한 시신으로 발견되었고, 그날로 이승만은 경무대를 떠나 사저로 이주했다. 허정이 공석인 국무위원들을 임명함으로써 마침내 과도내각이 출범하기에 이르렀다.

그런데 대통령 권한대행 허정이 과도내각의 시정방침으로 제시한 것이 유명한 "혁명적 목표를 비혁명적 방법으로 수행한다"는 것이었다. 여기서 '혁명적 목표'란 당시의 격앙된 분위기를 감안한 수사에 불과했고 방점은 '비혁명적 방법'에 찍혀 있었다. 체질적으로 허정은 정치적 야심이 많지 않은 온건한 보수주의자였다. 이런 점이 자유당뿐만 아니라 민주당 정치인들에게도 허정을 과도기에 적합한 인물로 보이게 만들었을 것이다.

어쨌든 민주당은 7·29총선에서 압도적 승리를 거둠과 동시에 신파와 구파로 나뉘어 각기 딴살림을 차렸고, 8월 19일 신파의 장면이 국무총리로 인준받아 제2공화국 내각을 구성하자 결국 보수정당 본연의 반동적인 정책을 본격화하기 시작하였다. 시인 김수영이 1960년 10월 30일의 시에서 "혁명은 안 되고 나는 방만 바꾸어버렸다"(「그 방을 생각하며」)고 탄식했듯이 혁명은 퇴색하고 정치판은 선수들만 교체된 꼴이 되었다.

바로 지금 우리는 낡고 썩은 기득권 독식체제의 '신장개업'을 막느냐 못 막느냐의 기로에 서 있다. 대통령의 즉각 사임이 60일 내 대선이라는 법의 암초에 걸린다면, 대통령이 국민 앞에서 실권이양을 공공연하게 약속한 가운데 중립적 총리가 국회와 상의하여 한시적 임시내각을 구성하고 그 과도내각의 관리 밑에 내년 봄 '조기 대선'을 실시할 수 있을 것이다. 개헌이나 선거제도 개혁 등의 문제들은 대선 때 각 후보들의 공약을 통해 국민들 선택을 묻는 방식도 좋지 않겠는가. '집단지성'의 작동이 광범하게 요청되는 시점인데, 그러나 당장 결정적인 것은 '국민적 탄핵'의 함성이 박근혜의 귀에 분명하게 들리도록 우리의 목청을 한껏 높이는 일이다.

(『한겨레』 2016.11.10)

촛불을 들고 역사 속으로

촛불, 혁명을 향하다

3월 10일 오전 11시 21분, 판결문을 읽어나가던 이정미 헌법재판소 소장대행의 입에서 "피청구인 대통령 박근혜를 파면한다"는 말이 마침내 나왔을 때 내 입에서도 저절로 환성이 터져나왔다. 헌법재판소가 설마 상식에 어긋나는 판결을 하랴 믿으면서도 내내 조마조마했던 것이 사실이었다. 중계하는 텔레비전 화면은 감격에 겨워 얼싸안거나 어깨춤을 추는 시민들을 보여준 데 이어, 얼빠진 듯 침묵하다가 악을 써대는 다른 시민들을 비춘다.

사실 박근혜 정권은 출발부터 수상쩍은 바가 많았다. 하지만 경제민주화 등 사탕발림 공약에 솔깃하여 설마 이명박보다야 못하진 않겠지 하는 기대도 없지는 않았다. 그러나 공약이 휴지가 되는 데는 시간이 오래 걸리지 않았다. "속았구나!"라는 느낌이 차츰 고개를 드는 시점에 결정타가 터졌다. 2014년 4월 16일 아침, 476명의 승객을 싣고 제주도로 향하던 세월호가 침몰하여 304명이 희생되는 참사가 일어났던 것이다. 여객선의 침몰 자체에도 해운회사와 관계 당국의 엄중한 책임이 따르지만, 침몰 후 보여준 무능과 무책임은 국가의 존재이유에 대한 근본적 질문으로 이어질 수밖에 없었다.

더욱 결정적인 것은 의문의 7시간 뒤에 나타나 잠 덜 깬 소리를 지껄인 박근혜였다. 차마 못 볼 광경을 발 구르며 안타깝게 지켜본 국민들에게 대통령이라는 사람의 몽롱한 정신상태는 분노를 넘어 깊은 상처로 남았다. 지도자로서의 식견과 능력은커녕 인간으로서의 감수성과 분별력조차 갖지 못한 사람이 막중한 자리에 앉아 있음이 너무나 뚜렷해진 것이었다.

수많은 비정규직 노동자, 그보다 나을 게 없는 자영업자들, 미래를 박탈당한 청년들의 대책 없는 실업, 어린이들에게 강요되는 숨막히는 학습노동, 말 그대로의 '헬조선'인 이 현실에 작은 구멍이 뚫리기 시작한 것은 이화여대에서였다. 여름부터 가을까지 계속된 학생들의 끈질긴 농성투쟁에 힘입어 공권력을 등에 업고 무소불위 온갖 곳에 빨대를 꽂고 사익 챙기기에 나섰던 괴물 불가사리의 꼬리가 드러났던 것이다. 위기를 느낀 박근혜가 10월 24일 국회에 나와 개헌 카드를 꺼내든 것은 차라리 다음 순간의 폭발을 위한 준비동작이

되었고, 그날 저녁 8시 JTBC 뉴스룸의 태블릿PC 보도는 쌓인 인화물질에 불을 댕긴 셈이 되었다. 사람들의 발길은 자연스럽게 세월호 유가족의 농성장이 있는 광화문광장으로 향했다. 10월 29일 토요일 오후의 첫 번째 촛불집회에서부터 "하야!" "퇴진!" "이게 나라냐!"는 외침은 광장을 들끓게 만들었다.

토요일마다 인원이 기하급수적으로 늘고 집회가 순식간에 지방으로 확산되면서 촛불은 점차 혁명의 기운을 띠어갔다. 내게 가장 인상적이었던 것은 주최측 집계 100만 명이 참가한 11월 12일의 제3차 집회였다. 지하철 시청역에 내려 친구와의 약속장소인 대한문 앞으로 가려 했으나, 길이 막혀 움직이기 어려웠고 숨쉬기조차 힘들었다.

이날 약속 없이 소설가 황석영을 만난 건 그래도 휴대전화가 통한 덕분이었고, 우연히 마주친 시인 김용택을 인사가 끝나자 금방 놓친 건 파도처럼 물결치는 인파 때문이었다. 도처에서 가족, 친구, 연인, 동료들이 만났다 헤어지고 그러다 다시 만나 식당으로 술집으로 발길을 옮겼다. 이 경험을 통해 많은 사람들이 동지적 감정을 공유하고 가족으로서의 친밀성을 회복하게 됐다고 고백하는 소리를 나는 들었다. 또한 나는 자본주의의 무한경쟁 속에서 산산이 망가진 공동체가 다시 복원될 수도 있다는 어렴풋한 가능성조차 느꼈다.

축제로서의 혁명

정치는 생물이라고 하는데 역사야말로 생물이다. 각본대로 진행되면 그건 연극이지 역사가 아니다. 수만 명을 넘어 수십만이 모인 집회는 혼란으로 추락할 수도 있고 혁명으로 승화될 수도 있다. 당연히 거기에는 허다한 우연과 창의가 개입할 것이다. 그런데 2016년 10월 29일부터 2017년 3월 11일까지 지속된 어림잡아 연인원 1600만 명의 집회에서 집단지성의 작동은 모든 우연과 창의를 온 세계가 놀란 전대미문의 평화혁명으로 승화시키는 데 성공했다.

흔히 말하듯 대한민국 역사에는 혁명으로 일컬어질 만한 두 차례의 사건이 있다. 알다시피 4·19는 이승만 정권의 부정선거에 대한 항의가 직접적인 도화선이었다. 학생들의 시위는 산발적이고 자연발생적이었으나, 경찰의 무력대응은 유혈참극을 불렀다. 나는 4월 25일 오후 서울대학교 의대 구내에 있는 교수회관 함춘원에서 출발한 교수단 데모를 뒤쫓아 종로까지 걸었는데, 노교수들의 플래카드에는 "학생의 피에 보답하라"는 문구가 적혀 있을 뿐이었다. 하지만 이 '비정치적' 구호가 시민들을 감동시켰고, 그리하여 교수들과 그들을 뒤따르는 행렬이 종로2가에 이르렀을 때는 나 같은 시골 출신이 보기에 거의 폭동 같은 양상을 띠었다. 그럼에도 불구하고 교수단을 혁명의 지도부라고 부를 수는 없을 것이다. 반면에, 1987년의 6월항쟁 때엔 대구 주민으로서 두어 번 서울에 왔을 뿐이다. 한창 싸움이 고조되던 날 상경하니, 거리는 돌과 화염병과 최루탄으로 전쟁터 같았다. 아무튼 이때엔 전두환 독재에 반대하고 직선제개헌을 요구하는 제도권 야당과 국본(민주헌법쟁취 국민운동본부)이라는 이름의 시위 지도부가 연합하여 교과서에서 읽은 듯한 혁명의 살벌함을 연출하고 있었다.

1960년과 1987년에 비할 때 이번 촛불시위는 문화행사와 정치집회를 겸한 새로운 형태의 혁명을 선보였다. 퇴진행동(박근혜정권 퇴진 비상국민행동)은 국본과 달리 집회의 대강의 얼개를 짰을 뿐이고 제도권 야당들의 참여는 거의 개인 차원이었다. 오히려 그런 자유로움은 시민들의 자발성을 제고했고, 그림전시, 연극공연, 시낭송, 춤과 노래 등 이른바 블랙리스트 예술가들에게 기발한 상상력을 자극했다. 『11월』(삶창 2017)이라는 중간보고 성격의 책에서 해고노동자 고동민은 이렇게 분위기를 전한다.

“이름 있는 대중가수들이 본 무대에 오르자 절정에 이른 듯 광화문광장은 함성과 환호로 들썩였다. 수없이 이어지는 시민들과 청년학생들의 자유발언은 너무나도 명쾌하고 기발하게 박근혜 퇴진의 이유를 설명했다.”(48~49면)

한편, 부산 시위에 참가했던 소설가 배길남은 같은 책에서 이렇게 묘사한다.

“주위 시민들의 표정은 발랄했다. 서울의 광장처럼 넓은 장소가 아니었으나 사람들은 도처에서 모여들었고 그 열기는 뜨겁기만 했다. 유모차를 끌고 나온 아기 엄마부터 연인들과 친구들, 손녀의 손을 잡은 할아버지까지 그 구성은 다양했다."(180면)

촛불집회의 바로 이 평화로움과 유쾌 발랄함이 다양한 국민적 참여를 불러오는 동시에 참여인원의 증가와 집회의 지속을 담보했고, 그 점증하는 압력은 국회의 탄핵 결의와 헌재의 파면 선고를 가능하게 했다. 그런 점에서 "'촛불'의 평화시위는 원리적 평화주의라기보다 그 현실적 성공을 위해 '집단지성'이 선택한 탁월한 전략"(백낙청 「'촛불'의 새세상 만들기와 남북관계」, 『창작과비평』 2017년 봄호, 20면)이라는 언급은 박근혜 파면이라는 일차적 성공을 통해 실제의 현실로 입증되었다고 할 것이다.

'광장의 주말'과 '일상의 주중'

토요 집회에 참가한 시민들은 귀가하면 당연히 일상으로 복귀한다. 따라서 축제의 해방감은 온데간데없이 사라지고 월요일부터는 다시 일터의 압박에 시달리게 마련이다. 이 괴리에 관하여 역사문제연구소 연구원 후지이 다케시는 이런 해석을 내린 바 있다.

"주말마다 펼쳐지는 축제의 시간과 월요일이면 꼭 돌아오는 일상의 시간. 큰 소리로 독재자를 비판하며 대로 한가운데를 활보하는 광장과 여전히 상사나 교사의 눈치를 살피며 쭈그리고 앉아 있어야 할 직장, 학교 등을 우리는 큰 무리 없이 드나들고 있다. 너무나 '평화적인' 촛불집회 모습은 어떻게 보면 이 집회가 일상의 질서를 건드리지 않겠다는 태도 표명처럼 보이기도 한다."(『한겨레』 2017.1.1)

참가 시민들의 삶에 내재한 분열, 즉 평화적인 집회와 가혹한 일상 사이에 내재할 수도 있는 혁명으로서의 한계와 균열을, 어떤 면에서는 예리하게, 지적한 분석이다. 한편, 「우리는 촛불을 들었다」(『창작과비평』 2017년 봄호)는 좌담에서 한 참석자도 후지이의 논평을 이어받아 이렇게 말한다.

"이제 퇴진행동도 촛불집회 이후를 준비해야 합니다. '광장의 주말'과 '일상의 주중'의 이분법을 넘어서, 광장의 촛불을 어떻게 일상의 촛불로 옮길 수 있을지 고민 중이에요."(92면)

'촛불집회 이후', 더구나 박근혜 파면 이후를 논의하는 것은 이 지면의 범위를 넘어서는 중대과제다. 그러나 혁명의 일차적 성공이 혹시라도 4·19 이후와 같은 퇴행과 변질로 귀결되지 않을까, 또는 87년체제의 단순한 변형을 만들어내는 데 그치지 않을까 하는 걱정은 누가 어느 자리에서 하든 긴요하다. 그런 점에서 나는 '광장'과 '일상'이 분리되어 보이는 외양과 달리 내적으로 깊이 연결되어 있을 뿐만 아니라 그렇게 연결되어 있음을 상시적으로 자각할 필요가 있다고 생각한다. 우리가 주말마다 집회에 참석하는 것은 바로 주중의 힘든 일상을 개혁하기 위해서이고, 주중의 압박 속에서도 삶의 괴로움을 참고 견디는 것은 주말의 행동을 통해 내일을 기약할 수 있다는 희망 때문이 아닌가.

지난해 11월 5일 대구의 한 여고생은 촛불집회의 자유발언 시간에 나와 "부당하고 처참한 현실을 보며 이건 정말 아니라는 생각에 오늘 이 살아 있는 역사책의 현장에 나오게 되었습니다"라고 말했다. 그러고 나서 집에 돌아가 자신의 페이스북에 "이런 시위를 한다고 해서 나라가 순식간에 바뀌진 않지만 우리 자신 스스로는 변합니다"라고 썼다고 한다.

생각건대 사회변혁을 위한 시민적 참여와 인간내면의 감성적 변화는 진정한 혁명의 두 날개와 같다. 그러므로 촛불집회의 평화로움은 후지이 다케시가 말하듯 "일상의 질서를 건드리지 않겠다는" 소극적인 태도의 표명이 아니라 반대로 촛불혁명의 현실적 성공을 위한 집단지성의 현명하고도 적극적인 선택이었다고 보아야 하지 않겠는가.

(창비주간논평 2017.3.15)

더 나은 세상을 위한 간절함

문재인 대통령 취임에 즈음하여

반년 가까운 동안 수많은 시민들이 광장에 모여 촛불을 들었던 것이 김해자 시인의 말처럼 단지 "대통령 하나 바꾸자"는 것은 아니었다. 그러나 문재인 당선이 확정되고 나서 하루도 지나기 전에 드러나는 것은 '대통령 하나 바꾸는' 것이 실로 엄청난 일이라는 점이다. 마치 벼리를 당기자 그물 전체가 딸려오듯 대통령이 바뀌자 갑자기 나라 전체가 딴 세상처럼 환해지는 느낌이다. 수많은 시민들의 소망과 염원에서 문재인은 무엇을 알아낸 것일까.

한국 정치의 살벌한 싸움터에 등장한 이후 문재인의 선한 눈빛과 겸손한 입매는 사실은 신뢰의 상징이라기보다 불안의 요인이었다. 사실 정치꾼들의 술수에 예리하게 대응하지 못하는 그의 소박한 언변은 정치적 둔감으로 비쳐지기 일쑤였다. 다양한 요소들로 구성된 현실의 복잡계를 헤쳐나가기에 그의 순직함은 무능력의 다른 이름일 수 있었다. 당내 경선 과정에서 그가 자신을 '고구마'에 비유한 걸 보면 그 자신도 그 점을 의식하고 있다는 생각이 든다.

그런데 오늘 목격하는 것은 어떤 날렵한 재주도 한결같은 진정 앞에서는 무력하다는 '오래된 교훈'이다. 윤영수의 소설(「착한 사람 문성현」)에서 제목을 잠깐 빌린다면, '착한 사람 문재인'의 대통령 당선은 오래 납덩이에 눌려 살았던 국민들에게 모처럼의 거국적인 심리적 치유를 선사하고 있고, 동시에 그것을 보는 국민들 상호 간의 감동의 교환을 이루어내고 있기 때문이다.

당선과 취임을 전후하여 대통령 문재인에게서 발화된 언어들 가운데 나에게 가장 깊은 감명을 준 것은 다음의 것이다. 텔레비전 화면에 당선 '확실'이 뜨고 나서 고무된 더민주당의 당사로 찾아간 그는 열에 들떠 방송을 지켜보는 당직자들에게 이런 요지로 말했다. "간절함의 승리라고 생각합니다. 국민들의 간절함이 승리한 것이고 당원 여러분의 간절함이 승리한 것입니다."

아무것도 아닐 수 있는 이 발언을 듣는 순간 내 가슴에서는, 지난 가을부터 올봄까지 주말마다 버스나 전철을 타고 또는 걸어서, 심지어 기차나 고속버스를 타고 광화문에 모여들었던 사람들의 마음에 담겼던 어떤 정의되지 못한 마음의 응어리가 바깥으로 꺼내어져, 단순하지만 가장 적절한 표현을 얻은 것 같은 전기 스파크가 일었다.

아, 저 사람이 그걸 알고 있구나! 자신의 당선을 위해 불철주야 헌신했던 운동원들의 마음에서도 그것을 읽고 거기에 감사하고 있구나! 모두들 더 나은 세상을 위한 간절함으로 뭉치고 있었구나!

물론 간절한 마음을 정치적 현실로 구체화하는 것은 또다른 문제다. 그것은 현실의 복합성을 논리적으로 이해하고 실현 가능한 해결책을 다시 현실 속으로 투입하는 과정이기 때문이다. 그렇다면 오늘 우리가 당면한 현실적 과제는 무엇인가. 이미 이명박 정권 초기에 고 김대중 대통령은 평생 쌓아올린 공든 탑이 허물어지는 듯한 상황을 보는 고통 속에서 민주주의의 후퇴, 민생경제의 악화, 그리고 남북관계의 파탄에 대해 개탄한 바 있었다. 그는 "민의를 따르지 않는 독재자는 민의로 퇴출시켜야 할 때가 되었다"는 말을 『김대중 자서전』에 남겼고, 결국 그 말은 오늘 보는 바의 현실이 되었다.

하지만 아직은 노폐물의 포장을 제거한 데 불과하고, 민주주의도 알맹이는 빠지고 껍데기만 남게 될 온갖 위험들이 여전히 잠복해 있다. 명목과 실제의 일치가 구현된 민주주의를 위해서는 헌법을 비롯하여 정당제도와 선거제도 등 국민들 의사를 더 올바르게 대변할 수 있는 정치제도의 개혁은 절실하다. 민생경제의 지옥 같은 상황은 입에 담기도 괴롭다. 어떤 사람의 한 해 주식배당이 1900억 원인데 비해 다른 사람들의 1년 소득이 1000만 원도 안 되는 살인적 불균형을 어떻게 정의로운 사회의 이름으로 용납할 수 있겠는가. 지난 이명박·박근혜 시기 외교·안보·통일 분야에서 계속돼온 무능과 무책임은 어느덧 한국을 동아시아의 '투명국가'이자 최악의 전쟁위험 국가로 만들었다.

따라서 문재인 정부는 한반도 평화의 전략적 주도권을 무엇보다 먼저 시급히 찾아와야 한다. 북핵문제도 사드배치 문제도 우리 자신이 우리 운명의 주인이라는 확고한 입장에서 현명한 출구를 찾아야 한다. 그러나 이런 일들을 위한 정치와 정책의 성공 조건은 단순한 정략적 계산이 아니라 지극한 간절함을 바탕에 갖는 것이다. 더 나은 세상에서 평화롭게 살겠다는 민초들의 염원의 간절함에 지도자가 순종하는 것, 바로 그것이다. 대통령 문재인은 이 간절함의 대열에 앞장서라.

(『서울신문』 2017.5.12)

2박 3일의 방북, 7분의 절정

문재인 대통령 방북 수행기

새벽 5시 반에 집을 나서는 순간부터 2박 3일 뒤 저녁 7시 무렵 성남공항에 도착하기까지 내 몸이 겪은 가장 구체적인 경험은 휴대폰을 비롯한 각종 매체를 통해 전해지는 다양한 소식들로부터의 차단이었다. 그것은 내 눈이 보고 내 귀에 들리는 것을 통해서만 세계를 이해하는 원초적 상황으로의 일시적 귀환이었다. 그 점을 감안하고 읽어주시기 바란다.

비행시간은 채 1시간도 걸리지 않았다. 창을 통해 내려다보이는 들판은 잘 정비되어 있었고 우리 땅 어디나 그렇듯 누렇게 익어가는 황금물결로 한가위를 준비하고 있었다. 안내원에게 들으니, 북녘도 지난여름 폭염과 태풍에 시달렸는데, 그래도 올해는 벼농사가 풍년이란다.

순안공항에서의 대통령 환영행사는 간단했다. 나는 비행기 트랩에 선 채로 그 장면을 멀리 바라보았는데, 원경으로 보이는 김정은 위원장은 텔레비전 화면에서 자주 보았던 대로 당당하고 기운찬 모습이었다. 하지만 내 주목을 끈 것은 지도자가 아니라 '인민'들이었다. 공항에서도 많은 사람들이 늘어서 환호를 연발했지만, 평양 중심부까지 오는 동안 목격한 열렬한 환영은 나 같은 사람에게는 어떤 '합리적' 해석도 구차한 것으로 느끼도록 만드는 열광이었다. 한반도기와 꽃장식의 거대한 파도 사이를 지나는 동안 나도 모르게 눈시울로 밀려오는 감동을 억제하며 나는 동승한 안내원에게 슬쩍 물어보았다. "인민들이 몇이나 거리로 나왔을까요?" 하지만 그는 쓸데없는 질문 말라는 듯 대꾸했다. "거 어케 셀 수 있갔습네까!"

2005년 7월 남북작가대회 참석차 와서 묵었던 고려호텔은 13년 전보다 내부가 더 깔끔하게 단장되어 있는 것 같았다. 내게 배정된 20층 방에서 내려다본 거리 풍경도 13년 전에 비해 훨씬 밝고 활기가 있는 듯했다. 그런데 그때는 우리 작가들이 방문의 주역이었기에 일정도 작가들 중심으로 짜였었다. 반면에 이번에는 남북의 최고 지도자들이 그들끼리의 개인적 우의를 다지고 이를 바탕으로 한반도의 운명에 관해 논의하는 회담에 수행원으로 따라온 만큼, 우리의 모든 일정이 정상회담의 진행에 의해 조정되는 것이 당연했다. 그러니까 방에 앉아 쉬다가도 벨이 울리면 로비로 모이고 휴게실에서 환담을 나누다가도 버스에 타라는 연락이 오면 달려가는 수가 많았는데, 그런 예정되지 않은 호출이 수시로 우리의 일정에 끼어들었다.

나는 겨레말큰사전남북공동편찬사업회 이사장의 자격으로 왔기에 자연히 종교계나 시민사회 대표들과 자리를 함께할 기회가 많았다. 천주교 김희중 대주교를 비롯한 대표들의 일상생활을 내가 자세히 알 리 없지만, 곁에서 지켜본 느낌으로는 그분들은 이렇게 위에서 일방적으로 정해주는 일정을 따르는 것에 별로 불편하거나 불쾌해하지 않는 것 같았다.

하지만 이때 내게 떠오른 상상은 경제계 인사들은 이 '명령되는' 시간을 어떻게 보낼까 하는 것이었다. 경제계에서 많은 분들이 온 건 아니지만, 그래도 아무튼 유명한 재벌기업의 회장이나 부회장들이 버스에 멍하니 앉은 상태에서, 더구나 부하직원들의 보좌 없이 시간을 보낸다는 것은 그들에게는 아마 거의 난생처음 또는 수십 년 만에 처음 겪는 생소한 체험일 것이었다. 짓궂은 추측일지 모르나, 이 낯선 시간들은 그동안 결정하고 지시하는 데만 익숙해온 그들에게 귀중한 자기성찰의 기회가 되지 않을까. 돌아간 뒤 그들은 장차 남북의 경제협력사업에서 큰 역할을 맡을 것이 기대되지만, 그런 역할을 올바르게 수행하기 위해서도 오늘 겪어보는 '을'의 체험은 귀한 보약이 될 것이다.

한 가지 더 재미있는 장면은 백두산 이곳저곳에서 사진들을 찍는 가운데 이재용 삼성 부회장이 백낙청 교수에게 다가가더니 공손하게 인사하며 말하는 것이었다. "선생님, 안녕하세요? 제가 대학 1학년 때 선생님께 교양영어 강의를 들었습니다. 선생님은 기억 못 하시겠지만요." 가까이 섰다가 우연히 이 장면을 보게 된 나에게 이재용 부회장의 발언은 아주 흥미로운 추억담이었다. 어떤 점에서 이 두 사람은 우리 사회의 대척점에 서 있다고도 할 수 있는데, 그럼에도 이런 사적 인연을 공유하고 있다는 건 우리나라가 어떤 나라인지 말해주는 하나의 상징인 셈이기 때문이었다.

정상회담이 순조롭게 진행된다는 전갈을 누군가로부터 들으며, 그리고 회담 결과에 국내 언론과 미국 정계가 어떻게 반응할지 어렴풋이 머릿속으로 그려보면서, 그러나 우리 수행원들은 때로는 모두 함께, 때로는 정계·경제계 인사들과 별도로 다른 팀을 이루어 각기 서너 군데를 방문했다. 내가 특히 감명을 받은 것은 어린이와 청소년에 대한 국가적 배려의 적극성과 치밀함이 느껴지는 장소였다. 만경대학생소년궁전 곳곳에 게시된 "어린이를 왕으로 받드는 내 나라 정말 좋아라"는 구호도 그렇지만, 교원대학에서 이 교실 저 교실을 안내받으며 보았던 교육현장의 모습도 내게는 상당한 충격이었다. 물론 잠깐 들른 외부자의 피상적 관찰에 불과하므로 남북 교육의 심층적 현실을 제대로 비교할 수는 없지만, 적어도 겉으로 보기에는 나라의 미래가 교육에 달려 있음을 절감하는 사람들이 이곳 교육현장을 지도하고 있음이 분명해 보였다. 교원대학 안으로 들어서자 담벽에 붉은 글씨로 크게 적힌 구호는 이러했기 때문이다.

'자기 땅에 발을 붙이고 눈은 세계를 보자'

이것은 남쪽에 사는 우리도, 아니 지구 어디에 사는 누구든 명심할 만한 옳은 원칙 아닌가. 버스로 시내를 달리면서 보니 이 구호는 다른 건물 벽에서도 가끔 눈에 띄었다. 그러고 보면 어떤 점에서 북한은 일상생활의 전 과정에서 교육이 이루어지는 나라였다. 나처럼 자유분방하게 살아온 사람에게, 그리고 입시 스트레스와 학원폭력에 못 이긴 자살 학생의 안타까운 보도를 수시로 접해온 사람에게 이것은 아주 낯설면서도 눈물겨운 감동이었다.

마지막 날 오전의 예정에 없던 백두산 등정은 13년 전에 했던 것과 똑같은 방식이었던 터라 내게는 감명이 덜했다. 새로운 것은 네 사람씩 차례로 케이블카를 타고 400미터를 내려가 천지 물에 손을 담가보고, 그리고 일어나 사방에 솟은 날카로운 백두산 연봉을 쳐다보며 숨을 들이쉬고 내쉰 것이었다.

그 심호흡은 전날 밤 능라도 5.1경기장에서 보았던 그 형언할 길 없이 막강했던 장면을 내 나름으로 소화하기 위한 반추작용이었다. 1만 7490명의 고급중학교 학생들이 일사불란하게 벌이는 카드섹션도 엄청난 것이었지만, 드넓은 운동장과 공중에서 펼쳐지는 수천 명 대군중의 집단체조와 예술공연은 실로 상상을 초월하는 것이었다. 가령, 1200명의 예술가들이 넓은 운동장 가득히 앉아 연주하는 '가야금대병창'은 벌린 입을 다물지 못하게 하는 규모였다. 하지만 체조·무용·교예·연주가 이리저리 결합된 공연이 말할 수 없이 압도적이기는 했지만, 그것을 보는 내 가슴속에서는 그 집단성에 대한 저항의 습성도 동시에 작동하고 있었음을 고백하지 않을 수 없었다. 저 엄청난 공연이 가능하기 위한 사회적 동원은 과연 정치적으로도 정당한 것인가 하는 물음이 마음 한구석에서 꿈틀거렸던 것이다.

그러나 공연이 끝나고 김정은 위원장의 소개에 따라 문재인 대통령의 연설이 시작되자 모든 것은 결정적인 지점에 이르렀음이 드러났다. 대통령의 연설은 그렇게 긴 것이 아니었다. 그의 언어는 소박하고 어쩌면 평범한 것이었다. 그의 목소리는 선동적이지 않았고 그의 제스처도 연극적인 데가 없었다. 다음과 같은 그의 메시지도 새로운 것만은 아니었다.

"우리는 5000년을 함께 살고 70년을 헤어져 살았습니다. 오늘 이 자리에서 저는 지난 70년의 적대를 완전히 청산하고 다시 하나가 되기 위한 평화의 큰 걸음을 내딛자고 제안합니다."

그러나 불과 7분에 불과한 그의 연설은 그 모든 평범함이 도달할 수 있는 최고의 절정을 순도 높게 결합된 위엄과 역사성 속에서 구현하고 있었다. 북한의 지도층과 정계 인사들에게 정치적 언어로 그렇게 한 것이 아니라 15만 평양의 학생과 시민들에게 일상생활에서 사용하는 육성으로 그렇게 한 것이었다. 그 직접성은 완전히 새로운 단계의 성취였다. 이 순간의 기적은 한반도 민족사에 영원히 기록되어 '평화와 번영'의 추동력으로 살아 있을 것이다.

(『한겨레』 2018.9.22)

우리 자신을 위한 베팅

며칠 전 어느 신문의 칼럼을 강상중 교수는 다음과 같은 문장으로 시작했다. "일본에서 출생해 재일 한국인 2세로 살아온 60여 년간 요즘처럼 일본의 변화에 형언하기 어려운 불안과 두려움 같은 것을 느껴본 적이 없다."(『경향신문』 2013.12.2) 강 교수는 일본에서도 알아주는 지식인의 한 사람인데, 그가 이렇게 느꼈다면 이건 보통 일이 아니다. 그는 일본이라는 나라가 갖고 있는 평화와 풍요의 표층 이미지가 지워지고 감추어져 있던 진짜 얼굴에 마주친 듯한 섬뜩함이 엄습한다고 말한다. 그 두려움의 정체는 무엇인가. 강 교수는 과거에도 그런 경험을 한 적이 한 번 있었다고 한다. 쇼와 천황의 장례식 광경을 보았을 때였다. "1989년 초, 돌연 백주 도쿄의 한복판에서 모든 것이 희미한 빛 속으로 사라"지는 것 같은 비현실적 오싹함을 그는 느꼈다고 한다.

그의 두려움을 내가 100퍼센트 실감한다고 말할 수는 없다. 그래도 내 나름대로 짐작해보면 크게 두 가지 이유가 떠오른다. 하나는 그가 일본 태생임에도 일본사회의 타자로 살고 있다는 존재조건에 관계될 것이다. 평범한 이웃으로 잘 지내던 동네사람이 관동대지진 같은 불의의 재앙이 닥치면 어느 순간 학살자로 돌변할 수도 있다는 1923년 9월의 악몽을 재일동포들의 무의식은 아직 완전히 털어내지 못하고 있는 것이다. 다른 하나는 일본사회가 누려온 장기적 평화와 번영에 관계될 것이다. 강상중 교수가 태어난 1950년 이후 일본에서는 6·25 같은 전란뿐 아니라 5·16쿠데타나 광주학살 같은 공포의 경험이 외신 속의 얘기일 뿐이다. 그렇다면 그의 불안은 개인적인 것인가, 사회적인 것인가.

꽤 오래전 강상중 교수는 일본 중의원 헌법조사회에 출석하여 다음과 같이 증언한 적이 있다. "일본이 미일관계를 반석처럼 탄탄하게 유지하면서 어떻게 인근 아시아 여러 나라 가운데 참으로 이웃이라고 부를 수 있는 동반자관계를 구축해갈 것인지가 21세기 일본의 진로에서 가장 큰 주제가 아닐까 생각합니다."(강상중 『동북아시아 공동의 집을 향하여』, 이경덕 옮김, 뿌리와이파리 2002) 이 증언이 있고 나서 불과 반년 뒤에 9·11테러가 발생함으로써 일본 전후체제의 절대적 보호자 미국은 유일 패권에 어딘지 금이 가는 듯했고, 반면에 중국은 '도광양회(韜光養晦)'를 지나 '대국굴기(大國崛起)'의 단계로 올라서는 것 같아 보였다. 이런 역사적 변화에 현명하게 대처하는 것은 일본에나 한국에나 당연히 국가적 중대사이다. 일본 의회가 자위대의 지위 문제와 미일동맹에서의 집단자위권 문제를 헌법의 핵심 사안으로 보고 헌법조사회를 설치한 것은 당연한 일이었다. 그것은 의회 차원에서 일본 나름의 대응책을 연구한 것이다.

강상중 교수의 발상은 몇 년 뒤 민주당이 집권함으로써 정부 정책으로 채택될 기회를 맞았다. 미일동맹을 굳건히 유지하되 아시아 이웃 나라들과 평화로운 지역공동체를 모색해나가자는 구상을 데라시마 지쓰로(寺島實郎)는 '친미입아(親美入亞)'라는 슬로건으로 요약했는데, 그는 그것이 "미국이 아시아에서 고립당하지 않도록 배려하면서 다른 한편으로는 일본이 아시아로부터 신뢰를 얻는 일"이라고 설명하고, 이런 방향전환이 바로 '민주당 정권 탄생의 의미'라고 주장했다.(『세계를 아는 힘』, 김항 옮김, 창비 2012)

일본으로서 '친미'와 '입아'를 동시에 추구하는 것이 현실적으로 가능할지 어떨지는 차치하고, 이것은 미국으로서는 결코 용납할 수 없는 방향전환이었다. 일본이 '동맹국' 미국과 '잠재적 적국' 중국 사이에서 균형자 노릇을 자처한다는 것은 미국에게는 심각한 배신으로 간주되었던 것이다. 결국 민주당 정권은 눈에 보이지 않는 힘에 맥없이 비틀거리다가 3년 남짓 만에 몰락했는데, 그 과정을 통해 입증된 것은 일본국가의 진로모색에 있어 여전히 미국이 부동의 거부권을 쥐고 있다는 사실이었다. 그런 점에서 강상중 교수의 불안의 근원에 있는 아베 정권의 오늘, 즉 일본국가의 군사주의화는 미국의 작품이라는 것이 내 생각이다.

엊그제 미국 조 바이든 부통령은 우리 한국에도 비슷한 지시사항을 주고 갔다. 미국 반대쪽에 베팅하지 말라는 주문이 표현방식은 농담에 가깝지만 내용은 협박에 다름 아니다. 하지만 그의 말을 언짢게 생각할 일은 아니다. 한 나라의 공직자가 자신의 국가이익을 위해 발언하는 것은 너무도 당연한 권리이자 의무이기 때문이다. 문제는 한국이든 일본이든 남이 하라는 대로 할 것이 아니라 각자 자신의 국가운명을 중심에 놓고 최선의 베팅을 해야 한다는 것이다. 그것이 오늘 우리가 진정으로 고민할 내용이다.

(『한겨레』 2013.12.9)

분단시대를 넘어선다는 것*

유일한 분단국가로서

다들 아는 것처럼 제2차 세계대전 이후의 대표적인 분단국가들 가운데 베트남과 독일은 통일을 이루었고 한반도는 여전히 분단상태로 남아 있다. 왜 우리 한반도만 분단을 극복하지 못하고 있는가. 그렇게 될 수밖에 없는 객관적 조건 때문이고 또 객관적 조건을 넘

* 한국독어독문학회(회장 김누리 중앙대 교수)는 '독어독문학의 역사인식'이라는 제목으로 '베를린 장벽붕괴 30주년 기념' 가을학술대회를 2019년 11월 9일 오후 중앙대학교 310관에서 열었다. 모두 다섯 분과로 나뉘어, 제1분과: '베를린 장벽 붕괴 30주년'을 주제로 「동독 민주혁명과 독일통일의 관계」 등 세 편, 제2분과: '독일문학과 역사인식 일반'을 주제로 「파울 첼란의 시적 앙가주망」 등 세 편, 제3분과: '문학-자유주제'로 「프로이트의 학문적 선회에 대한 고찰」 등 세 편, 제4분과: '독어학 & 문화학' 주제로 「익살과

어설 수 있는 주체적 역량도 모자랐기 때문이다. 오늘 베를린장벽 붕괴 30주년 되는 날을 맞아, 독일이 아니라 주로 우리 자신의 문제점들을 생각해보려고 한다.

알다시피 베트남·독일·한국 세 나라는 분단의 성격이 다르고 분단극복에 기울인 노력의 과정이 달랐다. 베트남은 외세의 오랜 식민지지배를 끝내고 독립을 쟁취하려는 민족운동세력과 식민지지배를 계속하려는 프랑스(1945~54), 미국(1963~75) 등 제국주의 외세 간의 싸움의 과정에서 일시적으로 분단국가가 된 것이었다. 그런 점에서 베트남전쟁은 전형적인 민족해방전쟁이자 통일전쟁이었다. 따라서 이 나라에서 통일은 외세의 지배에 대한 베트남 인민의 투쟁의 전국적 승리를 의미하는 것이었다.

독일과 한반도는 제2차 세계대전에서 승리한 연합국 군대의 분할점령이 분단의 출발이었다는 점에서 외관상 비슷하다. 그러나 독일은 연합국 군대와의 전투에 패배하여 점령된 반면, 한반도는 일본의 무조건항복에 따라 별다른 전투 없이 연합국인 소련군과 미군이 진주함으로써 점령되었다. 독일과 일본은 전범국가이자 패전국

혐오 사이의 언어」 등 세 편, 제5분과: '학문후속세대' 명칭으로 「독일광고에 나타난 화행분석」 등 세 편, 모두 15편의 논문이 발표되고 이에 대한 토론이 진행되었다. 나는 김누리 회장으로부터 '기조강연'을 부탁받아 독일보다는 한국에 대한 얘기를 더 많이 했다. 엄밀한 학술발표가 아님을 전제로 했으므로 출처를 밝히지 않은 채 인용하기도 하고 선학들의 의견을 요약하여 끌어오기도 했다. 필자 자신의 다른 글에서 가져온 부분도 더러 있음을 밝힌다.

가로서 승전국의 점령을 감수할 수밖에 없는 처지였다. 하지만 한국은 베트남이 프랑스의 지배에 대항해 싸웠던 것과 마찬가지로 일본의 지배에 대항해 오랜 저항운동을 벌여왔었고, 따라서 연합국들이 전쟁 중에 합의한 대로 정당한 절차를 밟아 독립을 부여하면 그걸로 만사가 해결될 수 있었다.

그런데도 한반도는 패전국 독일처럼 승전국들에 의한 분단의 운명을 맞았다. 유럽대륙을 동서로 갈라놓은 분단의 경계선이 동북아시아에서는 한반도를 남북으로 쪼개놓은 것이었다. 더욱 비극적인 것은 6·25전쟁이었다. 이 전쟁의 진실이 무엇인지 아직 충분히 밝혀지지 않았지만, 분명한 것은 통일을 목표로 벌인 전쟁이 결과적으로 한반도 내부에, 그리고 한반도 주위에 반통일적 대결구조를 고착 강화시켰다는 것이다. 정전 66년을 넘긴 오늘도 우리는 역사의 정상적 흐름에 역행하는 분단의 구조물들 때문에 매일같이 고통을 받고 있다. 어떻게 하면 이 땅에 제대로 된 민주주의를 건설하고 평화로운 미래를 후손에게 물려줄 수 있겠는가. 이것은 오늘 우리에게 주어진 절체절명의 과제이다.

냉전의 시작

기록에 따르면 일본이 항복문서에 서명하던 1945년 9월 2일 연합군 사령부는 미소 양군에 의한 한반도 분할점령 방침을 공표했다. 그러나 38선을 경계로 한 분단의 결정은 종전 4일 전인 8월 11일 몇몇 미군 대령들의 심야회의에서였다고 하며, "미군이 도착하기 전에 러시아는 한반도 전체를 차지할 수 있었음에도 미국의 38선 분단 제안에 동의했다"(존 페퍼 『남한 북한』, 정세채 옮김, 모색 2005, 36면)고 한다. 동아시아에서의 참전을 망설이던 소련군은 히로시마 원폭투하 바로 다음 날 만주지역으로 진군하여 단시일 내에 일본 관동군을 무력화하고 한반도 동북쪽 함경도로 진입했고, 미군은 그보다 거의 한 달 뒤에 인천으로 상륙했다.

그런데 정말 중요한 사실은 미소 양군에 의한 분할점령이 필연적으로 분단국가 성립으로 귀결되어야 했던 것은 아니라는 점이다. 즉, 1945년 8월부터 1947년까지의 상황은 매우 유동적이어서 자력으로 분단을 막을 수도 있었다는 말이다. 미소 양군의 한반도 점령은 처음부터 한민족의 양분을 목표로 했던 것이 아니었다. 그것은 전쟁의 승자인 미소가 패자인 일본의 영토를 접수하기 위한 것이었고, 그 시점에서 한반도는 그들 전승국에게는 일본의 영토로 간주된 것뿐이었다. 따라서 점령 초기에는 미국도 소련도 한반도 분할점령을 단지 전쟁의 종결과정에 포함된 임시적 경과조치로 여겼음이 분명하다.

특히 주목되는 점은 카이로선언(1943.11.27)과 포츠담선언(1945.7.26)을 거쳐 모스크바 3상회의(1945.12.16~25)에 이르는 과정을 통해 나타났듯이, 미국으로서는 확립된 한반도 정책이 아직 없었다는 사실이다. 반면에 소련은 1945년 9월 20일 스탈린의 이름으로 현지 점령군에게 보낸 비밀지령에서 드러나듯 "조선의 통일이라는 것은 생각하지 않고 자신이 점령한 지역에 친소 정부를 만들면 좋겠다고 생각"했다는 것이다.(와다 하루키 『북조선』, 서동만 옮김, 돌베개 2002, 73면)

어쨌든 한반도 문제 처리에 관한 모스크바 3상회의의 결정은 1945년 연말 언론보도를 통해 서울에 알려지게 되었다. 그런데 안타까운 점은 통일국가 수립이라는 목표 부분은 가려진 채 신탁통치라는 경과 부분만 강조되어 알려지게 되고, 더구나 신탁통치를 제안한 것이 미국이었음에도 소련이라고 한국 민중들에게 잘못 알려지게 된 사실이다. 그것은 물론 일부 언론의 악의적인 거짓보도였다. 이 날조의 진짜 배후가 누구인지는 오랫동안 밝혀지지 않았으나, 최근 미국 문헌자료들의 공개에 따라 미 국무부의 의도적인 공작이었음이 드러나고 있다.

아무튼 이를 계기로 국내의 정치상황은 냉전의 개시라는 새로운 국제정세의 전개에 급속도로 포섭되면서 찬탁·반탁 간의 대결로 큰 혼란에 빠져들고 말았다. 한반도의 운명이 국제정치의 환경변화에 직접적으로 좌우되기 시작한 것이었다.

자주적 통일국가 노력의 좌절

일본의 무조건항복과 더불어 한반도 주민들은 자주독립의 희망에 불타올랐다. '건준'(건국준비위원회) 지휘하의 주민자치조직이 곳곳에 결성되었고, 특히 지방에서는 일부 흥분한 군중들이 경찰서를 습격하기도 했다. 해방의 환희와 독립국가 건설의 열망이 온 나라에 끓어넘친 것은 너무도 당연한 일이었다. 그러나 이것은 상황의 일면일 뿐이었다.

『'삐라'로 듣는 해방 직후의 목소리』(김현식·정현태 지음, 소명출판 2011)라는 책에는 8·15 직후 '조선헌병대 사령부' 명의로 발표된 「내선 관민(內鮮官民)에 고함」이라는 일본어 포고문이 실려 있다. 포고문 제2항은 다음과 같다. "조선이 독립한다 해도 조선총독부와 조선군이 내지로 철수하기까지는 법률과 행정 모두 현재대로다." 그러니까 8·15 당시 조선헌병대 사령부는 조선의 독립 가능성을 인지하고 있었으며, 그럼에도 불구하고 미군과 소련군이 들어와 인수인계가 이루어질 때까지는 행정과 사법의 모든 권한이 일본에 있다고 주장한 것이었다.

1945년 9월 8일 남한에 진주한 미군은 곧 38선 이남 지역에 대한 군정을 선포했다. 미군 사령부는 자신들 이외의 어떤 권력기관도 인정하지 않았다. 대한민국임시정부를 인정하지 않았을 뿐만 아니라 미군이 들어오기 전에 전국적으로 결성되었던 자발적인 치안조직도 해산시켰다. 반면에 그들은 일제의 식민지 통치기구를 거의 그대로 계승했는데, 9월 29일자 포고문을 통해 알 수 있는 사실은 그때서야 일본인 경찰관을 조선인 경찰관으로 교체하기 시작했다는 것이었다. 조선인 경찰관 중에는 독립지사들을 체포 고문하는 데 앞장섰던 악질분자도 다수 섞여 있었다. 식민지체제의 모세혈관을 구성했던 조선인 행정관료들도 대부분 원래의 직책으로 복귀했다. 요컨대 미군정 체제는 기본적으로 일제 식민지통치의 계승이었던바, 이로써 오늘까지 지속되는 한국 기득권구조의 기초가 마련된 것이었다.

한반도에 통일된 독립정부 수립을 지원하기 위해 구성된 미소공동위원회(1946.1~1947.5)는 결국 성과 없이 결렬되고 내부에서 좌우합작을 통해 통일정부 구성을 모색하던 여운형·김규식 등의 노력도 실패함에 따라 이승만과 김일성이 주도한 분단정권이 남북에 건설되었다. 김구·송진우·박헌영 등 정치지도자들도 나름의 역할이 있었지만 분단을 저지하기에는 역부족이었다. 한마디로 해방시기 한반도에는 통일정부 수립을 성사시킬 만한 강력하고 중심적인 정치세력이 성장하지 못한 상태였다. 그리하여 수많은 정치적 분파들의 난립과 쟁투 속에 외세를 등에 업은 야심가들만 권력투쟁에서 승리를 거두었다.

유럽에서의 냉전

제2차 세계대전의 종결과 더불어 중부유럽 역시 동아시아와 마찬가지로 미소 양대 세력의 영향력이 첨예하게 대치하는 거대한 전선 위에 놓이게 되었다. 전범국가 독일로서는 당연히 분단에 저항할 힘도 명분도 없었다.

그런데 오스트리아는 어떻게 되었던가. 이 나라 역시 전승 4대국에 점령되어 분할통치를 받게 되었다. 한반도와 비슷한 상황이었지만 연합국 군사위원회와 오스트리아 임시정부가 공존했다는 점은 아주 달랐다. 종전 직전 원로정치인 카를 레너(Karl Renner, 1870~1950)가 나치 계열을 뺀 모든 정파를 아울러 세운 임시정부를 연합국 군사위원회가 인정한 결과였다. 소련을 제외한 3개 연합국은 사민당인 레너의 임시정부를 경계했으나 곧 승인했고, 그리하여 임시정부는 오스트리아 전역에 관할권을 행사하게 됐다. 그해 11월 총선에서는 보수주의 국민당이 50퍼센트를 득표해 제1당이 되었지만 단독정부 대신 사회당·공산당과의 대연정을 구성했다. 국민당은 국유화라는 사회주의 정책을 아량 있게 수용했고 반면에 사회당도 미국이 주도하는 마셜플랜 참여에 찬성하는 등 정치권은 이념을 떠나 협력했다. 이렇게 10년의 위임통치를 거친 1955년 오스트리아는 주권을 회복하여 중립국가로 거듭났다. 해방 후 극심한 분열로 통일정부 수립의 기회를 잃어버린 한반도와 극명한 대조를 이룬다.

유럽에서 냉전의 발톱이 할퀴고 지나간 또다른 예를 들자면 그리스일 것이다. 1820년대의 독립전쟁 이후 그러지 않아도 오랫동안 왕당파와 공화파 사이의 갈등과 정치적 혼돈이 거듭되던 이 나라에서는 1941~44년 나치독일의 점령 기간 중에 대독항전을 민족해방전선이 주도했으므로 전쟁이 끝나자 좌파 공화주의세력이 성장하고 우파 족벌정치세력은 쇠퇴했다.

그런데 그리스는 한반도와 비슷하게 소련 대륙세력의 남하와 미국 지중해세력의 북상이 만나는 지정학적 요충에 위치해 있다. 즉, 무력충돌의 현장이 될 위험이 높았다. 과연 1947~49년의 그리스 내전은 허다한 레지스탕스 운동가들의 비통한 죽음과 수많은 애국청년들의 희생에도 불구하고 미국의 엄청난 물량적 지원에 힘입어 결국 우파의 승리로 마무리되었다. 그것은 10년 전의 스페인 내전을 반복한 것이자 바로 이듬해 발발한 6·25전쟁의 전초전과 다름없었다. 다만 그리스는 내부적 진통의 요소를 후일의 정치적 숙제로 남겨놓았을망정 분단의 비극은 피할 수 있었다는 점이 한반도와 다르다.

새로운 통일개념

6·25전쟁은 분단이 가져온 최대 최악의 참화였고 그 여파는 아직도 끝나지 않았다. 전쟁 이전에도 이후에도 살육의 광기는 남북을

가리지 않고 이 땅을 핏빛으로 물들였다. 대구10월항쟁(1946)과 제주4·3사건(1948)은 그 시발점으로서, 전쟁 발발 전후 남한 전역에서 자행된 좌익혐의자에 대한 집단학살은 아직 진상조차 다 밝혀지지 않은 상태다.

패전국 독일은 동서 양국으로 독립한 뒤에도 군대를 갖지 못했다. 서독의 경우 1955년에야 연방군(Bundeswehr) 보유와 나토 가입이 승인되었다. 반면에 대한민국 국군의 모체인 국방경비대는 이미 1946년 1월에 창설되었고, 북쪽에서는 실권자 김일성이 처음부터 소규모 게릴라부대를 이끌고 국내로 진입했고 여기에 더해 중국에서 활동한 조선인 항일부대도 합류하였다. 남북 정권들이 모두 무력에 의한 통일을 공언하고 실제로 전쟁에 돌입할 수 있었던 것은 부분적으로 이런 조건의 결과였다. 2000년에 이루어진 김대중 대통령과 김정일 위원장의 6·15 남북정상회담 및 그 성과물로 나온 공동선언이 분단역사상 최대의 위업인 까닭은 바로 기존의 오랜 적대정책과 무력에 의한 통일의지를 드디어 포기하기로 공공연히 약속한 데에 있다.

한마디로 6·15공동선언은 남북이 평화적으로 공존하는 과정을 통해 점진적으로 통일에 접근하기로 합의한 것이다. 북측이 오랫동안 주장해온 연방제 통일방안과 남측의 국가연합 통일방식 사이에 공통점이 있다는 점을 남북 두 정상이 인정한 것이야말로 평화를 위한 위대한 합의였다. 냉전시대의 소위 적화통일론과 북진통일론 및 흡수통일론이 모두 위험하고 비현실적인 발상임을 인정하고 통일을 장기적이고 단계적·평화적인 과업으로 설정하는 데 남북 양자가 드디어 합의했기 때문이다.

6·15공동선언은 무엇보다 통일개념에 대한 새로운 정의이다. 이 새로운 통일개념은 각기 독립적인 정부 밑에서 서로 다른 이념과 체제로 운영되어오던 별개의 정치단위, 즉 대한민국과 조선민주주의인민공화국이 각자 자기 나름의 연속성을 어느 정도 유지한 채, 즉 심각하고 급격한 자기부정 없이 단계적·평화적 과정을 통해 하나의 단일한 국가적 정체성 안에 포괄될 수 있음을 선언한 것이다. 냉전에 길들여진 우리의 관습적 사고는 당연히 이 새로운 통일개념에 익숙지 않다. 따라서 그것은 우리에게 발상의 일대 전환을 요구한다.

이 새로운 통일개념에 따른 제1단계의 사업은 남과 북이 화해하고 교류하며 상호 접근하는 것이다. 그리고 그런 과정을 통해 각각 좀더 평등하고 민주적인 사회로 변화함으로써 서로 닮아가는 것이다. 남쪽의 경우, 민주화운동이 활기를 띠는 시기가 동시에 통일에 대한 염원이 분출되는 때였음은 우연이 아니다. 그것은 민주화운동과 통일염원 간에는 뗄 수 없이 긴밀한 연관성이 있음을 말해준다. 이제 이 경험을 북쪽의 인민들과 공유하는 것이 숙제이다.

독일 통일의 내적 동력

독일은 30년 전 바로 오늘 베를린장벽의 붕괴에 이어 이듬해 10월 드디어 통일을 달성했다. 무엇이 이 위업의 달성을 가능하게 했는가.

분단의 순간부터 통일의 그날까지 운동의 가장 중요한 내적 동력은 교회에서 나왔다. 분단 이후 동독과 서독은 "서로 현저하게 다른 방식으로 불확실한 미래를 향해 걸어가고" 있었지만, 그럼에도 양쪽 주민들은 공동체의식으로 이어져 있었다. 그럴 수 있었던 바탕은 바로 교회, 특히 개신교였다. 19세기에 출범한 평신도운동인 독일 기총(기독교총연합회)은 나치시대에 잠시 중단된 적도 있으나 종전 후 빠르게 재건되었다. 특히 동독에서는 교회가 "유일무이하게 자립적이고 정치적으로 자유롭게 활동할 수 있는 기관"이었다. 통일 당시의 대통령 리하르트 바이츠제커(Richard von Weizsäcker, 1920~2015)는 1964년부터 1970년까지 동서독 양 지역 신도들에 의해 선출된 기총 명예의장으로서 독일이 간직해온 정서적 단일성의 기반이 분단에 의해 허물어지지 않도록 최선을 다해 노력했다.

바이츠제커에 의하면 1949년의 첫 기총 행사에서도 중심문제는 통일목표를 세우는 것과 사람들 간의 결속을 이어가는 것이었다. 1950년 에센 행사에는 신도 15만 명이 모여 동서독이 하나로 연결되어 있음을 확인하는 동시에 국가정책과 무관하게 통일된 사회적 의제를 제시하고자 했다. 1951년 베를린 행사의 마지막 날에는 '우리는 형제입니다'라는 모토 아래 30만 신도들이 모여 국민적 단결을 과시했다. 동독 신도들의 서독행이 어려워진 1954년에도 동독지역 라이프치히에 60만 동서독 신도들이 집결하여 강력한 연대를 보여주었다. 이 행사의 폐막 때 낭독된 다음과 같은 선언은 당시의 독일인에게뿐 아니라 그로부터 65년이 지난 오늘의 한국인에게도 살아 있는 감동을 준다.(이상, 바이츠제커 『우리는 이렇게 통일했다』, 창비 2012 참조. 책의 원제는 *Der Weg zur Einheit*, 2009)

"동서독이 통일될지 안 될지는 아무도 모른다. 길고 험한 여정이 될 수도 있다. 어느 한쪽이 지쳐 무너지고 다른 한쪽이 자신만 살려고 할 위험성도 있다. 우리는 그것을 용납해서도 안 되고, 또 그것을 원하지도 않는다. 우리는 서로 힘을 모아 단결해나갈 것이다. 주님의 평화가 우리를 지켜주실 것이기 때문이다."

독일 통일이 달성된 데는 이와 같은 독일 내부의 정서적 통합의 노력뿐 아니라 어쩌면 더 중요한 외적 요인이 작용했다. 일찍이 콘라트 아데나워(Konrad Adenauer, 1876~1967) 수상은 완고한 반공주의자였지만 프랑스와 화해를 이룩하고 나토에 가입하는 등 성공적인 '서방정책'을 펼쳤고, 이어서 빌리 브란트(Willy Brandt, 1913~92) 수상은 동독에 대해서뿐 아니라 소련을 비롯한 폴란드·체코 등 동유럽에 대한 평화적 접근으로서의 '동방정책'을 추진함으로써 통일에 우호적인 국제환경을 조성하고자 했다.

이 과정에서 독일 정치가들은 기민당·사민당 등 좌우와 여야의 구별을 초월하여 일관된 외교정책을 추진했다. 그들은 냉전의 종식이 다가오고 있음을 감지했고 독일 통일이 유럽통합 과정의 일부이자 세계평화에 대한 기여라고 이웃나라들이 믿도록 만드는 데 성공했다. 1990년 10월 3일 마침내 통일의 날이 왔을 때 대통령 바이츠제커는 베를린필에서 열린 기념식에서 다음과 같이 연설했다.

"독일 통일은 민족의 자유와 유럽대륙의 새로운 평화정착을 목표로 하는 유럽 역사발전 과정의 일부입니다. 우리 독일인들은 이러한 목표에 기여코자 합니다. 국경이 더이상 분리의 선으로 인식되지 않게 하는 것이 절실합니다. 독일의 모든 국경은 인접국들과 이어주는 가교가 될 것입니다. 이것이 우리의 의지입니다."

무엇이 우리의 장벽인가

1980년대 독일 통일과정에서 교회와 언론이 선도적인 역할을 수행했던 사실을 상기한다면 우리는 한반도의 상황이 얼마나 열악한지 새삼 깨닫게 된다. 북한에는 정부 권력으로부터 독립된 비판의 목소리를 낼 수 있는 자립적 종교가 아예 존재하지 않은 지 오래고, 남한에서도 대형교회·부유사찰의 지도부는 기득권체제의 울타리 속으로 들어가 민주주의의 퇴보와 분단의 강화에 오히려 봉사하고 있지 않은가. 김대중·노무현 정부의 대북 화해정책은 그다음 정권들에 의해 쓰레기통으로 던져지지 않았던가. 이주민과 탈북자들에 대해 나타내는 국민들 다수의 배타적 정서와 점점 심해지는 사회적 양극화는 통일이란 말을 입에 올리는 것조차 쑥스럽게 한다.

우리를 둘러싼 국제적 환경 또한 지극히 비우호적이다. 무엇보다 가장 치명적인 문제점은 자신의 국가적 생존을 외국 군사력에 의존하고 있다는 데 있을 것이다. 6·25전쟁 발발 직후 당시 대통령 이승만은 작전지휘권을 유엔군사령관 즉 미군에게 넘겼고 휴전 두어 달 뒤에는 한미상호방위조약(1953.10.1 조인, 1954.11.18 발효)을 맺어 한국의 안보를 미국에 위임했다. 바로 이와 같은 대한민국의 정치·군사·외교적 대미주권제한(對美主權制限) 상태를 일컬어 한미동맹이라 부르는 것이다. 게다가 이승만은 전쟁 말기 전국적인 휴전반대운동을 벌이면서 어리석게도 정전협정 조인에도 참가하지 않았다.(1953년 봄 초등학교 6학년이던 필자는 가소롭게도 휴전반대 웅변대회에 학교대표로 나간 적이 있다.) 그러니 한국은 종전 논의에 참여할 자격이 있는지조차 의문인 처지이다. 따라서 한반도에 평화체제를 정착하는 우리 자신의 문제에서도 우리는 주권적 자격을 잃어버리고 있는 것이다.

그런 점과 연관하여 지난 70여 년 동안 쉬지 않고 지속된 미국의 대북압박정책이 궁극적으로 무엇을 목표로 하는지 옳게 읽는 것이 대단히 중요하다. 미국이 정말 원하는 것이 북한의 정권교체(regime change)인지 체제변형(regime transformation)인지 또는 심지어 국가붕괴인지 미국 안에서도 논란이 있어왔다. 어쩌면 미국의 손아귀 안에는 북한의 국가붕괴, 정권교체, 체제변형, 정책변화, 현상유지 등 여러 개의 옵션이 다 들어 있어서 동북아 정세의 조종을 위한 그때그때의 지렛대로 북한을 장기간 활용하는 것이야말로 미국이 진정 원하는 것일지 모른다.

아마 한 가지 확실한 것은 북한과 같이 유례를 찾기 어려운 독특한 국가체제의 경우 정권교체와 체제변형이 실질적으로 구별되지 않으리라는 점이다. 북한의 경우, 정권과 체제가 일체화되어 있다고 믿어지기 때문에 단순한 정권교체만으로도 사실상 국가의 와해를 결과할 가능성이 높고, 따라서 북한 지도부로서는 체제변형이든 정권교체든 어떤 외부적 작용에 대해서도 목숨을 걸고, 즉 전쟁발발을 불사하고서라도 저항하고자 할 것이라는 점이다.

반면에 21세기 초강대국으로 부상하고 있는 중국을 관리 제어하는 것이 대외정책의 최고 목표인 미국으로서는 북한은 중국과의 연계 속에서 놓칠 수 없는 카드일 것이다. 동아시아의 역학 변화 속에서 군사적 대국화를 노리는 아베 정권의 일본 또한 우리의 평화체제 추진에는 커다란 장애로 되고 있다. 대한민국도 미국에게는 불변의 상수가 아니다. 1953년 이란의 모사데크 정부, 1966년 인도네시아의 수카르노 정부, 그리고 1973년 칠레의 아옌데 정부가 무너지는 과정에서 보았듯이 미국은 자신의 국가이익에 상충된다고 여겨지는 경우 가차 없이 타국의 민주주의를 파괴하고 인명의 살상을 외면하였다. 1980년 5월 한국에서 벌어진 정치적 사변도 그 맥락의 연장선 위에 있을 것이다.

우리 운명의 주인은 우리 자신이다

돌이켜보면 북한은 2006년 10월 제1차 핵실험을 시작으로 2017년 9월까지 모두 여섯 차례 핵실험을 감행했다. 이와 병행하여 북한은 핵탄두의 소형화·경량화에도 박차를 가하는 한편 그것들을 운반할 중·장거리 미사일의 단계적 시험에도 성공하여, 결국 미 대륙 전체가 북한 미사일의 사정권 안에 들게 되었다는 보도까지 나왔다. 그러자 미국 대통령 도널드 트럼프는 유명한 '화염과 분노'라는 말을 써가며 북한에 대해 선제공격을 불사할 듯한 협박을 발했고, 이에 질세라 북한도 괌의 군사기지에 타격을 가할 수 있다는 위협을 내놓았다.

그런대로 소시민적 안일에 젖어 살던 대다수의 남한 국민들로서는 트럼프와 김정은 사이의 '말폭탄' 주고받기가 단순한 언론전을 넘어 실제상황으로 확대되는 것은 아닌지 불안할 수밖에 없었다. 만에 하나 그렇게 된다면 그것은 가공할 재앙일 것이었다. 휴전선에서 불과 40킬로미터 거리에 인구 1천만의 서울이 있고 서울 포함 수도

권에 2천만 인구가 살고 있지 않은가. 이게 불과 2년 전이다.

그런데 2018년 들어서자마자 반년 남짓 지나는 사이에 상상을 뛰어넘는 반전이 일어났고, 우리는 남북분단과 전쟁의 참극 이후 60~70여 년 만에 처음으로 암흑의 터널에 끝이 보이는 지점까지 왔다는 희망조차 갖게 되었다. 알다시피 북한의 핵개발 문제가 본격 테이블 위에 오른 것은 소련 해체 뒤인 1990년대였다. 빌 클린턴 시대인 1994년 영변 핵시설에 대한 미군기의 폭격이 검토된 사실을 대부분의 남한 사람들은 끔찍한 위기가 지나간 뒤에야 알았다. 그때부터 지금까지 북핵문제 해결을 둘러싼 많은 우여곡절이 있었고, 두어 차례 잠정적 해결에 접근한 적도 있으나, 결국 2017년 여름에 겪었던 것과 같은 위험상황으로 치달았다.

그동안 북한 핵이 한반도의 평화를 가로막는 유일한 장애물인 것처럼 국내외의 많은 언론과 정치가들이 떠들어왔기에 우리 머릿속은 북핵의 악마적 이미지가 고정관념처럼 박혀 있다. 물론 핵무기가 본질적으로 평화에 적대적인 것은 사실이다. 그렇기에 문재인 대통령과 김정은 위원장도 '4·27판문점선언'에서 "6·25전쟁의 종전과 한반도의 완전한 비핵화"를 핵심적 목표의 하나로 합의하지 않았는가.

하지만 유의할 대목은 남북의 두 정상이 선언문 속에 박아넣은 것이 속칭 '북핵 폐기'가 아니라 '한(조선)반도'의 '완전한' 비핵화란 점이다. 사실 알고 보면 남한에는 이미 오래전부터 핵무기가 배치되어 있었다. 인터넷만 찾아보아도 알 수 있는 사실인데, 1957년 6월 유엔군(의 이름을 빙자한 미군)은 신무기의 한반도 도입을 금지하는 정전협정 조항의 폐기를 선언하고 이후 아무런 제약 없이 전술핵을 비롯한 신무기를 남한에 들여왔던 것이다.

물론 1990년대 초에 냉전종식과 더불어 전술핵은 남한에서 철수했다. 하지만 매년 되풀이되는 이런저런 연합훈련 때마다 미군의 최첨단 전략자산들은 거침없이 한반도 주변을 배회하며, 그럴 때마다 북한은 긴장과 공포의 시간을 보내곤 했다.

따라서 '한반도의 완전한 비핵화'란 북한이 개발한 핵무기와 그 운반수단 및 북한이 보유한 핵물질과 핵시설 등의 '완전한' 폐기뿐만 아니라 남한에 드나드는 각종 미군 전략자산들의 '완벽한' 출입금지도 의미해야 하는 것임을 알 수 있다. 6·25전쟁의 종식이 선언되고 북미 간 평화조약이 체결되며 비핵화가 한반도 전역에 걸쳐 완수되어야 비로소 평화체제가 성립되었다고 할 수 있지 않겠는가.

그런 점에서 우리는 왜 북한이 그토록 미국과의 양자회담에 집착하는지 추론해볼 수 있다. 북한에 있어 미국과의 담판은 사활적 중대성을 갖는 안건이며, 이에 비해 남한과의 관계는 말하자면 국내문제인 것이다. 그러나 한반도의 남쪽에 살고 있는 우리들로서는 당연히 미국과 입장이 다를뿐더러 북한과도 같은 입장일 수 없다. 우리는 미국과 북한이 대결하든 타협하든 그 결과에 일방적으로 끌려가기만 하는 수동적 객체가 결코 아닌 것이다.

더구나 우리 대한민국 국민들은 그동안 비록 미국의 압도적인 영향력 아래에 눌려왔을망정 독재권력과의 끈덕진 싸움을 통해 독자적인 민주화를 이룩하는 데 성공했고 또 노동자·농민 등 민중들의 커다란 희생을 대가로 치렀을망정 괄목할 만한 산업화의 성취를 이룩하였다. 따라서 이제 우리는 한반도의 운명에 관해 좀더 주도적인 역할을 맡아 실행할 자격과 역량을 갖추었다고 자부할 당연한 권리를 가지고 있다.

앞으로의 세계가 어떤 모습으로 전개될지는 상상하기 어렵다. 많은 사람들은 미국 헤게모니의 퇴조와 중국의 부상을 예상한다. 트럼프 같은 인물이 대통령 자리에 앉아 있다는 것 자체가 미국 쇠퇴의 명백한 징후라고 볼 만하다. 이런 대전환의 시대에 한반도의 운명은 어떻게 전개될 것인가. 이것이 우리 관심의 초점이다.

분명한 것은 미국도 중국도 또 일본도 우리에게는 항시 경계의 대상이자 협조를 구할 상대라는 점이다. 무엇보다 우리 내부의 지역적·계급적·문화적 갈등을 원만하게 극복하고 이 세기 안에 자주·평화 통일을 이룩해야 하는 것은 우리에게 절대 명제이다. 하지만 통일로 가기 위해서도 우선은 통일의 열망을 자제하고 남북 간 교류와 협력의 경험을 오랜 기간 축적할 필요가 있다. 독일 통일이 동독 주민들에게 주고 있는 고통과 상처를 우리는 깊이 새겨야 한다. 통일은 단순히 휴전선의 제거만을 의미하는 것이 아니다. 통일은 남북 각 사회의 질적 발전을 통한 더 높은 차원에서의 통합으로 나아가는 것이다. 평화와 민주주의, 민족적 자주와 사회적 평등이 한반도 전역에 걸쳐 실질적으로 구현되는 진정으로 바람직한 상황을 통일이라 할 때, 그것은 어떤 극적인 한순간의 감격이라기보다 일상적 실천과 자기희생을 동반한 점진적 성숙의 현실적 축적일 것이다.

(독어독문학회 학술행사 기조강연 2019.11.9)

지옥에 이르지 않기 위하여
염무웅 산문집

초판 1쇄 발행/2021년 6월 30일

지은이/염무웅
펴낸이/강일우
책임편집/박지영·정편집실
조판/한향림
펴낸곳/(주)창비
등록/1986년 8월 5일 제85호
주소/10881 경기도 파주시 회동길 184
전화/031-955-3333
팩시밀리/영업 031-955-3399 편집 031-955-3400
홈페이지/www.changbi.com
전자우편/lit@changbi.com

© 염무웅 2021
ISBN 978-89-364-7871-1 03810

* 이 책 내용의 전부 또는 일부를 재사용하려면
반드시 저작권자와 창비 양측의 동의를 받아야 합니다.
* 책값은 뒤표지에 표시되어 있습니다.